JN319853

二 見 文 庫

ダークな騎士に魅せられて

ケリガン・バーン／長瀬夏実＝訳

THE HIGHWAYMAN: Victorian Rebels #1
by
Kerrigan Byrne

Japanese translation rights arranged with
St. Martin's Press, LLC., New York
through Tuttle-Mori Agency, Inc., Tokyo

ダーリーン・エインジへ
彼が生き延びたのはあなたのおかげよ。

謝辞

書くことは孤独な作業になりがちなので、すすんで支え、批評し、励ましてくれる友は何ものにも代えがたい存在です。シンシア・サントーバン、ティフィニー・ヘルマー、ジャネット・スネル、いつも力になってくれてありがとう。ひとりの人として、そしてプロとして、ずっと頼りにしてきました。あなたたちはかけがえのない大切な宝物よ。

クリスティン・ウィソンが電話でエージェントになろうと申し出てくれた日は、わたしの人生最良の日となりました。彼女は優秀なエージェントであり、すばらしい友人でもあります。

モニーク・パタスン、アレクサンドラ・セハルスター、セント・マーティンズ・プレスのチームにもお礼を言わないわけにはいきません。このシリーズのために、信じられないほど忍耐強く、熱心に力を尽くしてくれてありがとう。

そして、最愛の人にも感謝を。あなたはわたしのヒーロー。わたしのすべてよ。

ダークな騎士に魅せられて

登　場　人　物　紹　介

ファラ・リー	ロンドン警視庁の女性事務官
ドゥーガン・マッケンジー	孤児院でファラを守った少年
ドリアン・ブラックウェル	ロンドン裏社会の帝王と呼ばれる男
カールトン・モーリー	警部。ファラの上司
ユアン・マクタヴィッシュ	警部補
ジェマ・ウォーロウ	娼婦
エドモンド・ドラザーズ	娼婦の元締め
マードック	ベン・モア城の執事。ドリアンの部下
フランク・ウォルターズ	料理人。ドリアンの部下
グレゴリー・タロウ	従僕。ドリアンの部下
クリストファー・アージェント	殺し屋。ドリアンの部下
ハロルド・ウォリントン	ファラのいいなづけ
ルーシー・ボグス	娼婦
マダム・サンドリーヌ	仕立屋

1

スコットランド高地地方《ハイランド》、アーガイル郡　一八五五年

　ドゥーガン・マッケンジーは手首から肘へと血をしたたらせながら、アップルクロス孤児院の敷地と荒涼とした山地とを隔てる壁に寄りかかり背を丸めた。ここまで来ようとする子どもはほかにいない。その壁に守られるように、傾き古びたいくつもの墓石が、死者の骨を栄養源とする苔《こけ》とヒースの分厚いじゅうたんから頭をのぞかせている。

　少しのあいだ胸を波打たせて呼吸を整えてから、ドゥーガンは壁をずり落ちるようにして地面に座りこみ、骨張った脚を胸に引き寄せた。破れた皮膚を開いてしまわないよう用心しながら両手をそっと開く。鋭い小枝が肌に食いこんだ瞬間より、今のほうがひどく痛んだ。

　シスター・マーガレットにありったけの力でぶたれても泣き声ひとつあげずにいられたのは、胸の奥に黒く巣くった恨みつらみのおかげだった。そのおかげで涙も今までこらえていられた。冷ややかな光をたたえた修道女の目をじっと見据えることもできた。だが、小枝の鞭《むち》が何度も繰り返し打ちおろされるたびに、まばたきしてしまうのだけは止めることができなかった。せっかんは両手にできたみみず腫れが破れて血が流れでるまで続いた。

「どうして泣いてるの？」

かぼそい声が吹きすさぶ強風をなだめ、そよ風に乗せて優しい言葉を運んできたかのようだった。

灰色の石でできたアップルクロス孤児院と、その後ろにそびえる黒と緑のハイランドの岩山を背に、その少女は一メートルと離れていないところに立っていた。荒れ狂っていた風が激しく吹きつけるのをやめ、銀白色に見えるほど明るいブロンドの巻き毛を揺らしてたわむれている。色の白い顔のふっくらと丸い頬は寒さで赤く染まり、はにかんだほほえみでえくぼができた。

「あっちへ行け」ドゥーガンは怒鳴り、ひりひり痛む両手を腕の下にたくしこんで、その子のきれいな黒いドレスに向かってひとかたまりの土を蹴りあげた。

「あなたもおうちの人がいなくなったの？」その子はさらに尋ね、無邪気な好奇心を顔に浮かべた。

ドゥーガンは言葉を返すことができずにいた。少女が白いエプロンの裾を持ちあげて頬に当ててきたときにはびくっとたじろいだが、それ以上はできないくらい優しく涙と汚れをぬぐう手を、振り払うことはしなかった。まるで蝶《ちょう》の羽のように繊細な手に触れられてうっとりするうちに、体の震えはおさまっていた。なんて言えばいいんだ？　女の子と口を利いたことなんか一度もない。質問に答えればいいのか。たしかに母親を亡くした。だけど孤児ってわけじゃない。実を言えばアップルクロス孤児院にいる子どものほとんどは孤児ではなく、恥ずべき汚点として隠され置き去りにされている望まれぬ子たちだった。

この女の子は誰の子なのだろう?

「シスター・マーガレットがあなたにしたことを見ていたの」少女は目に同情の涙をためて優しく言った。

憐《あわ》れみの表情を目にしたとたん、屈辱と無力感で胸がかっと熱くなったドゥーガンは、頭をぐいっと横にそむけて少女の手をよけた。「あっちへ行けって言っただろ」

女の子が目をしばたたいた。「でも手が――」

ドゥーガンは激しいうなり声をあげながら急に立ちあがり、その子の天使のような姿から憐れみをはたき落としてやろうと片手をあげた。

女の子は悲鳴をあげて尻もちをつき、足元で縮こまった。

ドゥーガンは一瞬動きを止めたあと、こわばって紅潮した顔に歯をむきだし、叩《たた》こうと体をひねった。

その子はただ見あげて震えながら、開いたてのひらから血を流す傷をじっと見ていた。

「あっちへ行ってろ」ドゥーガンは怒鳴った。女の子は這《は》うようにしてその場を離れ、ふらふらと立ちあがると、フェンスで囲われた墓地をまわりこむように走り、あわてて孤児院のなかへと消えていった。

ふたたびどさっと壁に寄りかかると、ドゥーガンは震える指の節で頬をぬぐった。傷つけようとする以外の目的で彼に触れた人は初めてだった。なのにどうしてあの子にあんなに意地の悪い態度を取ってしまったのか、自分でもわからなかった。

頭を膝にのせて目を閉じ、心地よい刺激に身をゆだねる。熱を持ったうなじを冷やしてくれる雨に神経を集中し、突き刺すような手の痛みを忘れようとした。

五分と経《た》たないうちに、両脚のあいだにきれいな水の入ったボウルが現れた。さらにカラメル色の液体がいっぱいに入ったコップが加わる。

驚いて目をあげると、さっきの少女が戻ってきていた。物騒なほど大きなはさみを振りかざし、意を決したように眉間にしわを刻んでいる。

「手を見せて」

怖がらせて追い払ったはずだったのに。ドゥーガンはいぶかしげな視線を投げた。小さな手が、ひときわ大きくよく切れそうなはさみを握っている。「なんの真似《まね》だ？　自分の身を守るためか？　それとも仕返しに来たのか？」

その質問に、少女は隙間の空いた歯を見せてにっこり笑った。ドゥーガンの胸で心臓がどきんと跳ねて着地した。

「ばかね」優しくたしなめると、少女ははさみを脇に置き、ドゥーガンの手を取ろうと手を伸ばした。

　ドゥーガンはさっと手を引っこめ、顔をしかめながら背中に隠した。

「ほら、早く」少女がうながす。「手を見せて」

「見せない」

　少女の眉間のしわが深くなった。「そうやってずっと手を隠していたら、どうやって傷を治せばいいの？」

「医者でもないくせに」ドゥーガンは唾を吐いた。「ほっといてくれ」

「お父さんがクリミア戦争に行っていたの。大尉だったのよ」少女は根気よく説明した。「切り傷が化膿《かのう》しないように、戦地でどうやって手当てするのか教えてくれたわ」

　それがドゥーガンの注意を引いた。「じゃあ人を殺したのか？」こらえきれずに尋ねる。

　少女は少しのあいだ考えた。「制服の上着にぴかぴかの勲章がたくさんついていたから、たぶん。お父さんはそうは言わなかったけど」

「きっとライフル銃を使ったんだ」ドゥーガンがいっぱしの大人のように言った。頭のなかは戦争とそれがもたらす栄光のことでいっぱいだった。

「銃剣もよ」女の子がつけ加えた。「お父さんが暖炉のそばで武器を手入れしているときに、触ったことがあるの」

「どんな感じだった？」ドゥーガンがきいた。

「手の傷を手当てさせてくれたら教えてあげる」嵐の海のような目がきらめいた。

「わかったよ」ドゥーガンは傷ついた両手をしぶしぶ背中から出した。「でも最初から全部話すんだぞ」

「そうする」女の子はまじめくさった顔でうなずき、約束した。

「それに、途中ひとつも飛ばさないこと」

「わかってる」少女は水のボウルを引き寄せた。

ドゥーガンは前かがみになって片方のてのひらを差しだした。

少女は破れた皮膚にたじろぎながらも、鳥のひなを受け取るかのように傷ついた手を両手でそっと包み、ボウルに手を伸ばして傷の上に水をしたたらせた。ドゥーガンが痛みにうめくと、少女は父親のライフル銃のことを説明し始めた。小さく巻いたコイルがどんなふうにはまっているか。レバーがたてるかちっという音。黒い粉の細かさや匂い、そのきらめき。

少女が傷にアルコールをかけると、ドゥーガンは食いしばった歯のあいだから細く息を吐き、手を引っこめまいとして体を震わせた。痛みから意識をそらそうと、ぼやけた視界の焦点を少女の豊かな巻き毛に散ったダイヤモンドのような水滴に合わせる。雨を受けてもその髪は重さで伸びることなく、むしろ巻き毛がよりきつくカールしていた。濃い輝きを放つ金色の髪のところどころに銀色の房が交じる。巻き毛に触れたくて、指がうずうずした。くるくると指に巻きつけて引っ張ったら、放したときにもとに戻るのだろうか。そんな想像をめぐらせながら、ペチコートで作った細長い布を少女がていねいにてのひらに巻きつけてくれるのを辛抱強く待った。

「きみの名前を教えて」ドゥーガンがしわがれた小さな声で言った。

「ファラよ」その質問がうれしかったらしく、ほっぺに小さなえくぼができた。「ファラ・リー――」そこでふいに黙り、たった今結んだばかりの包帯の結び目を見ながら眉をひそめた。

「え？」ドゥーガンが怪訝《けげん》そうに尋ねる。「ファラ・リー――何？」

緑がかったグレーの瞳が彼を見つめる。「苗字《みようじ》を言ってはいけないって言われているの」ファラは言った。「もし言ったら、自分も相手も大変なことになるって。これ以上大変なことになったら困るでしょう」

ドゥーガンはうなずいた。ここアップルクロスではめずらしいことではなかった。「ぼくはマッケンジー一族のドゥーガン」誇らしげに名乗る。「十一歳だ」

いたく感心した様子の少女のことが、ドゥーガンはいっそう気に入った。

「わたしは八歳」ファラが言った。「ねえ、どんな悪いことをしたの？」

「どんなって――厨房《ちゆうぼう》からパンを盗んだ」

ファラはあっけに取られた。

「いつもくそみたいに腹が減ってる」ドゥーガンはぼそぼそと言いながら、汚い言葉遣いにファラがびくっとしたのを見逃さなかった。「そこの石から苔をむしって食べるくらいぺこぺこなんだ」

　ファラは最後の包帯を縛ると、膝立ちでのけぞって出来ばえを確かめた。「パンひとつのためにこんな罰を与えることないのに」悲しげに言う。「たぶん跡が残ってしまうわ」

「なにもこれが初めてってわけじゃない」ドゥーガンはたいしたことじゃないと言わんばかりに肩をすくめてみせた。「水ぶくれができるのはたいてい尻で、そっちのほうがまだましなんだ。シスター・マーガレットは、ぼくのことを悪魔って呼んでる」

「悪魔《デーモン》のドゥーガン」ファラは愉快そうにほほえんだ。

「妖精《フェアリー》のファラ・リーよりましだろ」くっくっと笑って、ドゥーガンはファラの名前をからかった。

「フェアリー?」ファラの目がきらりと光った。「わたしのこと、そう呼んでもいいわよ」

「そうするよ」唇がぴっと裂けて、ドゥーガンは記憶にある限り初めて自分がほほえんでいたことに気づいた。「それで、ぼくのことはなんて呼ぶ?」彼はきいた。

「お友だち」ファラは即答し、湿った地面から立ちあがってドレスの裾についた土を払い落とすと、ボウルとコップを拾った。

　なんとも言えずあたたかい感情がドゥーガンの胸にこみあげた。なんと応じたらいいのか、よくわからなかった。

「もう戻らなきゃ」ファラは小さな顔をあげて雨を受けた。「探される前に」ふたたびドゥーガンと目を合わせて言う。「雨に濡《ぬ》れちゃだめよ。ひどい風邪をひくわ」

ドゥーガンは浮き立つような気持ちに満たされながら、去っていく少女の後ろ姿を興味深く見送り、それまで経験したことのない感情を噛《か》みしめた。

〝友だち〟か。


「しいっ！　ドゥーガン！」ひそひそ声が響き、ドゥーガンは飛びあがらんばかりに驚いた。さっとあたりを見まわし、ほかの少年の一撃をかわそうと身構えたとき、月明かりに照らされた巻き毛のあいだで光を放つ、賢そうな瞳が自分を見つめているのに気がついた。それ以外の部分は廊下にかかったタペストリーの後ろに上手に隠れていた。

「こんなところで何してる？」ドゥーガンが問いただした。「つかまったら、鞭でぶたれるぞ」

「あなたもでしょう」ファラは言い返した。

「ああ……まあな」ドゥーガンはその日、空腹をまぎらそうと水をたくさん飲んでいた。二時間後、ベッドで寝返りを打っているときにそれが裏目に出た。間の悪いことに、部屋に備えつけの便器を誰かが隠してしまっていたので、しかたなくトイレに行くところだった。

「あげたいものがあるの」ファラはタペストリーの後ろから愉快そうに飛びだしてきて、両手の包帯に触れないよう注意しながら肘を彼の肘につけた。「ついてきて」廊下の突き当たりにあるドアが少しだけ開いていた。ファラは彼をそこに押しこむと、自分も入ってドアをそっと閉めた。

いくつか並んだ小さなテーブルのひとつでろうそくの火が揺らめき、本棚で埋め尽くされた壁に明かりを投げていた。ドゥーガンは鼻の頭にしわを寄せた。図書室？　なんでまたこんなところに？　彼はいつもこの部屋を避けていた。ほこりっぽくてかびくさく、年寄りみたいな臭いがした。

ろうそくののったテーブルへ彼を引っ張っていくと、ファラは開いた本の前に置かれた椅子を指した。「ここに座って」興奮に身震いせんばかりだ。

「やだね」ドゥーガンは本をにらみつけ、

「でも――」

「きみも戻ったほうがいい。やつらにつかまって皮をはがれる前に」

ファラはエプロンのポケットに手を入れ、麻布に包まれた肉の缶詰めほどの大きさのものを取りだした。テーブルに置いて包みを開くと、食べかけのチーズのかたまり、焼いて乾燥した肉が少し、ほぼ丸ごとひと切れのパンが出てきた。

口のなかによだれがたまり、ドゥーガンはそれを奪い取らずにいるのが精一杯だった。

「晩ご飯を食べきれなかったから」ファラはそう言った。

ドゥーガンは差しだされたものに飛びついた。手っ取り早くおなかを満たしてくれると知っているパンを最初につかむ。口いっぱいにほおばると喉の奥がごろごろ鳴りだしたが、そんなことはかまっていられなかった。

　ファラがふたたび口を開き、涙声で言った。「かわいそうに……」小さな手をドゥーガンの丸めた背中に当て、なぐさめるように優しくとんとんと叩く。「二度とひもじい思いはさせないわ。約束する」

　ドゥーガンが肉を口に入るだけ押しこんでいると、ファラが本に手を伸ばした。「はんのい、ほん？」ドゥーガンが食べ物でいっぱいの口できいた。

　ファラは小さくて真っ白な両手を広げて開いたページをそっと撫《な》で、その本をドゥーガンのほうに滑らせた。「今日の午後、ライフル銃のことをよく知らなくて申し訳ないと思ったから、夕方からずっと探していたの。そうしたら、これが見つかったのよ！」小さな指で銃身の長いエンフィールド銃（イギリスで開発された前装式小銃）の絵の横を叩く。その下には分解された銃のさまざまな部品を描いた挿絵も並んでいた。

「これは一八五一年式ライフル銃」ファラは説明した。「ほら見て！　銃剣もある。次の章は銃剣がどうやって作られて、どうやって上に――どうしたの？」目をあげたとき、ドゥーガンの顔に浮かぶ表情にようやく気づいて顔を赤らめた。

　ドゥーガンは食べ物のことをすっかり忘れ、それまで経験したことのない激しく強烈な衝撃に全身を貫かれていた。それは飢餓感のようでもあり、満足感のようでもあった。戸惑い、畏怖、憧れ、恐れといったものが、幸福感のなかに閉じこめられていた。それらが一気にふくらんで胸が苦しくなり、息を吐いて肺を空《から》にした。

この気持ちを言い表す言葉があればいいのに。ドゥーガンはそう願った。きっとあるに違いない。ただ自分に、その言葉が書かれている数えきれないほどたくさんの本を読む機会がなかっただけで。

ファラは本のページに向き直り、咳払《せきばら》いをした。「それぞれの絵の下に部品の名前が書いてあるでしょう？」

「そうなのか？」ファラが指差したところをのぞきこむと、たしかに絵の下に文字があったが、ドゥーガンにとってはなんの意味もなさなかった。

「ほらここに書いてあるわ。もしかして読めないの？」

ドゥーガンは気まずい沈黙を満たそうとチーズのかたまりをちぎって口に放りこみ、怒ったようにそれを噛んだ。

「誰も読み方を教えてくれなかった？」ファラは察して尋ねた。

その質問を無視してパンを平らげながら、ドゥーガンはそこに並ぶ絵をじっと見おろした。そして、それがなんなのか知りたくてたまらなくなった。「頼むよ——読んでくれないか、フェアリー？」

「もちろん、読むわ」ファラは膝立ちになって身を乗りだした。テーブルが高くて、その壊れそうな椅子に座ったままでは読めなかった。「でも明日ここで会ったら、自分で読めるように読み方を教えてあげる」

いつ以来か思いだせないほど久しぶりに満腹になったドゥーガンは、絵を指さした。下に添えられた説明をファラに読んでもらうあいだ、チーズのかけらを少しずつ味わった。

銃剣の章に達する頃にはファラがドゥーガンの肩に頭をもたせかけ、ふたりは本とろうそくを前に身を寄せあっていた。ドゥーガンは指一本で飽くことなく絵を次々と指さし、別の指を彼女の巻き毛に絡めては、引っ張って放す動作をなんの気なしに繰り返していた。

「ちょっと思ったんだけどな」しばらくしてファラが読むのをやめ、眠そうにあくびをしたときにドゥーガンは言った。「愛する家族がいなくなったんだろう。代わりにぼくを愛してもいいぞ……」じっと注がれる視線から逃れて、自分の手を観察する。汚れなく真っ白なファラのペチコートの包帯に包まれて、よけいに薄汚く見えた。「もしそうしたければ、だけど」

ファラは彼の首に顔を埋《うず》めて吐息をついた。まばたきするたびに、まつげがドゥーガンの繊細な肌を撫でる。「もちろんあなたを愛するわ、ドゥーガン・マッケンジー」ためらわずに言う。「わたしが愛さなければ、誰があなたを愛するの？」

「誰も」ドゥーガンはまじめに答えた。

「あなたもわたしを愛してくれる？」ファラが小声で尋ねた。

ドゥーガンは考えた。「やってみるよ、フェアリー。でも今まで誰も愛したことがないんだ」

「じゃあそれも教えてあげる」ファラは請けあった。「読み方の次に。愛することは読むことと似ているのよ。一度やり方がわかったら、そうせずにいられなくなるの」

喉が焼けるように熱くなり、ドゥーガンはただうなずいた。自分だけの妖精に腕をまわし、誰にも奪われない大切なものをついに手に入れたという事実を噛みしめながら。

ドゥーガンは彼だけの妖精と過ごしたこの上なく幸せな二年間に、自分のことをたくさん学んだ。誰かを愛するとなったら、とことん愛し抜くたちだということもよくわかった。それもとりつかれたように。

ファラは、父親が軍の病院で友人を見舞った際にコレラ患者と接触し、その病を家に持ち帰ってきてしまったいきさつを話してくれた。ファラ・リーの姉フェイ・マリーが最初に亡くなり、短いあいだに両親も立て続けにあとを追った。

ドゥーガンは、母親がマッケンジー領主館でメイドをしていたことを打ち明けた。領主には何人も婚外子がいて、母親はそのひとりとしてドゥーガンを産んだ。四歳くらいまで一緒に暮らしていた母は、別の愛人に暴力をふるわれて命を落とした。

ドゥーガンは幼い頃から、自分にはほかの人たちと違うところがあることに気づいていた。

なんでも克明に覚えている記憶力もそのひとつだ。ファラと一年前に交わした会話を思いだすこともできたので、ふたりの言葉を再現しては彼女を驚かせ、喜ばせた。

「忘れていたわ！」ファラは言った。

「ぼくは絶対に忘れない」ドゥーガンは胸を張った。

その能力のおかげで飲みこみが早く、ドゥーガンの読解力はすぐにファラを上まわった。けれどたとえ気が進まなくても、ファラが教えてくれるときにはいつでも、ドゥーガンはじっと座って耳を傾けた。興味を持ちそうな本を、ファラが選んでくれるおかげもあった。船や大砲、古代ローマからナポレオンに至るあらゆる歴史的な戦いについて書かれた本。なかでも一番のお気に入りは、海賊にまつわる海の歴史について書かれた本だった。

「ぼくもいつか強い海賊になれるかな？」あるとき、特別なおやつとしてファラが持ってきてくれた固いケーキを口いっぱいにほおばりながらドゥーガンがきいた。

「もちろんだめ」ファラは静かに答えた。「海賊は悪い泥棒で人殺しよ。それに女の子は海賊船に乗れないでしょう」ファラはドゥーガンのほうに体を向け、潤んで怯《おび》えた目で見つめた。「わたしを置いて出ていって、海賊になるの？」

ドゥーガンはファラを引き寄せた。「絶対にきみを置いていったりしないよ、フェアリー」きっぱり誓った。

「本当に？」ファラは体を引いて一心に見あげる。嵐を呼ぶ雲がかかった目から、今にも大粒の雨が降りだしそうだった。「海賊になるためでも？」

「約束する」ドゥーガンはケーキをひと口かじり、ふくらんだ頬で笑いかけてから本に向き直った。「でも、追いはぎならいいかもしれないな。海賊に似てるけど、陸地だから」

少し考えてからファラはうなずいた。「そうね、追いはぎの暮らしのほうが、あなたには合ってると思う」

「じゃあ、フェアリー、きみは追いはぎの奥さんになるわけだ」

ファラは手を叩き、喜びに輝く目を向けた。「それって楽しそう！」ところがそのあと、急にいやなことを思いだしたように表情を曇らせた。

「どうした？」ドゥーガンはたまらずきいた。

「実はわたし……ほかの人と結婚することになっているの」

ドゥーガンは細い肩を揺すりながら怒鳴った。「誰と？」

「ミスター・ウォリントン」怒りと困惑が浮かんだドゥーガンの目を見ながらファラが続けた。「前に――お父さんと一緒に仕事をしていて、わたしをここに預けていった人。わたしが大人になったら迎えに来る、そうしたら結婚することになっているって言ってた」

冷たい絶望がドゥーガンの血に染み入った。「ほかの誰とも結婚させるもんか。フェアリー、きみはぼくのものだ。ぼくだけの」

「どうするの？」ファラが困ったように言った。

ドゥーガンは必死に考えた。将来離ればなれになるかもしれないという恐れに駆られ、ふたりは乾燥した図書室で震えながら身を寄せあった。ドゥーガンにふいに名案がひらめいた。

「もうベッドに戻れ、フェアリー。明日の夜は図書室じゃなくて、教会の聖具保管室で会おう」


ドゥーガンは聖具保管室でファラを待っていた。一度も家族になったことのない自分の氏族を示す唯一の品を握りしめて。マッケンジー一族のタータンの布地だ。風呂に入って体をきれいにこすり、まっすぐな黒い髪はとかして紐《ひも》で後ろに結び直してあった。

ファラのくりくりの巻き毛がチャペルの重い扉の陰からひょこっとのぞいた。一本だけともしたろうそくのほのかな明かりのなか、祭壇の横にドゥーガンが立っているのを見つけると、こぼれんばかりの笑顔で通路を歩いてくる。彼女がシンプルな白い寝間着姿で現れたことが、ドゥーガンは無性にうれしかった。一歩踏みだすたびに、長い寝間着の裾から素足がのぞいた。


ドゥーガンが手を差しだすと、ファラは迷わずその手を取った。「とってもかっこいいわ、ドゥーガン」彼女がささやく。「ここで何をするの？」

「結婚する」彼はもごもごと言った。

「え？」ファラは不思議そうにあたりを見まわした。「神父さまは？」

「ハイランドでは神父は必要ないんだ」ドゥーガンは優しく笑った。「ひとりの神ではなく、たくさんの神によって結ばれる。神々は神父に呼ばれて来るわけではなくて、ぼくたちが頼んだときに来てくれるんだ」

「そのほうがずっといいわ」彼女は熱心にうなずいて同意した。

ふたりは祭壇の前で向かいあってひざまずき、ドゥーガンがふたりの右手を色あせたタータンで包んだ。

「ぼくが言ったとおりに繰り返すんだ、フェアリー」彼は小声で言った。

「わかった」ファラにじっと見あげられると、ドゥーガンは胸に強い愛がこみあげるのを感じた。それはあまりにも強く、この聖なる部屋には似つかわしくないと思えるほどだった。

かつて幼い日に母のスカートの陰で聞き覚えた誓いの言葉を、ドゥーガンは唱えた。


そなたはわたしの血、そしてわたしの骨。

この体を捧《ささ》げよう、ふたりがひとつになるように。

この心を捧げよう、命が尽きるそのときまで。


ファラはすべてを覚えきれなかったものの、少し手伝ってやると心をこめて唱え、ドゥーガンを感動させた。

ヤナギランの葉で作った指輪を彼女の指にはめながら、ドゥーガンはよどみなくいにしえの聖なる誓いの言葉を暗唱し、彼女のためにそれを英語に訳した。

そなたをわたしの心にする、
月が昇るそのときに。
愛し敬っていく、
この命がある限り。
生まれ変わっても、
魂はまためぐり会いその人であることを知る。
そしてふたたび愛しあう。
そして思いだす。

ファラは繰り返すことができずに一瞬戸惑い、それから誓った。「わたしも」
それで充分だった。彼女は彼のものになった。肩の荷がおりたドゥーガンはほっとため息をもらすと、ふたりの手を包んでいた布をほどき、そのタータンを差しだした。「これを持っていてほしい。きみの心臓のそばに」
「ああ、ドゥーガン。あなたにあげられるものを、わたしは何も持っていないの」ファラは嘆いた。

「キスしてくれればいい、フェアリー。それだけでいいんだ」

ファラは小さな唇をすぼめて不器用に彼の唇にくっつけ、思いきりちゅっと音をさせて口を放した。「あなたは最高の旦那さまよ、ドゥーガン・マッケンジー」彼女が高らかに宣言する。「あんなに高く跳びあがれる夫も、壁の下に住んでいるキツネたちにあんなに気の利いた名前を思いつく夫も、一度に三つも石を跳び越せる夫も、世界にあなたひとりだけ」

「誰にも言っちゃだめだぞ」今のキスでまだ少しくらくらしながらドゥーガンが言った。「内緒だ――大人になるまでは」

彼女は大きくうなずいた。「戻らなきゃ」気が進まない様子で言う。

ドゥーガンは同意し、頭をさげて彼女の唇にもう一度キスをした。今度はそっと。なんといってもそれは夫の権利だった。「愛してる、ぼくのフェアリー」ドゥーガンがささやき、ファラは静かに通路を戻っていった。タータンを手に、葉っぱの指輪をはめて。

「わたしも愛してる」

次の夜、ドゥーガンは大部屋の狭いベッドで、上掛けの下にもぐりこんで身をすり寄せてきた小さな体に起こされた。目を開くと、ろうそくのほのかな明かりのなかで、胸に押しつけられた豊かな銀色の巻き毛が見えた。

「何してるんだ、フェアリー?」ドゥーガンは眠そうに言った。

ファラは答えず、いつになく必死にシャツにしがみついて、こわばった体を震わせながら言葉にならない泣き声をもらした。

ドゥーガンが本能的にファラの体を両腕できつく抱きしめると、彼女の動揺が手に取るように伝わってきた。「どうした？　どこか痛いのか？」

「ち、違うの」彼女は口ごもった。

ドゥーガンは少しほっとしたものの、彼女の涙が自分のみすぼらしい寝間着の前を濡らしているのに気づいて困惑した。頭をもたげてあたりを見まわし、隣や向かいに並べられた二段ベッドに寝ている二十人ほどの少年たちに気づかれていないか確かめる。見渡す限りしんと静まり返っている。ファラがこんなことをするのは初めてで、どんな理由があるにせよ、ただごとではないに違いなかった。

軽く背を丸めて見おろしたとき銀色の月明かりのなかに浮かんだ光景に、ドゥーガンの血が凍りついた。

ファラは前夜結婚したときにも着ていたきれいな白い寝間着姿だったが、首のレースからへそにかけて並んでいた小さなボタンがちぎれていた。片方の手で左右の襟元をかきあわせて押さえながら、もう片方の手で彼にしがみついている。十歳の妻を腕のなかで優しく揺すりながら、ドゥーガンは激情を鎮めようとした。

「話してくれ」不安に締めつけられた喉から、そう絞りだすのがやっとだった。

「部屋に引っ張りこまれて、ものすごく、ひ、ひどいことを言われた」ファラは恥ずかしさに顔を赤らめながら彼の胸に向かってささやいていたが、勇気を出して顔を見あげた。「マクリーン神父が、わたしが誘惑したとか、いろいろ言ったの。ひどいこと、いやらしくて恐ろしいことを。それから膝の上に抱きあげて、キスしようとした」

「しようとした?」彼女の寝間着の背中に添えたドゥーガンの両手はぎゅっと握りしめられ、怒りにぶるぶる震えていた。

「わたし――とっさに、ペーパーナイフで神父の肩を刺して走ったの」ファラは打ち明けた。「まっすぐここに走ってきた。あなたのところに。安全な場所はここしか思いつかなかったから。ああ、ドゥーガン、神父が追いかけてくるわ!」すすり泣きながら、声を出すまいとして全身を震わせている。

そんな状況にもかかわらず、ドゥーガンの唇は幼い妻へのゆがんだ満足感で引きつった。「よくやったな、フェアリー」小声で言って髪を撫でながら、彼女が刺したのがマクリーン神父の肩ではなく目だったらよかったのにとひそかに思っていた。

広くて古い石造りの要塞のようなアップルクロスには隠れ場所がたくさんあるが、年老いた神父が男子寮へ捜索に来るまで、そう長くはかからないだろう。

「どうしよう」毛布の下から小さな声が言った。

大部屋のドアの下に明かりが見え、ドゥーガンは凍りついた。片手で彼女の口を覆い、息をひそめて明かりが過ぎ去るのを待った。

　ドゥーガンはベッドから出て静かにトランクを開け、ズボンを二枚取りだした。一枚をシャツと一緒に彼女に投げた。「それを着ろ」小声で指示する。ファラは無言でうなずき、寝間着の下で苦労してそれに着替えた。ドゥーガンはすばやく手伝い、ズボンの裾を折り返し、シャツの袖をまくってやり、ベルトとして使っていた紐を結んで、彼女の細い腰にズボンを固定した。

　底にいくつか破れ目のできたブーツをはきながら、厨房で道中の食べ物を集めるときにファラ用に料理人の靴を一足盗もうと決めた。彼女の部屋に戻って持ち物を取ってくる危険を冒すわけにはいかなかった。

　彼女の小さな手は彼の手のなかで壊れてしまいそうで、それでいてしっかりとした重みがあった。ふたりは暗闇のなか、厨房を目指した。曲がり角に来るたび足を止めてあたりの様子をうかがい、物陰を忍び歩いていく。キショーン湖畔の町、ラッセルまでは十五キロほどの道のりだ。そこで休んで眠り、カキ養殖場でおなかを満たしてから、フォート・ウィリアムへ向かう。ドゥーガンは小さなファラに歩き抜く力があることを願っていた。

　いや、なくてもかまわない。必要とあらば、彼女を背負っていくまでだ。

　ふたりは厨房に入ると、パンや豚の干し肉、少しのチーズを手に入れ、貴重な時間を割いて布切れを料理人のブーツの爪先に詰めた。その女性の料理人は大人にしては小さな足をしていたが、ファラの足はそれよりさらに小さかった。

ドゥーガンはファラが泣きやみ、多少の不安をにじませながらも、顔に固い決意を浮かべているのを見てうれしく思った。

薄っぺらな上着を着せてやり、もっとあたたかい服を持っていない自分を責めた。

「あなたが寒いわ」ファラは抗議した。

「ぼくは肉がついてるから大丈夫」ドゥーガンは豪語して厨房のドアを開けた。蝶番《ちょうつがい》がきしんで墓地に眠る魂の半分を起こしそうなほど大きな音をたて、顔をしかめる。朝露の土くさい臭いがして夜明けが近いことがわかった。つまり、もう夜でも凍りつくほど寒くはないということだ。それは朗報だった。

暗闇に目を凝らし、どちらの方角が真東かを見定めた。できるだけまっすぐ東に歩けば、キショーン湖のほとりに出る。そう確信していた。

押し殺した叫び声に反応する間もなく、彼女の手がドゥーガンの手からむしり取られた。

さっと振り返るとシスター・マーガレットがそびえ立ち、もがくファラを押さえつけていた。マクリーン神父が怒りもあらわに、ふたりのがっしりした修道士を従えて厨房に入ってきた。

「よせ」ドゥーガンは叫び、絶望的な恐怖に一瞬凍りついた。

「ドゥーガン、逃げて！」ファラが叫んだ。マクリーン神父がシスター・マーガレットに歩み寄ってうすら笑いを浮かべる。薄く節くれだった血のついた手を伸ばし、手足をばたつかせるファラを押さえるのを手伝おうとする。

「彼女に触るな！」ドゥーガンが言った。「彼女はぼくのものだ」調理台から盗んでおいた包丁を引っ張りだし、ふたりの敵に向かって警告するように突きだす。「ひと晩に二度刺されたいなら話は別だが」威嚇するように一歩前に踏みだすと、マクリーン神父が薄い唇をめくって歯並びの悪いぎざぎざの歯をむきだした。神父のはげ頭が、修道士のひとりが掲げるたいまつの明かりのなかで光った。

「こいつは逃がすわけにいかない」鷹のようにすばやく、マクリーンは骨張った長い指をファラのやわらかい首にかけた。「餌食《えじき》にするなら別のプリンセスを選ぶべきだったな」

〝プリンセス〟だと？「獲物を探しているのはぼくじゃない、おまえだろ！」ドゥーガンは糾弾した。身をよじってなんとか息をしようともがくファラの怯えた瞳から、目をそらすことができなかった。「彼女を放せ。でないとふたりとも切り刻んでやる」

マクリーンに完全に息を止められたファラの喉が、詰まったような音をたてた。

その瞬間、ドゥーガンが飛びだした。前に突進して、マクリーン神父の弱い膝を狙い澄ましてブーツをはいた足を蹴りこむ。神父は苦しげに叫びながら倒れ、ドゥーガンは気づくと神父の胸に包丁を突き立てていた。

女性の悲鳴があがった。ファラの声にしては低すぎたが、彼女の泣き声もたしかに聞こえていた。そのとき、これまで殴られたことやひもじい思いをしたことがいっぺんに脳裏によみがえり、ファラのためにも報復したいという激情が全身を駆けめぐった。ドゥーガンは包丁を引き抜くと、近づいてきていた修道士に切りつけたが、相手は飛びのいてそれをかわした。目の前にいるひとりに集中しきっていたため、もうひとりの修道士が頭に火かき棒を振りおろすのに気づいたときには遅すぎた。

ドゥーガンが最後に耳にしたのは、彼の名を泣き叫ぶファラの声だった。そして最後に思った。彼女を失望させてしまった。永遠に彼女を失ってしまった。

2

ロンドン　一八七二年
十七年後

ここ十年というもの、ミセス・ファラ・L・マッケンジーは一キロ半ほどの道のりを徒歩で通勤するのを習慣にしていた。小さいながらも洒落《しゃれ》たアパートメントを出ると階下はカフェになっていて、同類の店が軒を連ねるフェッター・レーンからフリート・ストリートに出て歩き続けると、通りの名はやがてストランド通りに変わる。前衛芸術のメッカとして悪名高いロンドンの大通りだ。テンプル・バーと呼ばれる大きな石造りの門と〈アデルフィ劇場〉を左手に、コヴェント・ガーデンとトラファルガー広場を右手に見ながら歩く毎朝は、刺激に満ちた楽しいひとときだった。

アパートメントの大家で、〈ブックエンド・コーヒーハウス〉の店主でもあるミスター・ピエール・ド・ゴールと朝のコーヒーを飲むこともよくあった。店主はいつも夜になるとよく店にやってくる有名な詩人や小説家、芸術家、役者、哲学者の話で楽しませてくれた。

その朝の話題は、変わり者のパリっ子作家ジュール・ヴェルヌとかわした議論についてだった。テーマは先日亡くなった共通の知人アレクサンドル・デュマだったという。

デュマの作品の熱烈なファンだったファラは、その話を特に興味深く聞いていた。そしてヴェルヌの作品を読む機会がなかったことを恥ずかしながら認め、長くなる一方の〝読みたい本リスト〟に加えようと思った。

「読まなくてけっこう」ド・ゴールは言い放った。祖国を離れたにもかかわらず強いフランス語訛《なま》りは、ファラが知り合いになって十年も経つがいっこうに弱まる気配がなかった。

「自分を哲学者だと思いこんでいる、うぬぼれた理神論者の小説家だからね」

ミスター・ド・ゴールにその月の家賃を支払い、垂れさがった顎に笑顔でキスをすると、ファラは朝食用に買ったクロワッサンを少しずつかじりながら、混みあったストランド通りを歩いていった。

その道中、常連客の色彩豊かな行列ができていない建物といえば、ひと握りの娼館《しょうかん》だけだった。そこで働く女性の多くと同様、照明がほどよく暗い夜にしか顧客を誘いこむことができないのだろう。

ロンドンでもっとも有名な繁華街は、その朝もにぎわい活気があったが、ファラはなぜか退屈でがっかりしていた。けれどそれも、チャリング・クロス交差点を避けてノーサンバーランド・ストリートを下り、ホワイトホール・プレイス四番地の裏口に到着するまでのことだった。その裏口はイングランドじゅうに、ロンドン警視庁本部、通称スコットランド・

ヤードの〝裏玄関〟として名をはせている。

普段とは比べものにならないほど大勢の興奮した群衆が建物を取り囲み、大通りにまであふれていた。

ファラは注意しながら群衆の最後尾へと近づき、婚姻法の改正案がまた国会を通過したのだろうかと考えた。というのも、スコットランド・ヤードがこれほど大騒ぎになったのは前回の議案通過以来であり、婚姻許可証を発行する長官が同じ建物にいるからだった。

ふくれあがる群衆の西側の端でまだら模様の去勢馬にまたがるチャールズ・クロンプトン巡査部長の姿を見つけ、ファラはそちらへ向かっていった。

「クロンプトン巡査部長！」ファラは声をかけ、片手をヒューゴーの手綱に置いた。「クロンプトン巡査部長。なかに入れるよう手を貸してもらえませんか」

クロンプトンは四十歳くらいのがっしりした体格の男で、制帽のヘルメットをかぶり、顎に紐をかけていた。顎紐よりさらに下まで伸びた濃い口ひげの向こうから、しかめっ面で見おろす。「今日みたいな日は裏玄関から入るもんじゃない、ミセス・マッケンジー」落ち着きのない馬の背から答えた。「警部から大目玉を食らっちまう。わたしが通したと言わないでくれよ」

「いったいなんの騒ぎですか？」ファラが尋ねた。

巡査部長の答えは群衆からわき起こった突然の怒号にかき消された。ファラがすばやく振り向くと、本部の入り口を横切って地階の階段へ向かうひとりの男の影がかろうじて見えた。顔立ちははっきり見えなかったが、黒っぽい髪や、驚くほどの長身、自信たっぷりの大きな歩幅が印象に残った。

ちらりと見えたその姿が群衆を刺激し、興奮のあまり誰かが事務官の部屋の窓をめがけて物を投げこんだ。

彼女の事務室だった。

クロンプトンはすばやく馬をおりると、ファラの肘をつかんで群衆から引き離し、ホワイトホール・プレイスに面した建物正面へと連れていった。「あの群衆は危険だ！」ファラに大声で言う。「ボウ・ストリートとセント・ジェームズ地区から巡査の応援部隊を呼んだくらいだからね」

「今のは誰だったんですか？」彼女は叫んだ。

だが、ニューベリーとホワイトホール・プレイスの角まで来ると、クロンプトンは彼女を置いて群衆のもとへと戻っていった。暴力沙汰に備え、警棒を掲げて。

ファラはドレスに重ねたウールの黒い制服の上着のしわを伸ばし、スカートの下にクリノリンやバッスル（どちらもスカートをふくらませるための下着）がないことをありがたく思った。狭くなる一方のスコットランド・ヤードの事務室では、大きくふくらませた流行のスカートは邪魔になる。

婚姻許可証を発行する長官の受付係にうなずきかけ、廊下の迷路を抜けて本部と連結する入り口にたどりついたときには、スコットランド・ヤード内部も外の群衆と大差ないほど大混乱に陥っていることがわかった。

こうした状況なら以前にも経験したことがあった。一八六八年の北アイルランド紛争のとき、国会議事堂の外で爆発物が爆発したとき。犯罪者、泥棒、娼婦の大群が日々ひっきりなしに練り歩く場所柄だけに、ホワイトホール・プレイス四番地に石がひとつも投げ入れられない日はなかった。それにしても、スコットランド・ヤードの応接室を肘で人をかき分けて進みながら、ファラはこれほど差し迫った緊張をひしひしと感じた経験を思いだすことができなかった。ざわざわする胸騒ぎを抑えられず、いつもの彼女らしくもなく冷静さを失っていた。

「ミセス・マッケンジー！」裏玄関にごった返す巡査、記者、犯罪者、警部補らのどよめきの頭上から自分の名が呼ばれた。ファラが振り向くと、第一事務官のデヴィッド・ビーチャムが事務室の廊下からこちらへ来ようと、四苦八苦しているのが見えた。ビーチャムは細く華奢《きゃしゃ》な体形が警察官には不適合と見なされたためロンドン警視庁の事務官として雇われ、そのことを今でもずっと悔やんでいた。

ファラは謝りながら人混みをかき分け、ビーチャムのところへ向かった。「ミスター・ビーチャム」ファラは差しだされたビーチャムの肘をつかみ、いくらか安全なほうへ一緒に廊下を進んだ。「いったいなんの騒ぎなのか教えてもらえますか」

「きみをお呼びだ」ビーチャムは横柄に眉をひそめて告げた。

誰からお呼びがかかっているのか、ファラはすぐにわかった。上司のカールトン・モーリー警部だ。

「すぐに参ります」そう答え、帽子を取って机に投げる。事務室の床に散らばった窓ガラスの破片に顔をしかめてから、被害をこうむったのはドアのそばにある自分の机ではなく、ほとんどがミスター・ビーチャムの机だったことに気づいてほっとし、軽い罪悪感を覚えた。第三事務官のエロル・カートライトはまだ出勤してきていなかった。

「道具を持っていくように」ビーチャムはよけいな指図をした。「事情聴取が行われる予定だ。わたしはここに残って報道陣に対処し、応援部隊の巡査《ボビー》をまとめることになっている」

彼は市民が警官につけたあだ名を使ったが、ファラはくだらないと思った。

「もちろんです」ファラは顔をしかめて言い、ペンとインク入れ、議事録や供述書を書き取るための羊皮紙をとじた分厚いノート、犯罪者用と警官用の下書き済み宣誓供述書を手に取った。壊れた窓の外にいる群衆の怒声を無視するにはずぶとい神経が必要だったが、なんとかやり遂げた。事務室は一段高いところにあるため群衆からは彼女の姿が見えず、標的になることはない一方、部屋から群衆を見おろすことはできた。「この大騒ぎはいったい誰のせいなのか、教えていただけます?」彼女はこれが百回目のような気がしながら尋ねた。

ミスター・ビーチャムはばかにしたように鼻を鳴らし、未知の情報を教える役になったことを喜んだ。「逮捕すれば、サー・モーリーの大出世が可能になる唯一の男だよ。近年もっとも悪名高い、あらゆる犯罪を陰で操る黒幕」

「まさか、そんなはずは――」

「そのまさかだよ、ミセス・マッケンジー。ベン・モア城の黒心臓《ブラックハート》、ドリアン・ブラックウェルだ」

「まあ、そんな」ファラは息を吐き、その男と同じ建物にいることがふいに恐ろしくなった。同じ部屋となればなおさらだ。

「頼むから、失神しそうだとか、女性特有のヒステリーを起こしそうだなどと言わないでくれよ。きみが気づいているかどうかは知らないが、われわれは重大局面のまっただなかにあり、少女じみたふるまいの尻ぬぐいをする暇などないからな」ビーチャムは嫌悪感もあらわに彼女をじっと見た。

「わたしが失神したことが一度でもありましたか？」ファラはかちんときて尋ね、ペンとインク入れを持った腕の下にノートを挟んだ。「どうです、ミスター・ビーチャム、この十年のあいだに！」いらだたしげに言い放つと、スカートをひるがえして行き過ぎ、非難がましく眉をひそめた。第二事務官の彼女より先輩の第一事務官が相手とはいえ、侮辱に黙って耐える義務はない。

〝最初にやるべきことを最初に片づける〟ファラは肩を怒らせてスカートをつまむと、地階へ続く階段をおりていった。失神しやすくはなかったが、コルセットのなかで肺がどんどん圧迫され、心臓は罠《わな》にかかったスズメのように胸のなかを飛びまわり、出口を探していた。

ドリアン・ブラックウェル、ベン・モア城のブラックハート。

不安に駆られながらも、ファラは自分が前代未聞の重大局面にかかわっていることを自覚していた。ブラックウェルはたしかに何度も逮捕されたことがあったが、なぜかいつも懲役も絞首刑も逃れていた。ドリアン・ブラックウェルに関する情報を頭のなかでかき集める。

その悪名が国じゅうにとどろき渡ったのは十年以上前、スコットランド・ヤードの捜査対象となった犯罪者の半数が不穏な謎の失踪を遂げたときだった。当初の取り調べの最中に、フリート川沿い、ホワイトチャペル、イーストエンドといったロンドン市内でもっとも暴力がはびこる暗く危険な地区でささやかれ、浮かびあがったひとつの名前があった。

〝ブラックハート〟、大陸規模で暗躍する新顔の犯罪者。誰も気づかないうちに、ロンドンの裏社会を情け容赦なく牛耳っていた男。神出鬼没で、よく訓練された民兵に匹敵するという、驚くべき組織を有しているという。

信じられないほど大勢の指名手配中の泥棒、売春斡旋《あっせん》業者、賭博の胴元、密売人、貧民街の悪徳家主、犯罪組織の首領が姿を消し、しばしばテムズ川を流れる死体となって発見された。

ロンドン東部でひそかな戦いが静かに猛威を振るったが、警察が聞きつけた頃には、血の流れはすでに止まっていた。あまり信頼できない情報源によれば、ブラックハートは行方不明になった犯罪者の後釜として、彼に忠誠を誓う関係者を送りこんだという。地位を追われなかった犯罪者たちは突然羽振りがよくなり、司法の追求から逃げやすくなった。

謎に包まれた〝ブラックハート〟は、ロンドンでおとなしくしている限り、ひどく資金不足で過重労働の警官隊に追いかけられることはなさそうだった。しかし、卑しい泥棒たちの隠れ家や賭博地獄を一手に掌握する地位についたとたん、ある生身の男の姿が浮かびあがってきた。闇のなかから。〝暗黒街戦争〟として知られるようになった戦いの血と汚れのなかから。

そしていきなりブラックハートに名前がついた。ドリアン・ブラックウェル。その名はまったく別種の大虐殺の代名詞となる。標的は金持ちだった。警察は今も、ブラックウェルが無作為に選び、冷淡かつ手際よく昇進させるか破滅させるかしたと思われる人々の関連性を捜査していた。彼の戦場は銀行や重役室で、ペンを振り、スキャンダルをささやくだけでロンドンのエリートたちに破滅をもたらした。街に蔓延《まんえん》する恐怖に歯止めをかけるために、彼は気前よく、特に子どもたちのための慈善活動に寄付したり、芸術家や役者のキャリアを支援したり、安全な投資に成功して富を手にした中流階級の経済を刺激したりすることで、不安をいくらかなだめた。中流と下層階級の者たちのあいだでは、ちょっとしたロビン・フッドのような評判を獲得している。

彼は帝国でもっとも裕福な男のひとりと噂《うわさ》されていた。ハイド・パークに家があるほか、投資対象として、または非友好的な契約のかたに手に入れた数えきれない地所や不動産を所有し、さらにはマル島に通称の由来になったかなり有名な城を構えていた。

それはベン・モア城と呼ばれ、彼が多くの時間を過ごしていると言われるハイランドの人里離れた場所にあった。

じめじめした煉瓦《れんが》とほこりだらけの地階に到着すると、ファラは丸窓にはめられた鉄格子越しに外の様子をのぞき、群衆が二倍にふくれあがっているのを見て仰天した。チャリング・クロスに達するのもさほど長くはかからないだろう。そのあとはどうなるの?

足を速め、証拠品室、記録室、備品室の鉄の扉を通り過ぎる。そばにある階段の下でたむろしていた十人あまりの警部補の呼びかけや、興奮した会話を無視して先を急いだ。全員の関心は一点に集中していた。鉄格子のドアがつけられた最初の拘禁室。その格子のあいだから、何度も悪態をつく声と、まぎれもなく肉と肉がぶつかる音が響いてくる。

誰もがブラックウェルのことを話していた。しかも、彼をよく言う者はいなかった。

得体の知れない有名人、ベン・モア城のブラックハートが手がける商取引はそのほとんどが合法だったので、しばしば非道徳的ではあっても、警察は彼の好きにさせてきた。

だがそれはさらなる謎の失踪事件が街を震撼《しんかん》させるまでだった。刑務所の看守数人。巡査部長ひとり。ニューゲート刑務所長。そしてもっとも最近では、最高裁判事のローランド・

フィリップ・クランマー三世――この国で指折りの権力を持つ裁判官までもが消息を絶った。

ファラにわかることがあるとすれば、身内への暴力ほど警察を駆り立てるものはないということだった。彼女はもちろん知っていた。カールトン・モーリーが、警部に昇進してから十年近くのあいだブラックウェルを追い続けてきたことを。そして、このふたりの追いかけっこがどんどん激化していたことも。

モーリー警部は何度かブラックウェルを告発したことがあったが、それはホワイトチャペル地区を担当していた大昔のことだ。以来、警部はベン・モア城のブラックハートになみなみならぬ執着心を持っていたので、ファラは今度こそ上司が獲物を追いつめたのだろうかと思った。心からそう願っていた。カールトン・モーリーへの気持ちは、このところ以前よりずっと不可解なものになっていた。複雑でさえあった。

階段をおりると、芳香と不快な臭いとが混じりあっていた。麝香《じゃこう》の誘うような匂いと、冷たくこちこちに固まった土が、石と鉄でできた拘禁室と待機房のより凝縮された匂いを強調し、奥に進むほど圧倒的に強くなっていった。尿、体臭、考えるだけでぞっとするようなさらなる汚物の臭いに襲われたが、ファラは今ではそんなことにもわずらわされずに自分の仕事をする術《すべ》を身につけていた。

「ビーチャムがきみをよこすとは驚いたね、ミセス・マッケンジー」ユアン・マクタヴィッシュが言った。背が低くがっちりしたスコットランド人の老練な警部補は、彼女がドアのところで立ちどまると帽子を軽く持ちあげた。ふたりはとても気が合った。というのも、スコットランド・ヤードの警察官たちのあいだでは、彼女の亡くなった夫もまたスコットランド人だったことはよく知られていた。「ベン・モア城のブラックハートほど危険な人物をつかまえるなんて、よくあることではない。ビーチャムはきみへの心遣いを忘れたのかもしれないな」マクタヴィッシュの青い目が危険に光った。

「ご心配ありがとうございます、ミスター・マクタヴィッシュ。でも長くこの仕事をしてきたので、こう見えて百戦錬磨なんですよ」ファラはハンサムな赤毛のスコットランド人に自信あふれる笑みを投げかけると、スカートのポケットから鍵を取りだし、拘禁室に続くドアの鍵を開けた。

「万が一、危険が及んだり何か必要になったりしたときは、われわれがドアのすぐ外に控えているからね」マクタヴィッシュはファラのためを思って、と同時に部屋のなかにいる者たちに聞かせたいかのように、少々大きめの声で言った。

「ありがとうございます、警部補。みなさんも、ありがとう」ファラは感謝をこめて最後にほほえみ、さっとなかに入った。

拘禁室には強い臭いが充満し、ファラはラベンダーオイルを垂らしたレースのハンカチをポケットから取りだして鼻にあてた。いつものように襲ってきた吐き気がおさまると、ようやく部屋にいた人たちに気がついた。

視線をあげたその場で凍りつき、目の前の光景にあっけに取られる。

カールトン・モーリー警部がワイシャツの袖を肘までまくりあげていた。体の脇でこぶしに握られた手入れの行き届いた両手は指の関節に血がつき、普段はきれいに整えられている髪もくしゃくしゃに乱れている。

黒い髪をした大きな男が部屋の中央に置かれたたったひとつの椅子に座っていて、鎖で両手を後ろ手に縛られているが、一見、くつろいでいるような姿勢を取っている。

ふたりとも息があがり、汗だくで血を流していたが、ファラをもっともぎょっとさせたのはそのことではなかった。ふたりが彼女を見たときに、ほぼそっくり同じ表情がその顔に浮かんだことだった。ぎゅっと凝縮された驚きと悲嘆の底に流れる、抑えきれない感情は……渇望だろうか？

ふたりの男のあいだには激しい暴力の気配が立ちこめ、まるで空気がびりびりと音をたてて震えているかのようだった。しかしとらわれて椅子に座らされた男が彼女をじっくり観察し始めると、その場の何もかもがしんと静まり、ぴたりと動かなくなった。

ファラはかつてコヴェント・ガーデンで開催された万国博覧会で、大きな檻《おり》に展示された外国の肉食動物に強く魅入られたことがあった。そうした動物たちに関する本を読んでいたので、ライオンやジャガーなど狩りの能力に優れた肉食獣は超自然的にじっと静止できることを知っていた。肉食獣が今にも飛びかかって喉をかき切ろうとしていようとはまったく気づかずに、獲物がすぐそばを通る。そんなことが可能になるほど、恐ろしく強靱《きょうじん》な自らの体を影や木立、背の高い草のなかに隠すことができるのだ。

彼女はその動物を憐れに思うと同時に恐れた。それほど活力に満ちた力強い生き物が、こんな檻に入れられて鎖につながれている。運命を憎み、次第に弱り、やがて死んでいくことしかできずに。見ていると、ひときわ黒々としたジャガーが鉄格子の向こうで四歩ほど歩き、ぽかんと見とれている色鮮やかに着飾った大衆に向けられた野生の黄色い目は、いつかおまえらを痛い目に遭わせてやると言わんばかりだった。ファラとジャガーの目が合い、そのジャガーは超自然的な静止を実演してみせた。永遠とも思えるほどのあいだ、まばたきひとつせずに彼女をじっと凝視していた。彼女はその肉食獣に心を奪われて、いつしか熱い涙が頬を濡らしていた。その鏡のような一対の目に恐ろしい運命が映ったのが見えたから。その獣は彼女を獲物に選んだ。周囲にひしめく群衆のなかで、とびきり弱くおいしそうなごちそうとして。その瞬間、その獣をつなぎとめているいまいましい鎖に、彼女は感謝した。

ドリアン・ブラックウェルに左右の色が違う目で射すくめられて、彼女はあのときとまったく同じ不安をかき立てられた。彼は冷酷で残忍な容貌をしていた。傷のないほうの目には、あのジャガーと同じ琥珀《こはく》の質感があった。ゆらゆら揺れるランプの明かりのなか、艶のある肌に引き立てられてその目は金色に光っていた。けれど彼女の注意を引いたのは、もう一方の目だった。眉の上から鋭くとがった鼻筋まで、腫れて赤くなった傷がぎざぎざと走る。その傷を中断するように、ブルー以外のあらゆる色素をこし取られたような目がある。そしてたしかに彼は、肉食獣が好みのごちそうを識別するかのように彼女を見つめ、彼女が運悪く彼の射程距離に入りこむまで寝そべって、飛びかかるときを待っていた。男らしい頬骨のとがった線に沿って割れた皮膚から血を流し、右の鼻の穴からは鼻血をぽたぽた垂らしながら。

ファラはかたずをのんだ。その囚《とら》われ人《びと》の、人の心を引きつけずにおかない凝視から視線を引きはがすと、よく知る上司の貴族然とした端整な姿を探した。

普段は冷静なモーリーが、ほころびたロープの端を握り、両手で必死にかんしゃくを抑えているようだった。モーリーらしくなかった。手を背中にまわされ、鎖で縛られている男を殴るなんて。

「準備をしてきたようだな」モーリーは目にかすかに宿るあたたかみとは矛盾する声で言い、彼女にそっけなくうなずいた。

「はい、サー」ファラはうなずいて自分を奮い立たせた。部屋の奥にある机の上に視線を据え、何も落とさず、それ以上に無様なことをせずにそこまで歩くよう、震える脚に命じた。注意深く準備した平静な仮面の下に狼狽《ろうばい》を隠して歩きだすと、ブーツの踵が拘禁室の石に当たって鋭い音が響いた。

「きみの戦術変更はなかなか気に入ったが、モーリー、このおいしそうなものをわたしの目の前にちらつかせても、望みどおりの効果を得られはしないぞ」ブラックウェルの声は、歓迎されない冬の初霜のように彼女を覆った。深くなめらかで、辛辣で、身を切るように冷たい。アクセントは驚くほど洗練されているにもかかわらず、語尾の〝r〟を巻き舌で発音する隠しきれないアイルランド訛《なま》りが、ベン・モア城のブラックハートはロンドン生まれではないことを匂わせていた。彼は力強い肩の上で首をぐるりとまわし、彼女が斜め後ろに置かれた記録係用の机に向かう姿を目で追った。心をかき乱すようなその目を彼女からいっときも離さず、モーリーに話しかける。「今のうちに警告しておこう。きみより残忍な男たちがわたしを殴って自白させようとしたこともあるし、彼女より美しい女性たちがわたしを魅了して秘密を聞きだそうとしたこともある。そしてどちらも失敗した」

ファラは腰をおろしたときに、思ったよりずっと早く椅子に触れたので、両腕につかんだ道具をもう少しでひっくり返すところだった。机がブラックウェルの背後にあるため、動揺を見られずにすむことを言葉にできないくらいうれしく思いながら、震える手で目の前のとじた紙を平らにならし、インク入れとペンも前に置いた。

「いずれおまえもわかるだろう、ブラックウェル、わたしより残忍な男などいないことが」モーリーが嘲笑《あざわら》った。

「と、ハエがクモに言いました」

「わたしがハエなら、なぜクモのおまえがわたしの巣にかかっているんだね？」モーリーはブラックウェルをまわりこんで、後ろ手にかけてある手錠をぐいっと引いた。

「それがここで起きていることだというのはたしかかね、警部？　わたしがきみの策略にはまっていると、本気で信じているのか？」ブラックウェルは冷静な態度を保っていたが、あつらえた高級な上着の下では広い肩がこわばり、こめかみと顎の下に小さな玉のような汗が浮かんでいるのを、ファラは見逃さなかった。

「たしかだと確信しているとも」モーリーが言った。

ブラックウェルがさもおかしそうにたてた虚《うつ》ろな音に、ファラはまたあの黒いジャガーを思いだした。「本当の知恵とは自分が無知であることを知ることにある」

孔子の言葉の引用？　彼のような男がそこまで賢く、危険で、裕福で、力があり、しかも優れた読書家でもあるとは、なんて不公平なことだろう。ファラはため息をこらえ、そんな自分の反応に驚いた。背筋を伸ばして羽根ペンを手に取り、紙に効率よく速記できるよう備える。

「もうたくさんだ」モーリーが部屋を横切ってやってきた。「事情聴取を始める準備はいいかな、ミセス・マッケンジー？」

彼女の名前が虫のように部屋じゅうを飛びまわった。金属と石に自ら体当たりし、中央で鎖をかけられている男に当たって跳ね返った。

「マッケンジー」ひょっとして、何かが気になったブラックウェルがその名を繰り返したのではないか、とファラは感じた。しかし、まつげの下からしかめっ面のモーリーをちらりと見ると、彼は何も気づいていないようだった。

「もちろんです」彼女は小声で答え、ペンをインクにつけてみせた。

ブラックウェルを振り返ったモーリーの四角い顔には固い決意が現れていた。「クランマー判事に何をしたか話してもらおうか。おまえがやったことを否定しようなどと思うなよ、ブラックウェル。十五年前、彼がおまえにニューゲート送りの判決を下した判事であることはわかってるんだ」

「いかにも」ブラックウェルは筋肉をぴくりとも動かさなかった。

十五年前のニューゲート？　ファラはさっと頭をあげた。ペンがテーブルに当たり、派手に引っかく音をたてた。まさかあそこに、同じときにいたはずは――。

「それから、行方不明になっている看守たちも」モーリーはさらに大きく、興奮した声で続けた。「おまえがあそこにいたあいだ、彼らはおまえの監房を担当していた」

「そうなのか？」

「しらばっくれやがって！」

ブラックウェルはなす術がないというように片方の肩をすくめた。できることなら力になりたいとでも言いたげな仕草だったが、それがよけいにモーリーの怒りを買った。「巡査はみんな同じに見える。あのばかげた口ひげと感心しない帽子のせいだ。彼らを見分けるのはほとんど不可能だ。たとえそうしたくても」

「偶然にしてはできすぎている。今回だけは裁判所も見過ごしにはしないぞ！」モーリーは勝ち誇ったように言った。「おまえが這いでてきた巣穴、ニューゲートの前にある絞首台の紐の先でダンスを踊ることになるのも時間の問題だ」

「ひとつでも証拠をつかむことだな」ブラックウェルはやんわりと、だが鋼のように強く抗議した。「もっといいのは、わたしに不利な証言をする勇気のある証人をひとりでも見つけることだ」

モーリーはその落とし穴をよけた。「おまえが激しい復讐《ふくしゅう》を好むことくらい、ロンドンじゅうが知っている。通りでとんまな通行人をひとりつかまえれば、七年の懲役を言い渡された判事を殺したのはおまえだと、片手をあげて神に誓うさ」

「わたしのような男に有罪判決を下すには、伝聞証拠や風評では充分でないことくらい、きみも知っているだろう、モーリー」ブラックウェルは冷笑すると、首を伸ばして、よいほうの目でファラを見た。直接注意を向けられて、ファラは胃のあたりがぎゅっと締めつけられ、両手がいっそう激しく震えだした。「厳粛で公的なわたしの告白を記録に加えてくれ、ミセス・マッケンジー。絶対的な真実にかけて誓う、と書き加えてほしい」

ファラは何も言わずに、いつものように無視することで毅然《きぜん》とした態度を示した。だがもちろん、意識は彼ひとりに集中していた。その顔。野性的で男らしい顔。すべての策略と罠、暗闇。ハンサムだけれど傷跡があり、はっとするほど青い目をしたその顔は、不快であると同時に魅力的でもある。

「わたくし、ドリアン・エヴェレット・ブラックウェルは、刑事上級裁判所判事のローランド・フィリップ・クランマー三世に対して憎悪の感情を抱いたことはいっさいありません。わたくしは軽窃盗罪を犯し、判事からニューゲート刑務所における七年間の懲役刑を申し渡されたおかげで、大いに学ぶところがあったことを厳粛に誓います」この言葉は当然ながら、ひとつひとつの言葉の信憑性《しんぴょうせい》を誰もが疑ってしまう、あの皮肉な調子で語られた。

ファラはすっかり心を奪われて、彼をじっと見つめることしかできなかった。正常なほうの目からただならぬ絶望とともに発せられる無言のメッセージに、焼き尽くされないようにするだけで精一杯だった。目の前の悪魔にもてあそばれ、同時に警告を受けているようだった。「わかるだろう、ミセス・マッケンジー?」ブラックウェルがほとんど口を動かさずに小声で言い、鋭い視線で彼女を椅子に釘付《くぎづ》けにした。「若気の至りってやつだ」

ファラは背筋がぞくぞくした。

「くそったれ!」モーリーが大声で叫んだ。

ブラックウェルが彼に向き直り、ファラは止めていたことにも気づかなかった息を吐きだすことができた。彼にかけられた黒い魔法は突然に解けた。

「恥を知れ、モーリー」彼がからかうようにたしなめる。「レディの前でそんな言葉を使うとは」

「彼女はわたしの部下だ」モーリーが食いしばった歯のあいだから絞りだすように言った。「それから、彼女のことはかまわないでもらえるとありがたい。残っている視力を失いたくなければばな」

「我慢できそうにない。なにせちょうど食べ頃だからな」

「口を慎め」

ファラはこんなに怒ったモーリーを見たことがなかった。唇がめくれあがり、額では血管がぴくぴく脈打っている。まるで別人のようだった。

「教えてくれ、モーリー」ブラックウェルが落ち着き払って、ただし容赦なく食いさがった。「彼女が自分の机で過ごす時間はいったいどのくらいあるのかな？　きみの机の下で、あの唇をきみの――」

モーリーが激怒し、そんな力があったとはファラも知らなかったほど強く、ドリアン・ブラックウェルの顔にこぶしを叩きこんだ。

ブラックウェルの頭が横に倒れ、下唇の端に赤い裂け目ができた。だがそれだけ痛めつけられても、その大柄で色黒の男がなんの音も、低いうめき声さえもらさなかったことにファラは驚いた。彼はただ頭をもとの位置に戻して、目の前に立つ激怒した警部に顔を向けただけだった。

ブラックウェルの黒檀《こくたん》のような髪越しにファラを見たモーリーの目には、かすかに恥じ入るような光が宿っていた。

「持ち物をまとめたまえ、ミセス・マッケンジー。行ってよろしい」男をふたたび見おろすと、モーリーの青い目がまたしても激怒に光った。「こんなところを見る必要はない」

ファラはいきなり立ちあがり、椅子をきしらせながら抗議した。「ですが、サー、わたしは――」

「行きなさい、ファラ！　今すぐだ」彼が命令した。

ファラは息を弾ませながら紙とペン、インクをかき集めた。冷たくなって震える手が自分の言うことを聞くことに驚いた。ドリアン・ブラックウェルの横を通ったとき、彼は彼女のほうに顔を向け、石の床に口いっぱいの血を吐きだしたが、彼女のスカートの裾には届かなかった。

「そうだとも、ファラ・マッケンジー、走ったほうがいい」ありえないほど荒涼とした冷たい声に、ファラは何かの錯覚だろうかと思った。空耳だったのかもしれない。彼が彼女の名前を口にしたとき、どこかで聞き覚えがあるようなあたたかな声の響きが胸をかき鳴らした。

「われわれはもうしばらく、ここにいることになりそうだが」

はっと息をのんで振り返ると、驚いたことに、ブラックウェルは去っていく彼女を目で追ってはいなかった。彼はモーリーを見あげ、モーリーは体の脇でこぶしを握って彼を見おろしていた。

ファラがこの部屋で垣間見てきたあらゆる悪のなかでも、血に染まった歯を見せて笑うドリアン・ブラックウェルの挑発ほど、ぞっとする光景はなかった。彼の目には生気がなく、希望や人間らしさが欠けていた。白みがかった青い目は少しも動かなかったが、たいまつの明かりが反射して、異教徒のような不思議な輝きを放っていた。

ファラはその光景に背を向けると、部屋を大急ぎであとにし、強い関心を示しながら無言で彼女を目で追う警部補たちの前を通り過ぎた。

持てる力を総動員して、ファラはひとりきりになるまで体の震えを隠し通した。

3

三日後の夜、ユアン・マクタヴィッシュ警部補はセント・マーティン・イン・ザ・フィールズ教会の灰色の石壁にマッチをこすりつけ、建物の後ろの壁にもたれて、すっかり短くなった葉巻の燃えさしに火をつけた。ダンキャノン・ストリートの物陰に目を走らせながら考えた。この面会が終わったら、フリート・ストリートの〈マダム・レジーナズ〉に顔を出してもいいかもしれない。この手の秘密の待ち合わせのあとはいつでも決まって、死を免れたことで生を肯定する気持ちが強くなり、性的欲求が高まるのだ。娼婦を相手に二、三度、自らを解放するまでは、普段の自分に戻ったようには感じられないだろう。

「〈マダム・レジーナズ〉に新しく入ったパリ娘のことでも考えているのか?」悪夢の元凶とも言えるその声に、マクタヴィッシュは心臓が止まりそうなほど驚いた。

「よしてくれよ、ブラックウェル!」はあはあと息を切らして、湿った地面に落としてしまった葉巻をしかめっ面で拾った。「あんたみたいな体格の男が、いったいどうやったらそんなふうに物音ひとつたてずに影を這いまわれるんだ?」

マクタヴィッシュに選ぶ権利があったなら、ベン・モア城のブラックハートのほほえみは二度と見たくなかった。見たが最後、全身のうぶ毛が何時間ものあいだ逆立ちっぱなしになるようなほほえみなのだ。

「よくやってくれた」ブラックウェルがねぎらう。「指示を立派にやり遂げたな」

「簡単じゃなかったぞ」マクタヴィッシュはぶつぶつ言い、残忍な顔立ちに困惑を浮かべつつ何かを計算するブラックウェルの表情をうかがうのは難しいことを悟った。「監視の目を盗んで、あんたの独房にこっそり記録を差し入れながら、同僚に気づかれないようにするのはな。スコットランド・ヤードであんたに忠誠を誓っているのがわたしだけでなくて、あんたは幸運だ」

顔を見るだけでも鳥肌が立つほどなのに、すべてを見透かすようなブラックウェルの視線をまともに見返すことなどできるわけがない。ベン・モア城のブラックハートがその青い目を通してどの程度見えているのかを知る者はいなかったが、その目がひとたび自分にぴたりと据えられると、誰もがすっかり皮をはがれ、邪悪な罪をむきだしにされたように感じるのだった。

「わたしにはいろいろな形容が当てはまるがな、警部補、幸運だけは当てはまったためしがない」

マクタヴィッシュは、目の前の一分の隙もない身なりをした悪党と同じくらい不運になってみたいものだと思った。手に触れたものを黄金に変えるミダス王ほど金持ちで、専制君主のシーザーに負けない権力を持ち、悪魔のように非情だと言われていた。女たちを魅了するきれいな顔ではないが、ドリアン・ブラックウェルのような男は行く先々で女性の目を引いた。恐怖心をあおるのも魅了するのも誘惑には有効な手だが、この危険な香りを発散する大男を前にすると、女性たちはたいていいずれかの反応を示した。

「それはそうと、なんであんなことをした？」マクタヴィッシュが尋ねた。「手下を集めて大騒ぎさせておいて、ただ送り返すとは」

その質問を無視して、ブラックウェルは黒っぽい外套《がいとう》に手を突っこむと、金色の円筒を取りだした。そこから新しい葉巻を引きだしてマクタヴィッシュに差しだす。マクタヴィッシュは一瞬じっとそれを見つめることしかできず、吸い終わるまで命があることを願った。

「ありがとう、サー」彼はためらいがちに言い、それを受け取ってかぐわしい貴重品を口元へ持ちあげ、先端を嚙み切った。ブラックウェルが手袋をはめた手でマッチをすったので、マクタヴィッシュは火をつけるためには、勇気を奮い起こして頭をさげなければならなかった。だが吸いたい気持ちが勝った。これほど高価な葉巻を吸える機会は二度とないと確信していたからだ。「まあ、シングルトン判事の前に出廷しさえすれば、野良猫みたいに自由に通りを歩けるだろうとわかっていたが。モーリーはあんたに関して何もつかんでいなかったから」

「いかにも」

マッチの火がブラックウェルの顔を照らすと、マクタヴィッシュは同情を覚え、軽く顔をしかめた。「ずいぶんやられたな」治りかけの唇の傷と、頰骨に残る複数の痣《あざ》が見えた。「あんたになんの恨みがあるのか知らんが、そいつはひどい」

「警察でぶん殴られたにしては、ずいぶん軽いほうだ」ブラックウェルがいたってにこやかに言った。

マクタヴィッシュは青ざめた。「わたしに謝らせてほし――」

ブラックウェルが片手をあげて黙らせた。「報酬を支払う前に、少し情報がほしい」

天国のかけらのような葉巻をふかしながら、マクタヴィッシュはうなずいた。「なんなりと」

ブラックウェルがかがみこんだ。「ミセス・ファラ・マッケンジーについて知っていることを全部話してくれ」

葉巻をふかすのをやめ、マクタヴィッシュはきいた。「ミセス・マッケンジーって、事務官のか？」

ブラックウェルはじっと動かず何も言わなかったが、そのおどけた視線を読み解くのは暗がりのなかでも簡単だった。

当惑したマクタヴィッシュは首の後ろをかき、彼女について何か興味深いことを言えるだろうかと記憶を探った。「彼女は、われわれが思いだせる限り、ずっとあそこにいる。わたしより古いくらいだ。わたしがスコットランド・ヤードに勤め始めたのは七、八年前だが、考えてみるとそれだけ長い付き合いなのに、彼女のことはあまりよく知らないな。有能で周囲から好感を持たれてはいるが、人付き合いを避けているふしがあり、寡黙だ。わたしの経験では、女性としてはめずらしいし称賛すべき特徴だろうな。ほかのふたりの事務官よりよく働くのに、給料はふたりより安い」

「モーリーは彼女にどういった仕事をさせている？」

「普通の事務作業さ。帳簿つけ、記録の管理、書類仕事、備品の注文、配達の手配、メモ取り、裁判所への書類の提出。そういったことだ」

ブラックウェルは微動だにしなかった。表情も動かない。だがマクタヴィッシュはまた、うなじの毛が逆立つのを感じた。警部補として人の心を読めるよう訓練されたマクタヴィッシュには、いくら謎の男でも、ブラックウェルの手袋をした手がほんの少しきつく握りしめられたのがわかった。

「夫は？」

「スコットランド人だと聞いている」

「夫についてほかに何か知っていることは？」

「ほとんどない。若いときに結婚して、ずっと前に亡くなったという話で……」

「それで？」ブラックウェルがうながし、マクタヴィッシュが予想もしなかった短気な面を見せた。

マクタヴィッシュは肩をすくめた。好奇心をそそられたが、それを見せるほどばかではない。「考えてみると、わたしが知っているのはそれくらいだ。もちろん、前からいろいろな憶測は飛びかっているが、彼女はそのことを話そうとしないし、女性にそういったことを尋ねるのは失礼だからな」

「彼女は……スコットランド・ヤードの誰かと恋愛関係にあるのか？」

マクタヴィッシュはそれをひどくばかげた考えだと思い、声を出して笑った。「目立つ美人ではないし、同僚の大多数は彼女が女性だってことすら忘れてる」

「じゃあ……誰とも？」

「そうだな、聞くところによれば、夜に出かけることが増えているらしいが。サー・モーリーと」

その名前が出たとたん、ふたりは同時に石の上に唾を吐き、ブラックウェルの唇が嫌悪でめくれあがった。

マクタヴィッシュは凍りついた。強烈さを増したブラックウェルの態度の何かが、心臓を高鳴らせた。「警部は間違った女性のまわりをうろついていると思うがね」彼は急いでつけ加え、たいしたことではないと言うように片手を振った。

ブラックウェルの無傷なほうの目が鋭くなる。「どういう意味だ?」

「いや、ひとつには、彼女は清く正しい未亡人だ。ああいった女性に夢中になる男をわたしはあまり知らない」

「どういった女だ?」

「ほら、わかるだろう。文学少女みたいというか、冷淡でお堅いんだ。そうだな、なかには不感症と呼ぶやつもいるかもしれない。それに歳《とし》も二十より三十に近い。天使のような顔をして、ハリネズミみたいに守りが堅い。わたしの意見を聞きたいのなら、だが」

「きみの意見が聞きたいときは、ただちにきみに知らせる」

「そうしてもらえるとありがたい」心臓をばくばくいわせながら、マクタヴィッシュは葉巻をふかし、ひと息ごとに最後の一服にならないことを願った。ミセス・マッケンジーにどんな用があるというんだ? 記録を手に入れるためか? 書類? 賄賂? 彼女に気があるはずはない。ドリアン・ブラックウェルのような男はファラ・マッケンジーみたいなきまじめな女を好んだりしない。街の噂では、エキゾチックな外国人娼婦を大勢雇い、大邸宅に囲って自分だけのハーレムを作っているらしい。ミセス・マッケンジーのような寂しい未亡人が、そんな男に何を差しだせるというのか?

「彼女の住まいは?」ブラックウェルがきいた。

マクタヴィッシュは肩をすくめた。「はっきりとは。芸術家が多いボヘミア地区の、フリート・ストリートから少し入ったところ、と聞いたような気がする」

ブラックウェルの鼻の穴がふくらんで息が荒くなり、少しのあいだ静かになった。マクタヴィッシュは彼が小声でこう言うのを聞いた気がした。「では今までずっと……」

「今なんと？」

「なんでもない」ベン・モア城のブラックハートが——動揺しているようだった。それ以外にぴったりくる言葉がない。マクタヴィッシュは自分の目が信じられなかった。

「きみの貢献と思慮深さへの謝礼だ」てのひらに紙幣が押しつけられた。

マクタヴィッシュはそれを見おろして衝撃を受け、あやうくもう一本葉巻を失うところだった。「これは——わたしの半年分の給料だ！」

「知っている」

「これは受け取れない」マクタヴィッシュは押し返した。「こんなにもらうほどのことはしてないからな」

ドリアン・ブラックウェルは紙幣にも警部補にもこれ以上指一本触れないとばかりに、一歩さがった。「その金について無料の助言をさせてくれ、マクタヴィッシュ」彼の残忍で冷たい声の抑揚に特に変化があったわけでもないのに、不思議なほどはっきりと強い脅威が感じられた。「きみのような男が罪の意識を持つのは危険だ。きみを金でどうにでもなる人間だと信じられなければ、きみの何も信じることができない。そしてきみを信用できなければ、きみの命はわたしにとって価値がない」

マクタヴィッシュは紙幣をさっと胸に引き寄せた。「そのとおりだ、ブラックウェル。あんたの気前のよさに感謝することにしよう。じゃあ、そろそろ行くとするか」脚が歩けないほど激しく震えていなければ。

ブラックウェルはうなずき、どんな光をもさえぎる真っ黒なフェルト帽をかぶると、ストランド通りへ歩きだした。「楽しい夜を、警部補。マダム・レジーナによろしく」

やましい考えはすっかり読まれていたようだ。マクタヴィッシュは愚かにも、自分の習慣はブラックウェルの注意事項の長いリストの末尾にあるから気づかれないと踏んでいた。公爵を恐喝したり、判事を買収したりしているときに、言いなりになっている百人もの警官のうちのたったひとりの性癖を、どうすれば覚えていられるというのだ?

自分でも気づかないうちに、マクタヴィッシュは良心の呵責《かしゃく》にとらわれた。「彼女を傷つけたりしないだろう?」そう問いかけた。「ミセス・マッケンジーのことだが」

ブラックウェルがゆっくりと振り向き、不自然な青い目を彼に向けた。「きみはわたしに質問をするほどばかではないはずだろう、警部補」

マクタヴィッシュは息をのみ、山高帽を取ってつばを握りしめた。「許してくれ……ただその——なんというか——彼女は本当に心が優しくて、思いやり深い女性だから。彼女に少しでも不愉快な思いをさせる片棒をかついだと知りながら、平気な顔で生きていくのはどうも……」

ブラックウェルのまわりの空気が、あたかも彼を守ろうと影が集まってきたかのごとく暗くなったように見えた。「良心の呵責に耐えられないなら、マクタヴィッシュ、生きていく以外にも選択肢はある……」ブラックウェルが脅すように一歩近づいたので、マクタヴィッシュは飛びのいた。

「いいえ！　けっこうです、サー。邪魔はしない。敬意を欠いたつもりはなかった」

「よろしい」

「わたしは——疑問を差し挟むつもりもなかった。ただ……みんながみんな、あんたのように邪悪な心を持てるわけではないんだ」

ブラックウェルがさらに詰め寄り、マクタヴィッシュは目をぎゅっと閉じてこれでおしまいだと覚悟した。だが殺されると思ったそのとき、ブラックウェルの落ち着いた冷たいささやき声が破滅の兆しのように打ち寄せてきた。「それは違うな、警部補。わたしのような心は誰でも持つことができる。ただそれなりの……動機が必要なだけで」

震えながら、マクタヴィッシュは帽子を頭に戻した。「は、はい、サー。そのような動機がほしいとは思わないが、どうしてもと言うなら」

無情な肉食獣の喜びがブラックウェルの目に光った。その瞬間、こんなふうに自分をふがいなくさせるそのろくでなしを、マクタヴィッシュは憎んだ。

「近くに来い、マクタヴィッシュ。秘密を教えてやろう。ほとんど知られていない、わたしに関する秘密だ」

ドリアン・ブラックウェルの秘密を知る者はいない。知ったが最後、命はないからだ。

マクタヴィッシュは黒く大きな男のそばに寄った。「な、なんでしょうか?」

「そんな動機をほしがる者などどこにもいない、警部補。このわたしだってほしくはない」

せわしなく目をしばたたかせながら、マクタヴィッシュはうなずいた。ドリアン・ブラックウェルがロンドンの夜の霧と影のなかに溶けこむのを見送って、ようやく死だけでなく悪魔その人から逃れられたと確信した。

4

ファラはロンドンの夜を満喫していた。コヴェント・ガーデンで〝上流社会〟の人々と交流し、講演や音楽会へ出かける。催しが終わったあとは、イングランドに滞在してすっかり気分が落ちこみ、パリに戻ったらその経験を書こうと思っている小説家たちとのパーティーを楽しんだりもした。

今日は、青みがかったシルクで新調したすてきなドレスを、念入りにひだを寄せてリボンを飾ったペチコートの上に着ていた。カールトン・モーリーのエスコートでトム・テイラーの新作喜劇を見に行くことになっているからだ。ふいに大胆な気持ちになり、胴着の薄い袖を横に引っ張って、鎖骨から肩にかけて肌を惜しみなく露出した。

時計が六時を指すと席を立ち、肩をすぼめるようにして仕事用の上着を脱いだ。やわらかいフリンジのついたショールを羽織り、白いシルクの手袋をはめる。

一番新入りで、少なくとも五歳は年下の事務官カートライトが、臆面もなく魅了された視線を送ってきた。「その色を着たところを初めて見ましたよ、ミセス・マッケンジー。目の色が引き立ちますね」

「ありがとう、ミスター・カートライト」彼女はほほえんだ。魅力的な若い男性からほめられ、うれしさのあまり体がうずくのを止められなかった。

「その分だと、今夜のうちにサー・モーリーをひざまずかせることになりますよ」彼は唇に当たってくすぐったいものの、ようやく伸びたことが誇らしくてたまらない金色の薄い口ひげを撫でた。「モーリーがひざまずかなかったら、ぼくを探してください。誰もがうらやむ独身の地位を投げ捨てる気になるかもしれない」

喜びがしぼみ、ファラは無理に笑顔を作った。「そんな悲劇を巻き起こそうなんて夢にも思わないわ、ミスター・カートライト。お互いのためにね。わたしは誰の妻になる気もないから」言いながら、無意識に手袋の端をいじっていた。知り合いのほぼ全員が、未亡人という立場に同情せずにいられないらしいことを思い知らされるたび、ファラはわずらわしく思っていた。ここ十年というもの、彼女がひとりぼっちで眠っていると考えるだけで良心が咎《とが》めるという理由から、大勢の男性が彼女を妻にしたいと申し出ていた。

だから四年近くも、立派な売れ残りと見なされる年齢になるまで喪服を着続けて、その種の申し込みをかわしてきたのだ。しばらくすると求婚者は減り、幸運なことに、男性といえば既婚の警察官が大半で、ほかには警察を嫌悪する犯罪者しかいない職場で働けることになった。ファラにとってはまさしく好都合だった。夫を持つべきだという考えに彼女のほうも辟易《へきえき》していたからだ。

ささやかながら財産はある。時間も、喜びも、意見も、そして何より意志も自分だけのものだった。適齢期を過ぎ、歳を重ねるばかりの中流階級の未亡人には、ほとんどの女性が夢見ることしかできない社会的な自由があった。付き添いを必要とせず、はばかられるような交際も許されていた。本人が望めば愛人を持つことさえでき、相手が聖職者でもなければ目をぱちくりされる心配もなかった。

けれど、悲劇的な結末を迎えたつかの間の結婚は、ファラの人生で一度きりのものになりそうだった。彼女としては、そのことになんの異存もなかった。昼間はずっと警察で働いていたし、自由な時間もそれなりに忙しく過ごしていたからだ。

胸を締めつける哀愁を、本来あるべき過去へとしっかり押し戻す。ファラは、カートライトに「よい夜を」と告げて、どんどん人が出ていくスコットランド・ヤードの玄関ホールに入っていった。

事務室から出ると、クロンプトン巡査部長と内勤のウェストリッジ巡査部長が低く口笛を吹いた。「これはこれは！　そんなにおめかしして、女王陛下に謁見かい？」クロンプトンが大きな声で言った。寒い午後じゅう川のそばを巡回していたためか、顔が赤くなっている。

「紳士のみなさん」彼女は笑い、深く膝を曲げて完璧なお辞儀をしてみせた。

「そんなお辞儀はもったいないよ、マッケンジーの奥さん！」いつも波止場で仕事をしているジェマ・ウォーロウという売春婦が、下品ながらも愛想よく声をかけた。「あんたの靴を磨く資格さえないやつらじゃないか!」

「口に詰め物でもしてろ、ウォーロウ!」クロンプトンが言ったが、その声には少しも反感がこもっていなかった。

「自分で詰めたらどうなのさ、巡査部長!」ジェマが汚れた茶色の髪の房を揺らしながら言い返した。「あたしの喉まで届く立派なものがズボンのなかにあるなら、だけどね」

ファラは玄関ホールのなかほどで身柄を拘束されているジェマを見つけた。「ミス・ウォーロウ、ここで何をしているの?」優しく尋ねる。「更生施設に入れるよう手配したはずでしょう?」

「ドラザーズに見つかって埠頭《ふとう》に連れ戻されて、営業してたらつかまっちまった」ジェマはたいしたことじゃないというように肩をすくめた。「ご親切には感謝してるよ、ミセス・マッケンジー。でも考えてみれば、あいつがそう簡単にあたしを手放すはずがなかったんだ」

エドモンド・ドラザーズは売春を斡旋し、闇商売を取り仕切る男で、波止場での営業を一手に牛耳っていた。その冷酷さは悪評高く、しかも強欲ときていた。

「ああ、ジェマ」ファラは駆け寄り、手を差し伸べた。「今度はどうしたらいいかしら?」

ジェマが手を引っこめ、手錠が音をたてた。「ほら、そのユリの花みたいに真っ白な手袋が汚れちまうよ」リンゴのようなほっぺたで明るく笑いながら言う。ジェマはファラと同年代のはずだったが、つらい年月を送ってきたために十歳ほども年上に見えた。目尻には深いしわが刻まれ、風雨にさらされて荒れた肌が華奢な骨の上でぴんと張っていた。「そんなにきれいなドレスを着て、どこに出かけるんだい？」

ファラはジェマに対して抱く憐れみと心配を押し殺して、ほほえんだ。「今夜は劇場へ出かけるの」

「そりゃ楽しそうだ」ジェマの目に心からの喜びがきらめいた。「エスコートさせてもらえる幸運な男は誰なんだい？」

「わたしだ」カールトン・モーリーがファラの隣に現れ、夜会帽の下でブルーの目をきらめかせてファラを見た。

「おやまあ！」ジェマが大声をあげた。「ロンドン一すてきなカップルじゃないか？」部屋が用意できるまで待たされている五人ほどの酔っ払い、泥棒、ほかの売春婦に呼びかける。

全員がすかさず同意した。

「行こうか？」華麗な夜会服姿のモーリーが差しだした腕を、ファラはうれしそうににっこりして取った。

立ち去る前にジェマを振り返って言う。「自分を大切にしてね。今後のことは明日の朝、相談しましょう」

「あたしのことなら心配いらないよ、ミセス・マッケンジー！」ジェマは言い張り、ぼろ布のような赤いショールを引きあげてがりがりに痩せた肩を包んだ。「今夜は久しぶりにゆっくり寝かせてもらえそうだしさ！」

警官と犯罪者が一緒になってどっと笑った。笑い声が夕暮れに溶けこむなか、ファラはモーリーについてストランド通りへ向かった。ふたりともしばらく黙ったまま、川からわきあがった濃霧――足が見えないほどだ――をかきまわすように歩いた。ガス灯とランタンがたそがれ時の憂鬱を寄せつけまいと、灰色の霧に金色の輝きを与えていた。

夜は音楽と陽気なにぎわいに満ちていたが、ファラには自分たちがそれらすべてから切り離されているように思えた。鮮やかな色彩と陽気な音楽に心を奪われる代わりに、ふたりは裕福な人たちの脚のあいだを縫って走る浮浪児や、浮かれ騒ぐ無関心で冷淡な人々に手を伸ばす物乞いを見ていた。街はいまだかつてなく富と貧困、文明の進歩と犯罪の増加にくっきりと二分されている。今夜はそのことがジェマ・ウォーロウの姿と重なり、ファラの心に重くのしかかっていた。

「こんな夜には、田舎の新鮮な空気を吸うためならなんでも差しだせると思うことがあります」彼女は気が散っているのを申し訳なく思いながら言った。

モーリーは肯定するような声をもらした。ちらりと見あげると、彼の淡い色の眉も何かに気を取られているようにひそめられている。視線はストランド通りの人混みに注がれているが、誰にも焦点が合っていなかった。夜会服に白いクラヴァットを合わせた姿はとても美しかった。完璧な英国紳士だ。背は高いけれど高すぎない。ほっそりしているのに力強い。伝統的な、いかにも貴族らしい美男子なので、魅力的でありながら親しみやすい。歯はよく手入れされていて歯並びも悪くなく、四十歳近いというのに金色の髪は豊かで白髪はない。人々が思わず道を空けてしまうほど堂々と歩き、ファラはそれも彼の魅力のひとつに加えないわけにはいかなかった。

カールトン・モーリーは本物の貴族ではないにせよ優秀な男で、ほとんどの人からただちに尊敬を集めた。ロンドン警視庁史上、指折りの有名な警部としての評判が加わればなおのことだった。

「今夜はワインのボトルをひとりで二本空けたい気分よ」彼女は言い、彼を試した。ふたりとも、ディナーの席でもグラス一杯以上は飲んだことがなかった。

彼はうなずいて何かもごもごと応えた。考えを嚙みしめるかのように、とがった顎がいらだたしげに円を描く。

「そうしたら」ファラはくだけた口調で続けた。「テムズ川でひと泳ぎして楽しむことになるでしょうね。きっと裸で。新しいドレスを汚したくないもの、そうでしょう?」

「そうだね」モーリーは親しげに賛同したが、まだ彼女を見ようとしなかった。

組んだふたりの腕にもう片方の手をのせると、彼女は手近な建物の入り口へ彼を引っ張りこんで歩行者の波をよけた。「カールトン」彼女は言い、顔をのぞきこんだ。「考えこんでいらっしゃるようね。どうかしました?」

ファーストネームを使った形式張らない呼びかけが彼の注意を引いた。これはふたりのあいだに芽生えたばかりの親密さで、ふたりともまだそれに慣れていなかった。

「許してほしい」彼は彼女の手を口元に持っていき、そっと唇を押し当てた。「言い訳ができないほど失礼なことをした」「さっき言ったことをもう一度言ってもらえるかな?」

それはできないと思いつつ、ファラは力なくほほえんだ。手袋をはめた手に口づけられて体の中心にあたたかな光がともり、すぐに彼を許した。「ドリアン・ブラックウェルが今日、裁判所で無罪判決を受けたそうね。それがあなたに重くのしかかっているの?」

その名前を耳にしたとたん、モーリーの表情が固くなり、彼女の手を握る手に力がこもった。「なんとかして捕まえるたびに、あいつは指のあいだをすり抜けていく! 警察の半分を手中に収め、国会もやつの言いなりだ」彼女の手を放し、帽子を脱いでいらだたしげに指で髪をかきあげてから、帽子をかぶり直した。「あのやろう!」感情を爆発させる。「しかも、あの腐ったシングルトン判事が恥知らずにも何をしたか知っているかね?」モーリーは尋ねておいて、返事を待たずに続けた。「公の場でこのわたしを、あの人間のくずに悪意ある行為をしたと言って叱責したんだ!」

ファラは黙っていた。その件については異なる見方をしていたが、それを口にするときではないと思った。モーリーは厳格な指針を持つ人で、両手を鎖でつながれた人を、たとえどれだけそれに値する悪党だったとしても、殴ったりはしないと思っていたのに。

「今夜は劇場のような娯楽より、のんびりしたほうがいいかもしれないわ」ファラは優しく提案した。「お庭をそぞろ歩くとか――」

「いや」モーリーがさえぎり、彼女の顎の下にそっと指を置いた。「いいんだ。今夜は喜劇で気をまぎらす必要がありそうだ。ドリアン・ブラックウェルのことを頭からすっかり追いだすために」

「そうね」彼女は賛成し、親しげに触れられてうれしくなった。「あの人のことは頭から締めだして夜を楽しみましょう」けれど、そうは言いながらも、ドリアン・ブラックウェルのような人を忘れることが口で言うほど簡単ではないことはよくわかっていた。そのときまでほぼ三日のあいだ、彼女もまさに同じことをしようとしてきたからだ。階下に拘束されていたあいだずっと、ブラックウェルは招かれざる客のように彼女の頭に住みつき、聞きたくもない音楽のように侵入してきた。下の部屋に彼がいるという事実が絶えず意識から離れず、神経をかき乱した。

「そうしよう。今夜は魅力的な連れのご婦人だけに意識を傾けることにしよう」モーリーは上向きに傾けた彼女の顔をじっと見おろし、きっぱりと言ってみせたが、すぐにまた気分が逆戻りした。「だが、あいつがきみとわたしについてあんなことを言ったときは――あいつを殺してやりたいとさえ感じたよ」

ファラはできるだけ人懐っこい笑顔を心掛けた。「そんなに気にすることはないわ。長年のあいだに、もっとひどい言われ方をした経験もあるもの」本当のことでしょう？

「わたしの気を楽にしようとしてくれているのかな？」彼は小声で言って頭をさげ、すぐそこにある彼女の口の上で唇をさまよわせた。

「そうよ」彼女ははっきり答えると、彼を押しだして歩道に戻り、ふたりの夜を再開した。

「ドリアン・ブラックウェルは、拘禁室でわたしに話しかけた、もっともがさつで下品な人たちのリストに載ってすらいないわ」それなのに、なぜかもっとも恐ろしかった、と心のなかでつけ加える。それは考えてみれば奇妙なことだった。この仕事を始めてからというもの、脅され、誘われ、体面を傷つけられ、施しを乞われてきたが、ドリアン・ブラックウェルはそんなことを何ひとつしなかった。単に彼女の名前を口にしただけ。いくつかほのめかしはあったにしても。彼の声を通して伝わってきたそこはかとない気配は錯覚だったと確信しているけれど、今でもそれを思いだすたびに全身に震えが走る。

「わたしの下で働くのは楽しいかね、ファラ？」モーリーはためらいがちに、まるで少年のような調子で尋ねた。「不思議に思うことがしょっちゅうある。きみはむしろ、どこかで静かな愛らしい家庭を切り盛りしたいのではないかと」

ファラはいやな臭いを振り払うかのように、顔の前で手を振った。「忙しくしているのが好きなんです。一日じゅう何も生産的なことをせずにいたら、頭がどうにかなるに決まっています。スコットランド・ヤードで働くのはとても楽しいですよ。自分がロンドンの街の記録係で、すべての薄汚れた秘密を握っているみたいな気分になれるから。自分の仕事にとても誇りを持っています」

「それはわかっている」モーリーはうなずいたが、まったく新たな問題に気を取られ始めたようだった。「だが、スコットランド・ヤードで永久に働きたいのかい？　家族を持ちたいと思ったことはないのか？　ほら、その――子どもを？」

その質問が胸をえぐり心臓に達するあいだ、ファラは黙っていた。当初からスコットランド・ヤードで働きたいと思っていたわけではない。あそこに就職したのは、自分が必要としているものをいつか手に入れられるかもしれないと期待したからだ。過去の秘密を解き明かす何かを。時が経つにつれ、そんなものは永遠に手に入らないとあきらめがついた。ふたつめの質問は……自分にそのことについて考えるのを許したことがなかった。〝家族〟や〝子ども〟などという可能性は幼い頃に奪われたので、そのことを考えるたび胸を痛めずにはいられないからだ。けれど今、子どもを、あるいは家族を持つと考えてしまい、自分のなかの奥深くにある何かがよじれて痛んだ。

「それより、おなかがぺこぺこなんです」ファラは明るく言い、話題をそらした。「劇場へ行く前に早めの軽い夕食をとりませんか……イタリア料理はいかが？」

モーリーはしぶしぶその話題を棚あげにして同意した。「〈アデルフィ劇場〉のすぐ隣にあるレストランを知っている」

「すてき！」彼女は顔を輝かせた。

軽いイタリアンの夕食をとるあいだ、ふたりはベン・モア城のブラックハートと彼女の将来に関する話題を避けた。そうして席を練り歩くヴァイオリン弾きにセレナーデを奏でてもらい、絶品の赤ワインとともに、ほっぺたが落ちるほどおいしいトマトソースのパスタをおなかいっぱい詰めこんだ。新しい地下鉄路線の工事や、人気が高まっている探偵小説など、どうでもいいことばかり話した。〈アデルフィ劇場〉で上演された芝居はおもしろく、よくできた筋書きだった。ふたりはすっかり気分をよくしてフリート・ストリートをそぞろ歩き、ミスター・ド・ゴールのカフェの上にある彼女のアパートメントを目指した。夜が更けるにつれ、そして東へ進むにつれてロンドンの通りは危険が増し、ファラはモーリーが常に武器を携帯していることを心強く思った。

「賭けてもいい。次はあなたをモデルにした三文小説が書かれるわ、サー・モーリー」彼女はからかった。「きっと、〝今夜は名前を口にしてはならないあの男〟を追跡するシーンも。そうなったら楽しいと思いません？」

「ばかばかしい」モーリーはぼそぼそと言ったが、ランプの光のなかでさえ顔を赤くしたのがわかり、見おろす目はまんざらでもなさそうだった。

今夜もド・ゴールが開いた詩の朗読会は、アブサンで酔っ払った人々のどんちゃん騒ぎに変わっていた。ロマの音楽とけたたましい笑い声が通りにまであふれて、売春婦やジンの行商人が呼びかける声と混じりあっていた。

「わからないな、きみがどうしてこんなところに住み続けているのか」モーリーは部屋へ続く暗い裏階段までエスコートしながら、いっそう警戒するように彼女の肘をつかんだ。「この——いわゆる自由奔放なボヘミアンたちは、きみのように品のいい女性がうまくあしらえる人種ではない」

ファラは陽気に笑って彼のほうを向くと、視線の高さが同じになるように階段を一段あがった。「わたしが誰かをうまくあしらうところを想像できて、カールトン？　ボヘミアンに好ましい魅力を感じていることは認めるけれど。みんな、とても創造的で自由な精神を持っているんですもの」

感心するどころか、モーリーはよけい心配になったようだった。「きみはまさか……こうした夜会に出席しているわけではないだろうね？」

「していたらどうなんです？」彼女はふざけてきき返した。「時代を代表する、賢く進歩的な人たちと交流していたら？」

「交流を心配しているわけではない。まったく別のことだ」彼は口ごもった。

「親切なカールトン」彼女は視線をやわらげ、片手を伸ばして彼の肩に置くと、さっぱりと刈りこまれたうなじの髪に親指で触れた。「交流したり、あしらったり、あなたを心配させているような恥ずべきふるまいをしたりするには、わたしは歳を取りすぎています」階段の下に視線を落とし、カフェの窓のそばの金色の十字のオブジェを見る。「でもわたしは、この地区が大好きなんです。とても活気があって、若さと芸術と詩に満ちあふれているから」

「すりと放蕩《ほうとう》者と売春婦もだろう」

その言葉がまた彼女からあたたかな笑いを引きだした。「彼らの大半が、わたしがスコットランド・ヤードで働いていることを知っています。もちろん用心はしているけれど、ここはかなり安全だと言えるわ。それに、わたしたち全員がメイフェアのそばにテラスハウスを買えるわけではないもの。そうでしょう？」

モーリーの新居購入を軽くからかうその言葉で酔いを覚まされたように、彼は今までになくファラを熱く見つめた。「きみは……今夜を楽しんだだろうか、ミセス――いや――ファラ？　わたしと一緒にいて？」

「一緒にいてあなたほど楽しい人はめったにいないと思うわ」彼女は正直に答えた。

「よかった」彼の息遣いが速くなり、逡巡するように視線をさまよわせた。「それは何よりだ。まさにそのことを――今夜、きみと折り入って話しあいたいと思っていた」

かすかな戦慄が全身に走り、ファラはこの会話がどこに向かっているのか察した。いったいなんて答えればいいの？「もちろんです」同じように息を切らして言う。「もしよかったら……なかでお茶でもいかが？」

モーリーは彼女の部屋のドアをしばらく見ていた。「今わたしを家に招き入れるのは賢明とは言えないかもしれない。わたしがこんなにも――くそっ。きっと今夜を台無しにしてしまう」

肩から頬へと指を滑らせながら、彼女はできるだけ彼を励まそうとした。心臓がどきどきして、頭をさまざまな考えがよぎっていても。「考えていらっしゃることを話して」

頬に置いた手に彼の手が重ねられた。「きみにきちんと求婚したいんだ、ファラ」彼は急いで言った。「仕事では、わたしたちはかなりうまくやれている。家庭でだって、どれだけうまくやっていけるか想像してみてほしい。ふたりとも一緒にいる時間を楽しんでいる。それに、わたしが思うに、わたしたちは長い年月をかけて友情より強い気持ちを育んできた」

彼は彼女の手を包みこみ、自分の胸へ、心臓の真上へと持っていった。「わたしたちのどちらも、これからは寂しい思いをしなくてよくなるし、残りの人生を毎晩一緒に過ごしたい女性は、きみ以外に誰も思いつけない」

あの心地のよいあたたかさがおなかのあたりに戻ってきたが、ファラはなぜか彼の告白をつまらないと思っている自分に気がついた。そうは言っても、彼はロセッティでもキーツでもないのだ。つまらないからといって、どうして責められる？

「ご自分が何を申し出ていらっしゃるのか、よく考えてみてください」彼女は冷静に言った。

「わたしは結婚適齢期をとっくに過ぎた未亡人です。あなたのような地位にある男性には、夫が帰ってくるための快適な場所を作ることを喜びとする若い妻が必要です。まるまる太った赤ん坊と世間体のよい交際を夫に提供できる妻が。わたしの知り合いはみんな、犯罪者かボヘミアンですよ」苦笑いをしてから、顔をしかめる。「両方に当てはまる人もいます」

「きみは二十七歳だ」モーリーは異を唱え、当惑したほほえみを浮かべた。「老けこむにはまだ早い」

「先月、二十八になったわ」ファラは訂正した。「それに、あなたに警告しておかなければ。自分の思いどおりに生きることに慣れてしまって、従順なよき妻にはなれそうもありません」子どものことを考えると、それでもおなかのあたりがそわそわした。

彼は少しのあいだ無言で、気分を害したふうもなく考えこんでいた。手を伸ばして彼女の肩から背中へ巻き毛を払い、ショールのかかっていない白い肌をむきだしにした。「きみの最初の結婚は……」彼は躊躇《ちゅうちょ》した。「そんなにひどいものだったのか？」

「むしろその正反対です」彼女は悲しげにほほえんだ。「ただ……あまりにも短かっただけで」

「いつかその話を聞かせてもらえるかな」

「ええ、たぶん」ファラは嘘《うそ》をつきながら、肌を滑るモーリーのあたたかな指に意識を集中した。欲望がロンドンの霧のように指にまとわりついていた。優しくて男らしいその手は、ファラの心をなだめると同時にかき乱した。

「亡くなったご主人と、きみの愛情を競いあうチャンスがほしい。彼の思い出を尊重できるよう努力もしよう」その優雅で優しい指はようやく肩のあたりをつかみ、彼のほうへ引き寄せた。「そんな未来にわたしは尻込みしない」

胸を打たれて、ファラは彼の引きしまった体に抱き寄せられるままになった。「あなたほど非凡な男性はめったにいません」彼女は称賛し、予想外の親密さにまつげを伏せた。「それにとても美男子だわ。でも、こういうことは急いで決めないほうがいいと思うんです。ひと晩かふた晩、自分の気持ちを確かめる時間をもらえますか?」

「きみのように有能で注意深い女性は、雰囲気に流されたりしないと覚悟しておくべきだったな。わたしに希望をくれないか、ファラ」モーリーは訴え、ウエストのあたりをつかんで自分に密着させ、片手がヒップのあたりをさまよった。「わたしの寂しい心がしがみつけるような希望の持てる言葉を」

「目がくらんでしまいそうなお申し出です」彼女は正直に言った。「魅力的でさえあります」

彼の目が希望に燃えた。情熱とともに。「魅力的? きみの魅力の半分もないよ。ああ、ファラ、きみの唇から出たその言葉がどれだけわたしを熱くするか、きみにはわからないだろう。いや、結婚したことがある女性なのだからわかるのかもしれないな。ちくしょう、きみの夫は帝国一幸せな男だったに違いない。たとえ短期間だったにしても」彼の指が顎の下に忍びこみ、もう一方の手がふたりの体をいっそう近づけた。

ファラはほほえみから悲しみを締めだそうと努めた。「あの頃幸せだったのは、わたしたちふたりともです」彼がほのめかしたようにではないけれど。

「キスしてもいいかい、ファラ?」モーリーの情熱的な申し出は、彼女を怯えさせると同時に興奮させた。

彼女は少し考えてから、頭をあげた。

ふたりのファーストキスはそっと、ためらいがちで、とても心地よいものだった。ファラは階段の吹き抜けが薄暗いことに感謝した。自分がどう見えるかも、目を開けたままでいるか閉じるかも心配しなくてよかったので、すぐそばにいるモーリーのあたたかさにひたすら身をまかせていられた。指先に押しつけられたリネンの上着の感触も。軽く魅惑的なリズムで唇の上を舞うように撫でる彼のキスの腕前も。一瞬強く押しつけたあと、そっと緩める。舌がさまよって、ほんの少し彼女の唇を湿らせたが、それはささやき声のようにかすかなものだった。

ドリアン・ブラックウェルならまったく違うキスをしただろう。気づくとファラはそんなことを考えていた。きっと激しく、飢えたように。少し強引だが、情熱で身を焦がすようなキス。一筋縄ではいかないあの口で。強情そうに角張った顎の上にある、皮肉っぽい表情を浮かべた口元。ベン・モア城のブラックハートは利己的で貪欲だ。節度があって尊敬できるモーリーとは明らかに大違い——ああ、なんてこと！　紳士と唇を重ねている最中にあんな犯罪者とのキスを想像するなんて。いったいわたしは何をしているの？　自分にというよりむしろブラックウェルに対して憤りが募った。招かれてもいないのにまた侵入してきた男を呪った。またなの。ずうずうしいにもほどがある！

おなかのあたりのぬくもりが熱を持ち、肌に赤みが差すにつれ、好奇心と罪の意識がファラを大胆な気持ちにした。モーリーの肩につかまって舌を使ってみたら。そんなことが許されるかしら？　フランス人よろしく大胆なキスに彼は尻込みするだろうか？　売春婦たちから聞いて以来、そのキスの仕方にずっと興味をそそられていた。もう一度、部屋に誘ったほうがいいの？　どちらの答えを出すにしても、誰にも触れられないまま三十歳になるよりいい。

その目もくらむような考えが頭をよぎったとき、モーリーが体を引いた。速い息遣いが、冷えてきた空気に蒸気の雲を作っていた。

「明日、一緒に教会へ行ってくれないか」彼はあえいだ。「月曜の朝まできみに会わずにいるなんて、耐えられない」

想像を絶するほどしらける頼みに、ファラは落胆のため息をもらした。こんなときに、いったいどうすれば教会のことなんか考えられるの？　彼が紳士でいることにこだわるなら、自分も淑女になったほうがいいのだろうと思った。

「わたしは信心深くありません」彼女は打ち明けた。「それに、実は教会が苦手なんです。でも礼拝が終わってからお茶をご一緒できるなら、午後に訪ねていらしてください」提案しながら、そうすれば心地よいキスをもっと探求できるかもしれないとほほえんだ。将来についても考えられるかもしれない。

モーリーは一歩さがり、手袋をはめた手にもう一度唇をつけてから彼女を放した。「言葉にできないほど、ぜひそうしたいと思う」

ファラの心のなかのぬくもりは、火がついたときと同じくらいすばやく、夜の寒さに吹き消された。ぞくぞくする感覚はキスへの反応だったのかしら……それとも、図らずも別の男性について心に抱いた思いのほうだったのか。動揺した彼女は、スカートを引き寄せてショールを肩のまわりにきつく巻き、ゆっくりと階段をのぼり始めた。「ではおやすみなさい、カールトン」

「よい夢を、ファラ・リー」

ファラは足を止め、彼女を見あげる彼をゆっくり振り返った。「今なんて呼びました？」

「〝ファラ・リー〟と。なんて呼ばれたと思ったんだい？」

「〝フェアリー〟と」その言葉を小声で言った。

モーリーが頭をのけぞらせて笑い、髪が赤銅色に輝いた。「キスはわたしだけじゃなく、きみにも効いたようだな」

「きっとそうね」ファラは向き直り、階段をのぼって自室へ向かった。心をよぎった突然の悲しみを悟られたくなかった。彼は完全に勘違いしていた。彼女の聞き間違いは、キスとはなんの関係もなかった。

アパートメントの鍵を開けると、ここ数カ月にはなかったほど心が重く沈んだ。昔なじみの悲しみがまつわりつき、十年前と変わらず鋭い刃を立てた。背中でドアを閉めて寄りかかり、冷えきった暗闇のなかで少しのあいだ立ち尽くした。震える指で唇をなぞる。

こんなに長い時間が経ったというのに、どうしてこれほどの葛藤を感じるのだろう？　まるで誰かと浮気をしたように。いいえ、それは言いすぎ。でも、どうしたわけか、それ以外に当てはまる言葉が見つからなかった。

やめるのよ、ファラ。愛した少年が死んでから、もう十年の月日が経っていた。離ればなれになってからだと十七年だ。じきに三十歳になる。自分が望むなら、誰かほかの人と人生を築いてもいい頃だ。ドゥーガンも理解してくれるはず。

罪悪感と悲しみにいちどきに襲われてあまりにもみじめな気持ちになり、ファラは今夜は眠れそうにないと覚悟した。居心地のよい居間を横切り、普段より手間取りながら炉棚の上のろうそくに火をともす。石造りの暖炉に火をおこす準備ができるくらいには、周囲が見えるようになった。

ろうそくを持ちあげて、たきつけの入ったかごに手を伸ばす。そのとき、すぐそばで何かがすばやく動き、ファラは飛びあがって振り向いた。ろうそくの炎が揺れて乱れ、ぷすぷすと音をたてる。視線の先にぼんやりと顔を現した悪魔から逃れようとするかのように。暗いほうの瞳を罪で、青いほうを悪意でいっぱいにしてにらみつけ、口元から真っ白な肉食動物の歯をのぞかせて、嫌悪もあらわに冷笑している。

悲鳴が喉で詰まって声にならず、ファラは火かき棒を探して背後を手探りした。さらにふたつの大きな人影が暗闇から浮かびあがり、両側に進みでてきたのを見て、ファラは衝撃と絶望に打ちのめされた。

「さっきのキスを堪能したことを願うよ、ミセス・マッケンジー」ドリアン・ブラックウェルが指をなめてろうそくの炎をつまむと、ふたたび暗闇が戻ってきた。「きみにとって、最後のキスになるだろうから」

5

〝代わりにぼくを愛してもいいぞ……もしそうしたければ、だけど〟

〝もちろんあなたを愛するわ、ドゥーガン・マッケンジー……わたしが愛さなければ、誰があなたを愛するの？〟

〝誰も〟

ファラは霧のようにぼんやりかすむ記憶のなかをさまよっていた。心地よいまどろみが、一定のリズムを刻む音に中断される。遠くでうるさく鳴り響く、この音はなんだろう。

〝絶対にきみを置いていったりしないよ、フェアリー〟

〝本当に？〟

〝約束する。でも、追いはぎならいいかもしれないな〟

がたんがたん。ごとんごとん。

ふわふわと漂っていた霧が渦巻きながら去っていき、夢心地に意識が割りこみ始める。頭だけが体のほかの部分から切り離されているみたいだった。

「グラスゴーが近くなってきた。船でぐっすり眠っていてもらえるように、もう一度薬をのませたほうがいいかもしれない」のこぎりの歯と強い酒を連想させるスコットランド訛りのしわがれた声が、かわいい子どもの声を断ち切った。

「あと少ししたらな、マードック」

この声。暗く、知的で、なめらかで……知らないようでいて、よく知っているような。この声をどこで聞いたのだろう？

〝あなたもわたしを愛してくれる？〟

〝やってみるよ、フェアリー。でも今まで誰も愛したことがないんだ〟

〝じゃあそれも教えてあげる〟

「彼女が協力すると、本気で考えているのか？」不機嫌そうな声が近くで尋ねた。体をほうぼうへ投げだされるような振動も、同じリズムで続く騒音も近づいた気がする。

「協力せざるをえない状況にする」あの暗い声も近づいていた。恐ろしいほどすぐそばに。

ファラはふたりに怒りを覚えた。この男たちは過去の大切な思い出の世界には不似合いだ。なぜか、思い出を汚している気さえする。特にあのなめらかで暗い声が。その声に、放っておいてと言いたかった。ドゥーガン・マッケンジーは彼女だけの大切な悲劇だ。ドゥーガンに近づかないで。その危険な声に命じたかった。それなのにできず、その声は奇妙な白日夢の霧のなかに手を突っこんできて、恐ろしく冷たい指を彼女の喉にかけた。

愛などおとぎばなしのなかだけだ……現実にそんなものはない。

ふたりは愛しあった、そうでしょう？　ドゥーガンの真剣な暗い瞳が遠ざかり、手を伸ばさなければと思った。かわいい少年の声はかき消され、何か残酷で恐ろしいものをすぐ近くに感じる。

そうだとも、ファラ・マッケンジー、急いで逃げたほうがいい。

「目が覚めたら、どう説明する気だ？」マードックと呼ばれた男がきいた。

「きみがすべき質問はそれじゃない、マードック。彼女がわたしの役に立つどんな情報を持っているのか、だ」

ファラは混乱し、耳にしたことをよく考えてみようとしたが、冬一番の嵐に遭った落ち葉のように、思考は吹き飛ばされて手の届かないところへ行ってしまったようだった。腕と脚は木のようにこわばり、重くて曲げることもできない。それなのに、気まぐれな風に吹かれる小枝のように揺れ動き続けている。

がたがた、ごとごと。

「つまり、彼女に知らせるつもりはないと――」

「決して」決意のこもった暗い声で言ったあと、彼女から離れていった。

「だが、わたしはてっきり――」

「てっきり、なんだ？」冷酷な声。この男はあまりにも冷たい。一月のテムズ川のように。

邪悪すぎて昇華できない魂が悪魔とともに閉じこめられる、地獄の底のように。

深く、辛抱強いため息が、うるさい音の向こうからかろうじて聞こえた。「わたしの考えなど、どうでもいいだろう」マードックは怯えてはおらず、不機嫌そうな落胆した声で言った。世界一勇敢な男に違いない、とファラは思った。

列車だわ！　聞き覚えのある耳障りな衝突音にファラはようやく思い当たった。リズミカルながたごとという音、揺さぶるような動き、石炭が出す煙のかすかな匂いと湿り気。自分が今どこにいるのかをおぼろげに把握しながら、また何もわからなくなりそうな絶望的な恐怖に襲われる。夢の残像がはかなく消えていくのは、名残惜しく悲しかった。体を支えてくれていたふわふわの霧は、洒落たボタンがあしらわれた深いポケットのついた、やわらかなヴェルヴェットのクッションに変わった。

いつ旅に出ることにしたのだったかしら？　直前の記憶をたどると不安が増した。トランクに荷造りをしたかしら？　仕事で旅をしているの？　こんなにずっと霧のなかにいるのはどうして？　重いまぶたを開くことも、ぐったりした手足を動かすこともできないなんて。

列車の汽笛が空気を切り裂き、減速し始めたのがわかった。まあ、どうしましょう。動かなければ。目的地に着いてしまうわ。このまま眠りこけているわけにはいかないでしょう？

それにしても、一緒にいるのは誰なの？

さっき聞いた言葉がよみがえり、意識をかき集める。

グ、ラ、ス、ゴ、ー、。

スコットランドで、わたしはいったい何をしているの？ まぶたがひくひく動き、筋肉がこわばるのを感じた。なぜかずっともうろうとしていたけれど、ようやく抜けだせる徴候かもしれない。こんなことは自分らしくない。眠るために薬を服用したことはないし、まさにこういう状態になるのが怖くて、お酒を飲みすぎたことさえないのに。いったい何が起きているのだろう？　毒を盛られたのだろうか？

記憶に空いた穴に恐怖が突き刺さる。蒸気を吹きあげて疾走する列車とともに、真実へ突き進んでいる気がした。

〝キスしてもいいかい、ファラ？〟

カールトンと一緒だった。彼に求婚されて——曲がりなりにも一応——それで……なんて答えたかしら？

「よし、それじゃあ」マードックの不満そうな声に集中を乱された。「わたしはあれやこれや準備してくるからな、ブラックウェル。このお嬢さんはまかせたぞ」

ブ、ラ、ッ、ク、ウ、ェ、ル、。心臓が鼓動を速め、頭も追いつこうと回転する。もう少しだ。ブラックウェル……スコットランド……キス……ああ、どうして結びつけられなかったのだろう？

〝さっきのキスを堪能したことを願うよ、ミセス・マッケンジー……きみにとって、最後のキスになるだろうから〟

ドリアン・ブラックウェル、ベン・モア城のブラックハート。彼につかまったのだ。彼にさらわれたのだった！

そうこうするうちに目がぱっと開き、ふたりの黒装束の紳士のあいだを行き来するウイスキーの瓶が見えた。続いて彼らの顔が見え、実際は紳士にはほど遠いことがわかった。

そこは列車の個人車両のなかだった。これまで見たこともないほど豪華だ。ワインレッドのシルクのダマスク織りとヴェルヴェットが、窓や椅子からしたたり落ちている。そのぼんやりとしたイメージが、困惑していたファラをぎょっとさせた。血の色だ。車両中央にいる男たちの巨大な影さえ、内装に過剰に使われたその色に染まっていた。

でも筋が通らないわ。血まみれになるとしたら、ドリアン・ブラックウェルのはず。これまで耳にした噂によれば、彼は敵の血が流れる川で泳いでいるという。それならばどうして、その頑固そうな顎の下で結ばれたシルクのクラヴァットと襟に染みひとつないのだろう。どう考えてもへんだ。

それ以上まぶたを開けていることはできなかったが、ファラのなかに芽生えた切迫感が走れと告げた。戦え。叫べ、と。

「列車がとまる前に薬を与えるのを忘れるなよ」マードックが念を押した。彼が車両の扉を開けると、ひどく冷たい空気と日の光が一瞬入ってきた。

「心配するな」ブラックウェルがこちらを向いたが、彼のぼんやりとかすんだ顔は定まらない視界のなかでふたたび闇に沈んだ。「わたしは絶対に忘れない」

次に気がついたときは、夢から現実へずっと楽に移れた。気がかりな声も、体にがたがた響く振動もない。しばらく雲の上に浮かんでいるかのようで、やわらかくて安全な夢と現実のあいだをできるだけ長く漂っていた。まだ目覚めてはいない。だが、ぐっすり眠っているわけでもない。

最初に聞こえてきたのは、嵐で荒れ狂う海の音だった。遠くで雷が鳴っている。ひゅうひゅうとうなる風が突風となって、窓に雨を打ちつける。澄んだ空気は塩辛い湿り気を帯び、重く冷たく垂れこめていた。それを胸いっぱいに吸いこむと、十七年前にあとにした場所の記憶が呼び覚まされた。

スコットランド。

ぱっと目を開く。分厚いヴェルヴェットのように暗い夜に迎えられた。いくつも並ぶ窓から部屋が広いことはわかるが、月も星も嵐の雲に隠れていて、おぼろげな輪郭が見えるだけだ。

頭が混乱しすぎてパニックさえ起こせなかった。感覚を失った手足をほぐし、動くかどうか試してみると、縛られたり拘束されたりしていないことがわかり、心からほっとした。声に出さずに感謝の祈りを捧げ、考えをまとめてみる。頬の下には今まで触れたことがないほどやわらかいシーツがあった。ベッドに寝かされているのだ。体を動かしてみたところ、服はきちんと着たままのようだ。でもコルセットは緩められている。

誰が緩めたのだろう？　ブラックウェルが？

そう考えただけで、あたたかく重みのある上掛けにくるまれていても全身に震えが走った。動きださなくては。どこに連れてこられたのか、どうすれば逃げられるのか、探りださなければ。それを試みるには、真夜中は都合のいい時間帯だが、嵐は間違いなく問題になるだろう。彼女の予想が正しければ、ここはブラックハートの要塞、ベン・モア城。つまり海に浮かぶマル島にいることになり、逃げだすのは少し大変くらいではすまない。

おそらく、不可能だ。

〝最初にやるべきことを最初に片づける〟モットーのひとつを唱える。恐怖に駆られて行動を起こせなくなるのはいやだった。ここから逃げるためには、まず立ちあがらなければ。先走ってはならない。上掛けから注意深く両足を滑りださせた。こんな暗闇のなかでどうやって室内履きを見つければいいのだろう？

手探りでランプかろうそくを見つけられるかもしれない。

震える両腕で上体を起こして座ってみる。部屋がぐるぐるまわった。それともまわっているのは頭のほうだろうか？　何度かまばたきをして寝具をつかみ、また仰向けに倒れてしまわないよう体を支えた。

ダイヤモンド型のガラス窓越しに、銀色の稲妻が数回光った。かなり大柄な男性でも寝られそうな高く広々としたベッドと、暖炉がうっすら見えた。そして、ベッドのそばに置かれた背もたれの高い椅子に身じろぎもせず座っている人影で視線が止まった。

ドリアン・ブラックウェル。彼は眠るファラを見つめていたのだ。手を伸ばせば触れられるほどすぐそばで。

稲妻が去り、ふたりはふたたび暗闇に引き戻された。ファラは数秒のあいだ凍りつき、雷鳴でわれに返った。何度まばたきをしても何も見えず、暴走する鼓動をどうにかして抑えようとした。

今にも、遠い記憶のなかの肉食獣のように、彼が飛びかかってくるのを覚悟した。抵抗する力も、逃げる力も自分にないことはわかっていた。

「お願いです」ファラは小声で言った。自分の声の弱々しさを嫌悪しながら。「どうか――」

「きみを傷つけるつもりはない」暗闇から声が聞こえる。あまりにも近くにいて、息遣いが肌に感じられるほどだった。

ファラは信じていいのかわからなかった。「それなら、なぜ？　なんのためにわたしをここに？」動く気配を期待したが、影はじっとたたずんだままだった。

しばらく静かな時が過ぎたあと、暗闇を通してその声が答えた。「しなければならない、非常に大事なことがある。きみはわたしを助けることも、邪魔することもできる。いずれにせよ、きみを目の届くところに置いておくに越したことはない」

「わたしがあなたを助けるだなんて、どうして思えるの？」彼女は横柄に尋ねた。怒りがパニックに取って代わった。「わたしを家から、わたしの生活からさらってきておいて。無鉄砲なことをしたものね。わたしはスコットランド・ヤードで働いているのよ。警察がわたしを探すわ」ファラはその脅しが効くことを願いながら、拘禁室のブラックウェルを思いだした。一見落ち着き払い、恐れを知らない様子だったが、生え際の汗や、鎖で縛られ緊張した筋肉や、たくましい首の血管がどくどくと脈打つのを彼女は見逃さなかった。「閉めきられた空間が好きではないのでしょう」思いきって言った。「警察がここでわたしを見つけたら、誘拐罪に問われることは避けられない。間違いなくニューゲートに送り返されるわ」

「絶対に見つからないようにできるとは思わないのか？」声の調子は同じ――冷たく、思いやりのない――だったが、ファラはひっぱたかれたように息をのみ、無言で震えながら恐怖と闘った。警察が彼女を見つけられない、という意味？　それとも彼女の遺体を？　ベン・モア城のブラックハートが通ったあとには、死ぬか行方不明になったかした被害者が山になっていることを思いださせられた。脅したのを悔やみながら、何か言えることがないかと、もうろうとした頭の中を探った。

「あいつを愛しているのか？」

その質問には完全に不意打ちを食らった。「えっ？」

「モーリーだ」氷を投げつけるかのようにその名前を口にした。「あいつの求婚を受け入れるつもりだったのか？」

ファラは奇妙なことに、そんな質問をしたことをブラックウェル自身も驚いているように感じた。「さっぱりわからないわ。それがどうしてあなたに――」

「質問に答えろ」

ファラは命令されることを腹立たしく思った。しかし、夜のとばりのせいだろうか、いつになく正直に打ち明けた。「いいえ。カールトンのことは心から尊敬し、好意を抱いているけれど、愛してはいないから」

「それなのに、唇を許した」淡々とした口調だったが、非難は伝わってきた。「あいつはきみに触れた。きみはいつも、愛してもいない男にそんなことをする権利を与えるのか？」

「与えないわ！　わたし……キスをしたのはモーリーが初めてだった。あのとき以来――」

ファラはぱちぱちとまばたきをした。ドリアン・ブラックウェルのような男が、ただのキスひとつで彼女を責められるの？　美しい娼婦ばかり集めたハーレムを作っているのでしょう？　その分野ではもっとも悪名高い遊び人なのでしょう？「わたしの行動をあなたに説明する義務はないわ！　わたしは泥棒でも、誘拐犯でも、殺人者でもない。きちんとした勤め人で貞淑な未亡人よ。わたしがふさわしいと判断すれば、どんな権利だって与えることができるわ」頭がまだふらふらして、興奮するほど気分が悪くなった。何か知らないが与えられた薬のせいで、無鉄砲で衝動的で感情的になっていた。

　暗闇からは長いあいだなんの音も気配も伝わってこなかったので、ファラはいぶかり始めた。幽霊のような彼の姿は、薬がもたらした幻覚だったのかしら？

「未亡人？」ドリアン・ブラックウェルが戸惑ったようにつぶやいた。「周囲を巻きこんでまともな既婚婦人のふりをしていても、ミセス・マッケンジー、きみは恐ろしい秘密を抱えた女性だ。そしてわたしは、ひょんなことからその秘密を知った」

　傲慢な口調に怒りを覚えながらも、彼の言葉にファラは不安でたまらなくなった。そんなことは絶対に不可能よ。そうでしょう？　彼女の秘密は十年前に死んで、名もない墓に埋められたのだから。

　彼女の心とともに。

「何を知っているというの？」彼女は小声で言った。「わたしから何を手に入れるつもり？」

　嵐を切り裂くひと筋の稲光《いなびかり》が彼の大きな体を照らし、漆黒の髪を濃い藍色に、傷跡のある目を不自然な銀色に染めた。ファラにはほんの一瞬だけ彼の表情が見えた。あまりにも無防備なその姿に、愕然《がくぜん》として黙りこんだ。

　彼は身を乗りだして頭をさげ、くぼんだ目が濃いまつげ越しに彼女を焼き焦がすように見つめていた。片手をふたりのあいだにさまよわせながら、強い痛みと切望が混じりあった表情を浮かべて。

その光景は現れたと同時にすばやく消えた。ファラは暗闇に座り、彼の指が触れてくるのを待った。

だが彼女に触れないまま、彼は立ちあがって離れていった。彼の影が窓に幅広のシルエットとなって現れた。「その質問は朝までとっておいたほうがいい」

わけがわからなかった。ファラは手を伸ばした彼の目の残像を振り払うことができなかった。傷跡が浅黒い彫刻のような容貌を左右非対称にし、そのせいで恐ろしさが増しているのはたしかだった。けれど、思い悩んでいるようなせつない表情が一瞬よぎった気がして、ファラの胸はざわめいた。

あれは嵐と、ぼやけた視界のせいだったのかしら？

部屋の向こう側にあるドアが開き、ファラはまたしてもぎょっとした。彼は漆黒の闇のなかを音もなく動いていた。家具にぶつかったり音をたてたりすることなく。

「わたしをいつまでここの囚人にしておくつもりなの、ミスター・ブラックウェル？」シーツのなかで両手を握り、重いまぶたで彼女は尋ねた。

「囚人にするつもりはない」ブラックウェルがかすかな間を置いて言った。

「じゃあ、人質？」彼がこの質問をおもしろがったような気がした。それとも憤慨したのだろうか？　顔が見えない状態で、彼がもらした声を正確に解釈するのは不可能だった。

「少し眠るんだ、ミセス・マッケンジー」彼は告げた。「今夜は危険を脱した。明日になればすべてがもっとはっきりするだろう」

そう言い残してドリアン・ブラックウェルは去っていった。いったいどういう意味だろう。〝今夜は危険を脱した〟とは。

6

ドリアン・ブラックウェルが言っていたとおりになった。夢さえ見ない眠りから覚めてみると、ベッドに日の光が降り注ぎ、肌を心地よくあたためていた。昨夜の嵐の雲とともに曇りが取り払われた思考と視界は、すっきりと澄み渡っている。充分に体を休めたファラは、もういっときもじっとしていられない気持ちになった。

朝の明るさに目をしばたたかせながら、部屋のなかからがさごそとせわしない音が聞こえてくることに気がついた。息をのんでさっと起きあがると、巨大な暖炉で火がぱっと燃えあがった。火をおこしたのは、背は低いけれどもがっしりした男で、その種の仕事をするには、あまりにもきちんとした服装をしていた。

男は彼女のほうを向き、白髪まじりの顎ひげの上の口元にぱっと明るい笑みが浮かんだ。

「おや、おはようございます、ミセス・マッケンジー！　ついにお目にかかれて光栄です」

背が低くどっしりとした体格の男にしては驚くべきすばやさで部屋を横切ってくる。

ファラは警戒して上掛けをつかむと、緩められた胴着に引き寄せた。外れたボタンの下にシルクのシュミーズが見えていた。「やめて。それ以上、近づかないで」片手をあげ、彼を止めるにはあまりにもばかげた動きだったと思い至った。けれど驚いたことに、彼はベッドの足元近くで立ちどまった。

優しそうなブルーの目と頰のしわが表情をやわらげ、父親のような風貌に見せていた。

「わたしを怖がることはありません、お嬢さん。暖炉に火を入れて、朝食を運ぶために来ただけですから」ベッドの足元に置かれたトレイのほうへ動く。「きっとおなかがすいただろうと思ったので、ライスプディングと卵料理、トースト、紅茶をお持ちしました」

ファラが見事に盛りつけられた皿に目をやると、胃が空腹に耐えかねたように音をたてた。

男の頰に笑顔が戻り、喜びに輝いた。「ほら、思ったとおりだ」彼はトレイをつかんで彼女のほうへ慎重に運び、腿の上にのせる。「上品な貴婦人のようにベッドで朝食を食べられますよ」にこにこ笑って白いナプキンを差しだした。

ファラが無意識に手を伸ばしてナプキンを受け取り、あるべき場所に広げているあいだに、男はなんとも美しい色合いをしたミントグリーンの繊細な磁器のカップに紅茶を注《つ》いだ。

「あなたが――ミスター・マードックね」しわがれた声を認識して、彼女は言った。「列車に乗っていたでしょう」

伏せたまつげの下の表情は読み取れなかった。「はい」彼はようやく言った。「あの旅のことは何も覚えていないことを願っていたんですがね。眠っていてもらったのは、あなたが味わう苦しみをできるだけ少なくするためでした」

ファラは呆然《ぼうぜん》と彼を見つめた。苦しみ？　誘拐されて、世界から隔絶されたこんな場所に連れてこられたのに、苦しみを感じずにいられる人なんているの？　それに、この人はなんなのだろう？　歓待すべき客人のように人質をもてなすなんて。

「お砂糖とクリームは？」彼は心配そうに、軽く泡立てた生クリームと角砂糖がたっぷり用意されたそろいの紅茶セットを指し示した。

「けっこうよ」たとえ相手が誘拐犯であろうと礼儀正しく接することができたのは、身についたマナーのおかげだろう。マードックを観察しながらカップを口に運ぶ。紅茶以外に何かほかのものが入っているかもしれないとふいに気づいて、カップを傾ける途中で凍りついた。

「心配いりません、お嬢さん。それはただの紅茶で、ほかには何も入っていません」彼は正確に彼女の考えを読んでいた。

ファラは飲んだ。もし彼が、彼女の意識を失わせたものをまた与えようとしているのなら、最初にしたように口と鼻を布で押さえればすむことだ。紅茶は濃くておいしかった。朝はいつもコーヒーを飲むのだが、紅茶も頭の隅に居座るもやもやを一掃するのに役立った。

「お世話をしてくれる女性のお部屋係はいないのかしら？」彼女は尋ねた。同情してくれそうな女性の同伴者と、逃げるチャンスを期待しながら。「あなたはどう見ても、こんなことをするには地位が高すぎるし、身なりもよすぎるわ」

常にたたえているほほえみに、かすかな茶目っ気が混じった。「あなたは美しいだけでなく頭もよいと、彼が言っていました」マードックはファラをほめながらスプーンを取りあげて手渡し、ライスプディングが入ったクリスタルの食器を彼女のほうへ滑らせた。

ファラにはマードックの言う人物が誰のことかわかった。その称賛に青ざめたのを彼に見られなかったことを願うばかりだ。

「このベン・モア城には女性はひとりもいないんですよ。城主があなたの寝室であなたのお世話をすることを許すのは、わたしひとりだけです。さあ、召しあがれ。力をつけないと」

その命令にはファラも異存はなかった。現在置かれた状況から逃げだすつもりなら、頭を冷静に保ち、情報を集め、そして力を取り戻す必要があった。「なぜあなたなの?」そう尋ねてから、はちみつのように甘いプディングをひと口食べた。それはさまざまなスパイスの香りとともに舌の上でとろけた。ほかのすべてを忘れて、なんてことのない料理のように見えた菓子の、豊かな味わいを堪能せずにはいられなかった。

マードックはやや気まずそうな様子でもじもじした。「えーと、お嬢さん、それはわたしには欠けているからです。その……女性に対する……なんというか、ロマンティックな嗜好《しこう》が。つまり……」

「男性を好むのね」ファラはふたさじめをすくいながら言い当てた。

マードックは目をしばたたいた。彼女がそこまで単刀直入に話すとは意外だったのだろう。

「そういうことになります」彼は認めた。「気分を害さないでもらえるといいのですが」

「ちっとも気分を害したりしないわ」ファラは言った。「とはいえ、この国でもっとも悪名高い犯罪者のために、あなたが誘拐やそれ以外のありとあらゆることをしているという点には腹を立てているけれど」

とたんにマードックは頭を後ろに傾けて笑いだし、しまいにはまるで縫い目が裂けないよう押さえるかのごとく上着の脇をつかんだ。「ちっちゃいけれど勇敢なお嬢さんだ」彼は言った。「いずれその心意気が必要になると思いますよ」

その言葉に心臓が跳ね、ファラは次のひと口を飲みこむのに苦労した。「それはどういう意味？」そう尋ねて、ドリアン・ブラックウェルが危険を脱したと言っていたことを思いだした。それとも〝危険のさなかにある〟と言ったのだったかしら？　昨夜のことは今では夢のようで、すでにぼんやりと消えかかっていた。彼の目のなかの稲光と、彼女のほうへ手を伸ばした姿のほかは。砂漠のなかで蜃気楼《しんきろう》に手を伸ばす人のように。

「単純な質問だが、答えるのは非常に難しい。お嬢さん、あなたにすべて説明するのはブラックウェルにまかせたほうがいいでしょう」

またドリアン・ブラックウェルと対峙《たいじ》すると思っただけで、ファラは胃のあたりがざわつき始めた。「ミスター・マードック」彼女は呼びかけた。

「ただのマードックです」

「わかったわ、マードック。できれば、ほんの少しだけでも……わたしがここに連れてこられた理由について、手がかりをもらえないかしら？」彼女は懇願した。「このままでは、起こりうる最悪の筋書きを想像することしかできないわ。準備をしておきたいの。あなたの──雇用主と会う前に」

「申し訳ありませんが、お嬢さん、命令は絶対ですので」彼の名誉のために言っておくと、マードックは本当に心から申し訳なさそうだった。「ただ知っておいていただきたいのですが、ベン・モア城の住人は誰ひとりとして、あなたになんの危害も加えません。あなたの命令にそむくこともありません」

「わたしが逃げなければ」ファラは指摘し、卵料理にナイフを入れた。

マードックのほほえみが消えた。「そうです」

「そして、人質らしくふるまっている限りは」口にひとつ放りこみ、卵がバターで調理されていたのでうれしくなった。

「えーと、それは必ずしも──と言いますか──わたしたちにとってはありがたいですね、もし──」

「それに、わたしの依頼がブラックウェルの命令と相反しなければ」

「それも……そうです」ますます居心地が悪そうに、マードックはドアのほうへさがった。

「いずれにせよあなたは安全だと、わたしは言いたかっただけです。ここで見かける男たちがどれだけ怖そうに見えたとしても」

「そう、じゃあ、これまでこの城に監禁されてきたなかでも最高の囚人になれるよう努力するわ」ファラはおいしい紅茶をすすりながら、マードックの狼狽を楽しんだ。当然の報いだ。気遣いの行き届いた態度とは裏腹の悪党なのだから。誘拐にひと役買っていたことをよく覚えておかなくては。そうすれば、彼をどんどん好きになってしまいそうな気持ちを抑えることができる。

「ああ、お嬢さん、そういうふうにとらえないでほしいんです」彼はまじめに言って、心配そうなしわを眉間に刻んだ。「ブラックウェルに事情を説明するチャンスを与えてやってください。そうしたらたぶん……物事が少し違って見えてくるでしょう」片手をドアノブにかけ、返事を待っているかのように、彼女が朝食を食べるのを見守っていた。

「わかったわ、マードック」ファラは言い、もっともらしく聞こえたことを願った。

彼はいくらか気が楽になったようだった。「屋根裏部屋に女性用の服が何枚かあります」彼は申し出た。「朝食を召しあがって紅茶を飲まれるあいだに、ちょっと行って探してきます。戻ったら、あなたの服を集めて洗濯します。風呂の準備もしましょうか？」

彼女がトーストをかじりながらうなずいたので、しゃがれ声のスコットランド人はあわてて部屋を出ていった。

ファラはブーツの音が遠ざかっていくのを聞き届けると、トーストの残りを口に押しこんで、火傷《やけど》しそうなほど熱い紅茶を一気に流しこんだ。彼は部屋を出たあとドアに鍵をかけなかった。これが唯一のチャンスになるかもしれない。ファラが知っていることといえば、行方不明になった女性が見つかることはめったにないこと、そして最高に頭の切れる捜査官たちが探してくれるだろうが、まさか彼女がベン・モア城に連れてこられたとは誰も想像しないだろう、ということだけだった。自由を手に入れられるかどうかは自分自身にかかっていた。城のシルクだらけの豪華な部屋で運命を待つのではなく、危険を冒すつもりだった。

絶妙な火加減で調理された卵料理をふた口で平らげると、トレイを床に置き、ベッドから飛びだした。胴着のボタンをまたたく間にとめる。きれいな夜会服を着て逃走を企てなければならないのは本当に残念だが、たっぷりとしたスカートの幾重にも重なった布地が体をあたたかく保つのに役立ってくれるだろう。

暖炉のそばに置かれたやわらかそうな青いヴェルヴェットの椅子に、バッグとショール、靴がかけられているのを見つけた。サテンのバッグのなかを調べると、スコットランド本土に戻る航海に足りるだけの硬貨があった。本土に渡ったあとは地元の警官を見つけ、あとから支払いをするから同業者のよしみでロンドンに戻るのを手伝ってもらえないかと頼んでみるのだ。

白い木製の衣装だんすを探しても成果がなかったので、ケープかマントを見つけるのはあきらめ、日光があと数時間もってくれることを祈った。部屋を横切って、大きな窓から城の敷地を調べる。

窓外に広がる目もくらむほどの絶景に思わずため息がもれた。ベン・モア城は灰色と黒のごつごつとした岩場に立ち、広い半島を眼下におさめていた。なだらかな丘の斜面をたどると、エメラルド色の草地が広がった先に海岸線があり、太陽が静かな海峡の青灰色の水をきらきらと輝かせている。放牧されている羊がのどかな景色に点々と散らばり、あまりの美しさに切迫した状況に置かれていることをしばし忘れた。スコットランド本土の山々が狭い海峡の向こう、近そうでいて手が届かない距離に見えていた。

その窓は東に面していた。つまり陸地はここから北西に広がっているということだ。城の近くには必ず村があるものだから、海峡を渡るのに手を貸してくれる人を見つけられるとすれば、それは間違いなく村の漁師か運搬人になるだろう。

ファラは乱れた巻き毛をショールで包み、靴をはいて、寝室のドアに向かった。一度だけ肩越しに振り返り、立ちどまってこれからどうすべきか改めて考える。一刻も早く逃げたいにもかかわらず、小さな好奇心が頭をもたげた。ベン・モア城のブラックハートは、なぜ彼女をここに連れてきたのだろう？　いったい彼女がなんの役に立つというのか？

その答えを出すのにあまりぐずぐずしてはいられないと、暗い恐怖がささやいた。心臓をどきどきさせながらも、ファラは驚くほど迷いのない手つきでドアを細く開け、隙間に目を押し当てて見張りを探した。誰もいなかったので、開けたドアから滑りでて背中でそっと閉めた。

ベン・モア城の廊下には、冷たい灰色の石の代わりに、豪華なワインレッドのじゅうたんとイタリア産の大理石が敷かれていた。濃い色の羽目板に挟まれた廊下を静かに進み、ファラは広々とした大階段を目指した。じゅうたんが足音を消してくれたが、同じように追っ手の足音も消すだろう。マードックや、怖い顔をしたブラックウェルの手下がついてきていないか注意深く警戒しながら進む。この正面の廊下は建物の古くからある部分に違いなく、中世の城であれば大広間だったのかもしれない。寒々しい石壁にはあたたかみのある織物のタペストリーが飾られ、錬鉄製のシャンデリアが幅の広い石造りの階段の上にさがっている。

ファラは周囲の高価な装飾にはほとんど目もくれず、石彫りの手すりの高さまで体をかがめた。石の階段のひとつ下の階にある通用口が開き、ふたりの男性の声が廊下に響き渡った。使用人だ。男たちは重い足取りで玄関ホールを横切り、凝った装飾が施された玄関の扉から出ていった。

やれやれ、まさか玄関から堂々と逃げられると思っていたわけではないでしょう？　はるか昔に逃走を企てたときのことを思い返した……。

厨房よ。一階か地下にあるはずだし、必要に迫られたときに隠れる場所もある。そこに行く途中で捕まったら、食べ物を探していたと言い逃れればいい。

ファラは息を止めて大階段を爪先立ちでおり、広い石造りの玄関を走って横切った。おそらくそのはずだが、この城がイングランドの城と同じような造りなら、厨房はキープ（中世ヨーロッパの城の中心となる建物）の後ろ、ありがたいことに北西側にあるはずだ。神に導かれているように感じながら、一階に広がる廊下の迷路を通り抜け、興味をそそられる図書室や放《ほ》ったらかしの司祭室、数えきれないほどの居間を通り過ぎた。食堂を見つけたとき、正しい方向に進んできたことを確信した。さっきの使用人のほかには、誰にもでくわさなかった。

いい匂いのする大きなシチュー鍋が火にかけられてふつふつと煮え、中央の調理台の上には焼きたてのおいしそうな小型のフルーツタルトがきちんと並べられていた。その匂いを嗅ぐとファラの口にはよだれがたまり、タルトに手を伸ばしたくて指がうずうずしたが、逃げ道は一秒ごとに狭まっていると言い聞かせて我慢した。マードックがいずれ部屋に戻り、彼女がいなくなったことに気づく。そのときまでに一、二キロは逃げておく必要があった。

広くてなんでもそろった厨房の奥にあるドアが少し開いていて、隣の食料品室に続くその横のドアは開けっ放しになっていた。料理人はおそらく地下のワイン貯蔵室か食糧庫にでもいるのだろう。

これ以上のタイミングはなかった。

床の上を飛ぶように、調理台とオーブン、調理中のコンロをすばやく通り越すと、ショールを顎の下でつかみ、大きくふくらんだスカートを持ちあげた。重いドアを引いて通り抜けられるくらい開くと、太陽の光が降り注ぎ、顔をまばゆく照らした。

次の瞬間、肩が関節からもぎ取られたかと思った。逃走の唯一の望みは、がっしりとした手で断たれた。

「だめ」目のつりあがった巨人が、しつけの悪い猟犬を叱るように指を立てて左右に振った。「出ていかない」

ファラは思わず後ろに飛びのき、カウンターのとがった角にぶつかった。悪態と叫び声をのみこんで自分の腰をつかみ、図体《ずうたい》の大きな形の悪いはげ頭の男から逃げようとする体を押さえた。その男はフランケンシュタインの怪物に似て、いくつもの傷跡があり、とても優しい茶色の目をしていた。

「どうか」彼女は必死に懇願した。「お願いだから行かせて。自分の意志に反してここに監禁されているの。あなたが逃がしてくれたことは誰にも言わないわ。気の毒だと思って行かせてください」

男は食料品室のドアを閉めて厨房のドアの前に移動し、彼女を逃がさないよう静かに見張った。

「お金ならあるわ」ファラはあきらめず、小銭入れのなかの硬貨をカウンターにぶちまけた。「わたしを行かせてくれたら、あなたのものよ」

フランケンシュタインは黙ったまま、おなかの上で腕を組み、忍耐と同情の入りまじった表情でじっと彼女を見つめていた。

刃物類が見え、ファラは目に入ったなかで一番大きなナイフに突進すると、それをつかんで振りかざした。「さあ、行かせて、今すぐに」

男の唇がねじれて、おもしろがっているのだとわかった。

「わたし——わたし本気よ。あなたを傷つけたくはないけれど」誰に対してであろうと暴力をふるうと考えただけで気分が悪くなったが、自分にできるもっとも決然とした表情を浮かべようと努力した。

おもしろがっていた男の顔は当惑したほほえみに変わり、異様に隙間の空いた鋭い歯がむきだしになった。「そんなことできない」間の抜けた、のんびりとした声で言う。奇妙なことにイングランド人のようだった。

「いいえ、できるわ。あなたがそこをどいて——」

あれほどゆっくり話す男にしてはすばやすぎる身のこなしで、彼はほとんどファラに触れることなくナイフを取りあげ、それを彼女の手が届かないカウンターの上に置いた。

今度はどうしようというのだろう？　ファラの顔から血の気が引いたが、その男の目はまるでこの状況を楽しんでいるかのようにきらめいた。「彼にはあんたが必要だ」フランケンシュタインはにこやかに告げた。「彼のところへ行け」

「それなら死んだほうがましよ！」彼女は吐きだすように言った。〝彼〟とは誰なのか、今回も説明は不要だった。男に背を向けて、後ろにあった中央の調理台のほうを向き、憤りでいっぱいになった。けれど、恐怖はちっとも感じなかった。

牛を連想させるため息が、背後のがっしりした男からもれる。「あんたはドゥーガンのフェアリーだった」彼はかすかに畏敬のこもった声で言った。

ファラはくるりと振り向いて、息をのんだ。「なんですって?」

「妖精みたいだったと言ってた。銀色まじりの巻き毛と銀色の目、ちっちゃいそばかす」その色だと言うように、彼女の髪を指した。

ファラはぱちぱちとまばたきをして目の前の巨人のような男を見つめ、目の端に涙をためた。「ドゥーガン・マッケンジーを知っているの?」小声で尋ねる。

「刑務所で一緒だった。みんなそう。ずっと昔」

「話して」彼女はせがんだ。恐怖も逃走計画も、ドゥーガンの名前を聞いた瞬間にすべて消えてしまった。「お願いよ。彼がなんて言っていたか話して。教えて――」

「まず彼のところに行け」フランケンシュタインががっちりした手で頭の大きな傷跡を引っかいた。「書斎だ。そのあいだになんて言ってたか思いだす」

「あなたが思いだすあいだ、ここにいるわ」ファラは言い張り、この男性は障害を持って生まれてきたのだろうか、それともいくつも負ったらしい頭の怪我《けが》のせいだろうかと考えた。気をそらすものを探し、タルトに目をとめた。「わたしの朝食を作ってくれたのはあなたでしょう?」

彼はうなずいた。

「とてもおいしかったわ」彼女は心から言った。「もしかしたら――」

「行け。すぐに。あとで話す」料理人はかたくなに言い張り、指をドアのほうへ突きだした。

「ブラックウェルのところへなんか行きたくない。家に帰りたいの！」

「彼にはあんたが必要だ、フェアリー」彼女を見てまばたきし、励ますようにうなずいた。

「二度とその名前で呼ばないで！」自分でも何をしているのか気づかないまま、ファラは脅すように男に一歩近づいていた。彼はドアへとあとずさりし、当惑した目を大きく見開いた。

「いい、わかった？　あなたにはわたしをそう呼ぶ権利はないの！」

激しい反応は自分だけでなく、男のことも驚かせたようだった。ファラはこの状況に激高しながらも、興味をかき立てられていた。どうしても見つからなかった過去のありとあらゆる疑問への答えは、この隔絶された城で彼女を待っていたのかもしれない。けれど、ここにあるのは危険だけだとしたら？　配慮の行き届いた使用人と立派な装飾の裏に、肉食獣が待ち構えているのだとしたら？　目的のためには手段を選ばない獣が次のごちそうを食べる前にもてあそんでいるだけだとしたら？

こんなことはもうたくさんだ。「彼のところへ行くわ」ファラは言い放った。「あなたのせいで選択の余地がなくなったから」

男はまるで無関心で、けれど満足したようにふたたびうなずいた。「ほしければタルトを食べてもいい」彼が言った。

「けっこうよ」ファラは硬貨をかき集めて小銭入れに戻し、不機嫌にドアへと急いだ。完全に憤慨していた。答えに、真実に近づくたびに、頑固な男たちに邪魔されるのはどうしてなの？　想像を絶するほどしゃくに障る。

ふと立ちどまり、振り向いた。「なんのタルト？」

「イチゴ」フランケンシュタインは両手をエプロンでぬぐい、トレイを差しだした。

パイやタルトを断れない自分を呪いながら、彼女は小さな菓子をひとつつまんだ。「こんなことくらいで、わたしを誘拐した罪は許されませんからね」

「わかってる」彼は同意した。

「ちょっとはっきりさせておこうと思っただけ」放りこんだ瞬間、バター、砂糖、春のイチゴの甘酸っぱさが口いっぱいに広がった。「ああ、おいしい」彼女はうめき声を止められなかった。

隙間だらけの歯をふたたび見せながら、男がうれしそうにほほえんだ。ファラは菓子を嚙みしめながら、目の前にいる男をじっと観察した。高価な最新設備がそろったフランス風の厨房には、まったく不似合いに見える。鍛冶屋や――そうね――刑務所のほうがよっぽど似合いそうだ。それにもかかわらず、彼はたいそう才能豊かな料理人だった。

「あなたの名前は？」ファラはきかずにはいられなかった。

「それは」

「ウォルターズ」彼女はもうひとつ、さらにひとつとタルトに手を伸ばした。「それはファーストネーム、それともラストネームかしら？」

彼はその質問にずいぶん時間をかけて答えた。「覚えてない。ただのウォルターズだ。けど、ファーストネームがほかにあったらいいなと思う」

ファラは次のタルトを食べながら考え、決めた。「〝フランク〟はどう？」そう提案し、三つめのタルトを反対の手に持ち替えてから四つめに手を伸ばした。

「フランク・ウォルターズ」彼女がタルトを味わうように、彼はその名前の響きを味わった。

「まっとうなきちんとした名前よ」ファラは言った。まっとうなきちんとしたフランケンシュタインのための。「さて、そろそろ失礼させていただくわ。腹黒い犯罪者と約束があるみたいだから」

ファラは曲がりくねった廊下を進み、一回多く曲がりすぎて迷ってから、書斎を見つけた。数分間は図書室をうろうろして、床から天井まで届くほどの書棚や、二階へと通じる鉄製のらせん階段に目を奪われた。書斎は予想したとおり、壮大な玄関から離れたところにある豪華な部屋だった。けれど彼女がのぞきこんだ——どうやらこのいまいましい城では誰もドアを閉めないらしい——ときには、その立派な広い部屋は空っぽだった。

いや、正確には空っぽではなかった。ほかには誰もいなかったけれど、不思議なほどに活力に満ちた存在感が男らしい書斎の隅々にまで漂っていた。しなやかな革張りの家具に染みついた、葉巻の煙の鼻につんとくる匂い。ヒマラヤスギと柑橘《かんきつ》類が混ざった香りは、濃い色の本棚を脇に従えた巨大な机を拭くのに使われたオイルのものだろう。ワインレッドの分厚いヴェルヴェットのカーテンが太陽の光をさえぎっている。部屋の唯一の明かりはきちんと整頓された机の上に置かれたふたつのランプと、ロンドンのチープサイド通りあたりに暮らす少人数の家族なら住めそうなほど大きな暖炉の炎だけだった。

見えない手に引かれて、ファラはためらいがちに書斎に足を踏み入れ、さらに一歩なかに入った。スカートの衣擦《きぬず》れの音と荒い息遣いが、静寂を乱す。鼓動が耳の奥で大砲の音のように響き渡るなか、彼女はドリアン・ブラックウェルの秘密の隠れ家に入っていった。

ベン・モア城のブラックハートのような男がこの部屋で、手紙をしたためたり台帳を調べたりといったありきたりなことをする姿を思い浮かべてみる。空いているほうの手の指を、巨大な机にのった船の形をした青銅の文鎮に走らせながら、そんな姿を想像することは不可能だと悟った。

「さっそく逃げようとしたらしいな」

さっと引っこめた手を胸に当て、ファラは振り向いて戸口に立つ人物と向きあった。覚えているよりさらに背が高かった。肌の色はより黒く、大柄だ。いっそう冷たくもあった。

玄関ホールの窓から入る日の光のなかに立っていても、この部屋の影こそが彼の居場所であることがわかった。まるで彼女の思いを見透かすように、彼はなかに入って後ろ手でドアを閉め、自然光の源をすべて断ち切った。

眼帯が痛めた目を覆い、傷跡は端が少し見えるだけだった。火に照らされた表情がメッセージを伝えるのに両目は必要なかった。

〝さあ、つかまえた〟

まったくそのとおりだった。彼女の命は、情け容赦がないことで知られるこの男の情けにかかっていた。

広い肩をかろうじて包む黒の上着が、彼が動くにつれて伸びたが、ファラの注意を引いたのは、胸が痛くなるほどよく見知った青とゴールド、黒のチェックのキルトだった。マッケンジー家のタータンだ。男性の膝がこれほど筋骨たくましくなることも、大きな黒いブーツをはいた力強い脚がこれほど魅力的に見えることも、彼女は知らなかった。

彼が一歩踏みだすと、彼女は机のところまであとずさりした。またしても獲物を狙うジャガーが思い浮かんだ。炎の明かりが謎めいた顔の上で躍り、これほど何度も折れなければ貴族のように形がよかっただろう鼻の影を作った。高価なクラヴァット、あつらえた服、短く切られた漆黒の髪、洒落た重ね着にもかかわらず、ドリアン・ブラックウェルには紳士を彷《ほう》彿《ふつ》させるところがどこにもなかった。消えかかった青痣が顎に色を添え、唇には癒えた切り傷がある。前夜の嵐のなかでは見逃していたが、その傷を負わせたのがモーリーのこぶしだったことを思いだす。あれはたった数日前のことなの？

彼は今なんて言っていたかしら？　彼女が逃げたと？「いったい――なんの話かさっぱりわからないわ」

彼の正常なほうの目が、つまんでいたことさえ忘れていたタルトをじっと見た。「厨房を通って出ていこうとしたがウォルターズに邪魔された、というところだろう」

ああ、まったく。書斎の空気がふいに凝縮した。濃く充ち満《みみ》ちていっぱいに――彼でいっぱいになった。服従させられてなるものかとファラは顎をあげ、精一杯の力で正面から彼の目――といっても片目――を見つめた。

「そうではないわ、ミスター・ブラックウェル。おなかがすいていたのです。あなたに会いたくなかったの。しっかり――栄養をつけるまでは」

彼が片方の眉をあげた。「栄養を？」冷淡な感情のない声が、彼女のうなじの毛を逆立てる。「……タルトでつけようと？」

「ええ、そういうことになるわね」彼女は言い張った。主張を通すためタルトを口に放りこんで猛烈に嚙んでみせたが、口がからからになってしまい、すぐに後悔した。乾いたかたまりを飲みくだし、それがつかえながらゆっくりと胃に落ちていくあいだ、ファラは顔をしかめたのを見られていなければいいがと思った。

彼が少し近寄ってきた。思い違いでなければ、冷たい仮面が一瞬だけ無防備に滑り落ち、何か優しさのようなものをこめて彼女を見つめたようだった。彼の顔がそんな感情を表せるとしたならば、だけれど。

ファラは、これ以上困惑しようがないと思っていた。けれど、どうやらそうではなかった。ほんの一瞬ののち、まばたきをするあいだに彼は冷静に計算する顔つきに戻っていた。自分が見たものは炎の明かりのいたずらだったのだろうかと、さらに戸惑った。

「たいていの人は、わたしと会う前にはイチゴタルトより豊かな栄養を必要とするがね」彼が皮肉たっぷりに言った。

「そうね。でも、おいしいデザートはひどい状況に置かれた人に力を与えることができるから」

「本当に？」彼が左側にまわって炎を背負うと、顔の影が深まった。「きみの理論を試してみたい」

ベン・モア城のブラックハートとの会話をどれだけ予想しても、この台詞《せりふ》は絶対に思いつかなかっただろう。「じゃあ、これを」震える指でタルトを差しだした。

ブラックウェルは大きな手を持ちあげた。深く息を吸いこむと、ふたたび手をさげ、両手のこぶしを体の脇で握った。「机に置いてくれ」

妙な指示に面食らいながらも、ファラはタルトをぴかぴかの机にそっと置いた。彼女が手を体の脇に戻すのを待ってから、彼はタルトに手を伸ばした。タルトが彼の唇の向こうに消えた。ファラは息もつけずに、彼の顎の筋肉がゆっくりと整然としたリズムでタルトを噛み砕くのを見つめた。「本当だな、ミセス・マッケンジー。これはたしかに気分をよくしてくれる」

肺が焼けつくように熱くなり、彼女は息を止めていたことに気づいた。憤懣《ふんまん》を声にこめて言う。「社交辞令は抜きにして、ミスター・ブラックウェル、すぐに本題に入りましょう」

過去十年で獲得した、てきぱきとした英国流のやり方を総動員する。実地で身につけた忍耐強さで恐れからくる震えを鎮めた。

「というと?」

「あなたがわたしにさせたいことは何?」彼女は尋ねた。「昨夜のことは夢だったのかと思ったけれど、そうではなかったのよね? あのとき暗闇のなかで、あなたは朝になったら話してくれると約束した……わたしをここに連れてきた理由を」

彼はかがみこみ、片目で彼女の顔を隅々まで撫でるように見つめた。まるで記憶に刻みこもうとするかのごとく。「ああ、そうだった」

7

「スコッチでもいかがかな？」ブラックウェルがきき、クリスタルのデカンターとグラスをのせたトレイが置かれたテーブルのほうへ移動した。両側には背もたれの高い二脚の革張りの椅子がある。

ふたりのあいだに距離ができたことにほっとして、ファラは最初断ろうとしたものの、考え直して言った。「ええ、ありがとう」

「きみの親類、レイヴンクロフト侯爵からのいただきものだ」

ファラは目をしばたたいた。「親類？」

彼女の反応を観察しながら、彼はそろいのグラスをふたつ取りだし、濃いカラメル色の液体を気前よく注いだ。「リアム・マッケンジー。マッケンジー家の現領主だ。きみの亡くなった夫の血縁者だと思うがね」

記憶を探りながら、ファラは高鳴る心臓をなんとかして鎮めようとした。「わたし――一度もお会いする機会がなかったので」彼女は言った。本当のことだ。

ブラックウェルは謎めいた表情を向けた。「かけたまえ」そう言って、暖炉に一番近い椅子を示した。

ファラはおそるおそる座ったが、彼から一瞬も目をそらすことができなかった。万が一に備えて。万が一彼が――なんだというのだろう？　殺人を犯すほど逆上したら？　安全だと思いこませて獲物をおびき寄せておいて、それから――。

「もう二度と逃げようなどと思うな」彼は何気なく言った。飲み物を手渡す代わりに、グラスを彼女の肘のところにある小さなテーブルに置いたあとで、向かいの椅子に長身の体を沈めた。まるで悪魔と差し向かいで協定を結ぶ席につき、その取引で差しだすことになる永遠の代償を考えまいとするようなものだ、とファラは思った。自分の心を。人生を。

魂を。

「さっきも言ったように」ファラは始めた。「おなかがすいていたのです」

ブラックウェルはおどけた顔をしてみせた。「嘘をついて互いを侮辱するのはやめようじゃないか。ふたりともそれほど間抜けじゃないはずだ」

罪悪感を隠すためファラはスコッチに手を伸ばし、無謀にも一気にあおった。はっと息をのんで口に手を当てる。アルコールに胸を焼かれながら、涙の浮かんだ目をしばたたいた。平静を保っていられるのも、もはやこれまでだった。

楽しんでいるように唇の端をあげただけで、彼は決してほほえんではいなかった。「かわいそうなマードックを泣きそうなほど震えあがらせたんだぞ」

ファラは口を開いて反論しようとしたが、出てきたのはしゃっくりだけだった。唇を引き結んで咳払いをしてから、ふたたび口を開く。「こうした状況でなければ、わたしの行動が誰かを苦しめたと聞いたら申し訳なく思ったでしょう。でも真夜中に女性を誘拐しておいて、逃げようとすることを予期していないなんて、あなたはまぎれもなく間抜けだわ」強い酒をもうひと口、先ほどの経験を教訓に今度はかなり控えめにすすった。

ブラックウェルはまだひと口も飲まず、グラスのなかで液体をまわしながら、彼女から一度も目をそらさなかった。「きみの逃走は予想していたから、城のそれぞれの出口にひとりずつ部下を配置してあった」彼はそう告げた。「これ以上逃げようとしないほうが、きみの身のためだ。運よく見張りをやり過ごした場合、まったく気は進まないが、猟犬にきみを追わせることになる。そうなればすべてが、われわれ双方にとって不快になるだけだ」

「そんなことできないくせに！」

「そうかな？」

ファラは呆然として彼の残忍さを測りかねていた。こんなことで動揺すべきではない。自分でも認めたくないほど長い年月を最低な犯罪者のそばで過ごしてきたのだから。けれどなぜか、こんなに洗練され、落ち着き払って、きちんとした身なりをした裕福な人が、丁重な言葉遣いであんな脅しをかけてくるという事実に愕然とさせられた。彼女が知る犯罪者たちはみな、汚れて不潔で、激しやすく下品な言葉を使った。ブラックウェルはアイルランド産のじゃがいもの値段について話しあうかのように、暴力を加えると脅してきた。

「わかってきたわ、ミスター・ブラックウェル。ほしいものを手に入れるためなら、あなたは手段を選ばないのね」

ブラックウェルはついにグラスを口元へ運び、表情を巧みに隠した。グラスをおろして悪びれない薄ら笑いを浮かべ、彼女を見つめた。「やっとわたしのことをわかってくれたようだね、ミセス・マッケンジー」

「わかりたくもないけれど」彼女はにべもなく言った。

「それ以外に選択肢はない」

ファラは無鉄砲にも酒をひと息に飲み干したが、今度は焼けつく感覚を予期していた。

「じゃあ、続けて」彼女は挑んだ。スコッチが声をくぐもらせていた。「その選択肢がどういうものか、聞かせてもらいましょう」

彼はグラスを膝に置き、前かがみになって彼女を熱心に見つめた。「わたしが実現したすべてのことをこれだけの短期間で成し遂げるために、しなければならないことがひとつある。それが何か、きみにわかるかな？」

「わからないに決まっているでしょう」

彼女の声にこめられた皮肉な響きをブラックウェルは無視した。「借りは必ず返すこと、約束は必ず守ること」

「ふたつあるじゃない」ファラは食ってかかった。

「必ずしもそうではない」

親指の爪を噛みながら、彼女はその言葉に当惑した。「でも、あなたはわたしになんの借りもないわ。わたしもあなたに借りはない。お互いに約束をしたこともないでしょう」

それを聞いて、彼はいたたまれないほど長いあいだ黙っていた。ファラは大きな張りぐるみの椅子の上で身をよじり、脚がほとんど床につかない子どものような落ち着かない気分になった。

「数日前にモーリーが拘禁室で言ったことを覚えているかな？」彼は尋ねた。

「モーリーの言ったこと？」もちろん、一言一句を覚えていた。

彼はまたあの声をもらした。楽しんでいるようにも、いらだっているようにも聞こえる声。

「十七年前、わたしは窃盗の罪でニューゲート刑務所に入れられた。それ以前にもいくらか

軽率な行動があったので、七年の重労働という重い刑を課せられた」

体格がいいのは、それで納得がいく。青年期の大半をイングランドの多くの囚人とともに、

ロンドンの新しい地下鉄のためにトンネルを掘ったり、岩を砕いたり、枕木を運んだりして

過ごしたなら、そうした労働が広い肩やがっしりした骨格を形作ったのだろう。

「新しい囚人仲間のなかに、ハイランドから移送されてきた孤児の少年がいた。絞首刑にす

るには若すぎる殺人者だった。まだ十三歳だった。世間は十六歳に満たない者の首がくくられるのを見たがらなかった」

ファラはぎくりとしてから、彼をじっと見た。「ドゥーガン」小声でささやく。

「そのとおり」彼は酒をひと息に飲み干したが、もう一杯注ぐために動こうとはしなかった。

「わたしたちは最初、お互いを毛嫌いしていた。わたしのほうは彼をいじめがいのある鼻水を垂らした弱虫だと思っていたし、彼のほうはわたしをばかないじめっ子だと思っていた」

「いじめたの?」

そうきかれると、彼は昔を懐かしむような笑顔になり、小声で答えた。「もちろん。土の入ったバケツを運んでいれば、両手に石を投げつけた。バケツを落として、こぶしから血が出るまで」

ファラの顔がこわばり、いつになくたけだけしい怒りが血管でふつふつと沸き立った。ブラックウェルはそれに気づいていたとしても、無視して続けた。

「ある日、わたしの投げた石が狙いを外れ、ドゥーガンの脚のあいだに命中した。あいつは地面に倒れ、吐いて、たっぷり五分は体を震わせていた。みんな彼を取り囲んで笑っていたよ。看守までもがね。ところがそこから、あいつは並外れた気概を見せた。その石をつかんで立ちあがり、わたしの頭めがけて思いきり投げ返してきたんだ。今度はわたしが倒れた。彼はわたしに飛びかかり、顔をめちゃくちゃに殴ったよ。母親でさえ見分けがつかないくらいぼこぼこに」

ファラは手の震えがひどくなり、グラスをテーブルに戻した。「よかった」激しい憤りを覚えつつ、固く結んだ唇のあいだから言葉を絞りだした。ブラックウェルの姿を見ているのもいやだった。危険だけれど興味をそそられていた男が、今や自分だけではなくドゥーガンの敵にもなった。それがどうしても我慢できなかった。

彼女の怒りに感情を害されることなく、ブラックウェルはかろうじてわかるくらいに表情をやわらげ、引き結ばれた口を緩ませた。「それ以来わたしは彼に敬意を払うようになり、手を出すことはなくなった。わたしだけでなく、少年たち全員がね。彼は囚人のなかで最年少だったが、心に抱いた憎しみと暴力性は誰もかなわないほど激しいものだった。われわれはみな、あの日それを目の当《ま》たりにして、恐れるようになった」

ファラの喉が詰まった。そんな話はこれ以上聞きたくなかった。ドゥーガンが苦しんだことを知って、ふたりの美しい思い出に傷をつけたくなかった。でも、これが罪滅ぼしではないの？　むこうみずな幼い行動が引き起こした現実に直面することが。ドゥーガンの思い出に報いることができるとしたら、それは彼の話をすることだ。彼女は黙って話を聞くことを自分に強いた。今でも彼にはそれだけの借りがあった。

彼にはとことん借りがあった。

「受刑者が労働の列に振り分けられる日がやってきた。当初、われわれ年少者のほとんどは、沖に停泊する囚人輸送船に送りこまれる列に並ばされていた。海軍からも輸送会社からも見捨てられた腐った廃船で過酷な労働を強いられるため、そこでの囚人の死亡率は七割を超えていた。四本あった列のなかでも、そこは地獄行きの列だったんだ」ブラックウェルはここで言葉を切り、じっと彼女を凝視した。「当時われわれの誰もそのことを知らなかったのだが、ドゥーガン・マッケンジーは表示の文字や看守の記録を読むことができた。彼がわたしの親友アージェントとタロウを鉄道作業の列に引きこんでくれなければ、われわれはみな死に向かって行進していたところだった。今でも何がそうさせたのかはわからないが、ドゥーガンは最後の最後、ぎりぎりになってわたしのこともつかんで引き入れた。幸い、看守には気づかれずにすんだ。彼がわたしの命を救ってくれたんだ」

ファラにもその理由はわからなかったけれど、まだ声が充分に快復していなかったのでそう言えなかった。

「それからは切っても切れない仲になった。ドゥーガンとわたしがね。われわれは鉄道で働く少年の集団を作った。最初は四人だけだったが、年上の男たちやときには看守から、できるだけお互いを守り、ああした場所での生き残り方を教えあった。七年のあいだ、ニューゲート刑務所にやってきては去っていく少年や男たちのなかに味方を作り、恩義を施し、仲間を増やし、何人かの敵も作った。われわれは受刑者のリーダーで、若くて強く、恐れられ尊敬されていた。ドゥーガンとわたしは〝ブラックハート・ブラザーズ〟として名をはせた。

ふたりとも黒髪に黒っぽい目をして、喧嘩の腕が立っていたからだ」

ファラはブラックウェルの顔をしげしげと見て、ドゥーガンの少年らしい面影を目の前の男の彫りの深い冷酷な顔立ちに重ねあわせようとした。できなかった。髪が黒く、片目は黒っぽい色だが、似ているのはそれだけだった。そこではっとし、凍りついた舌を動かして問いただした。「あなたがわたしをだましていないと、どうすればわかるの?」

「きみにはわからない」彼はあっさり答えた。「だがそれはどうでもいいことだ。なぜならこれから、このすべての情報がきみにかかわってくるからだ」

「どういうことかわからないわ」

「ひとつききたいことがある」ブラックウェルが熱心に言った。「ドゥーガン・マッケンジーが死んだと、どうして信じているんだ?」

胃のあたりに恐怖がせりあがってくる。「衰弱して病気になり、そのまま快復しなかったと聞いたから」

「誰から聞いた?」

「ニューゲートの受付にいた看守よ」彼女は正直に答えた。「彼が亡くなった日に」

ブラックウェルはふっと動きを止めた。グラスを持つ手に力がこもる。「十年前、ドゥーガン・マッケンジーが死んだ日にニューゲート刑務所で、きみは何をしていたんだ?」彼は詰問した。ふたりが出会ってから初めて声に感情がこもっていた。

「あなたには関係のないことよ」

「話してもらおう、ファラ。でないと力ずくで吐かせなければならない」彼は食いしばった歯のあいだから言った。


彼女はファーストネームで呼ばれて青ざめ、かたくなに唇を引き結んだ。

「ちくしょう、なぜあそこへ行ったんだ？」彼はうなり、がばっと立ちあがるとクリスタルのグラスを暖炉に投げこんだ。グラスが石に当たって砕け、ファラはびくりとした。

ブラックウェルが大股で彼女の椅子に詰め寄ってきて、ファラはあろうことか恐怖に縮みあがった。だが彼は彼女に触れずにただ覆いかぶさるように立ち、息を荒らげて怒っていた。

「あの陰惨な場所に、よりによってあの日に、どうして足を踏み入れたんだ？」

「わたし――わたし……」言葉はもちろん、考えをまとめることもできなかった。

「答えろ！」彼は窓を揺るがすほどの大声で怒鳴った。

ファラはもはや彼を見ることさえできなかった。弓の射手の正確さで彼女を貫く激怒に目を向けることができなかった。彼の嘘、あるいはもっとえたいが知れない真実に向きあうことができなかった。「あの日だけではないわ。七年のあいだ毎晩、ニューゲートに通ってドゥーガンにチーズとパンをことづけていたの」

「ばかな」彼が一歩退き、というよりよろめいたので、その隙にファラは勇気をかき集めることができた。

ファラは立ちあがったが、頭が彼のクラヴァットにも届かないくらいだったので、見あげなければならなかった。「いい、ミスター・ブラックウェル、約束を守るのはあなたのお仲間だけとは限らないの。わたしも何年も前に約束をした。ドゥーガン・マッケンジーに決してひもじい思いはさせないと。だからその約束をあの日まで……あの日……彼が……」彼女はついに取り乱し、あとずさって机の前に立つと、あふれでる感情のまましゃくりあげた。

ブラックウェルは彼女に感情を吐きださせながら、尊大な静けさという鎧《よろい》をふたたび身につけた。「彼はあの食べ物がきみの届けたものだとは知らなかった。みんな、ほかの囚人の家族からの差し入れか、われわれがいつも目をかけたり厚意を寄せたりすることへの一種の謝礼だと思っていた」

「でも毎週手紙を書いて、食べ物と一緒に届けたのに」彼女は主張した。

「彼が手紙を受け取ったことは一度もなかった」

それだけで、彼女の心を打ち砕くには充分だった。ファラは頭をあげておくこともできなくなり、崩れ落ちた。「ほんの少しでも希望をあげることができると思っていたのに。たとえ閉じこめられていても、世界にひとりぼっちではないことを彼が知っていてくれたら」彼女はブラックウェルに顔を向けず、まつげの下からちらりと視線を投げた。彼は立っていたところにそのまま立ち尽くし、彼女が知りたくないけれども知らなければならない情報を冷酷な唇の裏に閉じこめていた。

「どんな最期だったのか教えて」彼女は頼んだ。「病気でなかったのなら、どうして？」

「殺された」ブラックウェルの冷たい言葉が彼女の心を突き刺した。

「どんなふうに？」小声で尋ねる。

「夜中に三人の看守に殴られて死んだ」

先ほどのタルトが酸っぱいものとともに喉にこみあげてきて、ファラは手で口を押さえた。なんとかこらえ、食べ物を書斎の高価なじゅうたんに吐き散らかさずにすんだことに感謝した。

「どうして？」彼女はあえぎながらきいた。

「それは永遠の謎だろうな」

ファラはあまりのショックに打ちのめされ、彼がなんの感情も示さずにそんなことを言うのに憤ることさえできなかった。どのくらいの時間そこに立ち尽くし、きれいなドレスの裾を見つめていたかわからなかった。ずっと着ているドレスが肌に食いこむように締めつけてきて、きゅうくつでたまらなくなる。脱いでしまいたかった。この部屋からも過去からも、すべてから逃げだしたかった。本来の居場所である事務室に戻り、書類仕事を片づけて、混《こん》沌《とん》としたものを整理する作業に没頭したかった。感情的になったり、悲嘆に暮れたり、罪悪感に苛《さいな》まれたりする時間などないふりをする。責任持ってこなさなければならない仕事を次々と割り当て、考え事をする余裕がないようにするのだ。

ブラックウェルが音もなく近づき、気づけば横に立っていた。

「なぜ今になってわたしにこんな話をするの？」彼女は質問するというより、咎めた。

彼はまたしても長い沈黙のあと、ようやく答えた。「ドゥーガン・マッケンジーに借りがあるからだ。返すのに十年の入念な準備が必要だった借りだ。拘禁室できみに会い、きみの正体に気づいたときに思った。ともに復讐をするのに、きみ以上にふさわしい人がいるだろうかと。何年も前にきみたちの人生を引き裂いた者たちに、ひとり残らず復讐を遂げる。きみならそれを手伝うことができる」

ファラは彼をじっと見つめ、冷酷な顔に嘘を探した。ひとつも見つからなかったが、自分の本能に自信が持てなかった。ドリアン・ブラックウェルは泥棒で嘘つきの犯罪者だ。彼を信じることができる？ ひどく残酷なゲームを仕掛けられているのではないの？

「わたしの手を取ってまっすぐ目を見ながら、嘘をついていないことを約束して」それは命令というより懇願に近かった。モーリーからかつて、人の手の緊張、瞳孔の膨張、視線の方向から嘘を見抜けると聞いたことがある。ファラはその手法に熟練しているわけではなかったが、試してみたかった。

ブラックウェルは差しだされた彼女の手を、ナメクジかクモでも見せられたかのように凝視した。「しない」短く言う。

「じゃあ嘘をついているのね」彼女は言い張った。

「違う」

「証明して」ファラは挑んだ。「何も隠していないなら、断る理由はないでしょう？」彼女がさらに手を突きだすと、彼はあからさまにたじろいだ。

「わたしには隠し事がたくさんあるが、これについては、嘘はないと保証する」

「名誉にかけた握手さえしようとしない人を信用することなどできないわ」

ブラックウェルは彼女が伸ばした手を気味が悪いほど長いあいだ見つめていた。「きみの願いをかなえることはできそうにない」

彼女は手をおろした。「そんなことだろうと思ったわ」では、ドゥーガンの死についてブラックウェルは嘘をついていたの？　その一部始終が？　わたしは何を信じればいいの？

しばらくして、彼は心を決めたようだった。「だが、誠意を示すことならできる。われわれふたり以外にはほとんど知る者もおらず、今後知ることもない、わたしに関する情報をきみに与えよう」

ファラは妙な誠意の示し方だと思ったが、黙って立ったまま彼が続けるのを待った。

「刑務所で過ごすあいだにわたしは、なんというか……他人の体と接触することに嫌悪を覚えるようになった。それが、きみの手を握らない理由だ」彼はこの情報を、天気の話でもするかのように述べたが、初めて彼女と目を合わせなかった。「それから、ほしいものを手に入れるためなら、きみに嘘をつくのもやぶさかでないことは認めよう。しかしながら、この件に関してわれわれの目的は一致しているのだから、わたしにはきみを操る必要はないと確信している。きみだって、ドゥーガンに危害を加えた者たちに犯した罪を償わせたいと思うだろう」

「復讐」彼女はその言葉を口に出してみた。忌み嫌い、同時に切望してきたものだった。

「あなたは自分のことをモンテ・クリスト伯か何かだと思っているの?」

彼は何気なく肩をすくめた。「特にそういうわけではない。その本は大好きだが」

ファラは眉をひそめた。「あなたは文字を読めないと言っていなかった?」

ドリアン・ブラックウェルがときにはこんなふうに笑うことができるという事実が、彼女を仰天させた。だが、彼は声をあげて笑っていた。その声には本物の歓喜が欠けていて、彼女は鳥肌が立った。まったく彼らしい暗い笑い声で、ファラは身も凍るような恐怖に襲われた。「何がそんなにおかしいのかわからないわ。ただの質問だったのに」

「わたしをよほどのばかだと思っているらしい」彼は言った。

「あなたはつかみどころのない人だと思っているわ」

ブラックウェルが近づいた。ふたりのあいだの距離が蛾《が》の羽さえ入らないくらいになっても彼は指一本触れなかったが、ファラは肌の隅々にまで彼の興奮を感じることができた。

「言っておきたいことがある」彼は暗い声で言った。目には昨夜の嵐の激しさが渦巻いている。「モンテ・クリスト伯とベン・モア城のブラックハートのあいだには、非常に大きな違いがある。エドモン・ダンテスには宝物が与えられていた。彼はそれを手に入れるために、わたしがしてきたようなことをするほど身を落とす必要はなかった。監獄では年に一度、鞭で打たれるだけだったし、独房に隔離されていた。アレクサンドル・デュマには、それがわたしたちが耐えなければならなかった境遇に比べてどれだけ恵まれているか想像できなかった。彼は刺されることも、凌辱されることも、みなの前で鞭打たれることも、命を落とすほど殴られることも、病気になって死ぬまで放っておかれることもなかった」

そのひと言ごとに目を見開いて、ファラは思わず身をすくめた。彼はさらにかがみこみ、人の心をつかんで離さないその顔を彼女の顔から数センチにまで近づけた。「それが、看守たちがわたしにしたことだ」

ファラはその瞬間までこらえていたが、それ以上は無理だった。涙が堰《せき》を切ったようにあふれだし、頬を伝い落ちる。胸を震わせた吐息が唇からほとばしる。本来はなぐさめとなるはずの人との接触に耐えられなくなるなんて。どうやってそんな苦難を我慢できたのだろう？　彼がひどくよそよそしいのも無理はない。肌を触れあわせることさえ許されないのなら、どうすれば心に触れてあたためられるというの？

ブラックウェルが不本意ながらかすかに表情をやわらげたことに彼女は気づかなかった。

「マッケンジーのことを考えているんだな」彼はつぶやいた。

ドゥーガンではなくブラックウェルのことを考えていたことを恥じて、ファラはうなずいた。そんな自分を信じられず、声を出せなかった。

嵐の晩同様、ブラックウェルがふたたび彼女の顔に手を伸ばしかけ、また引っこめた。

「きみの心にわたしへの同情は少しもないのか?」

ファラは背を向けて彼から離れ、頬をごしごしとこすった。もちろんあった。けれどそれを見せるつもりはなかった。「あなたにわたしの同情を受ける資格がある?」彼女は涙声で尋ねた。

「おそらくない」彼は正直に答えた。「だが、少年だったかつてのわたしならあったかもしれない」

次に落ちた涙は彼のためだったが、それを知られるくらいなら死んだほうがましだった。

「ドゥーガン。彼は——年齢の割に小さかった。とても瘦せていて、いつもおなかをすかせていて。簡単だったでしょうね……彼を餌食にするのは」

「たしかに」ブラックウェルが認めた。「だが彼はすぐに生きる術を身につけた」

それまで必死に抑えてきたすすり泣きが、彼女の胸で小さな爆発を起こし始めた。熱い涙の洪水を放出しなければ、息が止まってしまいそうだ。

「彼の死は何年も前のことだ」ブラックウェルの声がやわらかくなったが、彼女は振り向こうとしなかった。「十年以上が経った。悲しみがそこまで生々しいはずはない」

ファラは同意した。彼女もそう思っていた。時とともに、突き刺すような悲しみと痛烈な罪悪感は薄れていくだろうと。だがそうはならなかった。それはまるで、ドゥーガン・マッケンジーが死ぬことを拒んでいるようだった。彼女には、ふたりがともに過ごした時間の至福と恐怖を何度も追体験することが運命づけられているかのようだった。「あなたにはわからないわ」彼女は泣き叫んだ。「わたしのせいだったのよ。彼に降りかかったことのすべては、わたしに責任があるの。彼から聞かなかった？　そもそもなぜ彼が投獄されたのか」

「神父を殺したからだ」

「わたしのためよ！」彼女はぱっと振り向いて、ブラックウェルがまだすぐそばに立っていたことに驚いた。「ドゥーガンが神父を殺したのはわたしのためだった。わたしを守ろうとしたばかりに、あなたがさっき話したようなあらゆる苦しみや屈辱を、そしてたぶんそれ以上のことを経験しなければならなかった。わたしが毎日どれだけ悔やんでいるか、あなたにはわからないわ！　ずっとそのことを考えているのよ。自分を憎みながら！」

「彼は決してきみを責めていなかった」出会って初めて、ブラックウェルは途方に暮れているようだった。おそらく、取り乱した女性をどう扱っていいのかわからないのだろう。けれどファラはかまわなかった。敵かもしれないし同志かもしれない彼に向かって、ありったけの思いを吐きだした。

「そんなことわかりっこないわ！」彼女は言い張った。「あの神父は何度かキスをして、一度か二度いやらしく触っただけだった。わたしがあの夜、ドゥーガンのところに行かなければば。わたしがささいな屈辱に黙って耐えていたら……きっと彼の命を救えたでしょう。きっとわたしたちは今も……一緒にいられた」

「絶対に違う」ブラックウェルの顔つきがふたたび険しくなり、彼女を揺さぶりたいかのように見えた。「ドゥーガンは、きみが一度でも屈辱を受けるくらいなら、千度の屈辱を自分で受けるほうを選んだだろう。きみが苦しむ姿を見るのは耐えられなかったはずだ。彼はそれほどきみを愛している」

「愛していた」彼女はすすり泣いた。「わたしを愛していた。そしてそのせいで、彼は生き延びられなかった！　わたしを愛したために殺されたのよ！」息が詰まるような吐き気に襲われた。愛した少年が苦しむ情景が生々しく脳裏に浮かぶ。そのイメージから逃れるために、自分の体から這いだしたくなった。この部屋から逃れ、影と影を引きずる男から逃げなくては。「ごめんなさい」彼女はあえいだ。「わたし――わたしどうしても……行かなくては」涙にぼやけた視界でドアのほうへよろよろと歩き、彼が止めようとしないことに安堵《あんど》した。光が正面玄関の窓から差しこみ、暗さに慣れた目をくらませる。書斎のドアがふいに開いて静かに驚く大きな人影から、マフィンやトーストの匂いが漂ってきた。

ファラは死にものぐるいで日の光を目指し、外へ通じる重いドアを引いた。両側で見張りに立っていたふたりの従僕が彼女を止めようと動きだしたが、誰かに待てと命令されたらしく動きを止めた。

ファラは駆けだしてふたりのあいだを行き過ぎた。しゃにむに走り、雑木林の日陰でひときわ高い岩の端に立つあずまやを目指した。そこからは海峡と、黒い岩と緑の苔《こけ》に覆われたハイランドの海岸線を見晴らすことができた。逆巻く波が、頑丈な船をも粉砕する力で崖を激しく洗うのを見守る。逆巻く感情が彼女のなかで同じように荒れ狂っていた。そして、ドゥーガン・マッケンジーが亡くなってから初めて、傷ついた心がかき集めることのできる渾身《こんしん》の力を振り絞って彼女は泣いた。

ドリアンは城の入り口に立って、命からがら逃げだしたかのように走り去る女性を見ていた。「行かせてやれ、ウォルターズ」そう命じて、あとを追いかけようとする料理人を止めた。

「フランクだ」ウォルターズは言い返しながらも、素直にドリアンの横に戻った。

その言葉がドリアンの注意を引くのに少し時間がかかった。あずまやを目指し、遠ざかっていく人影に一心に集中していたからだ。自由を求めて必死に走る彼女の背後で、海の泡の色をしたスカートが大きく波打っていた。

ようやく、体は大きいが心優しい部下をちらっと見やる。「フランク?」

ウォルターズはあずまやのほうへ頭を傾けた。「今朝、彼女が名前をつけてくれた」

「やりそうなことだ」ドリアンがつぶやいた。

彼女を見つめるウォルターズの大きな茶色い目が心配そうに曇った。「フェアリーはどうしたんだ、ドゥーガン？」

ドリアンはため息をついた。またか。「わたしだ、ウォルターズ。ドリアンだ。ドゥーガンは死んだ。思いだしたか？」

「ああ」混乱した大男は彼の顔をしげしげと見つめてから、眉をひそめた。「忘れてた。覚えておくのは全然だめだ」

「いいんだ」ドリアンがなぐさめた。

「彼女はドゥーガンを恋しがってる」大男が言い、マフィンの匂いをかいだ。

「そうだな。たしかに」

「おれもだ、ドリアン」

ドリアンはおなじみの暗い感情がわきあがるのを感じた。この頃ではしょっちゅう、血のような赤みを帯びてわきあがってくる。そんな感情には邪魔されるものかと自分に言い聞かせながら、書斎に戻っていく。「われわれみんながそうだ、フランク」そう言って、扉を閉めた。「みんな、彼がいないのを寂しがっている」

8

ファラのぐったりとした体を抱え、励ましながら板張りのあずまやから城へと導いたのはマードックだった。上着の下で固く引きしまった腕で彼女が立っていられるように支えて歩き、階段はほとんど抱えあげるようにしてあがった。

「熱い風呂を用意しておきましたよ、お嬢さん。それから、ドレスを洗濯するあいだに着られそうな服も見つけておきました」かいがいしく世話を焼く姿は、ひよこのまわりをコッコッと鳴きながら不安そうにうろつくめんどりを連想させた。

ファラは感謝をこめてうなずいた。喉がひりひり痛み、まだあまり話せそうにはなかった。

逃げようとしたことは忘れるか許すと決めたらしく、彼は変わらぬ細やかな気遣いを示し続けた。彼女の頬に涙の跡が残り、目を真っ赤にしているとなればなおさらだった。寝室に戻って落ち着くと、マードックはショールとバッグを受け取り、それらを宝石のようなブルーの椅子に置いた。

「ブラックウェルが怖かったのですか?」彼はわざと明るい声できいた。「もしそうなら、危険きわまりないろくでなし——いえ、悪党に見えますが、実際はそれほど……」

「あなたもニューゲートでドゥーガン・マッケンジーと一緒だったんでしょう」それは質問ではなかった。やわらかく、けれど嘘をつかずに否定することはできないように言いきった。マードックは凍りついた。がっしりとした体の震えを抑え、椅子にかけられたショールを魅入られたように見つめた。「はい」ぶっきらぼうに認める。「五年のあいだ」

「なんの罪で?」

彼はゆっくりと、恥辱と苦悩を仮面で隠した顔を向けた。「わたしのただひとつの罪は、お嬢さん、愛したことでした」彼女の怪訝な表情を読み取ったように、先を続ける。「わたしはサリー州のとある伯爵の息子と長く恋愛関係にありました。彼の父親に見つかったときに起訴されて、法廷で愛した男性から……性犯罪者の烙印《らくいん》を押されました」

ファラのすでに傷ついていた心は、さらなる悲痛に貫かれ揺さぶられた。今回は、がっちりしたスコットランド人を思いやる痛みだった。「お気の毒に」彼女は小声で言い、心からそう思っていることに自分でも少し驚いた。

「大昔のことですよ、今となっては」彼は肩をすくめ、青ざめた顔に笑みを浮かべてみせた。

「何年経っても忘れられない過去もあるわ、マードック」彼女はつぶやいた。

「そうですね、お嬢さん」

「あなたとドゥーガンは……友だちだったの?」ファラは思いきって尋ねた。彼の過去が、ドリアン・ブラックウェルほど悲惨でないことを願いながら。

マードックは動き、浴室のドアへ向かった。「彼は命の恩人です。何度も救われました。それから、同じように、あなたもわたしの命の恩人です」

「どうして？」彼女は小声で尋ね、彼の優しい顔に浮かんだ畏敬の念にいたたまれない気持ちになった。

「もちろん、あなたが彼のフェアリーだからですよ。れっきとした彼の奥さんだから。わたしたちはドゥーガン・マッケンジーにあなたを見つけだすと約束しました。わたしたちがあなたを守ると。できるなら本来あるべき人生に、彼があなたに望んでいたであろう人生に、あなたを戻すと」

ふたたび涙がこみあげてきて、ファラはぱちぱちとまばたきをした。「子どものときにわたしたちが結婚したことを聞いたの？」

「はい、それはわたしたちのお気に入りの話のひとつでした」

「本当に？」うれしい驚きが胸に満ち、彼女はきいた。「ドゥーガンがあなたたちに、わたしの話をしていたということ？　さぞかし退屈でおもしろくなかったでしょうね」

マードックが進みでて彼女の手をそっと取り、隣の浴室へ導いた。「刑務所がどんなところかあなたにはわからないでしょうな、お嬢さん。恐怖と絶望の一夜を過ごすと、一週間が一生のように、一年が永遠のように思えるんですよ」

ファラの裸足《はだし》の爪先が、白い大理石の冷たい床に触れて丸まった。シルバーとブルーに彩られた浴室には、銀縁の鏡と、濃い青の布が張られた優雅な白い家具が、これでもかとちりばめられていた。たくさんある窓から、春風にはためく薄いサファイア色のカーテンを通して陽光が降り注いでいた。磁器製の浴槽が一段高くなったところに据えられ、まわりには青いペイズリー模様のふかふかしたラグマットが敷かれていた。

マードックはかいがいしく、シルクと鉄でできた着替え用のついたてを部屋の隅から引きだし、浴槽の脇に置くあいだ、ずっとしゃべっていた。「ニューゲートでは、時が経つのを早めてくれる物語には金塊以上の価値があるんです」彼は分厚いブルーの生地でできたたっぷりとしたローブをシルクのついたてにかけた。ファラは知りあったばかりの男性がいる部屋で服を脱ぐのは気が引けたが、湯気を立てる風呂の魅力には逆らえなかった。ロンドンに戻ればもちろんこんなことはしないけれど、ベン・モア城のブラックハートにとらわれた今となっては、取るに足りない醜聞の心配をしている場合ではなかった。

「ありがとう」ついたての後ろに入ると、ファラは胴着の紐を解き、ドレスを肩からさげた。マードックが部屋のなかを動きまわる音が聞こえてきて、彼女に気を遣って忙しく立ち働いているのだろうと思った。「もっと聞かせてもらえる、マードック？　ニューゲートでドゥーガンと過ごしたときのことを」

せわしない動きが止まり、年配の男は深いため息をもらした。あるいはそれは、彼が腰かけた上品な椅子がたてた悲しげな物音だったのかもしれない。「先ほども言いましたが、最悪なのは夜です」彼は夢見るような声で始めた。「真っ暗な闇はもっとも勇敢な男すら打ち砕きます。怯えた小さな少年なら言うまでもありません。わたしたちは昼間の鉄道での仕事を終えて鉄格子の世界に戻ると、いつもぐったり疲れ果てて動けないほどで、夜が運んでくる危険から身を守ることができませんでした。物音。泣き声。物陰から聞こえるささやき声……恐ろしい音でした。守ってくれる友だちがいなければ……」声はそこで小さくなり、そこから先は想像にゆだねられた。

「かわいそうに」ファラは小声で言った。スカートから足を抜き、ごわごわのドレスを頑丈なついたてにかける。

「優しいんですね」マードックが応じる。「わたしがニューゲートに入ったときには、ブラックウェルとマッケンジーはすでにそこで三年近く過ごしていました。ふたりとも泥棒のようにたくましく、わたしの二倍は賢くて、悪魔のように色が黒く、非情でした。いつも驚き、あきれたものでしたよ。年端のいかぬ少年があれほどの残酷さを身につけられるものなのかと」

ファラのコルセットは幸い前で紐を締める形だったので、マードックの話に耳を傾けながら紐を緩めることができた。「残酷なドゥーガンを想像するのは難しいわ」彼女は言った。

「でも……あなたには優しかった?」

「最終的には」マードックは言葉を濁した。「わたしが彼らの役に立つことを証明したら、仲間に入れてくれました。それでわたしの人生は、ことに夜はずっと楽になりました。ご存じのように、ドゥーガンは言葉の才能と、不気味なほど正確な記憶力に恵まれていました。ひどく暗くて寒い夜には、あなたと一緒に読んだ本のことを話してくれたものです。本の思い出から脱線して、ふたりの冒険の話になったこともよくありました」

「そうだったの？」ファラは息をつき、シュミーズを脱いで冷たい空気に胸をさらした。それからかがんで唯一の宝物を浴室のラグマットの下にたくしこみ、誰にも見られないように隠した。

思い出を語るマードックの声があたたかくなった。大人ではないけれど少年でもないドゥーガンが札付きの囚人たちを部屋いっぱいに集めて、十歳の少女と墓地で出会い、湿地を探検したハイランドの思い出を語って聞かせる姿が思い浮かび、ファラの心臓はぎゅっと締めつけられた。「彼があなたの容姿を本当に何度も描写したので、通りであなたに出会っていても、わたしたちにはきっとわかったと思いますよ。あなたの思いやりや無邪気さ、優しいところや尽きることのない好奇心についても話してくれました。そうしてあなたは、わたしたちみんなの守護聖人のような存在になったのです。わたしたちの娘。わたしたちの妹。わたしたちの……フェアリー。あなたは無意識のうちに、暗闇と苦痛の世界にいたわたしたち――そして彼――に、ひと筋の陽光と希望を与えてくれていたわけです」

「まあ」ファラはふたたび涙をこらえきれなかった。ついたての後ろで震えながら、裸の体を両手で包む。マードックの思い出を自分のものにするように、一言一句を吸いこむように聞いていた。自分の内面が無防備にすっかりさらけだされたように感じ、裸であることはほとんど忘れていた。「彼がわたしに怒っていなかったという確信がある？　彼が――投獄された原因であるわたしを責めていなかったという」

マードックがしばらく黙りこみ、彼女はパニックを起こしそうになった。

「お願い。本当のことを言ってくれなければいけないわ」そう懇願した。

「まずは風呂にお入りなさい」マードックが優しく言った。

ファラは素直に従った。段をのぼって浴槽に足を踏み入れ、ラベンダーの香りがする湯に体を沈めて肩までつかった。

「本当のことを言えば、お嬢さん、あなたがそんな質問をするのを聞いたら、マッケンジーは死んでいたでしょうな」マードックは彼女が湯につかったと確信してから続けた。「彼がどれだけ深くあなたを案じているかを知っていたのは、なかでも特に親しいわれわれだけでした。彼はブラックウェルとわたし以外の誰にもあなたの名前を明かさなかった。だからほかの囚人にとってあなたは彼のフェアリーでしかなく、それ以外にはなんの情報もなかった。まるでやきもち焼きの亭主のように、彼はあなたを守っていました」

「わたしたちの結婚は法的に有効ではなかったわ、マードック」ファラは打ち明け、こわばった筋肉の冷えと痛みを、熱い湯とラベンダーの香りでやわらげた。「あなたもわかっているでしょうけれど」

マードックの軽蔑したような声が浴室の石と大理石にこだました。「ドゥーガン・マッケンジーはあなたに対して、間違いなく誠実で愛情深い夫でした」彼は主張した。「それにこれだけ時が経っても、ミセス・マッケンジー、あなたは彼の思い出のなかでこれ以上はできないくらいに本物の花嫁であり続けているように、わたしには思えます。もし彼が生きていたなら」

罪悪感の針でちくちく刺され、ファラは澄んだ湯の表面に片手を静かに走らせた。「それは真実とは言えないわ」彼女は認めた。「あなたも知っているでしょう、わたしは——あなたとブラックウェルが自宅からわたしを連れ去った夜、別の男性とキスをしたのよ」

「はい、たしかに……」マードックの声は、肩をすくめた姿を連想させた。「事実上十年近くも未亡人だった女性が誰かと一緒にいることで孤独を埋めようとしたからといって、誰もそれを責めたりできません」

「ミスター・ブラックウェルは、違ったとらえ方をしたようだけど」裸でいるときにベン・モア城の主《あるじ》のことを考えて、ファラはなぜか動揺した。ふいに何かせずにいられなくなり、ヒースとはちみつの香りがする石鹸《せっけん》を手に取ると、ここ数日の記憶を洗い流すように熱心にこすりだした。

「ブラックウェルもわれわれ全員と同じく、ドゥーガン・マッケンジーと強い絆《きずな》で結ばれています」マードックが謎めかして言った。「彼はとぐろを巻いたヘビより御しがたく、二倍も命取りかもしれません。でも、生き延びた者のなかでほかでもない彼に出会えたのは、あなたにとって何よりも幸運なことだったんですよ」

「それもわたしには理解できないことだわ」ファラはそう言って湯から片脚を出し、爪先まで石鹸でこすっていった。「わたしがなんらかの危機に直面していると、あなたたちみんなが確信しているようだけれど、それがなんなのかわたしにはさっぱり見当がつかないし、誰もそのことを説明してくれようとしないのですもの」

「ブラックウェルの話もそこまでいかなかったのですか?」

ファラは唇を引き結んで眉をひそめた。「わたしのせいね、きっと。彼の話が終わらないうちに、逃げだしてしまったから」

「あなたが初めてではありませんよ」マードックのぼやきは、忠実な部下というより、いらだった父親のように聞こえた。家具がきしむ音がして、マードックが立ちあがり、近づいてくるのがわかった。彼女は体をこわばらせたが、彼がついたてにかけられた服を集めているだけだとわかるとふたたび力を抜いた。「ミセス・マッケンジー……」彼が呼びかけた。

「ファラと呼んでもらってもかまわないのよ」彼女は両腕をあげてどうしようもなく乱れたシニヨンからピンを抜き、巻き毛を湯に落とした。「こんなことをしている時点で、社会的規範も何もあったものじゃないでしょう、マードック」

彼の含みのある沈黙から揺れ動く気持ちが伝わってきて、彼女の好奇心をそそった。「たとえ、はるばるここまでさらわれてきたのだとしても、あなたに危害が及ぶとは思ってもらいたくありません。この城では、あなたは何も恐れることはないのです」

「ええ、それはすでに聞かせてもらったわ」ファラは頭を後ろに傾けて頭皮を湯につけ、石鹸を泡立てて豊かな巻き毛を洗い始めた。

「わたしが言いたいのは、今はそう思えないことはわかりますが、あなたは彼を信用していい、ということです。わたしたちもみな自分の命をあなたのために投げだす覚悟はしていますが、ブラックウェルは……彼はそれ以上のことをするでしょう。彼なら自分の胸を引き裂いて、どくどく脈打つ心臓をつかみだすはずです。自分の心さえ差しだします。もしあなたが――」

「差しだせる心臓はともかく、わたしに心があるとはいささか大げさで誤った推測ではないかな」ドリアン・ブラックウェルのなめらかな声は、ふたりの声のように浴室にこだましなかった。ブラックウェルはヘビのように物音ひとつたてず、彼らのあいだにするすると滑りこみ、マードックの言葉が自分の秘密を暴く前に飛びかかった。

ファラは息をのみ、湯に深く身を沈めた。幸い湯は石鹸で濁っていたが、両膝を顎の下に引き寄せて、念のため両腕で膝を抱えた。「出ていって！」震える声で主張した。「身支度ができていないのよ」

「それはわたしも同じだ」

ブラックウェルは近寄った。実際、あまりに近かった。後ろを振り返ったら、そびえるような長身から色の違う両目でじっと見おろしているだろう。湯が不透明でも、きっと彼なら水面のすぐ下で震えおののく体を見通すことができるだろう。その考えに彼女の全身はかっと熱くなり、恥ずかしさが稲妻のように体を貫いた。

「あっちへ行って」ファラは言った。取り乱すのが怖くて振り向けなかった。

「立ちあがって、自分で行かせてみるといい」

彼女がさらに深く湯に沈むと、速い呼吸が水面にさざ波を立てた。

「ブラックウェル」マードックがなだめた。「部屋で待っていてもらえれば、わたしが彼女に服を着せて――」

「もういい、マードック」ブラックウェルが言った。

「ですが、サー」マードックはなぜかその言葉を強調した。「こんなことをしても何も――」

「さがってよろしい」死にたいのでもない限り、誰にも反論できないだろう。ファラは自分を見捨てたからといってほんの少しもマードックを責める気になれなかった。浴室のドアが閉まる音が、鉄格子が滑り落ちる音のように、ファラをもっとも腹黒い犯罪者とともに金ぴかの監獄に閉じこめた。なす術もなく、囚われて、一糸まとわぬ姿で。

ファラが仕事から学んだことといえば、先制攻撃に出た者がたいていは優位な立場を守るということだった。「いったい何がそんなにほしいの？　わたしが入浴を終えるまで待てないほど？」いらだたしげに尋ね、不安や弱さを声から締めだせたことを誇りに思った。

ブラックウェルは彼女の背後から進みでて、長い指を浴槽の縁に走らせた。シャツと黒っぽいキルト、ベストだけを身につけ、上着を着ていなくても驚くほどの肩の広さはちっとも損なわれていなかった。眼帯を外していた。青い目が春の陽光のなかで彼女を見て、きらりと光った。「ふと思いついてね。前回はきみがわたしのもとから立ち去ってしまった。次に話をするときは、それが不可能な状況に身を置くほうがいいだろうと」

熱い湯につかっていても血が凍る思いがしたが、ファラは背筋を伸ばして顎をあげた。「わたしが走り去ったり抵抗したりしないと踏んでいるなら、大きな間違いよ。その必要に駆られれば逃げるわ」

彼は足元に立ち、前にかがんで浴槽の両側をつかんだ。日光が漆黒の髪に青い輪を投げかけている。「ではぜひ、必要に駆られてもらいたいものだな。ただし気をつけたほうがいい。大理石は濡れると滑るから」彼の視線が思わせぶりな興味とともに水面のさざ波に向かい、ファラの冷えきった体温が一気に過熱した。髪の生え際と唇の上に汗が浮かんだ。

彼はいまいましいことに彼女のはったりを見抜き、お手並み拝見と言わんばかりだった。そして、軽蔑をこめてにらみつけても、腹立たしいほど気にもとめなかった。陰険な目つきをすることも対立することも得意だったためしはないが、ドリアン・ブラックウェルとの関係を断つ頃には、充分すぎるほどその両方の練習を積めているだろう。「なるほど……ではあなたの言いたいことを言ったら」彼女はうながした。圧倒されずに彼を見つめていることが、少しもできないことを悔しく思いながら。

「まさにそうしようと思っていたところだ」普段は冷たく無表情な彼の声がハスキーでざらついた声音を帯びた。魅力的でもあり、逆に警戒心をあおりもした。「きみが入浴しているあいだに話すことにしよう」

「そんなことできないわ！」彼女は怒鳴り、膝をいっそうきつく胸に引き寄せた。

黒々とした片方の眉があがった。「そうかな？」彼の指が白濁した湯をかすめてさざ波を立て、それが膝に打ち寄せた。「ひとりではできそうにないなら、喜んで手伝わせてもらうよ」

ファラは彼が書斎で言ったことを思いだした。身体的接触を好まないと言っていた。それなのに彼女がつかる湯を指でかき混ぜるなんて、あれは嘘だったのかもしれない。それとも、今度はブラックウェルがはったりをかましているの？　彼の言ったことが本当かどうか、試すだけの勇気がある？

「わたしに触れてごらんなさい。そうしたら――」

「そうしたら、なんだ？」彼の声は視線と同様に冷たくなり、指を湯から引きあげた。

ファラは必死に何か言おうとしたが、頭のなかが突然空っぽになってしまった。

「わたしが脅しに屈しないことは、いずれきみにもわかるだろう」彼はおどけた調子で言いながら、浴槽の足元に置かれた棚にかかっていた小さなタオルで指を拭いた。

「わたしもよ」彼女が反撃すると、彼の一方の眉があがった。「あなたはわたしから何かを得たいと思っているわけでしょう、ミスター・ブラックウェル。いい、あなたに教えてさしあげるわ。これは誰かの協力を得たいときのやり方ではないわ」

「そうだとしても、わたしは常に望むものを手に入れてきた」

「その人たちのなかに自尊心のある女性がどれくらいいたか、はなはだ疑問だわ」

ブラックウェルはにやにやしながら、朝剃《そ》ったばかりなのか、なめらかでたくましい顎をこすった。目は氷のような冷たさがいくらか薄まっていた。「それは認めよう」彼はそう言うと、背中を向けて段差をおり、豪華なヴェルヴェットの椅子に向かった。「だが、きみも知ってのとおり、わたしの世界には守るべき規範がたくさんある。何かをしてもらったら、必ずその対価は支払ってきた」長身を椅子に沈め、脚を開いて王族のように怠惰に両手を肘掛けにのせる。「きみが望むものをなんでもあげられるんだがね、ファラ・リー・マッケンジー。きみが洗ってくれさえすれば」彼は意味ありげに石鹸をちらっと見やった。

ファラはそんな屈辱を跳ね返す正当な理由を必死に考えたが、何も思いつけなかった。だがそのときふと、ブラックウェルが以前に言ったことを思いだした。ドゥーガンは残忍なやり方で殺されたのかもしれない。ブラックウェルは復讐を誓っていて、彼女の協力を求めている。その言葉に少しでも真実があるなら、それを聞いてから決断しよう。

覚悟を決めると、ファラは両脚を浴槽のなかで伸ばし、片手をあげて石鹸をつかんだ。首と顎なら洗ったところで問題はないだろう。胸のふくらみが濁った湯の上に出ないよう気をつけている限りは。「わたしの望むものがなんなのか教えて」そう要求する声が、あろうことか低くかすれていた。これではまるで、まったく違う要求みたいだ。恋人の懇願のように聞こえる。だがふたりとも、それよりは分別があった。

ブラックウェルは独特の瞳をきらめかせて、彼女の首筋を滑りおりる石鹸を目で追った。そして、驚くことに彼女の要求に応じた。「七年というのは、朝から晩まで一緒に過ごしていればかなり長い時間だ。時が経つにつれ、マッケンジーとわたしは兄弟のようになっていった。一緒に戦い、働き、苦しんで、リーダーとして——兄弟として——の強い絆を保つためにすべてを分かちあった。終わりのない時間をやり過ごすためでもあった。彼はきみが置いていった食べ物をわたしに分けてくれた。それを置いていったのがきみだと知っていたら、分けてくれたとは思えないがね。わたしたちはありとあらゆる卑しむべき詳細を共有した。自分の過去や、あらゆる名前、あらゆる物語、あらゆる……秘密を」

ファラが頭をぱっとあげ、肩で石鹸を止めた。「秘密?」

ブラックウェルはひとつ意味ありげにうなずいたが、目は石鹸に釘付けになっていた。ふたたび石鹸がつややかな軌跡を描きだすと、先を続けた。

「刑務所では、欲求、感情、懸念は、つけこまれるための弱点でしかない」彼は説明した。「マッケンジーの最大の懸念はきみのことだった。自分がつかまったあと、きみがどうなったかわからないことが彼をひどく苦しめた。唯一のなぐさめはマクリーン神父を殺したこと、だからきみが少なくとも神父から危害を加えられることはないと知っていることだった」

ブラックウェルはかすかに頭をひねって角度を変え、よく見えるほうの目でもう一方の腕を滑る石鹸に焦点を合わせられるようにした。ファラは、洗える部分が尽きかけていることに気づいていた。そして、それを見越したようにブラックウェルの視線は熱を帯び、その事実を楽しんでいるようだった。腕をきれいにするにも限度があり、ファラはほかの部分を洗わなければならなくなった。

なんて不条理な状況になったのだろう。ニューゲート刑務所の屈辱の記憶とじくじくとうずく生々しい痛みは、陽光の降り注ぐこの部屋には似つかわしくなかった。しっとりとかぐわしい蒸気がふたりを包みこみ、湯気の満ちた空気にかすみがかかる。ファラはどこか夢を見ているようで、現実と想像のあいだの境目がぼんやりしていた。ブラックウェルは否定できないたしかな真実を話していたが、石鹸が光沢のあるシルクのような体につけていく軌跡を見守るその表情を見ていると、ファラはこれ以上できないほど罪深く、堕落した想像をかき立てられた。

「湯が不透明で、きみにとっては幸運だったな」ブラックウェルは椅子の上で体を動かし、膝を大きく広げて鼻孔をふくらませた。

「こんなことを無理強いして、ドゥーガン・マッケンジーが許すと思う？」彼女は挑み、なんとかして動揺を無視しようとした。「彼に恩義を感じているのなら、その妻であるわたしの慎み深さを尊重しようと思わないの？」

ブラックウェルの目に散る熱い火花が、一瞬静まったあとでいっそう明るく燃えあがった。「地獄で会ったら、ドゥーガンの許しを請うことにする」口は固く引き結ばれ、頰から鋭い顎にかけての肌はぴんと張りつめていた。黒いほうの目を勝利と不満に、青いほうの目を興奮に輝かせながら、両目で肩を滑る石鹼を見つめている。

ファラは話の続きをうながすには何をしなければならないか理解していた。不安とともに息を吐きだし、水の上にわずかに出た胸元をのろのろと洗うと、石鹼を水中に沈めて乳房をなぞった。

体がいきなり予想以上に激しく反応した。石鹼が触れた乳首から四肢へと興奮が駆けめぐり、ぎゅっと寄せた太腿のあいだに落ち着いた。ファラは初めて味わった感覚を楽しみながら、まばたきを繰り返した。思わず目を閉じてしまわないように、ブラックウェルを観察する。自分が及ぼした効果に気づいているのだろうか。彼がそこにいることで、彼女がファラの体に及ぼした効果を。

ブラックウェルは彼女の手が消えたあたりを一心に見つめていた。彼女の反応に気づいた様子はまったくなかった。

「続けて」彼女は息を弾ませながらうながし、彼の気を散らしておけることを願った。秘密を知っていると言われて肝を冷やしたことを思いだし、血が煮えたぎるほどの熱い興奮をなんとかなだめすかした。

約束どおりに彼は続けた。感情を排除した声とは裏腹に、大胆な視線を注ぎながら。

「ドゥーガンは、彼の事件が見直されるまでに、ニューゲートで二十年を過ごすことになりそうだった。それでわたしに、命を救われた恩にかけて誓いを立てるよう求めた」彼女がもう一方の乳房を洗い、息をのんだところで話を止める。

「誓いというと？」彼女は先をうながした。

「釈放されたらきみを見つけだし、きみの身の安全と幸せでいることを確認することを」

「見ておわかりのように、ミスター・ブラックウェル、わたしはまったくの無傷で、とても幸せにやっているわ。わたしをわたしの人生に戻してくれていいのよ。良心の咎めを感じずに」ファラは少し笑った。「そんなものを持っているなら、ということだけど」

「それはまだ、あとになってみないとわからない」彼は穏やかに言った。かすかなさざ波には気づいていなかった。「わたしの七年間の懲役はドゥーガンの死から約ひと月後に終わった。そのとき、わたしが最初にしたのはきみを探すことだった」そう言って前かがみになる。

一撃で息の根を止めようと身構える大きな猫のように。「わたしが見つけたものが、何かわかるかな?」

「いいえ」ファラの腹部で、冷たい恐怖が熱とせめぎ合いを始めた。震える指が石鹸を置いた箇所のすぐ下で。「教えて」

「そうしよう。きみが洗うのを再開したらすぐに」

「わたし——もう洗い終わったわ」彼女は嘘をついた。「すっかりきれいよ」

氷のように青い彼の目に炎がちらついた。「一箇所残っている」

それに応えるように、彼女の体の奥深くが熱を帯びた。おなかの下のほう、いいえ、もっと下の——子宮のあたり。ファラは彼を憎みたかった。ブラックウェルは彼女をとらえ、彼女の感情を操っている。こんな不道徳なことを強制し、自分の倒錯した欲望を満たしている。

それなのに……。

石鹸が巻き毛を過ぎて太腿のあいだの割れ目に滑りこむと、予想もしなかった興奮の渦が秘めやかな部分に巻き起こり、肌一面に広がっていった。彼女は思わず口を開いたが、もれる寸前であえぎ声を押しとどめた。

ふたりの視線がぶつかると、彼の目でちらつく炎が勢いを増し、瞳孔が広がった。

知っているんだわ。見えなくても正確に知っている。彼女の指がどこをさまよっているのか。そして、石鹸が滑る肌がすでに潤んでいることも。

恥ずかしさも忘れるほど、ファラは驚嘆していた。三十年近く生きてきて、入浴したときにそのあたりで快感がわなないたことくらいある。でもこんなに強烈で、欲求と期待に満ちた経験は初めてだった。

その欲求と期待が、じっと見つめるドリアン・ブラックウェルの目に映っていた。

彼女の目にそれらを読み取り、彼はまぶたを閉じた。眉とまぶたを横切る黒々とした深い傷跡がひとつにつながる。目を失わずにすんだのが不思議なほどだった。彼がふたたび目を開いたとき、彼女はその傷を負った青い虹彩《こうさい》をうっとりと見つめていた。けれどすでに彼はいつもの冷たさを取り戻していて、咳払いをしてからまた話し始めた。

「言っておくが、わたしはきみにも秘密があることを発見した。そしてそれが、わたしの秘密のように暗闇に置き去りにすべきものではなく、帝国全体を揺るがしかねない秘密であることも」

石鹸が彼女の指から滑りでて、秘めた場所を伝い落ち、湯のなかに沈んでいった。ぬくりと快感のすべてが消えうせ、われに返ったファラは首を振って否定した。「なんの話かさっぱりわからないわ」ふたりのあいだの空気が熱く燃え、一瞬にして冷えきるその落差に彼女は消耗した。たった今、これ以上はないほど親密な時間を過ごしていると思ったのに。それなのにもう、過去の話を再開しようとするなんて。秘密を暴いて。古傷を開いて。

今はたしかに彼が憎かった。黒髪を振り乱しながら、もっともな非難を展開するふりをする彼が。

「当然のことながら、アップルクロスから調査を始めた。孤児院の記録には、ファラ・リー・タウンゼンドはコレラにかかり死亡、とあった。家族もその病で亡くなっていたため、抵抗力が弱かった、と」

ファラはそのことをすでに知っていたが、注意を引きつけられた。この明るい部屋で唯一の影に身を潜めて、ベン・モア城のブラックハートは本気で彼女の唯一の秘密を暴くつもりなのだろうか。今まで誰にも、ドゥーガン・マッケンジーにさえ明かさなかった秘密を。

「恐ろしい病気だ、コレラというのは」彼は続け、彼女の反応を注意深く観察した。「アップルクロスのように集団で暮らしている施設では一気に蔓延し、大量の死者を出す。患者がひとりきりだったなんて話は聞いたことがない。それで、きみに言わせれば少々強引な手段を用いて、わたしは探りだした。マクリーンが死んでドゥーガンが逮捕された二週間後、アップルクロスから十歳の少女がひとり姿を消したことを。その失踪を取り繕うため、シスター・マーガレットが遺体がない言い訳として、病気の伝染を防ぐために焼かなければならなかったことにした事実も」

ファラにとってその話は初耳ではなかった。十年近く第一事務官の下で働いてきたので、まさに自分自身の死亡証明書を盗み見る機会があったのだ。「それからどうしたの？」こらえきれずに尋ねる。

ブラックウェルはしかめっ面をした。「捜索は難航した。金が必要だったが、わたしは無一文だった。それで手っ取り早く金を手に入れることにして、まずまず成功した」

　ファラはぐるりと目をまわして、部屋の豪華な内装を見まわした。「あなたの華々しい成功物語は世界じゅうの誰もが知っているわ」

「最初は違った。数年のあいだ、わたしは追いはぎをなりわいとした。列車がそれほど遠くまで通っておらず、裕福な人たちがよく列車と馬車を乗り継いで旅していた時代だ」

　ファラは湯のなかで思わず背を伸ばしたが、淡い色の乳首が水面から出ているのに気づいて、あわてて身を沈めた。「追いはぎ？　誰かを傷つけたの？」尋ねながら、彼が失態に気づかなかったことを祈った。

　彼はもちろん気づいていた。「大勢を傷つけた」胸のふくらみが今も見える。「だが、そのことはまたあとで話そう。今はきみの過去について話しているのだ。わたしの話はもうほとんど終わりだ」

　ファラの心臓が驚いたウサギのように跳びはねた。「過去などないわ。わたしは孤児で、アップルクロスから逃げだし、ロンドンにたどりついて——」

「嘘をつくのはやめないか、ファラ」彼のやわらかな物言いは恐ろしく、むしろ怒鳴ってくれたほうがましだった。「きみは嘘をつくのがひどく下手だ」

　彼女は浴槽の底をさかんに手探りしてなくした石鹸を探し、彼のほうを見ない言い訳にした。「なんの話かわからないわ」

「わたしはきみが誰だったのか……誰なのか知っている」

「そんなはずないわ」ファラは言い張った。「わたしは誰でもないもの」あった。石鹸は探し当てたが、まだ探しているふりをして、つるつると滑る指でそれを追いまわした。

「冗談だろ。ファラ・リー・タウンゼンド。クリミア半島で女王陛下のライフル旅団を率いた団長、そして誰あろうノースウォーク伯爵であられた、故ロバート・リー・タウンゼンドの娘。きみは、つい最近まで国じゅうで大きな話題になっていた莫大《ばくだい》な財産の、ただひとりの相続人だ」

彼が言葉を繰りだすたびに、ファラは浴槽の底に体を押しつけ、今では顎まで湯につかっていた。このまま水中に潜り、濁った湯の安全地帯に隠れて命を落とさずにいられたらどんなにいいか。彼は多くを見すぎた。多くを知りすぎた。そしてそれがすべてを台無しにする可能性があった。

「何か勘違いしているわ」もう一度、否定してみる。彼を納得させられることを願いながら。「ファラなんてけっこうよくある名前だし、リーはごく普通のミドルネームだから、あなたが勘違いするのも無理はないわ。でも、ご存じだと思うけれど、ファラ・リー・タウンゼンドはついこのあいだロンドンの病院で、奇跡的に記憶喪失から快復したところを発見されたのよ」ようやく力を奮い起こして、ブラックウェルの毛穴のひとつひとつからにじみでる疑念に真っ向から向きあう。「彼女はひと月たらず前にミスター・ハロルド・ウォリントン、彼女が長年婚約していた男性と結婚した。だからおわかりでしょう、ミスター・ブラックウェル。わたしがあなたの考えている人物であるはずがないのよ」

ブラックウェルは目を細めて彼女をにらんだ。きわめて慎重に次の言葉を探したが、辛辣な非難が毒のように唇から染みだした。「新聞の結婚告知を目にして、わたしがどれだけ驚いたか。長いあいだ行方不明だったノースウォーク家の女相続人がひそかに結婚し、伯爵の称号は彼女の夫に授けられた。たまたま彼女の亡くなった父親の家令《かれい》だっただけで、貴族の血は一滴も流れていない男に。当然のことながら、ずっと前に立てた誓いに突き動かされて、わたしはミセス・ファラ・リー・ウォリントンとの面会を手配した。そして、ひと目見た瞬間に偽者だとわかった」

「そんなのばかげているわ」ファラは一蹴した。「どうしてあなたにそんなことがわかるの?」

冷ややかに結ばれた口にかすかな笑みが浮かぶ。「偽者や詐欺師、泥棒、強欲な人間に関しては多少覚えがあるんでね」

「そうよね、ちょっとした専門家だと聞いているわ」ファラは普段あまりかっとしやすいたちではなかったが、今は恐れよりも怒りがうわまわった。

「いかにも」ブラックウェルが認めた。「だからそのわたしが誰かを、わたしと同じくらい邪悪で不正な人物だと認めたときには、それを信じるべきだ」

「あなたほど邪悪な人がほかにいるとは思えないけど」ファラはうろたえて慎み深さを忘れ、この場から逃げだすことを真剣に考え始めた。だがドリアン・ブラックウェルの長く力強い手足をちらりと見ただけで、無謀な衝動はすぐにしぼんだ。

遠くへは行けないだろう。今度はどうやって罰せられることになるのだろうか。彼女の辛辣な言葉がこたえたとは思えないが、彼がこれほど長いあいだ黙ってじっとこちらを見ている理由はほかに思いつかなかった。「まさかと思うだろうが、世間にはわたしより邪悪な者もいる」彼はようやく言った。

「信じられないわ」

ブラックウェルの指が肘掛けをぐっと握りしめ、椅子の詰め物が抗議するように音をたてた。「わたしはきみを傷つけたりしていない、そうだろう？ きみに触れてさえいないじゃないか」かすれた声が挑むようにこだまする。「きみが泣き叫ぶのを聞いて喜ぶためにだけ、きみをずたずたにする男だっている。すべて終わる前に、きみに死を懇願させるような男が。体と心の両方がしおれていつか死ぬまで、きみのあらゆる部分を利用し尽くし、ごみ同然に排水溝に捨てるような男がね」そう言って立ちあがり、大理石の上をブーツでありえないくらい静かに大股で近づいてきた。「わたしは悪党だし堕落しているかもしれないが、そういうやつらと同類ではない」

「ええ、あなたは彼らを雇う立場ですものね」勇ましさは尻すぼみになり、ファラは下流へ流されていく者がロープに手を伸ばすように、必死に虚勢を張った。「誰でも知っていることよ。一見きれいかもしれないけれど、あなたの手は血に染まっているわ」そのことを覚えておかなくては。

「それは違う、ファラ。血を流す必要のある仕事は自分の手で行う」彼が見せていたぬくりと興味はあとかたもなく霜に覆われ、風呂の湯までが冷たく淀《よど》んで感じられた。

「誰かを傷つける手伝いはしないわ」彼女は言い張った。

「きみにそんなことをさせるつもりはない」彼はふたたび浴槽の足元に立ち、罪深い目で彼女をじっと見おろした。「わたしはただきみに、本来きみが手にすべきものの所有権を主張してほしいだけだ」

「すでにほかの人が主張しているじゃない！　本来の——」

「もう一度それを否定したら、ひどい目に遭わせるぞ」彼の声から感情が消えるほど危険だということを、ファラは早くも学んでいた。

「わかったわよ、認めるわ！」彼女は怒鳴った。「わたしはファラ・リー・タウンゼンド——だった。でも、その名を決して名乗らなかったのには理由があると思わない？　他人の名前を語り、なるべく目立たない生活をしていたのには理由があると？」

「ウォリントンのせいだろうと思った」

「ウォリントンだけではないわ。父の富の大半は、あなたの富と同じやり方で手に入れたものよ。戦利品として、敵の死と引き替えに、嘘だらけの諜報《ちょうほう》活動の報酬として」

「それをどうして知っている？」

「父がクリミア半島から戻ったときに、母とそのことで喧嘩をしてたのを覚えているの」ファラの胸が締めつけられた。過去のことを考えるといつもそうなるように。「両親はわたしを愛してくれていた。愛されていた記憶はあるの。だから、両親がなぜわたしをウォリントンのような男と婚約させたのか、それがどうしても腑《ふ》に落ちないのよ」

ブラックウェルは肩をすくめた。「愛より強い欲がある」

「そんなことはないわ」彼女は反論した。「本物の愛ならね。愛より強いのは恐れだけ……そしてそれも、恐れに負けたときだけ。両親は何かを恐れていたに違いないわ。なんらかの窮地に追いこまれていた」

「そして、彼らは亡くなった」

「そのとおりよ」彼女は石鹸をトレイに戻し、その動作を見守る彼の顔に浮かんだ残念そうな表情を見逃さなかった。

それは気にしないことにして、さっき泣いたせいで腫れた目を濡れた指でさすった。

「ウォリントンと結婚するなんて考えるだけで耐えられなかった。父と同年代だし、子どもの頃はいつも彼が怖かったから。家族はコレラで死んだと聞かされた……でも大人になるにつれて思うようになったの。もしかしたら……」そこで言葉を濁した。言葉にすると本当になってしまいそうで怖かった。人生はそこまで残酷になれるものなの？　愛した家族が邪悪な企《たくら》みによって奪われたなんて？

憤っていたのも忘れて、ブラックウェルは考えこむように顎をつかんだ。「それですべての説明がつくな」

「どうしてそうなるの。頭がくらくらしてきたわ」

「一週間前のことだ。貴族名鑑に載っているある人物がわたしの仲間、クリストファー・アージェントに接触し、かなり内密な業務契約を持ちかけた」ブラックウェルは意味ありげな視線を投げた。

「アージェント」その名前がファラの記憶を刺激した。「ニューゲート時代の友人ね」

「とても親しくしている仕事上の協力者だ」彼は茶目っ気たっぷりに訂正した。「アージェントはすぐわたしに連絡してきた。行方不明になったスコットランド・ヤードのある職員の身柄と引き替えに大金を提示されたと」

あっけに取られてファラが息をのんだ。「まさかそれが……」

「きみだ。ミセス・ファラ・リー・マッケンジー。ウォリントンはきみを探し、あとを追っている。亡き者にするために」

「そんな」ファラは浴槽のなかで震えだした。ブラックウェルが広い胸の前できつく腕を組んだ。まるで腕を押さえつけておこうとするように。

「わかっただろう。きみは以前の生活には戻れない」勝ち誇ったように言う。「わたしがきみを行方不明にしなくても、彼が誰かを雇ってそうさせていただろう」

「なぜわたしに死んでほしいの？ 彼はすでに望んだすべてを手に入れたのだから、わたしを脅威に感じる必要などないでしょう」

「いや、むしろ」ブラックウェルは言った。「きみは脅威そのものだ。きみが自分の権利を主張すれば、すべてを台無しにすることも、彼の悪事を暴くこともできるのだから」

「でも……そうするつもりはなかったわ！」

「彼はその確信が持てなかった。本物の危険が及ぶ前に、脅威は芽のうちに摘んでおいたほうがいい」

ファラは自分の耳が信じられなかった。「それが、あなたの仕事のやり方なの？」

「そのとおり」ブラックウェルは恥ずかしげもなく、良心の呵責も感じていない様子で言った。ファラはこれ以上、彼の姿を見ていたくなかった。まぶたを閉じると、さまざまな考えが頭をめぐった。わたしがいったい何をしたの？ 幸せな人生を――とまでは言えなくても満ち足りた毎日を生きていた。目的を持ち、自分の居場所を作った。それがすべて変わってしまった。後戻りはできず、前進しようにも道はどこにも見当たらなかった。

「わたしには自分がファラ・リー・タウンゼンドだと証明できるものが何もないわ」彼女は

口を開いた。「今では別の人がその名前を騙《かた》っているわけだし。それに、女性は結婚しなければ、貴族の地位と領地の所有権を主張できない。何より、なぜずっと未亡人のふりをしていたのか説明しなければならなくなるし、家族の死が犯罪絡みだという証拠もない。どこから始めればいいのかすらわからないくらいよ！」

「それはすべてわたしにまかせるといい」ブラックウェルが申し出た。

ファラは頭をさっとあげた。戦地での殺戮《さつりく》を眺める司令官のような彼の姿に、不安がかき立てられる。「あなたは、十年前に亡くなった友人への借りを返すためだけに、いっさいの面倒を見ようというの？」疑わしそうに尋ねた。

「そんなわけがない」彼は冷笑した。「わたしはつまるところは実業家だからね。わたしはきみの手に、きみの財産を取り戻す。ロンドンで唯一わたしを拒んできた世界に近づく権利と引き替えに」

「よく――わからないのだけれど」ファラがつかえながら言った。「いったいどうすれば、あなたにそんな権利をあげられるの？」

ブラックウェルは身を乗りだし、浴槽の左右の縁を手でつかむと、たくましい肩を怒らせて少なからぬ体重を支えた。「簡単だ」満足げに喉を鳴らす。「きみはわたしと結婚する」

〝じゃあ、フェアリー、きみは追いはぎの奥さんになるわけだ〟

〝それって楽しそう！〟

9

墓地をうろつく魂のように、思い出が全身の骨に忍び寄るあいだ、ファラは信じられない思いで自分の上にのしかかるように立つ男を黙って見つめた。

ドゥーガンのひたむきな黒っぽい目、愛と独占欲、傷つきやすい弱さをたたえた目が、思い出のすべてにかけられたぼんやりとしたヴェールのような時間を通して彼女を見つめていた。子どもの頃は、その将来がどれだけロマンティックに思えたことか。あふれんばかりの将来の夢を揺るがす現実を理解していなかった。だが今、まったく異なる一対の目が彼女を見おろし、そこには傲慢な計算と、もっとずっと大人の所有欲が現れていた。

追いはぎの奥さん、たしかにそうなる。

「何を根拠に、あなたのような人とわたしが結婚すると思っているの？」声が出るようになると、彼女は激しい口調で言った。「そんなばかげた求婚、聞いたこともないわ」

「ちょっといいかな」ブラックウェルは嘲笑い、いやそうに口をゆがめた。「モーリーがきみに求婚したとき、わたしもそれを聞いていたことを忘れているようだ。それに、求婚というのは質問の形を取るものだが、わたしはきみにまだ何も尋ねていない」彼は浴槽をぐいっと押して離れると彼女に背を向け、肩をいっそう怒らせた。「わたしはきみに告げただけだ。きみはわたしと結婚することになる、と。きみの意志で」

ファラは彼に水を引っかけてやりたいという子どもっぽい衝動を抑えこんだ。「そんなこと絶対にしないわ！」

「避けられないことを否定するのはばかげている」彼は肩越しに言った。

いいかげんにして。ファラは彼の広い背中をにらみつけた。たとえ窓のほうを向いていても視線の鋭さを感じるはずだ。「説明して。ベン・モア城のブラックハートの妻になると、わたしになんの得があるのか。あなたが後ろめたい手段で得たお金のほかに、あなたはわたしが望む何を差しだせるというの？　あなたには心も魂もないと自分で言った。評判は地に落ちている。わたしを愛してもいなければ、わたしに触れることさえ耐えられない。わたしのような女性が、それでもあなたのような男性との人生を望むのはなぜ？」

「たしかに、なぜかな？」彼が振り向き、ファラは唇を閉じた。そしてその瞬間に、ブラックウェルがいかにして敵の心に恐怖を植えつけるのかを理解した。激しい気性で火傷を負わせるわけではない。目立つ特徴ではあるにしても、堂々たる体格や強烈な残忍さで怖がらせるのでもない。人目を引く容貌が平静そのものであることが恐ろしいのだ。生気も感情も、なんの揺らぎも見せない、目の前の生命を一匹の虫けらと同じ取るに足りないものと見なすような顔。彼ならブーツの底で踏みつぶし、わざわざこすって排水溝に落とすことすらせずに通り過ぎていくだろう。傲慢どころではなかった。見下すどころではすまない。彼ならそのなめらかな仮面にひびひとつ入れず、残酷な子どもが昆虫の足をもぎ取るのを見つめ、民族の大虐殺を眺めるだろう。

本当にそんなに冷酷なの？　わたしの言葉にほんの少しも心を動かされなかったの？　ブラックウェルがファラの深い憤りを受けとめたことを願った。傷ついた態度でも、怒りでも、情熱でもいい、自分で言うほど非情ではないことを示す何かを見せてほしい。

「わたしはきみに、きみの死を望む男からの保護と、わたしの名前がもたらす安全と名声、そして返還されたご両親の遺産を提供できる。その代わりに、きみはわたしに伯爵の称号と国会での議席を提供する」ブラックウェルの声と態度にはためらいが表れていたが、ファラはこれが彼にとって大きな意味を持っていることがわかった。「われわれが共同戦線を張れば、ドゥーガン・マッケンジーに死をもたらした者への復讐以外にも、達成できることはたくさんある」

共同戦線を張る？　「結婚を、まるで軍司令官が論じる戦略のように言うのね」ファラが責めた。

「この場合、それはあながち悪いたとえではない。われわれは同一の敵を倒すため、戦略的に同盟を結ぶ。双方に利益をもたらす同盟になるだろう」

「あなたの利益がわたしの利益をはるかに上まわっているように思えるけれど。あなたも気づいているでしょう。もしわたしがあなたと結婚したら、わたしの両親の称号、富、領地、そして遺産はわたしに戻ってくるわけではなく、法的にはあなたのものになるのだから」

彼はそんなことはたいした問題ではないというように、大きな手を振った。「わたしには充分すぎるほどの富と領地がある。このうえハンプシャー州の地所と建物、メイフェアの屋敷をほしがる理由があるかね？　領地からの収益は女王陛下より多いというのに。結婚する前に、きみに父親の財産いっさいの権利を譲るという書類に署名するよ。これできみの望みどおり、すべてはきみのものになる」

ファラはショックを受け、信じられない思いでいっぱいになった。身をすくませるような奇妙な痺《しび》れが、浮力のある水のなかでさえ四肢を重くした。ドゥーガンのかたきが討てる。父の愛した家が本来の持ち主に返還される。母の宝石と値段がつけられない芸術品がふたたび彼女のものになる。大事に慈しまれて後世に伝えられていく。ブラックウェルの援助があれば、両親の死の真相も明らかにできるだろう。強奪者ウォリントンと偽の花嫁に正義の鉄槌を下すことができる。

ああ、なんてこと。本当にこんな――こんな軽率な行為をしようというの？　強くて暗く非情な権力の典型のような目の前の男をよく見る。この国でもっとも悪名高い男の妻になることに同意したら、いったいどうなるの？　そう考えただけで血が凍った。

それでも……。

「称号と国会の議席をどうするつもりなの？」彼女は尋ねた。

彼はおどけた顔をした。「男なら誰でもほしがるものはなんだ？　権威だ。より大きな権力。上流階級に仲間入りする権利。名前にくっつく称号と女王陛下の祝福なしには、達成することができない投資や事業がまだ存在する。アメリカ人でさえ、貴族階級がないことにあれだけ鼻高々な彼らでさえ、称号を持つ英国紳士と取引をしたがる。ゆえに、称号を得ればわたしの海外での事業がずっとやりやすくなる」

「あなたを紳士と取り違える人などいないわ」ファラが皮肉を言った。

彼の喉の奥深くから暗い声がもれ、正常なほうの目が愉快そうに輝いた。ドリアン・ブラックウェル独特の笑い声と笑顔だった。「侮辱されているあいだにたっぷり一分過ぎた。きみを考え直させるのに成功したと思っていいかな？」

「ほかに選択の余地がある？」

「そんな余地が本当に必要なのか？」

当惑、興奮、屈辱、驚き。ファラは最終的にどの感情に行き着くべきか決められなかった。どうして、よりにもよって裸で、これほど大事なことを決めなければならないのだろう？

女性は結婚の申し込み――というより命令――について、それをなんと呼ぶかは別として、少なくともきちんと服を着て考えるべきだろう。ブラックウェルは悪魔のように説得力があり、正直言って魅力的でもあった。けれどわたしは、自分が浮ついていないことを誇りにしていた、そうでしょう？　気づけば巻きこまれていた危険を脱するのに、ほかの解決策はないの？　犯罪者との結婚が唯一の選択肢だということを受け入れたくはなかった。仕事はどうなるの？　人生は？　モーリーのことは？　彼は今ごろファラを探しているだろう。予定はしばしば変わるものだから、日曜日のお茶に現れなかったくらいではあまり心配しなかっただろう。けれど今朝出勤しなかったときに、彼女を探し始めたはずだ。

モーリーでも、ファラの死を望む者から彼女を守れたのではないだろうか？　おそらくは。だが、ベン・モア城のブラックハートに不安を覚えながらも、彼の無慈悲な凶暴性と、優れた知性や想像力は否定できなかった。彼は敵を容赦なく打ち負かす。敵から彼女を解放するのもお手のものに違いない。

でも誰が、ファラをブラックウェルから守れるのだろう？

それに、彼が必ず約束を守ると信じていいの？　彼は何を隠しているの？　彼女の知らない彼の一面は？　ファラはドリアン・ブラックウェルには秘密があることを知っていた。地獄の炎に触れるほど深く埋められた秘密が。妻として彼の秘密に対峙することができる？　そんな勇気があるの？

〝ほかの誰とも結婚させるもんか。フェアリー、きみはぼくのものだ。ぼくだけの〟

心がきゅっと縮まって沈んだ。子どもの頃の誓いの重さにまぶたを伏せる。「彼はこんなことを望まないわ」ためらいがちな声でつぶやいた。

「きみは間違っている」ブラックウェルがやわらかい声できっぱり言った。彼を見ようとファラがまぶたを開けたとき、彼はふたたび背を向けていた。「きみのほかにドゥーガンが愛し、信頼した人間はわたしだけだった。そして同じように、わたしが大事に思っていたのは彼だけだった……わたしには心を占めるフェアリーがいなかったからね」

それは、彼の胸には占めるべき心がないからなの？

彼がこちらを向いてくれたら。残忍で冷たい顔を見ることができたら。恐ろしい顔立ちが、彼女の胸に忍びこんで決心を溶かしそうなぬくもりを冷やしてくれたら。

しかし彼は窓のほうを向いたまま、浅黒い影にのどかな日の光を浴びていた。話し方はイングランド人でも、彼は間違いなくこの荒涼とした大地の一部だった。

「何が言いたいの？」彼女はうながした。

「彼が生きていたら、わたしたちに知りあってほしかっただろうとは思わないか？　仲良くなってほしかったはずだ、親友と愛する妻に」

ファラは言葉を失った。そんなことは一度も考えたことがなかった。これまでの考えを根本からくつがえされた気がした。

「きみに言ったとおり、彼はわたしにきみを見つけてほしいと頼んでいた……自分が死んだ場合、彼がわたしたちの結婚を祝福した可能性はないか？　わたしたちにお互いを——大事にしてほしいと望んだ可能性は？」

ブラックウェルの問いかけが心をかき乱した。「お互いを大事にする？　そんなことができるの？」彼女はため息をつき、思ったことを頭のなかにとどめておける冷静さが自分にあればと悔やんだ。

ドリアン・ブラックウェルの沈黙がどんな言葉より深い意味を持ち始めた。彼が春の口づけを受けるエメラルド色の海岸と遠くで集まる雲を眺めているあいだに、ファラの心にさまざまな考えが渦巻いた。

年齢と経験を重ねるにつれ、ファラには若い頃にはなかった自覚が芽生えていた。これまで生きてきて、気遣いができ、思いやりがあるところを自分の長所のひとつととらえていた。ドリアン・ブラックウェルを思いやることができるだろうか？　もちろんできる。彼とて人間なのだから、そうでしょう？　欲求と野心と——感情を持った人間だ。最後のひとつは議論の余地があるにしても。怖いのはブラックウェルに、思いやりの深さを最大の長所から深刻な弱点に変えられてしまうことだ。そんなことができる人がいるとしたら、それはブラックウェルであり、おそらく自責の念も同情もなくそうするだろう。

「お互いをどう思っているかにかかわらず、わたしはあなたを〝大事にする〟ことを誓いたい。そこから始めるのではだめかしら？」彼がついに振り向いた。日の光のなかで、彼の傷跡はなぜかいっそう白く深く見えた。光のなかでさえ、傷ついた目には闇がひそんでいた。じっとのぞきこんでも絶対に底が見つからない、洞窟のように、どこまで続けているかわからない闇が。彼女のむこうみずな部分が闇の底を探りたがった。それは大人になってから抱いた、もっとも恐ろしい衝動に違いなかった。

ファラはいつしか、彼がこれまで誰かに大事にされたことがあるのかしらと考えていた。

「きみの不安をいくつかやわらげてあげよう」彼は続けた。彼女の沈黙を熟慮と理解したらしい。「名前と称号を得るための便宜上の結婚にすぎない。きみにそれ以上のこと――妻としての親密な務めは求めない」それを言ったときブラックウェルは彼女と目を合わせようとせず、いささか急いでつけ加えた。「それから、きみの命をおびやかす脅威を処理したあとは、年にひと月はここベン・モア城で、そして社交シーズン中のひと月をロンドンで、その期間だけわたしと暮らしてもらう。体裁と、その他もろもろのために。それ以外の時間と財産はきみのものだ。好きにすればいい。きみの父親の住まいか、いくつかあるわたしの住まいのどれかに住むといい」

「いくつか……というのは、いくつくらい？」彼女は好奇心に駆られて尋ねた。

彼は少し時間をかけて数えあげた。彼の不動産が膨大な証拠だ。「海外の住居も含めて、ということになると、地中海の各地にある別荘と、フランスのシャンパーニュ地方にあるブドウ園も数に入れて――」

「別荘？」彼女は息をのんだ。「各地に？」

かすかな笑みが彼の唇に浮かんだ。

ファラは両手をほてった頰に当てた。追いはぎの妻。むかつくほど裕福な追いはぎだ。けれど、それでもやはり彼は犯罪者だ。子どもの頃の彼女とドゥーガンが予言したとおりになるの？　本当に考えているの……彼と結婚することを？

ふいに和解しなければという思いが強くなった。彼の肩に居座るこわばりを取り除きたい。視線にこびりついた霜を溶かしたい。なめらかな鎧のような仮面にひびを入れたい。本気で結婚を考えるなら、ベン・モア城のブラックハートのなかにどこかしら人間らしいところを見つける必要があった。

ファラはふやけた指先で水面をなぞった。「何よりも、これだけは言っておきたいの。さっきはあんなふうにあなたを侮辱するつもりはなかった。わたしの理解が及ばない部分があったことを認めるわ。あれこれと指図されると、わたしの長所は引きだされないみたいね」

ブラックウェルは乾いた笑い声をたてた。「ばかを言うな。わたしにひどいふるまいを非難する資格はない。それに、きみがわたしを疑い、軽蔑し、恐れるのはもっともだろう」

「あなたを軽蔑してなどいないわ……」けれど、疑い、恐れるという部分は即座に否定できなかった。

「心配しなくても、そのうちするようになる」彼は顔をしかめてつぶやいた。

彼女はそれで笑顔になった。まつげの下からそっと観察し、少しうれしく思いながら、自分の言葉に反応があったことを確認した。ブラックウェルのこぶしは開かれ、不安げだった目にもぬくもりとまではいかなくても、ある程度の落ち着きが戻っていた。

ファラの心臓が強く脈打ち、それに合わせて全身が震え始めた。お互いをじっと見ていたので、その鼓動が荒い吐息に乗って彼に聞こえてしまうのではないかと思った。島全体が、その先の海が、ハイランドの空気までもが、舌の先まで出かかったその言葉が唇の外に出てくるのを待ち構えているようだった。

この言葉だけは、いったん口にしたら撤回することはできなくなる。

〝イエス〟なんの変哲もない言葉がこの瞬間だけは、救済と同じだけ破滅を意味するように思えた。

もちろん、〝ノー〟と言うこともできる。

けれど今、彼女をじっと見つめるブラックウェルに、その言葉はほとんど意味を持たない気がした。ドリアン・ブラックウェルを拒否して、生き延びられる者は多くないはずだ。

ああ、ドゥーガン、どうしてこの人を差し向けたの？　ファラは心のなかで抗議した。どうして人の姿をした悪魔にわたしを探して守れと頼んだの？

若いドゥーガンは、目の前の男が持つ彼女への影響力を知らなかったのだろう。彼が本当はどれだけ危険な男かを。見境のない衝動が血管に流れこみ、あろうことかファラのもっとも秘めた場所に落ち着こうとしていた。

ドリアン・ブラックウェルがどれだけ彼女を興奮させるか、ドゥーガンにわかっていたはずがなかった。見つめられるだけでどれだけ無力になり、同時に力があふれてくるか。

ドゥーガンが望んだはずだという言葉に心を揺さぶられたことを、ブラックウェルに知らせるつもりは毛頭なかった。ドゥーガンが生きていたら、すべては違う展開になっていたの？　ドリアン・ブラックウェルはそれでも、ブラックハート・ブラザーズの片割れだったの？　ドゥーガンがいたら、あの地獄のような場所から釈放されて三年になっていたはずだ。三人はなんらかの形で人生をともにしていただろうか？

彼女には知るよしもなかった。

いずれにせよ、追いはぎの妻におさまるのは運命に思われた。

彼女が葛藤しているあいだ、当の悪魔は無言で身動きもせずに立っていた。ファラは今が最後のチャンスだと思った。

「ひとつ条件があるの」その言葉は強い吐息に乗って飛びだした。

「それは興味深い」ブラックウェルはたくましい腕をさらにたくましい胸の前でいらだたしげに組んだが、両目には勝ち誇ったような火花が散っていた。「聞かせてもらおう」

「ノースウォークの財産を取り戻しても、わたしが死んだらまた遠縁の親戚の手に渡るだけなら意味がないわ。だから、わたしがあなたと結婚して伯爵の称号を提供したら、あなたにもうひとつわたしがほしいものを提供してもらう」

「タウンゼンド家の富、伯爵夫人の称号、比較的自由な生活」彼は指折り数えあげた。「そのほかにいったい何をわたしに望むというのだ？」

「ドゥーガンのほかに、わたしには二十年以上のあいだ家族がひとりもいなかった」ファラは、ベン・モア城のブラックハートの前に生まれたままの姿で立った。「だから、あなたの子どもがほしいの」

10

ドリアンは、誰かに心底驚かされたのがいつ以来か思いだせなかった。何年も前。何十年も前かもしれない。多くの裸の女性や、たいていの人なら打ちのめされるだろう光景をいやというほど目にするうちに、驚きを感じる能力が彼を見捨てて出ていってしまった。

いや、そう思っていたのだ。

彼女の豊かな曲線をたどって水がしたたり落ちると、彼の思いは千々に乱れて定まらなくなった。水から浮かびあがった女神。ボッティチェリの名画《ヴィーナス誕生》のようだ。ただしヴィーナスのように、水に濡れて重くなり色が濃くなった銀色の髪で女性のひめやかな場所を隠してはいない。強情そうに顎をつんとあげ、胸を張って背筋を伸ばし、あのやわらかなグレーの瞳に決意と切望の混じりあったものを浮かべて彼を見据えていた。

ファラは自分の体を彼に差しだしている。彼に何か、彼女の要求に応える言葉を言ってほしがっている。だが、どうしてそんなことができよう。あられもない美しい肌が熱い湯でピンク色に染まり、恥ずかしげもなく目の前にさらされているときに？　立ちこめる湯気で体の線や鮮やかな色がぼやけ、夢のようにかすんで見えて、彼は風呂に引き寄せられた。

必死に無関心の仮面をかぶりながら、ドリアンは急に立ちどまり、ブーツで大理石を踏みしめて、そこから一歩も足を出すまいとした。このような状況で理性を失うことをなんと言うのだったか？　飛んで火に入る夏の虫？　クモの糸に絡め取られる？

その胸といったら。透き通るように白く、シルクのようになめらかで完璧な半球と、非の打ちどころのない桜色に染まる小さな頂。ウエストの繊細なくびれ、おなかの中央の小さなくぼみをへて、視線はさらに下へと引きつけられ、脚のあいだでカールした金色の薄い――。

「だめだ」彼はきつく食いしばった歯のあいだから宣言した。

「だめ？」ファラは繰り返し、繊細な眉を寄せた。「わたしがほしくないということ？」

「そうだ」それは嘘ではなかった。だが本当というわけでもなかった。この部屋に入り、彼女の髪が裸の肩に触れるさまを見た瞬間から、ドリアンの体は理性を裏切っていた。ファラが彼のために体を洗うにつれて、股間は重くふくらみ、固くなっていった。そうして今では、キルトがほんの軽く触れるだけで、想像を絶する悦《よろこ》びと身を切られるような苦痛を味わっている。

彼女がまばたきをしてまつげを伏せると、目の表情だけが見えなくなった。「わたしのどこが気に入らないの？」

「そういうことではない」彼女を傷つけまいとする本能を抑えこむのは骨が折れた。

「じゃあ……」彼女は視線を横にそらすと、両腕をゆっくり持ちあげて胸を覆い、寒さに身を震わせた。「あなたはミスター・マードックとそういう関係――」

「ばかな、違う！」いらだたしげに指で髪をかきむしりながら彼はゆっくり遠ざかり、おしみなくさらされた彼女のつややかな肌から視線を無理やり引きはがした。だがすぐまた見ずにはいられなくなり、彼女のほうへ引き返す。出会った日から、どれだけひそかに空想にふけったことだろう？　この女性にすでにどれだけ悩まされてきたか？　これ以上、どうすればいいというのか？

「じゃあ……どうして？」彼女は声に大胆さをにじませながら尋ねた。

別の男――彼よりましな男なら、彼女の慎み深さを守るために体を隠してやっただろう。明らかに寒そうな繊細な体を暖めてやっただろう。なめらかな体を抱いてベッドへ運び、肌の湿り気が乾く間もないうちにやわらかな部分に身を沈めただろう。

だがここにいるのは彼だけ、彼女が求めるものを与えることができない男だった。なぜなら……。

「単に問題外だからだ」ドリアンは今も噛みしめている歯のあいだから言い張った。

彼女の目がやわらぎ、ドリアンのキルトを盗み見た。彼は自分の男の証《あかし》の状態をスポーラン（キルトを着たときに前にさげて貴重品を入れる革袋）が隠してくれることを、これほどありがたく思ったことはなかった。「それはあなたの体が――できないということ？」

喉から意図したより非情な音が響いたが、彼は自分に向けたものだと説明できなかった。
「わたしの体が……」問題は体ではない。今でさえ、彼女を見ることを自分に強いていると、うずくような悦びが背骨を下って苦悩の旅路をたどり、あらゆる筋肉が固く締まって、いきり立つものの先端が切望の涙を流しているというのに。「わたしの体は、きみが慈悲を乞うまできみの体を抱くことができる」

彼女のふっくらとした下唇が開き、虹彩の銀色が緑に変わった。よくそうなるようだった。「じゃあ、そうして」彼女は震える声でささやいた。「あなたと結婚するわ。そして、あなたに許可する——子どもができるまで、わたしを好きなように抱くことを」そう言いながら彼女はさかんにまばたきし、体の脇で小さなこぶしをぎゅっと握ったが、姿勢と表情には決意があふれたままだった。

ほかの男にとっては、彼女の申し出は天国への鍵を受け取るようなものだろう。しかしドリアンにとっては、地獄のもっとも深い穴に突き落とされるも同然だった。

彼は平静を保ち、彼女から目を引きはがそうと努力したが、聖人でもなければそんな離れ業はとうてい無理だ。こんなに目を奪われたことはなかった。どんなものを見ても、彼女を見たときのように反応したことは一度もない。

それに、なぜ反応せずにいられよう？　彼女は彼のものだというのに。彼だけの。

こんなに長い年月、彼の一部は今も毎晩彼につきまとう銀色の髪をしたあの小さな妖精を待っていたのだ。とはいえ、彼の血をかきまわし、彼の体に火をつけた、大胆でありながら上品な女性に対する準備ができていなかった。

違う、体が問題なのではない。

心だ。

彼の心臓を包みこむ氷を溶かしかけたその炎は、こみあげる怒りと自己嫌悪ですばやく消された。「お互いに嘘をつくのはよそう」彼は暗い声ではっきり述べた。視界の縁に赤が溶けだし始めた。「きみの条件を拒否する」

ファラは目をつりあげて背中を向けると、ハート形のお尻を見せながら片脚をあげて浴槽の外に踏みだした。

ドリアン・ブラックウェルのような男が泣き言を言うことが許されるなら、彼はそのとき口にしていただろう。運命はこれ以上過酷になれるものなのか?

彼女はバスローブに手を伸ばし、美しい裸体を包んでベルトを締めた。「あなたがこの条件を拒否するなら、わたしはあなたの求婚を拒否するわ」タオルをつかみ、彼女は濡れた巻き毛を拭き始めた。

「忘れているようだな。あれは求婚ではない」彼女に思いださせる。ドリアンは彼女がここまで意志が強いとは予期していなかった。ここまで強情だとは。子どもの頃は最高にかわいい無邪気な少女だったのではなかったか。

ファラは彼にいらだたしげな視線を投げ、さらに髪をいじった。「あなたがあれをなんと呼ぼうと、お断りします。それで、ほかの人と結婚するわ。警部のモー——」

「それはだめだ！」彼はうなり、大股で近づいた。「きみはあいつを愛していない」われを忘れ、彼女の肩をつかんで思いきり揺すってしまうところだった。だがそうする前に指は丸まり、怒りの強さに関節がぽきぽきと音をたてた。

愛らしい目に恐怖が浮かんだが、彼女は身を引かなかった。「あなたのことも愛していないわ」彼女は言い返した。「そっちは問題ではないようだけど？」

肺が息を吐き尽くすと激しい痛みが胸に広がり、彼は肺をふたたび満たそうと苦労しなければならなかった。

「わたしから奪われた子ども時代を誰かにあげたいの」ファラは優しく言った。「そして、わたしが結婚する男性はそれに同意しなければならない」

「きみは、まったくわかっていない」

「わたしは、あなたがこの世界でもっとも大胆で、もっとも恐れられていることを理解しているわ。あなたはなんのためらいもなく人を殺せるし、ペンをひと振りするだけで一家をみな殺しにすることもできる。そんなことができるくらい勇気があるのなら、その勇気をかき集めて、わたしに子どもができるまでほんの何度か床をともにすることだってできるはずだわ」

　ふたりはにらみあい、その激しさのあまりそれぞれの意志がぶつかりあうのが目に見えるようだった。

「あなたの体は誰かほかの人に操《みさお》を立てているの？」彼女はきいた。

「まさか」

「あなたの心は？」

「わたしにそんなものがないことは、お互いに納得したと思ったが」

　彼女は上達しつつあるいらだたしげな視線を向けた。「じゃあ、理由を説明して。わたしが理解していないというのなら」

　ドリアンはそれを言葉にすることができなかった。彼女に対しては無理だ。「もう説明しただろう」

　ファラは彼を一瞬じっと見てから片手を伸ばした。

　ドリアンは彼女の手の届かないところまでさがった。

　彼女は思案顔で眉根を寄せた。「ドリアン、最後に誰かがあなたに触れることを許してからどのくらい経つの？」

　彼女の唇に名前を呼ばれて、彼の胃がぎゅっと締まった。彼女に言うことはできなかった。秘密をもらしすぎることなく。「生まれてからずっとだ」彼は答えた。

「正直に言ってそれが、あなたがわたしとその……関係を持てない理由なの?」

ドリアンは目をそらし、そんな弱みをさらしてしまったことを後悔した。他人との接触を避けることで、権力を示してきたのだ。手や腕を差しだすことをしないのは、尊敬に値しない相手と見なしたからだとほのめかして。

この場合はそうはいかなかった。ファラに対しては。

「人に触れることができないなら、どうやって殺すの?」彼女は好奇心に駆られて尋ね、それから頭を振って、そんなことを言った口をゆがめた。「自分がこんな質問をする日が来るとは思わなかったわ」

「だいたいは手袋をはめる」彼は正直に答えた。「それに、すべての武器が身体的な接触を必要とするわけではない」

「もちろん」彼女は思わず言ったが、謎を解こうとするかのように眉根を寄せた。「でも手袋越しにならし、他人と接触したことがあるの?」

「ごくたまに。それが避けられない場合だけだ」

彼女は考えこみながらうなずいた。「未亡人として生きてきたけれど、実はわたしは処女なの。子どもの問題を別としても、わたしたちの結婚が本物かどうかが問題になったときのために床入りをすませておく必要があるわ」

ドリアンは口がからからになった。すべてを考慮したと思っていたが、ファラと性的関係

ないと知り、かすかな喜びに顔を輝かせた。動揺しつつも、ほかの男が彼女に触れてい

　顎の小さなくぼみを軽く叩きながら、ファラはタオルを置き、化粧台からブラシを取ると

巻き毛をとかし始めた。「もし——わたしが徹底した現実主義者だったら、愛人を持つこと

もできるでしょうね。そうすればわたしたち両方の問題を解決できる、そうでしょう？」

「きみに触れようとする男は誰であろうと殺してやる」ドリアンは冷たく告げた。

「あら、そう。でもそれはあまりいい解決策とは言えないわね」彼女はため息をつき、いら

だちを募らせた。「見て楽しむのは？　そういう性癖をお持ちのように見えたけれど」

　彼は威嚇するように彼女のほうへ踏みだした。このわたしに傍観者でいろと言うのか。実

際に今までずっと、他人の意志や欲望を自由に操り、自分はいっさいかかわってこなかった。

人に触れられない自分が、他人の営みを見て楽しむ性癖だと思われたところで、不思議はあ

るまい。「きみに触れようとしたやつの体の一部分を、それがどこであろうと切断し、それ

をそいつに食べさせるところをきみに見せてやる」彼はきっぱり宣言した。

「じゃあ、やっぱりあなたでなければならないわ」彼女は言い張った。

　ふたりはわずかのあいだ、またしても袋小路に行き当たってにらみあった。

　ほかの男が彼女に触れるという考えが、ドリアンの悪魔のように邪悪な衝動を引きだした。

ファラがモーリーにキスしたときにも同じ衝動に襲われ、もう少しで彼女の目の前で男の首

を結ぶ必要があるなどとは、考えもしなかった。

をへし折るところだった。

怒りに駆られていても、ドリアンはファラを見るのが大好きだった。入浴で肌は紅潮し、月光の色をした目のまわりに巻き毛のカーテンがかかっている。いったいどんな男が彼女を拒めるというのか？　彼女に触れたい。触れたくてたまらなかった。

だが、彼女をそんなふうに汚すわけにはいかなかった。どうして彼女はそれをわかろうとしないんだ？　ベン・モア城のブラックハートを自分のベッドに誘うなどということが、どうしてできる？　結婚は結婚で、体の関係とはまったく別ものだ。自分をおとしめてあの美しい体のなかに彼のような男が入るのを許すほど、本当にそこまで子どもがほしいのか？　彼が誰か知らないのか？　これまでどんなことをしてきたか、はっきり説明しただろう？

彼が過去にどんなことをされてきたかも。

「手袋」ちょっとした名案を思いついたかのように、ファラがつぶやいた。

「なんだって？」

バラ色の頬をますます赤くして、彼女は見るからに勇気を振り絞って説明した。「ここ十年ほど、街頭や波止場で客を取る売春婦と多くの時間をともに過ごす機会があって。それで、彼女たちから学んだの。彼女たちのように外で業務を遂行する場合には、ほとんど服を脱ぐ必要がないそうよ。実際、接触という点ではほとんど必要ないのでしょう」

その考えがドリアンを怒らせた。それにそそられてしまったからだ。「いまいましい波止場の娼婦のように扱われたいのか？」

彼女はおどけた表情を向けたが、頬は今も控えめに燃えていた。「そういうわけではないわ。わたしが言いたいのは、体を触れあわせなくても、わたしたちは目的を遂げられる――交われる――ということよ」

彼の唇は弧を描いたが、太腿が反応してぎゅっと締まった。「本気ではあるまい？」

「あなたは手袋も、シャツも、キルトやズボンも、ええ、ベストや上着さえ身につけていてかまわないのよ。そうしたいのなら」

「で、それがきみの望みなのか？　イーストエンドの売春婦のようにやられて、ぽいと投げ捨てられるのが？　そのとおりにしてやってもいいが」彼は警告した。答えようとする彼女の顔が曇るにつれて、彼の心が暗く陰った。

彼を鋭く見つめる彼女の目は水銀の色で、夜空の星ほどあまたの神秘が渦巻いていた。「わたしは家族がほしいの」彼女は小声で言った。「それを手に入れるためにしなければならないことをするだけよ」

むきだしの切望がにじむ彼女の声の正直さに毒矢で射抜かれ、血液に乗って毒が行き渡るのを彼は感じた。もうじき完全に麻痺《まひ》して、優勢をめぐって戦う二匹のオオカミのように、彼のなかでせめぎあう対立する勢力の餌食になるだろう。世に知られているもっとも強いふたつの感情。

彼は深く息を吸いこんだ。はちみつの石鹸とラベンダー水の香りが、古代ローマ軍のごとき巧妙さで感覚を侵攻した。

「きみが言いだしたことだからな」彼は大股で彼女を通り越してドアへ歩いた。「明朝、結婚する」そう告げて、ドアをばたんと閉めた。

11

フランケンシュタイン——ではなくフランク・ウォルターズが、自分の洗礼名を思いだせないくせに、あやしげな香辛料をいくつも際限なく調合するインドカレーのレシピを覚えていられることに、ファラは驚嘆した。

マードックが、清潔でいくらか時代遅れだが白いレースのついたシンプルなドレスと、マッケンジー家のタータンと同じ柄の長くて重いウールのスカートを持って戻ってきた。ファラは浴室でブラックウェルとふたりきりになっても何事もなかったことを説明し、なんとかマードックの心配をなだめた。そしてすぐに厨房へ向かった。

きっと、この状況に必要なのはタルトよ。

厨房ではフランクが豪華な祝宴の準備にかかりきりになっていた。ファラはその午後、料理を味見し、ワインを試飲することに専念し、明日になったら教会で悪魔と結婚の誓いを立てることをどうにかして忘れようとした。

そうして彼女は彼のものになる。彼女の体は彼のものになるのだ。

夜八時半、ファラは豪華な食堂でベン・モア城の風景画の前に立っていた。トマス・コールの作品のように見えるその絵をじっと見つめる。従僕——かなりひどい吃音《きつおん》があるこの男はグレゴリー・タロウといった——が、食事をするのがひとりとは思えない数の枝付き燭《しょく》台《だい》に火をともしていった。ハイランドの山の頂にかかる雲と夕焼けがキャンバスから流れだしてきたような気がして、消えてしまう前にその夕空をつかもうと、ファラは思わず手を伸ばした。

「古代ローマの作風で描くアメリカ人画家に目がなくてね」ブラックウェルが戸口の影から言った。

ファラはさっと手を引き、振り返って彼を見た。「まあ」彼に声をかけられるたびに、しばらく前から見られていたようで落ち着かない気分になる。どうやら自ら仕向けない限り、彼は相手に気づかれずにそばにいることができるらしい。

彼女は景気づけにワインをひと口すすったが、その午後じゅう飲んでいたため、顔が赤く染まり、体もほてっていた。

「ブラックウェ、ウェルさ、さま！」従僕が気づいて飛びあがり、英国軍大佐の面前ででもあるかのように、蝶ネクタイをまっすぐ直し、薄くなりかけたブロンドの髪を撫でつけた。

「て、てっきり、書斎でおめ、お召しあがりになるとお、思っていました。ふ、ふだ……」

「無理もない」従僕の言葉が途切れると、ブラックウェルが優しく言った。

細身で小柄なタロウは顔を真っ赤にして、ファラのほうを見ないようにしていた。「ウォ、ウォルターズがすでにト、トレイをお持ちしました」

スコットランドの城には不釣り合いなほど、ここにはイングランド人が多かった。みんな元犯罪者なのかしら？　ファラは小柄な従僕を気の毒に思った。臆病な森の子鹿のようにぶるぶる震え、ほんのわずかな刺激でも茂みに飛びこみそうだった。

「そうだろうね。だが今夜は、婚約者と夕食をともにすることにした」

〝婚約者〟という言葉に、自分と従僕のどちらの目が大きく見開かれたのか、ファラにはわからなかった。タロウはそれ以上の言葉をひねりだすことなく、すぐにさがった。

ディナージャケットとシャツ、クラヴァットという一分の隙もないいでたちでも、ブラックウェルには危険な追いはぎの雰囲気が漂っていた。キルトのせいだろうか、とファラは考えた。つけ直した眼帯のせいかもしれない。あるいは、ほんの少し長すぎる黒髪がはらりと落ちて、完璧さを乱しているからか。けれどなんといっても、あの物腰だろう。贅沢《ぜいたく》なものに囲まれながら、一見まるで無頓着で、でもそれらを守るためなら人殺しも辞さないかのような視線。

彼女のこともそんな目で見た。ほしくてたまらないもののように。

それがなぜなのかファラには想像できなかった。彼のものになると約束したのに？　妻というのは法律上の所有物であり、その事実が本来あるべきよりずっと強く彼女の気を引いた。

彼女はワイングラスを置き、このくらいにしておこうと思った。

「これはなんだ？」彼はトレイでいっぱいのテーブルを指した。

「夕食よ」

彼が信じられないというように鼻を鳴らした。「これは夕食ではない。むしろ……暴食に近い」

ファラは眉をひそめてテーブルを見渡した。メインディッシュである子羊肉のインド風カレーが中央を占め、香ばしい薄焼きパンが添えられている。ヤマウズラのシロップ煮が湯気を立て、そのかたわらで、バターをたっぷり練りこんだパイ皮に包まれた味付け挽肉《ひきにく》のパイがニンニク、パセリ、タラゴン、チャイブ、牛脂のいい香りを漂わせる。殻から外した新鮮なカキをソテーし、殻に戻してバターやディルと盛りつけた前菜もあった。

ふたたび現れた従僕がもうひとり分の食事を用意するあいだに、ファラはどう見ても尋常ではない量のデザートを数えあげた。ココアスポンジケーキか、クリームとフルーツを詰めたコルネのチョコレートソースがけを省くべきだったのかもしれない。煮詰めたシェリー酒を染みこませたアーモンドケーキか、コリアンダー風味のシュルーズベリーパイ……それと糖蜜とヴァニラのクレームブリュレのなかからひとつだけ選ぶなんて、どうしてもできなかったのだ。ああ、どうしましょう。彼女とウォルターズはこの午後、少しだけわれを忘れていたのかもしれない。

ブラックウェルをちらりと見て、彼女はしかめっ面を抑えこんだ。彼の片目は、太い黒のベルトで強調された彼女の細いウエストに据えられていた。いったいどこに入るんだと言わんばかりに。

「食べるのが好きなの」彼女は言い訳がましく釈明し、ストレスや不安にさらされると食べすぎる傾向があることはあえて省いた。

「誰だって食べるのは好きだ。食べなければ生きていけない。わたしはただ、いつも月曜日に食べている子羊と野菜のシチューを食べるつもりでいたんでね」彼はその大量の料理を、どうしたらいいんだというようにじっと見つめた。

ファラは顔をしかめた。「たしかに子羊のシチューはとても――栄養があるわ」社交的に譲歩した。「でも、体に栄養を与える食べ物と、心に栄養を与える食べ物は別なの。それは、あなたも認めないわけにいかないでしょう」

「だがわたしには心がない。もう忘れたのか?」ブラックウェルは彼女が細めた目を見やると、口の両端をひくつかせた。もったいぶった仕草で彼女をまわりこみ、テーブルの上座にある背の高い椅子を引いた。「どうぞ、奥さま」

「そこはあなたの席でしょう?」

「このテーブルのどこで食事をしても、わたしがこの城の主人であることに変わりはない」彼はリネンのナプキンを取りあげ、手袋をした手で椅子を払った。「この席は、今夜はきみのために用意されていた。きみをそこから追いだしたくはない」

ファラは驚きを通り越し、不覚にもうっとりしないよう懸命に努力しなければならなかった。「それはどうもご親切に」椅子に腰かけながら言い、ナプキンを膝にかけられて、はっとした。

「まあ、そうだな。そのくらいの余裕はある」

その控えめな表現を、彼女は不覚にも楽しんでいた。

ブラックウェルは彼女の左側の椅子に、ふたつの入り口が見える向きに腰かけると、キルトの上にナプキンを広げた。テーブルは反対の端が地平線のかなたにかすむほど長かったが、どこに座ろうと、ドリアン・ブラックウェルが占めた席が間違いなく上座になった。「料理をサイドボードに並べさせて、使用人に給仕させればいいのに。なぜそうしない？」彼は尋ね、ふたりの前にずらりと並んだ料理を眺めた。

「たったひとりのために待機して給仕するのはばからしいと言ったんです。もう遅いし、彼らにももっとましな用事があるはずだから」彼女はカキをいくつか自分の皿によそった。

「そんなものはない」彼が短く言い、厨房に通じる無人の戸口へ非難がましい視線を送った。

「きみをもてなし、楽しませることが彼らの最優先事項だ」

「だから彼らに言ったのよ。わたしはひとりで食事をするのが楽しいの、と」

「楽しみを台無しにして申し訳ない」彼はそっけなく言い、挽肉のパイとカレーに手を伸ばした。

ファラは自分の言葉を悔やんだ。彼にここにいてほしくないという意味ではなかった。うろうろ歩きまわる使用人に食事中ずっと見張られているのは気詰まりだ、と言いたかったのだ。伯爵の娘とはいえ、そういう育てられ方をしなかったのは間違いない。うまく説明できそうになかったので、彼女は気まずい沈黙のなか、ブラックウェルがきびきびとメインディッシュ二品を自分の皿にたっぷり取り分けるのを見ていた。

自分の言葉が彼に影響を与えたかどうかは、しばしば判読できなかった。彼の表情は瞬間的にかすかに動くだけで、そんなときには、その場の空気が冷たくなったことから、気に障ったらしいとかろうじてわかる程度だった。それにしても、ブラックウェルの顔はガラスのように無表情で冷たいままなので、すべては彼女の想像で、彼は自分で主張するとおり本当に心がないのだろうかと思わずにいられなかった。

彼がちらりと目をあげ、彼女の視線をとらえた。秘密をたたえた底なしのプールのような目で。

ブラックウェルとの結婚に同意したことが今さらながら恐ろしくなり、彼女は目をそらしてカキを口に放りこんだ。嚙むと磯《いそ》の甘い香りが口に広がった。「きいてもいいかしら――あなたの目のことだけど――それは今も痛むの？　だからときどき眼帯をするの？」

パイを切る手を止め、彼は彼女をじっと見てから答えた。「暗いところではよく見えなくて、そのためにしばしば頭痛が起きる。眼帯をするとそれが防げるのと、何かを読むときにも楽なんだ。わかるかな」

「もちろん」彼女はつぶやき、ふた口めを唇へと持ちあげながら、その傷を負ったときの状況を質問したい衝動を抑えこんだ。

ひと口めを口に運ぶ途中で彼の手が止まった。「今もそう言うんだな」彼が小声で言い、空気の冷たさがやわらいだ。

「今なんて？」

「ドゥーガンが、きみはなんにでもそう答えると言っていた。〝もちろん〟とね。聞いたことのすべてが当然そうであるべきで、だからそれを受け入れる、というように」

「彼がそう言ったの？」ドゥーガンの名前を耳にして、彼女はワインの残りをぐいっと飲み干した。

「ああ」

彼女はドゥーガンが自分についてほかにどんなことを言っていたかききたかったが、自意識過剰と思われたくなかった。

だからきかずに前菜を平らげた。ブラックウェルがパイを口に入れ、それがどんな食べ物か確認するかのように、ゆっくりと噛んだ。しなやかな顎の動きに目が釘付けになった。

ファラはあわててカレーとパンを自分の皿に取った。

「どうやらわたしは、ウォルターズの才能を活用しきれていなかったらしい」彼はようやく感想を述べた。「わたしは喜びを得るためではなく、栄養を取るためだけに食べがちだ。その間違いをきみに教えられたようだ」

「あなたが喜びを二の次にするなんて、とうてい信じられないわ」ファラは香辛料の利いたやわらかい肉と焼きたてのパンをひと口かじってから言った。

彼の表情がやわらぎ、おもしろがっているような顔になった。「それはなぜ?」

「快楽主義者だというもっぱらの評判だから」

「そうかもしれないが、きみの食道楽には負ける」彼は料理でいっぱいのテーブルを示した。

次のひと口を前に、彼女がしぶしぶほほえんだ。「一本取られたわ」

ああなんてこと、この場を楽しんでいるの? 昨日この人を嫌悪したばかりだというのに。ほんの数時間前には彼を恐れてもいた。言葉や視線を交わすたびに感情が張りつめ、秘密を暴かれて真実を告白し、最後には条件を出した。そんなこんなで彼女は疲れ果て、どうやらそれでおなかがすいていたのだろう。

長いテーブルの上にはアイルランド製クリスタルのシャンデリアが三つさがっていたが、ふたりの席側にあるひとつだけがつけられ、枝付き燭台で揺らめく炎に明かりを投げかけた。高価なカトラリーが繊細な磁器に当たる音が、金色のやわらかな光を揺らす炎のダンスの伴奏を奏でていた。

ちらちらと揺れる明かりが彫りの深いブラックウェルの男らしい顔に陰影をつけ、漆黒の髪で反射する光景に、ファラは気づけば心を奪われていた。

ベン・モア城のブラックハートの妻としての生活はこんなふうなの？　贅沢で、退廃的ですらある。陰謀と秘密、軽口と意志の衝突に満ちた生活。そこには、痛ましい過去の思い出、愛する人を失った悲しみ、不確かな未来の影もある。

ファラは好奇心を隠せない視線を彼から引きはがし、テーブルに据えた。ああ、でも、砂糖菓子とチョコレートソースには不自由しないはずだ。だから甘い結果が待っているという希望も、あることはあるのだわ。

ほぼ食べ尽くしたメインディッシュを脇にどけると、ファラはデザート皿にデザートを全種類ひとつずつ取り、チョコレートソースを引き寄せた。

ワインがないのが残念だった。

ファラはほろ苦いダークココアのケーキをひと口味わって、得体の知れない同席者から視線をそらし、食堂を贅沢に飾る巧みな木工や、ワインレッドとゴールドの豪華な織物を観察した。

「ここベン・モア城で何が行われているのか、いろいろな憶測が飛び交っているみたい」彼女は思いきって言った。「処女の生け贄《いにえ》や拷問部屋がなくて拍子抜けしたわ。使用人にはそれなりに興味深い個性の持ち主がそろっているけれど」

「拷問部屋は普通、地下にあるものだ。城の地下はまだ見ていないだろう」ブラックウェルの唇が悪魔のようにゆがみ、今のは本当に冗談だったのだろうかと彼女は不安になった。

「ここでお客さまをもてなすことはないの？」彼女は尋ねた。

「生け贄の儀式や拷問以外の理由で、ということかな？」彼の唇がふたたび引きつり、今までに見たことがないほど、にやりと笑った。

彼女はクレームブリュレを口にしながら、いらだったそぶりで彼に視線を向けた。甘いカスタードとヴァニラの風味がとろけ、かすかに糖蜜の香りが広がる何層もの重厚な味に、押し殺したうめき声がもれた。

浴室でと同じだけ、ブラックウェルの視線が彼女の口に釘付けになる。ファラの言葉ではなく動作に引きつけられていた。「ない」声がかすれ、こわばった。「ここには誰も招かない」

「でも、こんなに広くてきれいなのに」彼女は抗議し、一連隊が丸ごと楽に座れるほどのテーブルを示した。

彼も磁器や枝付き燭台、重厚なカーテン、高価な芸術作品を見やった。「客人を招くための地所はほかにあるからね。ベン・モア城はわたしとここに住む者たちにとって、隠れ家のようなところだ」

ファラはふいに理解してうなずいた。ここに流れ着いた男たちのほとんどは、避難場所を必要としていた。悲しい目と誤解され傷ついた心を持つマードック。厨房以外では途方に暮れてしまうフランク。そして、話すより震えていることのほうが多いかわいそうなタロウ。

「じゃあどうしてわたしをあなたの避難所に連れてきたの？」彼女は思いきってきいた。

「そうするのがいいと思ったから」彼は謎めかして言った。彼女がアーモンドケーキに取りかかるのを少しのあいだ見てから、どうとも取れる返事で会話をそらした。「どんな噂を立てられているかは、だいたい承知している。わたしが快楽主義者で極悪非道だという話のすべてが事実ではないと、きみが気づいてくれたならいいが」

「もちろんよ。たとえば、あなたの秘密のハイランドの城にあると言われている、外国の娼婦たちを集めたハーレムの痕跡は見当たらないもの」そしてそのことを神に感謝します、と彼女は無言でつけ加え、感謝する必要などわたしにはないのにといぶかった。

「ちまたでは、娼婦を囲っているのはここだと言われているのか？」彼がきいた。

ファラは彼に頭をさっと振り向け、非難の言葉を返す準備をした。そのとき、彼の目に満足げな光がきらめき、初めて口元が緩んで本物のかすかなほほえみが浮かんだのが見えた。

「まったくあきれた人ね！」ブラックウェルは彼女をからかっているか、真実を語っているかのどちらかだった。どちらにしても、公然と批判されて当然だ。ファラは怒りをこめてナプキンを投げつけた。

彼はそれを受けとめた。「きみはわたしを愛していない」なんでもないことのように言う。

「だったら、かまわないだろう？」

「わたしは……そうね、かまわないわ」ファラは口ごもり、罪作りなケーキをひと口大に切った。

「本当に、かまわないか？」彼は料理をフォークで刺そうとして空になっていることに気づき、自分がすっかり平らげたことに驚いたように皿を見おろした。そして、空になった磁器の皿を脇に押しやり、言った。「わたしのような男が、娼婦のハーレムで何をするのだろうな？」

「わたしにわかるわけがないでしょう」彼女ははぐらかした。「でももしかしたら、ひとりくらいあなたを誘惑して、見ている以外に何かさせられたかもしれないわ」

彼の顔にまじめな表情が浮かぶ。「ベッドをともにすることを考えてみてもいいと思える女性は、きみだけだ」

ファラは彼を見つめてまばたきし、その場に凍りついた。なんと言えばいいかわからなかった。彼の言葉の裏にある真意をできる限り想像してみたが、どう解釈しても、心臓がキツネに追われるウサギのように跳びはねた。

「とにかく、わたしについて言われていることのかなりの部分が真っ赤な嘘だ」

「たとえば？」彼女は尋ね、息があがったような声の調子を呪った。

「素手で千人以上を殺した。鉄格子を曲げてニューゲートから脱獄した。コーク公爵夫人の夫を嫉妬で怒り狂って打ち倒した。ああ、それより一番の傑作は、悪名高き犯罪者の貴族ブラディー・ロドニー・グレンジャーを羽根ペンで暗殺した、というものだな」

ファラは記憶を探った。「ロドニー・グレンジャーが暗殺されたのは三十五年前だわ」

「わたしが生まれる前だ」ブラックウェルは赤ワインのグラスを口元に持ちあげた。

「じゃあどうして、そんなでたらめに反論しないの？」

彼が意に介さずというそぶりでワインを飲むと、喉元の筋肉が動いた。「役に立つからだ。わたしを恐れる人が多いほど、わたしの力は増す」

「そんなのひどいわ」

彼はしたり顔で笑った。「たしかに」

ファラはケーキをひと口ほおばると、続けてクリームの詰まったコルネも少し口に入れた。ワインで大胆になったせいもあり、大きな口を開けてデザートを詰めこみ、メレンゲで口をいっぱいにした。

ブラックウェルのまばたきをしない目が、ふわふわに泡立てられたクリームを詰めこみすぎて苦労している彼女の口に焦点を合わせた。

唇のまわりに白いクリームがあふれている。

ファラはナプキンを探した。そうだった、彼に投げつけたのだ。投げつけられるようなことを彼が言ったからだ。返してくれないなんて作法を知らない悪党ね。

肩をすくめ、唇の端を指でぬぐってクリームを舌でなめ取った。

彼の手のなかでワイングラスが砕け散った。

一瞬の静寂ののち、ふたり同時に反応した。金色のテーブルクロスに飛び散ったワインはまるで血のようだった。あちこちの皿に散らばったガラスの破片が、ろうそくの光を反射している。

ドリアンの目のなかで黒い炎が燃えさかっていた。怒りではなく、もっと複雑で暗い感情をたたえて。ひと晩じゅう駆け続けた雄馬のように呼吸を乱し、鼻孔をふくらませている。

「血が出ているわ！」ファラが息をのんだ。握ったてのひらから真っ赤な血が流れだし、ワインの染みをさらに濃くしていた。彼女は立ちあがって彼の手に手を伸ばし、血を止めるためのナプキンを探した。

「やめろ」ブラックウェルが力まかせに立ちあがり、椅子が倒れて床にぶつかった。彼女を見おろすようにそびえ立ち、傷ついた手を背中に引くと、目に危険な閃光《せんこう》を宿して近づくなと警告した。

ファラは彼に向かって手を伸ばした。「見せてくれなかったら――」

「わたしに触れるな」彼はうなり、両手をきつく握りしめた。片方の手のなかには間違いなく鋭いガラスの破片があった。「いいな、わかったか？」

「わたしはただ――」

「絶対に、、、」

氷のような命令で、ふたりのあいだに芽生えつつあったわずかなぬくもりが冷えきった。内心では縮みあがりながらも、ファラは顎をぐっと突きだした。「同じ間違いは犯さない。心配には及ばないわ」そう言い返した。

彼の上唇が身も凍るような冷笑にゆがんだ。「だといいがな」

「ブ、ブラックウェル！」従僕の制服を着ているせいでカラスそっくりに見えるタロウが厨房の角から飛びだし、赤い顔をしたマードックがあとに続く。「そ、その、き、聞こえたもの、で、で……」粉々のワイングラスと血を目にして、タロウの言葉はそこで途絶えた。「大きな物音が聞こえましたが、大丈夫ですか？」マードックがタロウの腕に触れた。ファラは気が動転していたため、マードックのかばうような動作に気がつかなかった。「食事は終わりだ」ブラックウェルが冷たく言い放った。まるで、こぶしから高価なじゅうたんに血がしたたっても、粉々に砕けたワイングラスの残骸が残った料理を輝かせてもいないかのように。「ミセス・マッケンジーのお世話をして、とどこおりなく明日の準備を整えておくように」最後の命令は、去り際の広い肩越しに下された。「わたしに――」雇用主に一瞥《いちべつ》されて彼は黙った。「ブラックウェル」マードックが口を開いた。ブラックウェルは去り、あとには影と血だけが残された。

歯を食いしばりすぎてドリアンの顎は痛んだ。両手の震えは、親指を閉じるのに使う肉厚の筋肉を縫う針とはなんの関係もない。長年のあいだに数えきれないほど何度も、自分で自分の傷を縫ってきた。それなのに、震えを抑えることはできなかった。

筋肉に埋まったワイングラスの破片を取り除き、間にあわせの包帯二本をすっかり濡らし、ベッド脇に置いた洗面器の水が濃いピンク色に染まった頃、ようやく出血が止まった。

血のなかで燃える炎は裏切りのように感じられた。自分の欲望の強さに衝撃を受けた。実を言えば、肌を焦がした混じりけのない熱いエネルギーを言い表すには、衝撃くらいではとても足りなかったが、ほかの言葉を思いつくことができなかった。おかしなことだ。辞書を読んで中身をすべて記憶したのに。すべての言葉の意味を。同義語も、反意語も、派生語も、活用形も。

「くそっ」針を肉に深く刺しすぎて毒づいた。幸い、海賊の棍棒《こんぼう》でしたたか殴られたかのように突然興奮に襲われ、こぶしを握りしめてもろいグラスを破裂させたときには、左手で飲んでいた。利き手で傷を縫えば、いつもきれいな傷跡になった。

こんなにたくさん傷を負わずにすめば、それに越したことはないが。縫ってもくっつかないほど深い傷は開いたまま血を流し、化膿して、悪臭を放ちながら腐敗して体を汚した。

ドリアンは針が刺さる鋭い痛みと、皮膚と肉を貫いて引っ張る糸のすれるような痛みに神経を集中した。痛みが、全身で脈打つ強い欲望からいくらか気をそらしてくれた。だが、腰のあたりに居座るうずきをなだめはしても、消すことはできなかった。

できるわけがない。

スコットランド・ヤードのじめじめした灰色の拘禁室で銀色の天使のように輝くファラと会った日から、ずっと彼女がほしかったのだ。彼の体が、ずっと前に欲望に免疫ができたと思いこんでいた体が、これまで感じたことのない、呼び覚まされるような興奮とともによみがえった。

ドリアンは若くして、愛と欲望はほとんど無関係であることを学んでいた。愛は純粋で無償、いたわり、身を焦がすもの。それはファラのような人に自然に備わっているものだ。対する欲望は汚れた身勝手なもの。人間らしさを奪い、人を衝動と本能だけの邪悪な生き物に変える。

女はそれを使って男を操る。

男はそれを使って支配する。屈辱を与える。

彼女を組み敷き、自分の優位と強さを示したいという欲望は、今でも感じることができた。ディナーの席であれほどひどく苦しめられたあの口を自分のものにしたい。彼女が唇と指からなめ取った乳白色のクリームは、自分が放出したクリームで口を汚した彼女が、デザートと同じくらいおいしそうになめるイメージをかき立てた。そんなことは望んでもいないのに。

ファラは正しかった。彼は悪党で、怪物で、殺人者で、泥棒だ。良心も情けもない男。過去のつらさのあまり、欲望さえ暗く逸脱したものにゆがめられていた。

ドリアンは彼女を見るのが好きだった。見られているとは夢にも思わずにいる彼女を、じっと観察するのが好きだった。持って生まれた強い好奇心で生き生きと輝くあの表情を。興味をそそられたものに手を伸ばし、見るだけでは足りずに手で触れずにはいられない様子を。全身で味わうように発見したものに指を走らせる様子を。まるで彼女ならではの無邪気なやり方で、この世界全体から官能の悦びを見つけたかのように。

その姿が自分でも理解できないほど彼を燃えあがらせた。ファラの華奢で白く優雅な手と、器用に動く指先が、探り、見いだす。

優しく撫でる。

いきり立ったものがびくんと動いて痙攣《けいれん》し、決して与えられないものを求めた。自分の体の渇望をやわらげようとしたことなら過去にもある。だが今は、自分自身の手の感触にさえも強い嫌悪をもよおした。

欲望と嫌悪が胃のなかで渦巻いて、ファラとともにした豪華な夕食を脇へ押しやり、手足を激しく震わせた。

またしても長い夜になりそうだ。

すでに皮膚の下がむずがゆく、ちくちくしていた。熱も出てくるにちがいない。熱く脈打つ拷問。体と心が欲望と敵意で埋めつくされる。欲望を満たしたいという自然な本能が、のたうちまわる影と暴力的な情欲に圧倒される。残忍さ。無力感。弱さ。叫び。絶望して血を流す唇のそばで冷たく悪臭を放つ床に向かって、最愛の名をささやいた記憶。そうすれば痛みから切り離された。自分の手のなかの小さな手の感触を想像して。絹糸でできた月光を受ける巻き毛を。水銀をたたえたような瞳を。遠大な宇宙の光を放つ、えくぼのできたほほえみを。

あのじめじめと朽ちかけた監獄で暗闇に屈服せずにいられたのは、ひとつの責務があったからだ。

ひとつの誓いが。

あの誓いが、リーダーになれる強さと、無慈悲という名の勇気、敵がひれ伏すまで刃物のように振りかざす死にものぐるいの必死さをくれた。

こんな夜には——彼女が同じ屋根の下で眠っていなかった時代のことだが——ドリアンは眠ろうとするのをあきらめた。眠りに支配されれば、影に支配され、精神にまで入ってこれて、刃物を手に汗まみれで叫びながら目覚めるのがおちだった。影ではなく炎が触手を伸ばしてくる夜もあった。皮膚を裂かれ、筋肉がねじれるほど強くつかまれて抑えこまれ、排《はい》泄《せつ》物《ぶつ》に濡れたシーツの上で恥辱にまみれて目覚めることになる。

そうした朝には、火傷するほど熱い風呂に入り、炎の痕跡が消えるまで、皮膚が赤くすりむけて血が出るまで、こすり続けたものだった。

眠る代わりに廊下を歩きまわるようになり、たいていは図書館に行き着いて物語のなかに逃げこんだ。

ドリアンはきちんと整えられ、端が折り返されたベッドを見た。赤いシーツは、彼が流した血を常に思いださせてくれる。彼が失った血を。

だが、ふいにそれを見ることも、ましてやそのあいだにもぐりこむこともしたくなくなった。今夜は過去の恐怖の餌食にはならない。

最後の縫合を終えると、ドリアンは手際を確かめた。きれいな傷になるだろう。

別の傷跡に目がとまり、ずっと前に癒えたその傷を指でなぞった。彼女が絶対にこれを目にすることがないようにしなければならない。それが、一度も明らかにしたことのない秘密をさらすことになるのだから。

それが、ふたりの破滅になるかもしれないから。

ドリアンは傷を隠し、ドアへと歩いた。今夜は一睡もできないだろう。

今夜は見守るのだ。

12

結婚式の日は雨雲が重く垂れこめていた。ファラは前夜かなり遅くまで眠れなかったため正午まで目が覚めず、普段なら自己嫌悪に陥るところだった。だが今朝は心地よい上掛けの下に横たわり、雲を眺めていた。急いで海岸に達しようとする嵐雲が這いまわり、風に吹き寄せられ、校庭を駆けまわる手に負えない子どもたちのようにぶつかりあっている。

ベッドサイドテーブルに置かれた水のグラスに手を伸ばしかけて、背もたれの高い椅子がすぐそばにあるのに気づいた。ベッドに入ったとき、あんなに近くに引き寄せられていたかしら？　そうは思えなかったが、なにしろ昨夜は夕食の席での出来事に当惑し、かなり取り乱していた。

ファラはドリアン・ブラックウェルの仮面にまたひとつ割れ目を、それもかなり大きなものを見つけていた。人間らしさを完全に包みこんだ、氷の鎧に開いた割れ目。人との接触を嫌悪するにもかかわらず、ふたりを今の状況に導いたかつての誓いをよそに、ブラックウェルの目は彼女に釘付けになっていた。彼の体は彼女の口の動きに反応したのだ。彼女の舌に。

彼女が菓子を食べ、味わって、指と唇をなめるのを見て、燃えあがっていた。デザートを食べながら彼を誘惑しようとは思ってもいなかったが、結果的にそうなったことを知った。ブラックウェルの目のなかに熱いものが見えたからだ。警告が。封印されていた情熱が。

そして、あのときふたりのあいだに起きたことに反応したのは、彼の体だけではなかった。彼女のなかでも何かが目覚めた。これまで欠けていた、いや、むしろこれまで眠っていただけの何かが。影と陰謀が完璧に混じりあったものが、それを引きだした。好奇心と女性特有の知識からなる、不道徳な何か。臆病と欲望からなる何かが。

彼女にわかったのは、ドリアン・ブラックウェルの謎めいた視線の下で、自分が生き返ったことだった。彼はそれまで出会ったことのなかった激しさで彼女を見つめた。彼の飽くことを知らない心を、忘れられない情景で埋めたかった。

その衝動に怖くなる。と同時に、有頂天になる。息ができなくなり、肋骨《ろっこつ》にぶつかる音が聞こえそうなほど心臓が高鳴った。

今夜。ふたりの結婚初夜。彼はやり遂げられるだろうか？

自分は？

マードックが、染みひとつないクリーム色のシルクのガウンを抱えてやってきた。首と袖口は高価な手製のレースに縁取られ、高い襟からウエストまで真珠貝のボタンがずらりと並んでいる。ウエストから広がるガウンの裾が、シンプルで上品な層を作りながら床に落ちている。

　ファラはそのドレスに見覚えがあった。ロンドンの彼女のクローゼットにかかっていたものだ。結婚していたことを疑われたときには、そのシンプルなドレスが結婚を裏付ける証拠になると考えていたのだ。

　それがウエディングドレスとして作られたものでないことは知っていたが、ストランド通りの店のウィンドウに飾られていたそのドレスに呼ばれるようにして、真珠のように艶めくシルクに手を滑らせた瞬間、誘惑に負けていたのだった。

　ブラックウェルが彼女の小さな衣装部屋に入ったのだ。彼女の衣類に触れた。彼が荒れた手を服やシルクの下着に走らせる情景が思い浮かんで、胸に火がついたようになった。ドレスを着ることとマードックとの会話に、努めて集中しなければならなかった。別のことに気を取られているのを悟られないように。

　三つ編みにした髪をシニヨンにまとめ、頭のてっぺんにピンでとめながら、巻き毛の房をいくつか頬と首に垂らした。結婚する心の準備ができていなくても、これならできているように見えるだろう。

　ベン・モア城の礼拝堂は長らく使われていなかったため、ほこりっぽかった。ファラは自身の到着を、マードックが用意してくれた白いレースのヴェールを派手に揺らすくしゃみで告げることになった。

バージンロードを歩く花嫁とマードックを迎える音楽はなかった。彼女の靴の踵が古い石に当たる音、屋根に落ち始めた激しい雨のスタッカート、そして血がのぼった彼女の耳のなかで脈を打つ音だけが響いた。

マードックが何かささやき、ファラはよく聞き取れなかったが、堅苦しくうなずいた。彼はそれを納得のいく返事と受け取ったようだった。

社会から追放された者を寄せ集めたような城の使用人たちが、飾り気がなくほとんど使われた跡もない祭壇に近い、最前列の信者席を占めていた。祭壇の前には、やや困り果てたように見える若い神父が立っていた。神父の鼻の上にのせられた丸眼鏡はゆがみ、手に負えない赤毛があちらこちらへ突きだしている。ファラは生い茂ったやぶのなかを歩く、うぶ毛が抜け始めたひよこを連想した。

ふたりが入っていくと男たちはいっせいに立ちあがった。フランクがこんなときにも義理堅く、くしゃみをしたファラに〝お大事に〟とよく響く声をかけた。パイやタルトを今ほど食べなかった時代には体に合っていたに違いない上着とズボンを身につけて、ゆがんだネクタイをいじくりまわしている。その隣ではタロウがバージンロードをたしかな足取りで歩むふたりのうち、花嫁ではなくマードックを一心に見つめていた。

ファラはほかに五人の使用人、厩舎《きゅうしゃ》親方のミスター・ウェストンとその部下がいるのを確認した。庭師、ギリシャ人のような名前のずるそうな目をした男、それからファラが知らない二、三人の顔もあった。

ヴェール越しに見る彼らの表情がぼやけるように、彼らにも彼女の表情がわかりにくいことに感謝した。おかげでまだブラックウェルを見ていないという事実を隠せるだろう。

花婿は神父の右側に微動だにせず立っていた。長身でがっしりとしたその人影は黒に包まれ、力強い顎が作る影と、漆黒の髪は見分けられたが、それ以外はほとんどぼんやりしていた。ファラはヴェールがこの試練を楽にしてくれたと思った。今日が待ちに待った、希望や約束や未来といった言葉にあふれた幸せな日だというふりができた。復讐、義務、過去という影に覆われた日ではなくて。

神父の前でマードックが彼女を花婿に引き渡し、ファラはブラックウェルと向きあった。ふたりとも式のあいだ無言で、彼女の脚が震えているのを別とすればじっと立っていた。神父は厳《おごそ》かに、軽快なリズムを刻むスコットランド訛《なま》りで聖書の言葉を唱え、何度も何度もしつこいほど眼鏡の位置を直した。

神父が指輪を求めると、フランクがまるで聖杯を差しだすかのように、小さな木の箱を捧げ持って進みでた。

ブラックウェルが箱を開き、黒いヴェルヴェットから取りだしたホワイトゴールドの指輪には、涙型のダイヤモンドがひと粒あしらわれていた。涙といっても、巨人ゴリアテでもなければこんな涙は出そうにないほど大粒だった。あるいは、やはり巨人のサイクロプスでなければ無理だろう。

巨大なダイヤモンドは透明ではなく、銀色がかったグレーだった。礼拝堂の窓からかすかに入る青白い光をとらえてきらめき、暗い影のなかでより鮮やかに輝きを放った。

「きれい」彼女はため息をつき、震える左手を差しだした。

ブラックウェルは光に透かすように、黒革に覆われた指で指輪を持ちあげた。「グレーダイヤモンドは世界でもっとも稀少《きしょう》で価値ある宝石だ」彼は言った。「きみが持つのにふさわしいと思った」

自分自身の結婚式の最中でなければ、ファラは笑いだしていたことだろう。もちろん、ベン・モア城のブラックハートの妻は鼻持ちならないほど高価な指輪をはめ、彼の富と権力を世界中に知らしめなければならない。そんな理由はさておき、人生でこれほど美しいものも高価なものも持ったことがないファラは、その指輪をつけるのがうれしいことを認めないわけにはいかなかった。

「さあ、花嫁の指にそのいまいましいものをさっさとはめてくれ。これ以上息を止めていなければならなかったら、われわれはみな顔を紫にして死んでしまう」マードックが待ちきれないようにうながすと、その美しい指輪の魔力が消し飛んだ。ブラックウェルは彼女が差しだした手をじっと見つめた。

ブラックウェルはマードックにむっとした顔を見せた。神父は年かさの男の言葉遣いにたじろいだが、全員が魅入られたように黙りこんで、明らかに心の準備をしているブラックウェルを見守った。指輪の下側とダイヤモンドを親指と人差し指のあいだに挟むと、彼はファラの指に指輪を滑らせ、こぶしをすばやく引いた。

ブラックウェルは夫の権利として指輪なしですませることにしたため、挙式は先に進められた。ファラはここととは違う小さなほこりっぽい教会で挙げた、もうひとつの結婚式に思いをはせた。参列者はなく、そこにいたのはふたりの運命をひとつにしたいと願った、ふたつの魂だけだった。この結婚式がドゥーガンと挙げた古風な式とは違う、キリスト教の式でよかった。あの誓いの言葉を、別の人に言うことはできなかっただろうから。

「汝《なんじ》はこの女を妻とし……」

そなたはわたしの血、そしてわたしの骨。

ブラックウェルは彼女より決然と〝誓います〟と言った。というのも彼女のほうは、まるで〝サド公爵の隣に座って文学について議論しますか?〟という質問に答えるかのように、上の空だったからだ。

それでも誓いは有効で、気づけば神父が彼らは夫婦になったと言い渡していた。神父の静かな声で聖書から読みあげられた最後の言葉に、彼女の全身に恐怖と欲望の軽い衝撃が走った。

「そして彼らふたりは一体となる。それで彼らはもはやふたつではなく、一体なのだ……」

この体を捧げよう、ふたりがひとつになるように。

〝一体〟と聖書は言った。結合。貫き。そういった普通の言葉を思い浮かべるだけで、彼女の脚のあいだにあたたかいものがほとばしり、罪深く広がった。今夜、ふたりは言葉以上のもので結びつくことになる。ひとつになってうごめくふたつの体。たしかに、こんな不道徳な考えは教会では罰当たりかもしれない。ファラはドリアン・ブラックウェルの暗い姿をじっと見つめた。けれどももちろん、悪魔と結婚しようとしているのだから、ひとつやふたつの冒瀆《ぼうとく》がなんだというの？

「よって、神が結ばれたものを人が離してはいけない……」

この心を捧げよう、命が尽きるそのときまで。

「アーメン」ブラックウェルが言った。

「アーメン」参列者が続く。

「えー、ミスター・ブラックウェル、サー、聖書のこの部分では〝アーメン〟は必要ありません」

「わたしには必要だった」

「そうですか。ではまあ、いいでしょう……花嫁に誓いのキスを」

ブラックウェルは永遠にも思われる時間をかけて彼女のヴェールをあげた。そして、さらに永遠の時間をかけて身をかがめた。色の違うふたつのプールのような目に、決意をたたえて。

ファラは、ぴくりとでも動いたら彼の気が変わるかもしれないと恐れるように、完全に静止していた。

ふたりともかすかに息を荒らげ、ドリアンは胸の奥深くへ息を吸いこんだ。石鹸と香辛料とともにかすかな薪《まき》の煙の匂いがした。まるで地獄の炎であつらえた上着とズボンを焦がされたような気がした。

ブラックウェルが彼女の唇の上でささやくように唇を開いた。彼の息がこぼれて口に触れる。ファラは彼の目に浮かぶ切望を見た。疑念も。欲求も。強い恐怖も。そして、彼が必要としていることをした。首をかすかに伸ばして、ふたりのあいだのほんのわずかな隙間を埋める。自分の口を彼の口に押し当て、慎み深いながらもまぎれもないキスをした。

彼の唇はあたたかくて硬く、動かなかったが、彼は唇を離さずにじっとしていた。ファラがようやく身を引いて振り向くと、フランクがにっと笑っていた。マードックが涙をためた目を、タロウから握らされたハンカチでそっとぬぐうのも見えた。

ファラは見事にやり遂げた。ミセス・ドリアン・ブラックウェルになったのだ。よくも悪くも。

死がふたりを分かつまで。

ドリアンのものはすっかり高ぶっていた。あつらえたズボンの生地に押しつけられても執《しつ》拗《よう》にうずき続け、歩くのもままならないほどに。

しかし、いくら法的に妻にしたとはいえ、彼はまだファラが本当に自分のものになったと言うことはできなかった。彼女の体をわがものにして、子宮に種を植えつけるまでは。彼女はそれを承知し、求めた。そして、彼の一部もそれを求めていた。

ファラの部屋の前に立ち、かれこれ数分が経ったようにも、一時間経ったようにも思われた。ドアの取っ手が革手袋のなかに握られていた。

ファラは彼のものとなり、彼女の名前ももはや過去にではなく、彼に結びつけられていた。ニューゲートの伝説となったあの優しく無邪気な少女は、言葉に言い表せないほど魅力的な女性に成長し、彼の堕落したひどく汚い体で汚されようとしていた。

この体に触れさせるわけにはいかない。見せてもいけない。彼女は嫌悪するか、愛想を尽かすか、あるいはそれ以上にひどいことが起きるだろう。

ドリアンが切望したさまざまなことのなかに、結婚初夜が含まれたことは一度もなかった。それでも彼はここに立っている。だが花嫁のほうは？　この日を、この夜を夢見ていただろうか？　愛する人の優しさに包まれて処女を失うことに、神秘的で現実離れした期待を抱いているだろうか？　それとも、夫が愛とも優しさとも縁がないことをすでに受け入れているだろうか？　妻はばかではない。彼女はベン・モア城のブラックハートと結婚することに同意した。与えることを知らない男と。思いやりも情けも持たない男と。奪うだけの、それも自らを満足させるためだけに奪う悪名高き泥棒と。

　彼は今夜、妻を抱くと約束した。そして、ドリアン・ブラックウェルは必ず約束を守る。

　ファラはじっとしていられない状態を通り越し、三十分前から落ち着かなくてどうしようもなくなっていた。まず、きれいな絵画のなかの女性のように、ブルーとクリーム色の上掛けに座って本を持ち、襟のボタンを上からひとつかふたつ外して、スカートを脚のまわりに広げてみた。マリー・スパルタリ・スティルマンの絵のようにポーズを取る。穏やかに、神秘的なまでに超然として、それでいて親しみやすく。

　それは五分しかもたなかった。

　ベッドから滑りおりると、ろうそくに火をともして部屋中のさまざまな場所に置き、揺らめく金色の明かりをほどよく投げかけてくれることを願った。それが終わると、ベッドの端に陣取って両手を腿に置き、ドリアンが入ってくるまで筋肉ひとつ動かすまいと心に決めた。

　ああ、どうしよう、わたしが彼のところへ行くことになっていたら？　もし、今このときも、彼が自分の部屋でわたしを待っていたら？　どちらも手をつけなかった食事のあと、ふたりは詳しいことをほとんど話しあわず、まわりの男たちのお祭り騒ぎの音を聞いていたのだった。

軽く酔ったマードックが彼女をここへ連れ帰ると、高らかに告げた。彼はこの日を何十年も待っていた、彼女とドリアンがふたりの幸せをつかむときがついにやってきたのだ、と。ファラは酔っているスコットランド人と議論するほどばかではなかったので、彼女とドリアンは知りあって数日にしかならず、結婚したからといってどちらも特に幸せではないことを指摘するのは思いとどまった。

彼女はけれど、不幸ではなかった。それには自分でも驚いている。このような縁組みなら、誰もが恐怖を感じて当然だと思うだろう。だが、彼女は違った。むしろ意外なほど落ち着いて、希望に満ちてさえいた。これではほとんど——まるで——。

ドリアン・ブラックウェルにこれ以上待たされたら、彼女は気も狂わんばかりに怒りだしてしまいそうだった。

今夜、彼がわたしのところへ来なかったら？　妊娠させると約束したのに、あれは嘘だったとしたら？

〝ほしいものを手に入れるためなら、きみに嘘をつくのもやぶさかではない〟

ああ、彼をただではおかないわ。ドリアン・ブラックウェルが結婚初夜に花嫁に待ちぼうけを食わせるつもりなら、言ってやりたいことがひとつやふたつはあるんだから！　ファラは数分のあいだ部屋を行きつ戻りつしながら、怒鳴り散らしたいことを明確にした。時系列で並べ、重要な順番に並べ、逆の順番で並べ直し、そのうえ根拠も添えた。これならぐうの音も出ないはずだ。たとえベン・モア城のブラックハートであっても。

充分な量のもっともな怒りの声明を練りあげると、彼女はドアへと進んだ。

顔から数センチのところで扉がぱっと開いた。

ファラは悲鳴をあげた。

ドリアンが見つめていた。

「なんのつもり？」彼女はきいた。

「どこへ行く気だ？」同時に彼が言った。

ファラが先に答えた。「夫を探しに行くところだったの」

「それなら、ここにいる」彼は言い、おどけた目で部屋を見まわした。枕にしみこませたバラの香りに鼻をひくつかせ、注意深く配置されたろうそくに唇をゆがめた。

「ノックくらいしてくれてもいいでしょう」ファラは非難し、胸のなかに押しこめた傷ついた思いを見せまいとした。

ドリアンが部屋に入り、彼女は一歩あとずさった。「わたし自身の城でノックをするくらいなら、死んだほうがましだ」

「わたしの準備ができていなかったら？」

彼はあの目で彼女を貫いた。あるときは神秘と激情であふれんばかりになる、あの目で。またあるときは、死んだように冷たくなる、あの目で。

そう、今みたいに。

「わたしたちがしようとしていることには、なんの準備も必要ない」彼は大股で彼女を行き過ぎた。値踏みするような視線もほとんど送らず、ベッドのそばの椅子に、それが自分のものであるかのように腰かけた。もちろん、彼のものなのだけれど。あれだけ慎重にろうそくを配置したにもかかわらず、彼のまわりにいつものように影がまつわりつく。冷たい脅威と、危険で不安定な成分が彼から染みだし、ハイランドの海岸線を包む朝靄《あさもや》のように彼女に触手を伸ばす。太古の溶岩のように。危険な肉食獣のように。

ドリアン・ブラックウェルは肉食獣だ。この瞬間にそれがいっそう明らかになった。

「さあ」上質の革でできたぴったりとした手袋を引っ張りながら、彼が深く冷たい声で言った。「服を脱げ」

13

ファラはボタンがしっかりとまっているにもかかわらずドレスの胴着をきつく引きあわせ、椅子のなかの浅黒い男をにらんだ。

ドリアンは冷酷な視線を合わせてきた。「もう気が変わったのかい、愛しい人《マイ・ディア》？」その愛情を示す言葉に本来の意味がこめられていないことは、ふたりとも承知していた。彼の言葉は挑戦であり、彼女の挑戦への答えでもあった。ファラは自分の体を差しだし、ドリアンに受け取ることを強要した。そして今、彼が回収しに来たのだった。

この試練を彼が楽にしてくれるかもしれないと期待することはできない。

ファラは顎をあげた。「違うわ。あなたが自分で脱がせたいだろうと思って」

危険なゲームだった。彼の目にも危険な光が宿った。「もしそうなら、とっくの昔にはぎ取っている。さあ、始めろ。自分で、ドレスを、脱げ」

もちろん。彼は見たいのだ。それで興奮し、高まるのだ。

上等よ、ミスター・ブラックウェル。しっかり見るといいわ。

ドリアンにはわかった。彼女は、器用にボタンを外せないのは指が震えているせいではないふりをしようとしている。嵐の雲が吹き払われてきらりと光る、グレーの挑戦的な目に、彼の視線を引きつけておこうともしている。だがドリアンは、ボタンがひとつ外されるたびに少しずつ現れる肌を、むさぼるように見つめずにはいられなかった。ほっそりとした喉。胸元から鎖骨にかけて、ぴんと張りつめながら、やわらかに広がった繊細そうな薄い皮膚。

彼女はたっぷり時間をかけている。くそっ。

ろうそくの明かりが銀色の髪と、なめらかな象牙色の肌に、金色の光を投げかけていた。まるでミダス王が誘惑に負けて、その呪われた指で触れたかのように。

彼は後悔に打ちのめされた。何層にも重なる強欲、自己嫌悪、暴力、憎しみ、怒りを取り除いて、その下の氷の鞘《さや》に閉じこめた人間らしさを呼び覚まそうとした。

これはファラ。彼の妻だ。こんなふうに商品のように見ていていいのか？

またひとつボタンが外され、初めてかすかに胸のふくらみがのぞいた。

その気になれば自分を止めることができるだろうか？　それが問題だった。

ドリアンはすでに答えを知っていた。

帝国じゅうの金と権力をもってしても、それはできない。

乳房のあいだの谷間が見えたとき、ドリアンは酔っ払ったような、化学反応のような、興奮と恥がないまぜになった感覚に陥った。イーストエンドの中国人移民街の裏道に出没する、宿なしのアヘン中毒者の苦しみを連想した。

彼の体は恋い焦がれたものを手に入れようとしていた。切望したものを。激しい渇望に叫ばずにいられなかったものを。

そして翌朝、彼は自分を憎むだろう。

くそっ、彼女も彼を憎むに違いない。それでもファラは先に進み、ボタンをへそまで外していった。きつく紐を締めたコルセットの上に、薄手の白いシルクのシュミーズを通して、先端がピンクに染まった片方の乳首の輪郭が透けて見える。すべての理路整然とした考えが、太陽の光に照らされた靄のようにはかなく消えた。周囲のすべてが、彼女を残して退却していった。次のボタンが外されたら、息さえ止まるかもしれない。これ以上肌があらわになったら、飢えたようにむしゃぶりついてしまうかもしれない。

彼女を止めたい一方で、続けてくれと懇願したかった。だが、持てる冷静さを総動員しても、言葉は失われ、意思の疎通などとてもできそうになかった。彼にできるのは、なす術もなく座って、彼女の次の動作を待つことだけだった。一心に見つめながら。

ファラは肌をあらわにするごとに、自分が妙に大胆になっていくのを意識していた。ドレスが体の丸みをなぞって足元にするりと落ちたとき、ドリアンの手袋をはめた手が椅子の肘掛けをぎゅっと握ったことと関係があるのかもしれない。あるいは手をあげて、透けるシュミーズの下で乳房がいっそう高く持ちあがることを意識しながら、髪からピンを一本ずつ抜いていったとき、彼の鼻孔がふくらんだことども。

肩に垂れたずっしりと重みのある三つ編みをほどく。巻き毛を揺すって緩めた。

ファラには、ドリアンが必死に闘っていることがわかっていた。欲望が凍りついていた彼の視線を溶かし、まぶたを重くする。唇が開いて荒い息遣いがもれる。

一瞬、躊躇してから、コルセットの紐をほどこうとした。

「やめろ」彼が命令した。「まだだめだ」

ドリアンは、大きく波打つ胸が上着を持ちあげているのを除けば、まるで彫像のようだった。その目は彼女のあらわになった肌の隅々まで触れるような器用さで、愛撫《あいぶ》し、なめて、視線の焼き印を押しながらドロワーズのウエストに達した。

「それを取れ」自分のものとは思えないような声で告げる。彼は胸を空気で満たした。それが目の端や首元、指の筋肉のかすかなひくつきを止めてくれることを願いながら。

心臓を高鳴らせながら、ファラは両方の親指をドロワーズの下に差し入れ、引きおろそうとした。

「待て」彼が食いしばった歯のあいだから言う。

ファラは動きを止めた。

「後ろを向くんだ」

その要求に戸惑いながらも黙って応じ、彼女は彼の指示に従おうと腹を決めた。どういうわけか、ドリアンに主導権を握らせるほど、やり遂げられる可能性が高まることが理解できた。心の準備はできているようでもあり、できていないようでもあった。怖かったが、恐れてはいなかった。恥ずかしがりながら、大胆な気分になっていた。彼の目の冷たさの下に潜む渇望に駆り立てられて、生来の慎み深さを捨て去った。内気な処女でいるには少々年を取りすぎていたし、この世界で他人が経験する恐怖を多く見すぎた。

男性は視覚的に刺激を受ける生き物で、女性は美しい生き物だ。ドリアンが触れる気にならなくても見たいという欲望を感じるのは、ごく自然なことに思われた。ファラは、自分が望む家族を身ごもるためには、見る以上のことを彼がしたくなるよう誘惑する必要があり、それができるのは自分だけであることを理解していた。欲望が恐れを打ち負かし、動物のような本能が体を突き動かす状態に追いこまなければならない。

だから、暖炉の灰のなかでちろちろと燃える炎のほうを向き、目を閉じ、深呼吸をして、腰をかがめてドロワーズを尻へと押しさげた。

「ゆっくり」彼が命令する。

だがこの計画には危険が潜んでいた。ファラはレースのドロワーズで尻のふくらみを撫で、震える太腿へゆっくりさげていきながら気づいていた。ドリアン・ブラックウェルのような男がとことん欲望に駆り立てられたら、過去の絆など簡単に壊してしまうだろう。彼女そのものすら壊しかねない。

ドリアンは、絵画から娼婦まであらゆる女性の体を観察していた。そのすべてをつぶさに見てきて、不本意ながら高く評価できる体もなかにはあった。だがそうした経験もひとつとして、ファラの体を前にすると役立たなかった。炎を背景に黒々と浮かびあがる、非の打ちどころのないシルエットといったら。

弱いほうの目が火明かりとの明度差にうまく対応できずに輪郭がぼやけ、彼は本能的に身を乗りだした。彼女の体は女性らしく、ふくらむべき部分がふくらみ、くぼむべき部分がくぼんで、男の角張った体を受けとめるやわらかい曲線を描いていた。

前かがみになったので、むきだしの尻が突きだされ、ほの暗い明かりのなかで女性の秘められた部分のかすかな輪郭がほのかに見え隠れした。

ドリアンは口がからからになった。脈打つ心臓はゴール直前に全力疾走を見せる競走馬のように加速していく。ありえないほどぐんぐんと、能力の限界まで。荒らげた息が胸にのこぎりで切られたような痛みを引き起こし、冬に走ったときのように肺を焼き焦がす。寒気が胸を熱くし、凍った血液が下腹部に炎をおこす。

傷つけるため以外に他人の手で最後に触れられてから、二十年近くが経とうとしていた。屈辱を与えるためでも、能力を奪うためでも、制圧するためでもない手に。自分自身の手を、防御するためや暴力をふるうため、強さを誇示するため以外の目的で使ってからも、同じだけ長い時間が経っていた。

ファラの肌。完璧な、なんの跡もついていない肌。傷跡ひとつなく、誰の焼き印も押されず、彼のものになる。

ついに。

どんな男がこんなに汚れのない肌に触れ、神聖を汚す気になれるのだろう？

どうすれば、そうせずにいられるのだろう？

体を椅子に無理やり押さえつけているドリアンの手袋がきしんだ。彼はどちらの衝動に強く駆られているのか、自分でもよくわからなかった。彼女をつかまえたいのか、置いて逃げたいのか。

だから座っていた。そして見守った。昨夜、デザートを堪能したときと同じく、拷問のようにゆっくりとした彼女の体の動きを味わった。今度は舌だけでなく、彼女の全身が悦びを与えてくれた。

ドリアンはこれまでの人生で、ケーキとクリームを前にした彼女が見せたようなときめきを感じたことも、至福を見いだしたことも一度もなかった。富も贅沢も、数多くの敵を倒した栄光を手にしたときも。丸く引きしまった腰と尻の曲線が、戦利品のように差しだされたこの瞬間まで。

だがまだ、自分のものになったとは言えず、戦いは終わっていなかった。彼のなかの戦いは激しさを増していた。血が流れ、犠牲者が出て、領地を譲り渡し、戦闘で優位に立った。

激しい戦いだった。結果はまだわからない。

だから座っていた。

そして見守った。

ファラは足元に落ちたドロワーズから足を踏みだしながら、冷たい空気がささやくように触れたひだが、熱を持ってしっとり濡れていることを無視しようとした。上体を起こし、ガーターを震える指で引っ張って、クリーム色のストッキングを脱ごうとした。

「つけておけ」彼がハスキーな声で言う。

背筋を伸ばし、コルセット、シュミーズ、ストッキングだけを身につけた状態で、次に何をすればいいのかわからなかった。

「ベッドの端に横になれ」彼が指示を出した。

さっとベッドを見る。心地よさそうで、きれいに整えられた、普通のベッドに見える。そこを出るときには、自分が永遠に変わってしまっていることを知らない限りは。

けれど本当のことを言えば、ドリアンがどうしてほしいかを指示してくれてほっとしていた。誘惑することに関してはなんの技術も経験もなく、命令されるまでほとんど途方に暮れていたのだから。

主導権が行きつ戻りつするのは不思議な感覚だった。求められるままに動きながらも、彼の脳の働きも、彼の心臓の鼓動も、すべてを指揮しているのは彼女なのだと女性の本能が告げていた。けれど動き終えれば主導権は彼に戻り、彼女は息を詰めて次の要求を待つことになる。

　ファラは不確かな足取りでベッドに近づくと、おそるおそる身をかがめて端に座った。ここでいいか確認しようと目をあげると、彼の視線は、宇宙の神秘の答えが彼女の脚のあいだに隠されているかのように、太腿の付け根をうっすらと覆う金色の毛に引きつけられていた。

　ファラは凍りつき、初めて本物の恐怖が喉をふさいだ。座っていても、ドリアンはそびえ立っていた。無言でも、脅していた。長身でがっしりした体形をろうそくが照らしても、筋肉と闇と影の亡霊のようだった。

　彼女は間違っていた。徹底的に間違っていた。彼女が思い描いた主導権はどれも幻想だった。ドリアン・ブラックウェルが自分の目の前で、誰かに主導権を譲り渡すわけがないのだ。

　ファラは彼を見つめながら、次はどうなるのだろうと思った。最後にどこに行き着くかも、目指す高みがあるのも知っていた。そこに至る道のりで、彼は彼女のそばに来る必要があった。彼女のなかに。

「仰向けになれ」彼の声は地獄に落ちた者の魂をほじくり返す業火《ごうか》だった。「脚を開け」

　いよいよだ。震えながら、ファラはゆっくりと仰向けに寝転がった。体の両脇のふかふかした上掛けを、まるで縫い目のなかに勇気がこめられているかのようにぎゅっと握りしめる。ドリアンを見ることができず、目を固く閉じた。

ベッドの上で体を伸ばしながら、彼の視線が自分に注がれているのを感じる。ドリアンがファラの、誰にも見せたことがない場所を見ているのがわかる。

踵をベッドの枠につけ、深く息を吸って膝を開いた。

静寂のなか数秒が過ぎ、ファラは目を開けて天蓋《てんがい》をじっと見あげた。夫は本当に無慈悲だ。野蛮だ。許せないほど残酷だ。妻をこんなふうに、なぐさめも気遣いもなく、無防備な姿で放っておくなんて。腹立ちを外套のように身にまとい、勇気を奮い起こして彼を見た。

そこに見えたものに、彼女は凍りつき、同時に溶けた。

胸の谷間と太腿のあいだから見えたのは、ドリアン・ブラックウェルが、ベン・モア城のブラックハートが震える姿だった。ぶるぶる震えるのでも、武者震いしているのでもない。呼吸が乱れるほどがくがくと身を震わせながら、大きく肩を上下させていた。

その残忍な顔に浮かぶことはないと思っていた感情が次々に現れては、完全には読み取れないうちに消えていった。憧れ。不安。欠乏。激高。制御。絶望。熱情。

崇拝。

彼の名をささやくと、その顔がさっとこちらに向けられた。「こっちへ来て」ファラは思いきって言った。「どうすればいいか教えて」

ドリアンは彼女に目を据えたまま首を横に振った。「きみはまだ準備ができていない」噛みしめた顎を動かさずに言う。

「できているわ」彼女が誘う。「わたし——」

「きみは……濡れる……必要がある」彼はひとつひとつの言葉を絞りだすように言った。言葉が痛みを引き起こすように。

ファラは顔をしかめた。しかめずにはいられなかった。誘惑されたがらない夫を誘惑し、生まれて初めて男性の目にすべてをさらした。それを全部うっとりさせてくれるキスや愛撫なしでやり遂げられるか、とても不安だった。「どうすれば——」

「悦ばせるんだ」彼がうなった。「触れて」

ファラには彼の言葉の意味することが正確にわかった。風呂のなかで彼のために体を洗ったときの興奮。あのとき初めて快感が芽生え、体からわきでるように芯が潤んだ。あの感覚をもう一度呼び覚まさなくては。

上掛けをつかんでいた指先を放し、ファラは爪の曲線を胸の敏感な肌に滑らせた。

彼の目が大きく見開かれる。

彼女の体が反応する。

最初の指にほかの指が加わり、乳房の丸みをもてあそんだ。仰向けになってやや平たくなった胸の頂で乳首が固くとがり、つんと立っている。そこから、クリーム色のシルクでできたコルセットの端に達し、しばしたわむれてから、その下へと進んでいった。

ファラは自分の感じているものが信じられなかった。ぞくぞくするような戦慄、しっとりとめくるめく快感。もはや彼に見えていることも、彼が見つめていることも気にならなかった。むしろ彼に見ていてほしかった。処女の恥じらいと、見られたい大胆さのせめぎあいで、さらに欲望がかき立てられた。

彼女の唇から声がもれると、ドリアンはじっと観察する猛禽《もうきん》の冷たい視線を失い、獣の激しさを帯びた。血気盛んに徘徊《はいかい》し、獲物を追いつめ、跳びかかるのを待つ獣。悦びと苦痛に顔をゆがめて歯をむきだし、まるで意志の力で怪物に応戦するように、全力で闘っていた。

ファラの黒いジャガーは、彼女を引き裂きかねなかった。

ドリアンは、ファラの手が完璧な乳房を離れ、きつく締まったコルセットへとさがっていったとき、彼女より自分のほうが激しく震えたことを知っていた。彼女の手は、ろうそくに照らされた腰に指先で軽く触れながら、さらにその下へと進んだ。

あんなふうに自分も触れることができるだろうか？　全身の血管で脈打つ、制圧したいというこの渇望を抱えながら？　彼女がやってみせているとおりに、あんなふうにやわらかく優しく触れられるだろうか？

絶対に、あんなふうに彼の肌に触れさせることはできない。

絶対に――ファラはそうしたがらないだろう。見たくもないはずだ。

彼女は嫌悪し、彼は拒絶されるだろう。それについてはなんの疑いもなかった。

それにしても美しい。彼女は本当に、いまいましいほど美しかった。すらりと長い太腿はクリームのようになめらかで白く、筋肉がぴんと張りつめている。ガーターの青いリボンに、正気を失う寸前まで駆り立てられる。

彼女の秘めやかな場所。ピンク色のきれいなひだが、淡い巻き毛にうっすらと覆われている。口に唾がたまった。血がとどろいた。ズボンのなかで股間が、リズムを刻みながら制御不能に陥っていき、収縮とともに脈打った。

彼女の飽くことを知らない指が一瞬動きを止めてから、やわらかい毛の下にもぐった。敏感なひだに触れると、ファラが息をのんだ。

ドリアンは息を止めた。

彼女はそのあたりをそっと探り、わななき脈打つ箇所を探り当てた。彼女の秘所が自分の股間とぴったり同じリズムできゅっと締まったとき、ドリアンは畏怖に貫かれた。女性にだけ備わったその膜を自分のものが突き破るところが目に見えるようだ。彼女の腰が切迫感を増した小刻みな動きで揺れだし、はっと息をのんでは、味わうような甘いため息がもれた。

ドリアンが忍耐や苦痛、苦悶《くもん》に慣れた男でなかったら、その場ですぐに放出していただろう。彼は自分にそれを許さなかった。ファラの手が彼のひどく醜い肌に触れたらと想像し、恐ろしさの氷で炎をかき消した。

やがて、ファラが奥の裂け目に分け入った。指をなかに差し入れ、性愛の神エロスをも欲情させるようなあえぎ声をもらす。引きだされた指はしっとり濡れて光っている。それを、ほかのどこより触れてほしがっている突起に戻す。湿り気をそこにこすりつけると、全身の筋肉がぴんと張りつめ、ファラは上掛けの上で頭を後ろにそらした。彼女が心の奥底からわきでたあえぎをもらしたところで、ドリアンはついに耐えきれなくなった。

そして、ベッドへと突進する。

14

獣じみたうなり声に、一瞬ファラは身をすくめた。ドリアンがその両手をつかみ、彼女をベッドにはりつけにした。

彼はファラの開かれた脚のあいだに立ち、腰から体を折り曲げて顔を寄せた。獰猛《どうもう》な目をしている。決死の戦いに敗れそうになっても武器をおろそうとしない男の顔だ。

「チャンスをやろう」彼は凄《すご》んだ。「いいか？　わたしを拒絶し、わたしを止めたければ、チャンスはこの一度きりだ。よく考えろ。きみは本当にこれを望んでいるのか？」彼は傷跡を突きつけるように、ブルーの目を彼女に向けた。

ドリアンが前からこんなふうに迫ってきていたなら、彼女は怖気《おじけ》づいていたかもしれない。だが、今のファラはもっとも原始的な欲望に目覚めてしまっていた。体の奥を焦がす欲望と熱が、本当なら感じていたはずの恐怖を打ち負かした。ベン・モア城のブラックハートにここまで近づいて生き延びることができた者はそう多くないだろう。

自分は生き残れるだろうか？

ファラは決然として、傷を負った彼の目を見返した。「わたしはあなたに……わたしを奪ってほしい」

「それならば、われわれふたりに神の救いがあらんことを」

暗い影を帯びた彼の目がきらめいたと思うと、硬い唇が彼女の口を覆った。罰を与えるようなキスだと思いながら、それがなんのための罰なのかはファラにはよくわからなかった。彼がわたしを求めた罪？　わたしが彼を求めた罪？

重みに耐えられなくなってファラが苦痛のうめきをあげると、彼はキスを中断した。

「くそっ」彼は悪態をつき、改めて彼女の口へとおりてきた。

今度はもっと慎重だった。優しいとは言えない。しかし、強く押しつけてくる彼の唇は、彼女がこれまでに経験したことのない種類の快楽を与えてくれた。彼は彼女の唇のあらゆる部分にキスをした。口の隅にも、輪郭にも、ふっくらとした部分にも、熟練した男の手際のよさで口づけていく。どんどん激しくなるかと思いきや、彼の動きは遅くなり始めた。上等なスコッチをゆっくりと味わうように、彼女の味を楽しんでいる。彼の唇が薄いせいでやわらかさが足りないところは持ち前の技で補い、しまいにはその硬い唇もややわらかくなって彼女の口の上を動きまわった。舌が彼女の閉じられた唇のあいだに突き入れられ、なかに入れろと要求している。彼の震えはおさまりつつあったが、上等な上着の下で筋肉をこわばらせている緊張は高まるばかりだった。

ファラは服従のため息をつき、彼に向かって口を開いた。体は彼の下でとろけ、期待に満ちた降伏の潤いであふれている。絶頂を迎えるというのが、このしっとりと濡れて探りまわるキスのように気持ちがいいことならば、彼女はそれが楽しみでならなかった。

罰するように彼女の手首をつかんでいた彼の指から力が抜け、上等な革が引きはがされた。ドリアンが体を離して彼女を見おろした。

ふたりのあいだで欲望の狂乱が高まるさなかに、静かな一瞬が訪れた。静寂と受容のひととき。人を信用しない彼の目がファラの顔を探った。ドリアンの唇が開き、舌の上に告白の言葉を漂わせたかに見えたが、それが彼の口から出てくることはなかった。

「なんて言ったの、ドリアン？」

「わたしをその名で呼ぶな」彼は穏やかに諭した。「ここではだめだ」

「それなら、どう呼べばいい？」新婚初夜のベッドで夫を親密にファーストネームで呼んだら、それを禁じられてしまった。困惑して、彼女は尋ねた。

「〝あなた〟だ」その言葉が彼女の頬をかすめた。「〝あなた〟と呼べ」

ファラは思わず優しいほほえみが口の端に浮かぶのを感じた。「じゃあ、改めて。なんて言ったの——あなた？」

「きみの口だ」告白するその顔には聖人の気高さと殉教者の苦痛が入りまじっていた。「わたしはずっとこの口を夢見ていた」彼はひゅっと音をたてて息を吸いこみながら、片手を彼女の顔へと伸ばし、手袋をはめた手で下唇をなぞった。「もう何度も、きみの唇がその言葉を発するのを想像してきたんだ」

ファラは感動して唇を引き結んだ。ドリアン・ブラックウェルが、よこしまな目的のためにわたしを利用しようとしていたのではなく、わたしとの人生を望んでいるなんて。そんなことがありうるの？　ファラは彼に手袋を外してほしかった。何よりも強くそれを望んでいたが、彼にそう言わないだけの分別はあった。肌と肌で彼と触れあいたい。彼から放たれる熱を自分の体で吸収したい。いつの日か、きっと。彼女は希望がうずくのを感じていた。でも今夜はまだ、そのときではないわ。

「体をわたしに押しつけてちょうだい、あなた」彼女は誘った。「そしてキスして」

妻の唇に目を釘付けにしたまま、ドリアンは彼女の片手を放した。「絶対に――わたしに手を触れてはならない」彼は警告した。

ファラはうなずき、改めて上掛けを握りしめた。

ドリアンは彼女の頭の脇に両手をつき、怪我をしていないほうの手に体重を預けて慎重に体をさげていった。琥珀と氷の目で彼女の目を見つめ、信心深い人間が遺品を手に取るように、あるいは神を信じない者が救済を求めるように、彼女に手を伸ばした。ファラは彼を失うのが怖くてまばたきもできなかった。この瞬間が指からこぼれ落ちてしまうのが怖かった。今初めて、ドリアン・ブラックウェルが謎のヴェールを取り去ろうとしているのだ。彼の口はよけいな言葉をつむぐ代わりに、熱い吐息を彼女の肌に吹きかけた。

ドリアンの重い上半身が彼女にかぶさったとき、ふたりとも息を詰めた。彼の服と自分がつけているコルセットに隔てられていても、ファラは夫が力を加減しているのを感じることができた。細身だががっしりしている彼の体は、何年にも及ぶ強制労働によって鍛えられ、暴力的な裏社会で生きてきた十年のあいだに磨きあげられたものだ。

そのことを忘れてはならない。彼がどんな力を持っているのか、心にとめておかなければ。

彼の腰が揺りかごにおさまるように彼女の腰に重なり、ふたりはあえいだ。硬く張りつめたものが彼女の脚のあいだに押しつけられ、ズボンを通してもなお熱が伝わってくる。それは彼の心臓の鼓動と呼応して脈を打ち、そんなかすかな動きでさえも、すでに敏感になっている彼女の体の中心には快楽の小さな衝撃が送りこまれた。

ファラは両目を大きく見開いて、指が痛くなるほど上掛けを握りしめた。

「怖いのか、フェア――ファラ？」

「あなたは？」彼女は息を切らして問い返した。「わたしは怖がるべき？」

「ああ」

それがどちらの問いに対する答えなのか、考えている暇はなかった。彼の頭が沈みこみ、また彼女の唇を求めた。

「きみのすべてが見たい」ドリアンはそう要求すると、ふたたび舌を彼女の口へ突き入れた。

奥まで丹念に味わって、彼女の舌を愛撫した。唇を離すことなく、彼は胸を浮かせて彼女の肋骨を押しこめているコルセットの紐をはぎ取った。その動きでお互いに押しつけあっている敏感な部分に摩擦が生じ、ドリアンの顔がこわばったのを見て、ファラは彼も自分と同じような快感を覚えたのだとわかった。

下着による締めつけがなくなり、ファラは肺いっぱいに空気を吸いこんだ。それはいつもやることだが、今は彼の男らしい香りとあたたかな息が彼女の肺を満たした。

とたんに宝物のことを思いだし、彼女の喉が締めつけられて息が詰まった。「待って」彼女は夫の口に向かってあえぎ、頭を横にひねった。「待って！」

だが、遅かった。ドリアンはすでに体を引き、自分が見つけたものを観察していた。コルセットに挟まれていたものだ。それを握りしめた彼は猛毒のヘビに襲われたような顔をしていた。

「ご――ごめんなさい」ファラはささやいた。

「なぜだ？」ドリアンは奇妙なほど熱心に、折りたたまれたタータンの切れ端を手袋をした親指で撫でていた。怒っているようには見えないが、喜んでいる様子でもない。なぜ彼女がそんなものを持っているのか、ききたかったのだろうか。それとも、なぜ彼女がごめんなさいと言ったのかを知りたいのだろうか？　なぜ、彼女がかつての結婚の記念品を彼に見られないように隠しておかなかったんだと言いたいのか？　あの結婚は今夜とはずいぶん違って、純真なキスと永遠の誓いによってのみ交わされた約束だった。

今夜とはまったく違う。

ふたりはそろってそれを見つめた。遠い昔に死んだ少年と、死ぬはずもない愛をかたどった記念品。

「肌身離さず持っていると約束したの」ファラは思いきって言った。「怒ってる?」

ドリアンは彼女をちらりと見てから布の切れ端に目を戻し、表情をやわらげた。「いや」

本人が意図したよりも激しい口調になっていたが、彼は注意深く布をランプに近づけた。「もしかしたら――これは今や彼とわたしの両方を象徴することができるものかもしれない。われわれを結びつけている絆を思いださせるものとして」

ファラは布を見つめた。今夜初めて、彼女は自分が裸にされていると感じた。「わたしたちを結びつけているのは法律よ」

ドリアンがふたたび彼女に覆いかぶさり、明るい琥珀色の目に暗いきらめきを宿した。

「わたしが法律に敬意など払っていないことは、きみもよくわかっているはずだ」

ふたりはかすかにほほえみながらキスを交わした。彼はコルセットを開き、シュミーズの裾をつまんだ。夫が下着をはぎ取れるように、ファラは背中を弓なりにして体をうねらせ、残された最後の秘密を飢えたような彼の視線にさらした。

張りつめた彼の高まりがズボン越しにこすりつけられ、ドリアンの唇はまるでオアシスを見つけたかのように彼女の唇へと舞い戻った。

「あなたのズボンが！」彼女はあえいだ。夫の唇は好奇心のおもむくままに、妻の顎のカーブをなぞっている。「――濡れてしまったわ」そこは彼女の欲望の泉からあふれたものを吸ってびしょびしょになっていた。彼がいっそう強く彼女に腰を押しつけ、その摩擦がさらに強い衝動を呼び、快感が爆発した。

「気にするな」彼はうなり、ぷっくりととがった乳首を親指でさすりながら彼女の唇を求め、驚きの叫びをのみこんだ。彼はまた腰を突きあげた。そして、もう一度。

ファラは腿がわななき、胃が引きつり、なんとも名状しがたい歓喜が熱い洪水となって全身に広がるのを感じていた。

「きみを悦ばせているのはこれか？」彼はまた動き、彼自身のうめきが彼女の唇を震わせた。悦ばせる、ですって？　イチゴタルトや身も心もとろけるデザート以上に、彼が見ている前で自分自身を悦ばせた以上に、こんな快楽を味わえるなんて想像したこともなかった。しかしファラは何も言葉にすることができず、ただ「ええ！」とだけ叫んだ。自分でも理解できないような高みに向かってのぼりつめようとしていた。

彼が動くたび、キスするたびに、目もくらむような感覚が強まり、衝撃が増した。ついにはどうにも耐えられなくなって彼女は頭をベッドに埋め、腰をあげずにはいられなくなった。びくりと大きくそり返った体に強烈な快感が走り、彼女は自分が脳卒中でも起こしたのかと思った。心臓が早鐘を打ち、全身の血管の先まで血が送りこまれ、それから止まった。

自分の名前が呼ばれたのを聞いた気がした。とりとめもないことをつぶやいているのはわかっていた。もしかしたら何か叫んでいたかもしれない。しかし彼女自身の耳には聞こえなかったし、何を言ったのかはどうしても思いだせなかった。狂信者が恍惚《こうこつ》状態になって話すのと同じような支離滅裂なことかもしれない。脈は激しすぎて、今ここで止めなければ死んでしまって神様に会うことになるだろうと思うほどだった。

彼女は必死になっていた。ドリアンにしがみつき、彼を引っかき、至福の解放感のなかで失われた声を見つけようともがいた。

「やめろ！」ドリアンが激しい悪態をついて身を引き、彼女の震える体を見おろした。彼女はまさに死体のようだった。余韻が神経を震わせるたびに、死を迎えていた。

彼が首からクラヴァットを引き抜くのを見て、ファラが自分のしてしまったことに気づいたときにはもう遅すぎた。

「ごめんなさい――」

ファラはふいに腕をつかまれ、容赦なくヘッドボードのほうへと引きずられた。両腕を頭上でねじりあげられた。

「手を触れるなと言ったはずだ」ついさっきまで生き生きとして豊かな表情を見せていた目は、彼女が慣れ始めていたいつもの目に戻っていた。冷たくて、計算高い、生気のない目。

彼はあっという間に片方の手首をクラヴァットでヘッドボードにくくりつけ、部屋を眺めまわした。

ドゥーガンのタータンの切れ端を見つけると、ドリアンはせせら笑い、手に取ったその布で彼女のもう一方の手首を縛った。

ファラは間違っていた。神様になど会えるはずがない。なぜなら彼女は悪魔の下にその体を横たえていたのだから。

ぐったりした体のなかをパニックが駆けめぐった。彼はわかっていない。わたしは信頼し始めてくれていた彼を裏切るつもりはなかった。体がもう言うことを聞いてくれなかったの。あなたに与えられた快楽にとりつかれていたのよ。「ドリアン、わたし――」

彼は手袋をした指で彼女の口を覆った。「最初からこうすべきだったんだ」

ドリアンは欲望を抑えこもうとする闇を制圧しようと試みた。境界線はもう踏み越えてしまったのだ。すでに引き返せないところまで来ている。どんなに引っかかれようとも、ファラの手につかまれて彼の心がどんなにすくみあがろうとも、脚のあいだで硬くなっているものは主張していた。行き着くところまで行かなければならない、と。

彼は片手で彼女の魅惑的な口を押さえたまま、手首の結び目をきつくして、緩いところがないかどうか確かめた。これで彼女は彼に触れることができない。叫ぶことも、逃げだすことも。

ドリアンは大きく息を吸い、崖っぷちでほんの少し人間性を取り戻した気分になった。彼は鎧の下にまで忍び寄っていた罪悪感から注意をそらす香りに心を奪われた。それは彼女の美しい指先から漂っている。無邪気に快楽を見つけようとして、彼をじらし、苦しめたあの指。

彼女の顔を見ることはできなかった。そこに恐怖を見てしまったら、情けをかけたくなるかもしれない。降伏の印が見えたら、そこにつけこむことになるかもしれない。もしも憐れみが見えたら……そのとき自分がどうするかは彼にもわからなかった。

口のなかにあふれだした唾をごくりとのみこむと、その勢いで両耳の下あたりが痛くなった。彼は妻のよく手入れされた爪を見つめた。純粋な本能に突き動かされて、彼の唇はマッケンジーのタータンで縛られた彼女の人差し指と中指に近づいていった。

熱い口のなかに含むと、指はひんやりと冷たかった。一瞬驚いてぴくりと動いたあと、指はじっと動かなくなった。

そして、彼は味わった。

彼女は塩と麝香と、女性の味がした。ドリアンは彼女の指をより深くのみこむと、二本の指のあいだに舌を割りこませた。

驚いたことに、ファラは弱々しい泣き声をあげて彼の手袋に嚙みつくと、こわばった腰をベッドから持ちあげた。彼は指先をかじってから解放してやった。自由になった指は丸まって固い握りこぶしを作った。

彼はまだ彼女と目を合わせずにいた。全身の神経は彼女の金色の毛に隠されたひだに集中していた。彼は手で口を押さえたまま、彼女の耳に近づいて、平らな腹部に震えが走るのを眺めた。

「わたしはきみの秘所の味を知っている」彼は警告した。「そして、もっとほしくてたまらない」

彼女の呼吸が激しくなり、必死に息をしようとするたびに乳房が盛りあがった。青白いふくらみの上でピンクの砂糖菓子のような乳首が震える。自分の言葉に、彼女と同じくらい彼自身も衝撃を受けた。それでも、驚いてはいなかった。

ほんの一時間前までは、人と接触すると考えただけで嫌悪をもよおしていた。

だが、ここにいるのはファラだ。彼女とは約束がある。

ファラを前にして、彼の体はほかの誰にも見せたことのない反応を見せていた。彼女が絶頂を迎えるのを見ると、ドリアンも限界を超えてしまいそうになった。

彼女が触れてきさえしなければ、超えられたのに。肌が燃えあがり、これまで負ってきたすべての傷がふたたび口を開いて、血がどくどくと流れだしているようなあの感覚さえなければ。傷だらけの彼の体は、強烈な欲求と闘っていた。

いつの日かファラに話してやろう。怒っているのではないと。彼女を縛ったのは、彼女自身を守るためだったと。そうしないと、快楽に溺れたファラはまた彼に手を触れるだろう。そうなったら彼は自分の反応を制御できない。

そう考えると全身の血が凍りついた。しかし、彼女はあまりにかぐわしく、その香りに今や彼は抵抗できなくなっていた。彼をこんなふうにさせるのはファラしかいない。

彼女の体の中心に近づくためには、口から手を放さなければならない。「何も言うな。さもないと、口まで縛らなければならなくなる」

くそっ、わたしはなんという化け物だ。しかし、彼女に慈悲を乞われたら拒否できないのが自分でもわかっていた。ファラに非難されたら、あるいは拒絶されたら、彼女の顔をまともに見られなくなってしまう。それゆえに、そんな可能性はひとつたりとも残してはおけない。

ファラには警告してあったじゃないか、そうだろう？　今夜、彼女が求めてくる前に。てのひらの下で彼女がうなずいた。それで充分だった。口から手を放しても、彼女は物音ひとつたてなかった。

やれやれ、助かった。

心臓は弾み、口のなかにはまだ唾がたまっていた。彼の欲望の証も激しく脈打っている。膝を割っても彼女がほとんど抵抗を示さなかったので、ドリアンはうれしくなった。

彼女は潤っていた――とても、いまいましいほどに。彼女は美しかった。ドリアンは両手を彼女の腿の内側に滑らせて脚をすっかり押し広げると、ストッキングのガーターをいじった。その肌は見た目どおりにやわらかいのかどうか、早く知りたかった。

彼は猛烈な渇望に襲われたが、両肘をついて体を低くし、はやる心を腹の奥に抑えこんだ。手袋をはめた指で彼女の割れ目を開き、蜜を先端に塗りつける。

ファラは身震いしたが、さっき約束したとおりに何も言わなかった。

ドリアンは好奇心に駆られて二本の指をこすりあわせ、つややかな蜜の粘り気を確かめた。すぐに彼のものもこのなめらかな蜜に覆われることになるのだ。そして――。

ああ、すぐにでも彼女の秘所を味わえなければ、頭がどうにかなりそうだ。

ドリアンは何をしようとしているのか自分でもよくわかっていなかったが、ファラの香りに誘われるままに頭をさげて、唇を彼女の秘めた場所に押し当てた。

彼の下でファラが腰を引き、少しだけ背中をそらせた。彼女がいくらおとなしく、されるがままでいようとしても、体は裏切っている。いいぞ。なぜなら、ドリアンの体もまた、彼の言うことを聞いてはくれないのだから。

ファラは天国の味がした。欲望と解放の味。欲求と満足の味。女性の味。彼の女。ドリアンのなかに潜む捕食者の本能は、満たされるまで食事を楽しもうとしていた。

そして彼は生涯かけても満たされることのない渇望を抱えていた。

縛られている手をほどきたいというファラの必死の願いは、指が夫の口に含まれた瞬間に溶けて消えていた。

彼がみだらな脅し文句を耳に吹きこむと、彼女の全身に電流が駆け抜けて手足から力が抜けた。今ではドリアンの肩がファラの開かれた腿のあいだにあり、彼の口がいろいろないたずらをするたびに彼女は唇を噛みしめた。あまりに強く噛んだせいで血の味がするほどだった。

彼の舌が彼女のひだをぺろりとなめて左右に分けた。彼がその奥に向かってうなると、ファラはぐずるような泣き声をあげずにはいられなかった。

しかし言葉は発しなかった。ひと言も。声は出しても、意味のない叫びにすぎない。

ドリアンは彼女が最初に見たときに想像したあのジャガーになっていた。両肩をまわしてから突きだし、今にもごちそうにありつこうという体勢だ。彼は見落としたところがないというくらい隅々まで彼女を探検した。大胆な舌は、彼女が自分でも知らなかったようなところまでも見つけだした。指で体の奥まで開かれ、もう耐えられないと思うほど彼女は完全にさらけだされていた。それでも、ファラは彼の顔に崇拝の念が浮かぶのを見逃さなかった。

ドリアンは彼女を見て、味わい、あらゆるくぼみと突起をひとつずつ記憶しようとしているかのようだった。どうすれば彼女があえぐのか、何をすれば彼女が背中をそらし、あるいはひるむのかを、彼はあっという間に習得し、覚えたての技を試さずにはいられないようだ。彼女の反応を確認し、改めて興奮の渦を作りだし、さすがはベン・モア城のブラックハートだけあってちょっぴり残酷さも楽しんでいた。彼女を正気の淵《ふち》へと追いやっては、そこから引き戻し、うめかせ、張りつめさせて、汗まみれにした。

ドリアンの指が潤んだ通路への入り口を見つけ、彼女はびくりと体を震わせた。そして、彼がやわらかな花芯を舌でなめながら口のなかに吸いこみ、うめき声が振動となって伝わると、彼女はもう冷静でなどいられなかった。

ファラは思いきり叫んだ。自分をつかんで、こねまわして、ばんばん叩きたい。そんな欲求に駆られて手首を縛っているものを必死に引っ張った。もがけばもがくほど、激しい歓喜が血管を駆けめぐり、喉からは絶望的な叫びがもれた。ベッドに押しつけた踵を支点にして体を弓なりにしならせ、半狂乱で腰を突きあげる彼女を、ドリアンは放さなかった。彼女は一瞬、絶頂に達したら体がまっぷたつに裂けてしまうのではないかと思った。しかし彼がそこにいて、彼女の腰を下に押さえつけ、呆然とせずにはいられない最後の瞬間をしっかりとファラに味わわせた。彼女は目を閉じた。それでもまぶたの裏で光が爆発していた。自分の体の奥の筋肉が、手袋をしたままの彼の指をつかんだり放したりするのが感じられた。彼をもっと深く引きこもうとしているかのように。

やがて、彼が消えた。

ファラは崩れ落ちた。息を切らし、ぐったりとして震えている。囚われているような、それでいて、解き放たれたような気分だ。

頭を横向きにして重たいまつげの下からドリアンを探した。そして驚きに目を見開いた。ドリアンはズボンを脱いで彼女の膝のあいだにひざまずき、怒張したものをてのひらで撫でていた。自分たちのやろうとしている行為を思い、ファラは今初めて身がすくんだ。

彼の暗い顔は無慈悲で、同時に詫《わ》びているようでもあった。彼はかがみこんで彼女の体を撫であげ、その手を止めると、手袋についていたしずくを片方の乳首に塗りつけた。それから、そこに舌を這わせた。

「ああ、きみの味がする。わたしはこれに夢中なんだ」彼はうめき、非難するように目をきらめかせた。彼女の体の中心に押しつけている下半身以外は、今もすっかり服を着たままだ。

「きみはいったい、わたしに何をした？」

わたしがあなたに何をした、ですって？「わたし――わたしは――」

またもや彼が手袋をした手で口を覆い、彼女が見つけられそうにもなかった言葉を止めた。

「きみを傷つけるつもりはなかったんだ」彼は彼女の耳にささやいた。「すまない」

彼の数々の攻撃のどれに対する詫びだったのか、ファラには考えている時間はなかった。次の瞬間、ドリアンが体の奥へと突き進み、彼女の処女膜は破られた。

彼の手袋が彼女の苦痛の叫びをくぐもらせた。熱く硬いドリアンの欲望の証が彼女に焼き印を押し、子宮に至るまでの通路すべてに火をつけられたように、ファラには思えた。

ドリアンは悪態をつき、ファラがスコットランド・ヤードで過ごすあいだに耳にしたこともない冒瀆の言葉を吐いた。出血したのはファラのはずなのに、傷を負った顔をゆがめて苦痛そのものという表情を浮かべたのは彼のほうだった。

ファラは手首の拘束を引っ張り、彼に押さえつけられた体をこわばらせた。苦痛から逃れたかった。彼をなだめたかった。手足の自由を取り戻したかった。

しかし、ベン・モア城のブラックハートがそうやすやすと相手に主導権を譲り渡すはずがなかった。

ドリアンは必死に視線をあげて彼女を見た。その目のなかの痛みを目撃しなければならない。自分が引き起こした痛みだ。神はなんと残酷なのだろう。ファラの体のなかに入っていくことが彼にはもっとも甘美な悦びとなり、彼女にはもっともつらい拷問になろうとは。

彼女がこれを求めたんだ。ドリアンは自分自身に思いださせた。

おまえほど求めてはいないさ。陰気な声がささやく。

わたしは彼女を傷つけたくなどなかった。彼はその声に言い返した。それにこんなふうになるなんて、まったく思っていなかった。

おまえは彼女を自分のものにするまで決してやめなかっただろう。こんなふうに彼女を味わうまで、こんなふうに彼女を侵略するまで。

彼女は拒否しなかった。彼は必死に考えた。

だったら彼女の口から手を離せ。

ドリアンはそうしなかった。できなかった。

自分自身との対話に夢中になるあまり、ドリアンはあやうく気づかないところだった。彼のものをしっかりとくわえこんでいたファラの体の奥の筋肉が、徐々に緩み始めていた。あたたかくてなめらかで、うずいている小さな体のなかに、彼女はドリアンを受け入れたのだ。闘いも恐怖も消え去り、彼の下でやわらかく言いなりになっている体。目には苦痛も混乱も見えず、その瞳はふたたび銀色の池のように光っていた。

彼はじっとしていた。全身のしなやかな筋肉が、きつく巻きあげられたばねのように緊張していく。絶壁の淵にいるようだ。そこから飛びおりる気にはなれそうもない絶壁の。

彼が過去に学んだことがあるとすれば、それは、現実は決して記憶どおりにはいかないということだった。あるいは、もっと悲しいことに、幻想をかなえてはくれないということだ。しかし、妻のなかに自分自身を埋めたままでいると、長らく掲げてきた信念は打ち砕かれた。ファラの体はほんの一部をのみこんでいるだけなのに、そのぬくもりは彼を覆い、全身を包んでいる。そしてドリアンは確信した。一度でも彼女のなかでわれを忘れてしまったら、彼女に夢中になって、それはつまり彼の負けを意味する。

ファラは鼻から小さく安堵の息を吐き、まつげをひらひらと震わせた。腰がうごめき、体の奥にある彼の感触を試している。

欲望の熱いうねりが彼を引き裂いた。それから快楽の波が押し寄せた。本能が理性に勝った。ドリアンは腰をあげ、そして沈めた。何度も、何度も。

快楽を超える恍惚状態が忍び寄ってきて、ドリアンの肉に爪を立て、引っかき、搾り取った彼のエキスで彼女の子宮を満たした。彼は空っぽの器だった。ぽっかりと広がる虚空に、至福の悦びと渇望が入り乱れているようだった。満腹になっても、満たされてはいない。彼は激しい波にも負けずに泳ぐ力を持った強い男だ。だが、気づくのが遅すぎた。闘っている相手は、彼がとても敵《かな》わない自然の力なのだと。

そして、負けるのは彼だ。

ファラは自分のなかで彼が大きくなるのを感じた。すでに張りつめていた筋肉が、さらに伸ばされていく。彼が解放の瞬間を見つけるには、ほんのわずかな動きで充分だった。ドリアンは黙ってファラの首筋に頭を押しつけ、彼女が不安になるぐらい長く息を止めていた。身震いするごとに、彼の力強い体が容赦ない波にさらわれた。傷ついたほうの手はまだ彼女の口を覆っていて、彼はその晩ずっと片手で体重を支えていた。握りしめたこぶしのなかに脈が響いた。

嵐が過ぎ去ると、彼は押し殺していた息を吐き、彼女の髪に向かってあえいだ。ドリアンが解放の瞬間を見つけたあとに何が待っているのか、ファラは何も知らなかったが、彼がしたことは間違いなく彼女の想像を超えていた。

ドリアンは止まらなかった。ゆっくりと、波打つようなリズムを維持し、彼のものは最初に突きあげたときと同じ硬さを保っていた。彼のあえぎがぜいぜいと激しい音になり、そこにうめき声が混じった。

彼は上半身を持ちあげて彼女を見おろした。精悍《せいかん》で心を騒がせる彼の顔には、見慣れない驚きの表情が浮かんでいた。上着の上質なウールが彼女の敏感になっている乳首をかすめた。良質の油分を含んでなめらかな革の手袋が彼女の口から顎へ、それから喉、胸と伝っていく。ゆっくり深く突くと、彼の種子のおかげで経験のない彼女の体の奥までもなめらかに進めるようになっていた。

ファラは自分の役目は終わったと思っていた。ドリアンは彼女の体が与えることのできる快楽のすべてを奪っていったとばかり思っていたのだ。しかし驚いたことに、腹部の奥にきゅっとうずくような熱が生まれ、それが子宮から、彼女のなかに突き入れては引き抜くという動きを繰り返している彼に向かって伸びていった。

彼女の唇が自然に開き、驚きと悦びに満ちた小さな音がもれた。

ドリアンの目つきが鋭くなった。何かを問いかけるように。

ファラの体は考える間もなく答えを出していた。腰が持ちあがり、腿を押しつけ、励ますような小さなうめき声をあげる。

彼が必要としていたのはそれだけだった。

ドリアンはキスをするでも、彼女を味わうでもなかった。その代わりに、彼はファラが恥じ入るほど熱心に彼女の顔を見つめた。まぶたが震え、息を吸いこみ、唇が開いたり閉じたりするたびに、その動きをつぶさに観察した。彼の体はまたもや彼女に満足を与える導管になっていた。

夫がずっと自分の重い体を一本の腕で支えていられるのがファラには驚きだった。しかし、すぐにそんなことも考えられなくなった。ドリアンがもう一方の手で彼女を探検し始めると、頭が使いものにならなくなったのだ。彼はまるで交響曲を奏でる指揮者のように彼女の覚醒を操っていった。その手が顎をなぞり、鎖骨を撫でる。そうやってドリアンが彼女を記憶しようとしているのか、それとも記憶をたどっているのか、ファラにはわからなかった。

ゆっくりと圧迫感が盛りあがり、彼女のうめきはあえぎに、あえぎは泣き声に変わった。彼の指が唇の輪郭をたどり、ファラの歯を越えて奥へ滑りこみ、舌に彼女の蜜を残した。ファラは唇を閉じて舌で手袋をなめまわし、その下にある彼の指の硬さを感じた。

ドリアンがひゅっと息をのみ、うなって手を引き抜いた。その手をファラの腰へ持っていくと臀部《でんぶ》をつかみ、彼女をいっそう押し広げて、突きを速めた。

ファラの頭は枕に投げだされ、くるりと目がまわって視界が暗くなった。ほかの感覚に圧倒されるあまり、見えないことを気にしている余裕もなかった。

革手袋。暗闇。肌寒い空気。熱い血。布きれ。なめらかで濡れた体。大きくて硬いドリアンのもの。

彼女の口に重ねられた口。なかに押し入ってきた舌は、彼がさっきそこに残していった彼女の蜜を味わった。

ファラは背筋に感覚の波が押し寄せてくるのを感じて、それが怖かった。地震の最初の揺れのように、あるいは雷が光ったあとの沈黙のように思えた。

続いてとどろく雷は彼女の骨まで揺るがすだろう。力を失って震える手を突っ張りながら、彼女はもう一度大地を揺らすほどの解放の瞬間が来たら自分がどうなってしまうのか、自信がなかった。

だが、逃げ道はない。それは彼女の無力な体を凶暴な波のように洗い流し、次から次へと襲ってくる感覚にファラは溺れた。彼女の狂乱の叫びをのみこんでいたドリアンは、ふいに口を離して首をのけぞらせ、深くしわがれたうなり声を放った。それからもうひと声。彼は自由の身になった囚人のように、空に向かって二度目の解放の悦びを叫んだ。

けだるい満足感に、彼女の骨はどろどろに溶けた。ヘッドボードに手首をくくりつけているクラヴァットがなければ、あるいは手足に脈打つ不規則な疲労のうずきがなければ、彼女は自分の体がつながっているのかどうかもわからなかった。

ドリアン・ブラックウェル、わたしの夫。ふたりで懸命に息を整えようとしているあいだも、彼は彼女の上に体を浮かせていた。彼女は左右で色の違う彼の目を見あげ、無言のまま畏怖に満ちた瞬間を彼と分かちあった。

彼らの世界の何かが変化していた。それは宇宙の原理についての知識なのか、それとも、海で失っていつしか水面へと浮かんできていた秘密の思想なのか。静かで解放されたこの瞬間、ファラは彼を知った。夫の真の姿が彼女には見えた。厳しくて無慈悲な暴君。虐待されて傷ついた少年。約束でいっぱいの虚ろな心。日の光を求めているのに影に生きている魂。

前よりも開かれたと感じたのは目だけではない。どういうわけか、彼女の心までも開かれたように思えた。

すっかり顔に出ていたらしく、夫には彼女の考えが読めたに違いない。彼のものを彼女の体の奥から引き抜くよりも先に、彼は影と氷の幕の後ろへと引っこんでしまい、彼女は冷たくて守るものもない孤独な状態に置き去りにされた。

行かないで。ファラは必死に願った。彼女は何かの鍵を開けて、中身を取りだしてみせたのだ。しかし、その中身が何か、あるいはそれが何を意味しているのかを解読することはできなかった。もっと時間が必要だ。ドリアンと一緒に、彼の下で過ごす時間が。

「行かなければならない」彼は無愛想に言い、彼女の体から離れてベッドをおりた。

ファラは彼が着衣を整えて上着のボタンをとめるのを見ながら、その背中に向かって眉をひそめた。彼が応えるまで、彼女は自分が先ほどの懇願を声に出していたとは気づかなかった。

「なぜ？」

ドリアンはその問いには答えず、洗面台へと歩いていくと水差しからタオルに水を注いだ。なぜ？　その理由は無数にある。彼は守る者であり、同時に臆病者なのだ。

守る者というのは、彼の悪夢が自分にとっては物理的に無害でも、ファラにとっては命の危険があるかもしれないからだ。もしも彼が混乱に陥って目覚め、記憶を振り払おうとしたら、完全に正気に戻る前に彼女を傷つけることになるかもしれない。

臆病者というのは、彼には朝、彼女の憎悪と向きあう勇気がないからだ。縛りあげられた彼女の手首に残る跡をドリアンは直視できなかった。ファラが自分は何をしでかしたのかと悟って、後悔と嫌悪に襲われるのを見たくない。彼がなんということをしてくれたのか、と。

ドリアンはファラの大事な純潔を奪い、彼の汚れた種子を彼女のなかに残した。

それも、二度も。

彼はタオルの水を絞り、彼女のもとに戻った。彼女は囚われた女神のようだ。古代の戦争のあとの戦利品。縛られて、新たな君主の快楽のために陳列される。

自分はそんなふうに妻を扱ったのだ。

それだけでも死に値する。

彼女の片手を縛っていたクラヴァットをほどき、ドリアンはその手のなかにタオルを押しつけた。ここに残って妻の体を洗ってやるべきだ。しかし、彼女の純潔が汚された証拠を目の当たりにしたら、正気を失ってしまうかもしれない。ここは逃げだしたほうがいい。それができるうちに。まだ落ち着きを保っていられるうちに。そう、驚くべきことに、ドリアンは落ち着いていた。彼は強い。約束をちゃんと守って、義務は果たした。もう一方の布きれの結び目は彼女が自分でほどくことができるだろう。

ドゥーガンの布きれ。

彼の落ち着きにひびが入った。

「ここにいてくれるんでしょう？」ファラは静かに尋ねた。その目は重くなったまぶたと濃いまつげでほとんど隠れていた。「わたしは絶対――あなたに手を触れたりしないから」

「もう寝ろ」彼は命じ、後光のように広がった彼女の巻き毛に背を向けた。ドアに向かう途中でろうそくの火を吹き消し、彼は振り返りもせず妻を暗闇に置き去りにした。

後ろ手にドアを閉めたとたん自制心が崩壊した。両膝が床に当たる音は分厚いじゅうたんが消してくれた。わたしはばかだ。自分が強いと思っていたなんて。とんでもないばかだ。

自分には明白な弱点がひとつある。潤んだグレーの瞳と銀色の巻き毛を持った弱点が。

そして、そんなことが妻に知れたら、彼は一巻の終わりだった。

15

「おはようございます、ミセス・ブラックウェル！」日光が部屋にどっと差しこみ、ファラははっとして目が覚めた。マードックが陽気にカーテンを引き開けている。「よくお休みになれましたか？」

高い空にある白い雲と低く垂れこめる灰色の霧に阻まれても、太陽はなんとか地上にまばゆい明るさを届けてくれていた。

このハイランドにだけは。

「おはよう、マードック」ファラはあくびをして、視界を覆う眠気をまばたきで追いだした。

「今、何時なの？」

「いつまででも眠っていただいてていいんですよ、お嬢さん。しかしブラックウェ――おや、まあ、なんてこった、あの男はあなたを縛りあげたんですか？」

ファラは仰天して腕を動かそうとし、ようやく左手がまだ頭の上にあり、ドゥーガンのタータンでヘッドボードにくくりつけられていることに気づいた。昨晩はよほど疲れ果てていたに違いない。自分でほどく間もなく眠りこんでしまったようだ。ファラは目をあげて、感覚を失った手を見つめた。その手首を包んでいるのは色あせた黒と金と青で織られたタータンだった。

〝われわれを結びつけている絆を思いださせるもの〟彼女は夫が言った言葉を考えた。その解釈は今、ただの比喩というよりも、不安にさせられるほど文字どおりの意味になっていた。

マードックが駆け寄ってきて、ファラは自分がほぼ裸で眠っていたことにも気づかされた。胸まで引きあげた上掛けをつかみ、結び目をほどくのは彼にまかせた。

「今朝、悪魔にでも追われているみたいに彼が明かりを消してここを出ていったのも無理はありません。わかっていたんでしょう、わたしらみなを敵にまわすと。あなたをこんなふうに扱うなんて、なまくらなナイフで骨から皮膚をはがれても文句は言えませんよ。しかも、結婚式のその夜に！　彼がドリアン・ブラックウェルだろうと誰だろうと関係ない。見つけたら絶対に――」

「いいのよ、マードック」ファラはなだめ、自由になった指を動かしてみた。血がいきなり通いだし、無数の熱く小さな針で刺されているようにちりちりと痛んだ。「彼はそうしなければならなかったの。というのも――わたしが手を触れてしまったのよ、まさにその瞬間に……」ファラは目を閉じることで頬を赤くする熱が消せればいいのにと思った。目を開けると、マードックは悲しみと理解とが入りまじる目で彼女を見つめていて、注意深くタータンを彼女に渡してきた。

「彼はあなたを傷つけなかったでしょうね？」

ファラはかぶりを振ると上半身を起こして座り、手首のまわりのかすかな痣を調べて、それまで気づいていなかった筋肉の痛みをほぐした。「昨晩は、わたしにとってというよりも、むしろ彼にとってつらい一夜だったと思うわ」

「ええ」マードックはうなずいた。「そうでしょうね。これは彼らしくない……」

ファラの唇が嘲笑うようにめくれあがった。「わたしに言わせれば、これはまさに彼らしいやり方だと思うわ」

「あなたのこととなれば違いますよ」マードックは言い張った。

「どういう意味？」

頑強なスコットランド人は顔をそむけ、レースの下着を拾ってくると、彼女が誘拐された晩に着ていたシルクのドレスと並べてベッドの足元に置いた。「わたしはただ、あなたがドゥーガンのフェアリーだってことを言おうとしただけです。彼はあなたには優しくして大事に扱わなけりゃいけないんだ」

ゆうべの記憶がぞくぞくする興奮とともに彼女の全身を駆け抜けた。ドリアンは優しくなかった。本質的には。けれど……。「彼は——気をつけていたわ」ファラは言った。「彼に腹を立てる理由は何もないの。ほらね、わたしはこのとおり大丈夫だから」彼女はマードックにほほえんでみせ、それが心から出た笑みであることに彼女自身が驚いていた。そのときやっと、マードックの先ほどの言葉が彼女の脳に届いた。「あなた、さっき、ミスター・ブラックウェルが――ええと、わたしの夫が今朝、ここを出ていったと言わなかった？」

マードックは気を利かせて彼女に背を向け、暖炉に火をおこす作業に取り組んだ。「ええ。わたしらが午後遅くの列車でロンドンに戻れるよう手配をしに」

「ロンドンに？　こんなに早く？」ファラは結婚生活に適応するには何日もかからないかもしれないと考えていた。少なくとも、お互いのことを知るには。ゆうべのような夜を何度か過ごせば、そして夫婦のベッドのなかにほかにどんな楽しみがあるかを発見すれば。

「洗面所に熱い風呂を用意してあります」マードックは火がついたばかりの薪をつついて燃えあがらせようとした。「急いだほうがいい。わたしらが彼の計画を台無しにしたとブラックウェルに報告する役目だけはごめんこうむりますよ」

もちろん、そうでしょうとも。ファラは震える脚で慎重に立ち、部屋着用のドレスに手を伸ばしながら考えた。わたしを手に入れた以上、ドリアンは急いでノースウォーク伯爵の称号も手に入れようとするでしょう。つまり、わたしをロンドンに戻して、かつてわたしを妻にと望んだ悪党の前でわたしを見せびらかすつもりなんだわ。でも、今はとにかくわたしに彼の邪魔をさせたくないらしい。

必要とあらば、わたしを殺してでも。

ファラは唇を噛んだ。これが初めてではないが、ドリアン・ブラックウェルが本当に約束を守るだろうかと考えずにはいられなかった。ドリアンは必ず守ると執拗なまでに主張していたけれど、彼の望むものをファラが差しだしてしまえば、彼女の命は彼にとって意味をなさなくなるのではないだろうか？　彼が本当にウォリントンより悪人ではないと言えるの？　彼女の新しい夫とドゥーガン・マッケンジーが、彼の主張するとおり親しい仲だったということを裏づける人間が、城じゅうの元囚人や犯罪者のほかにどれだけいるのだろう？

ファラは片手で口を押さえ、マードックののろのろした動きを眺めた。あまりに性急に彼らを信じてしまったのではないか。過去とのつながりを求めるあまり、彼女の手から奪われてしまった少年とのつながりを求めるあまり、彼女は彼らの言ったことをやすやすと受け入れてしまった。しかもすでに彼らを好きになり始めている……。もしも、ベン・モア城のブラックハートの妻になるということが、恐ろしい過ちだったとしたら？

わたしはいったい何を考えていたの？

ずきずき痛む筋肉の下で疑念が渦巻き、彼女はちらりとベッドを見た。夫の顔に浮かんだ畏敬の念を、指先に潜む獰猛な所有欲を、畏怖と驚異に彩られた欲望を思いだした。

ああいったものは嘘では作れない。そんなことができるだろうか？　彼女には絶対に無理だ。そう、昨晩ふたりのあいだに起こったことは本物だった。何もかもが真実で、だから彼はそこから、彼女から、逃げだしたのだ。

ファラはこの十年のほとんどを犯罪者や嘘つきのまわりで過ごしてきた。そして、自分自身の判断を信頼できるのと同じくらい、妻を安全に守ると約束したときのドリアンは真実を語っていたと、彼女は信じた。

神様、どうかそうでありますように。ドゥーガン・マッケンジーを愛しているし、もう会えないのは寂しいけれど、彼とお墓のなかで一緒になる覚悟はまだできていないんだもの。

グラスゴー発ロンドン行きの列車が最後の警笛を鳴らす。あたたかな蒸気がどっと噴きだして乗客の視界を曇らせた。従僕が華奢な掛け金をかちりとまわし、ファラをドリアン・ブラックウェルの専用車両へと引っ張りあげた。

「ミスター・ブラックウェルのお荷物は積みましたが、奥さまのお荷物が見当たりません。しばらくこの列車を待たせておいて、何か取ってきましょうか？」そばかすと同じブラウンの目をした若者は、彼女をステップの上に引きあげてしっかりと立たせた。

列車の発車を遅らせることができるのはベン・モア城のブラックハートのような男だけだ。そしておそらく今は、彼の妻である彼女も。「いいえ、いいのよ、ミスター・マクファーリー。わたしは旅行するのにトランクは持たないの」彼女はバッグのなかに手を入れ、硬貨をひとつ取りだすと彼にチップを渡した。

「ありがとうございます、ミセス・ブラックウェル」彼の目がきらめいた。「ロンドンで買いものをなさるんですか?」

ミセス・ブラックウェル。マッケンジーという偽名のほうが、ブラックウェルという法律上正しい名前よりも正しく思えるのはなぜだろう?

彼女は自分のイブニングドレスをちらりと見おろした。持っているなかで一番すてきなドレスだが、上流階級の人々からすれば旅行用の服と見なされる程度のものだ。「そうしなければならないみたいだわ」もちろん、彼女がいつも着ていたスコットランド・ヤードの事務員の制服は伯爵夫人にはふさわしくないだろう。

「すぐにスコットランドにお戻りになるのですか、奥さま?」

「定期的に訪れることになるんじゃないかしら」彼女は誠実に答えた。

「わかりました、ミセス・ブラックウェル、どうぞ楽しい旅を」彼は帽子を少し傾けて会釈すると後ろにさがり、デッキに集まっているほかの従僕たちのほうへ歩いていった。ファラが彼らのほうをちらりと見ると、誰もが飛びあがってよそを見ているふりをしたり、仕事をしていて彼女のことなど見ていないというふりをした。これに慣れなければいけないのね、と彼女は思った。これまでは、名もなき存在でいられるのが彼女にとっては大変ありがたいことだった。ファラはもう取り返せない損失を嘆きながら、振り向いてドアのかんぬきをかけ、車掌が最後に声をあげるのを聞いた。

「全員、乗車」

ドリアンが専有している部屋には必ず、中央に大きな椅子を置くことにしているようだ。彼がゆったりと座って、同時に背の高さも誇示できるようにだろう。彼は闇の専制君主なのだ。ヴェルヴェットとダマスクを敵の血で染め、金色の房で織物を飾り、クリスタルのシャンデリアをきらめかせる。贅沢な趣味を持った暴君だ。

眼帯が彼の額を斜めに横切り、つややかな髪はみだらにうねっていた。正常なほうの目はすぐ前の床にあるらしい見えないいらだちの種を見据えている。カラメル色の液体が入ったクリスタルのグラスが片方の膝にのせられたまま忘れ去られていて、それを握りしめている黒い革の手袋を見ると、ファラの体の奥がきゅっと引きしまった。

あれはゆうべつけていたのと同じ手袋かしら？

彼女が狭い通路の陰から姿を現し、二脚の寝椅子の横を通り過ぎていくと、ドリアンが立ちあがった。その寝椅子のほかに、ルイ十四世時代の華奢な椅子が置かれた小さなダイニングテーブルもあった。彼は酒を飲み干すと、グラスをサイドボードの上に置いた。地味に結いあげられた髪から室内履きの先まで彼女をじっくり観察するあいだ、長い沈黙が続き、彼は永遠に消えることのない冷ややかさの奥に問いかけるような表情をのぞかせた。

長い脚は二歩でふたりの距離を縮め、彼はちょうど彼女の手の届かない場所で足を止めた。

「きみは――わたしは――」

ベン・モア城のブラックハートを口ごもらせたり言葉を失わせたりするなんて、めったにない記念すべき瞬間と言っていいだろう。ファラは唇と眉を彼のほうへぴくりと動かした。

「何かしら?」彼女は勇気をふるって言った。

彼はまばたきひとつでいつもの威厳を取り戻し、口をへの字にして顔をしかめると、硬い口のまわりにしわが刻まれた。「ロンドンに着いたら、ただちに仕立て屋へ行かねば」

「あら? なぜ〝ただちに〟なの? わたしたちにはもっと差し迫った心配ごとがあるんじゃなかった?」

彼の唇がねじ曲がった。残酷なことを言おうとしている前兆だ。「そのドレスは大嫌いだ。だが、きみの衣装だんすにはそれよりもましなものはひとつもないとわかったからな」

「このドレスのどこがいけないの?」彼女はふわふわした緑色の生地を片手で撫でつけながら言った。ひと月、生活を切りつめて貯《た》めたお金で買ったものだ。「この色はわたしに似合うと思ったんだけど」

「ああ、カールトン・モーリーにもさぞ似合うだろう」

ファラはほほえんだ。誰にも無関心で知られている人にしては、彼女の夫は間違いなく嫉妬深い性質を持っている。そう気づいたことが、どうしてこんなにもうれしいのだろう。

「まあ、わたしの持っている服がそんなにもあなたのお気に召さないのなら、あきらめて新しく高価な嫁入り衣装を一式そろえるしかないようね」彼女はじっと耐えているようにため息をついた。「本当につらいことだけれど」

ドリアンの警戒するような目つきで、ファラには彼が狼狽しているのがわかった。「それは……きみにとってそんなにいやなことなのか？」

それをどうして彼が気にするの？「女性は自分の服装の趣味をとやかく言われることを快く思わないけれど、新しいドレスを一枚買ってあげると言われて悪い気はしないものよ」ファラは彼に生意気な笑顔を見せた。「あなたの場合は一枚と言わず何枚でも」

ドリアンは彼女のほほえみをじっくり観察した。しかめっ面がますます深まって、漆黒の眉のあいだに二本のしわが刻まれた。どうやら彼女のユーモアは夫を落ちこませたようだ。彼女が怒ることを期待していたのだろうか。「そこに座れ」彼は立ちあがり、たった今空いた自分の椅子を指差した。

「あれはあなたの椅子ではないの？」

「いいから座れ」彼は主張した。彼女を見つめる視線は奇妙なほど落ち着きがなかった。その目はシルクの手袋に隠された彼女の手首へと飛んだかと思うと、左胸をにらみつけた。ドレス越しに、彼女の心臓を守っているあのタータンまで見通せるというように。それから彼は彼女のほかの部分も眺めた。唇、ウエスト、そしてスカートも。

「寝椅子のほうがよさそうだわ」彼のふるまいを奇妙に思いながら、彼女は言った。

彼はワインレッドのヴェルヴェットの寝椅子をちらりと見た。その視線には不安にも似たものが浮かんでいた。「きみは……椅子に腰かけることができないのか？」彼の目の下の筋肉が引きつり、それから顎もぴくりと動いた。

「なぜそう思うの?」ファラの混乱した頭に明白な答えがひらめき、彼女は彼に触れたいという圧倒的な衝動を抑えこむためにスカートのなかでこぶしを握りしめた。夫は新婚初夜のあとの彼女の状態を心配しているのだ。感動して彼のほうに一歩進む。ドリアンがあとずさらなかったのが彼女はうれしかった。「コルセットをした状態で、あんまり長く座っていると気分が悪くなってしまうの」彼女は穏やかに説明した。「横になって寄りかかれたほうが快適なのよ」

彼の疑念に満ちた目つきは〝信じないぞ〟と言いたげだったが、列車が音をたてて走り始めたので、ドリアンはそれ以上何も言わなかった。

列車の動きはそうでなくても力の入らないファラの脚を崩れさせ、彼女は後ろによろめいた。立ったままではいられないだろうと思いながら、彼女は両腕を振りまわした。

彼女は抵抗する間もなくドリアンの腕に抱かれていた。そして、バランスを取り戻そうとした彼女の両手は彼の肩をつかんでいた。

ふたりとも、その場に凍りついた。

「ごめんなさい」彼女はあえぎ、すぐさま手を放した。しかし、その一瞬でも、ファラが思っていた以上に彼の肩ががっしりして硬いことに気づくには充分だった。

ファラを驚かせたのは、ドリアンが彼女を放すどころか、もっと近くに引き寄せたことだった。彼は両腕で妻をしっかり抱きしめると、頭をさげて彼女の唇を奪った。彼のキスには昨晩見せた所有欲のすべてが、あの抑制された情熱のすべてがこめられていた。だが、ほかにもちらちらと顔をのぞかせている記憶があった。いらだちを募らせるあの拘束。隅々まで調べあげるようなあのキス。

ファラはうめき、力を抜いて夫のキスに身をゆだねた。力強い胸にもたれ、彼の唇の下で口を開く。わたしのドレスが嫌いなら、はぎ取ってくれていいのよ。そうしたらグラスゴーからロンドンまでの長い時間を新婚らしく過ごすことができるわ。

スカートの向こうから押しつけられているものは、彼の体が午後の過ごし方について彼女を支持しているという証拠だった。彼女は喉を鳴らし、彼のいきり立つものに体をすりつけた。ただ受け入れるだけでなく、興奮しているのを示したかった。

気づくと彼女は寝椅子に押し倒されていた。そして息を切らした夫は車両の向こうの端にいて、またグラスに飲み物を注いでいた。ずいぶんと大きなグラスだ。

「ドリアン」彼女は言いかけた。

彼は震える指を彼女に向けた。ウイスキーはたったのふた口で飲み干された。「だめだ。動くな」

「さもないと、どんどん速度をあげる列車から飛びおりるぞ、とでも言うつもり?」しまった、それはいい提案ではなかったかもしれない。列車はまだそれほど速度をあげていない。

彼は危険を感じるくらい目を細めた。「口の利き方に気をつけろ」

そう言われて、ファラは必要以上に挑発的な言い方をしていたことに気がついた。だが、ある状況を避けているのは彼女のほうではない。「拒絶されたり、見捨てられたりしてばかりいたら、腹を立てる暇もないわ」

「見捨てられた、だと？」彼はその言葉を驚くほど明確に発音した。

「あなたは昨晩わたしを置き去りにしたわ。なぜ？」ファラはその問いを口にした瞬間に、発言を撤回したくなった。わたしにどんな権利があって、捨てられた花嫁みたいに恨み言を言っているの？　彼は、子どもを作ってやるとは言ったけれど、愛情は契約に含まれていない。そうでしょう？

彼は酒をもう一杯注ぎ、彼女に背を向けた。「きみはわたしにあのままいてほしいとは思っていなかっただろう」

「それを望んでいなかったとしたら、いてほしいなんて頼まなかったはずよ」

「きみはわかっていない」

「あなたはずっとそう言い続けている」彼女はむっとした。「でも、あなたが気づいている以上にわたしは理解しているわ！」

ドリアンは静止した。広い背中がこわばり、山のように動かなくなった。「きみに何がわかるというんだ？」彼は冷たく尋ねた。

ファラは次の言葉を慎重に選んだ。「ゆうべのことは、わたしたちのどちらにとっても初めてというだけでなく、めったにない予期せぬ経験だったと思うわ。わたしは期待していたんだと思うの――よくわからないけど――わたしたちが共有した快楽を認めてくれることを」

「われわれの快楽はむしろ大声で認められた気がするが」彼は皮肉な物言いをして、またウイスキーをぐいっとあおった。

「そうね」彼女は同意し、その記憶が肌を熱くした。「そして、そのあとあなたは姿を消した。ろくに言葉もかけずに」

「それはこれからも変わらない。わたしがきみと眠ることは決してない。決して、だ。この話は二度としないでいてくれるとありがたいね」

「決して？　それは、あなたにそのつもりがないからなの、それとも、できないから？」彼女は静かに問いかけた。

彼はがちゃんと大きな音をたてて、テーブルにグラスを叩きつけるように置いた。「くそっ、なんて女だ。きみは傷口に塩をすりこまずに放っておくことができないのか？　影があったら照らさずにいられないのか？」彼はファラが横たわっている寝椅子のほうに歩いてくると、彼女の上に覆いかぶさった。「きみにはわたしの前にさらけだしたくないと思う闇や秘密はないのか？　それをわたしに利用されて自分が不利な立場になるのが怖くないのか？　そういうことをやるのが人間というものだ。それがわたしのやることだ」彼の顔には怒りよりも不安が、危険よりも絶望がちらついていた。

「わたしが秘密のすべてを打ち明けた人はあなたしかいないわ」彼女は正直に言った。「そして、それをあなたがどうしようと、わたしには止められない。わたしはあなたの前で裸になっただけではなく、あらゆる意味で自分自身をさらけだしたの」彼女はその言葉の意味がドリアンの頭に浸透するのを待った。その言葉に含まれた真実に彼が気づく様子を見守った。

「それに」彼女は続けた。その目は彼のズボンのぴんと張っている部分と、その下の隆起へと吸い寄せられた。「ああやってさらけだすと、かなり解放された気持ちになれるものだということがわかったわ」

　彼の視線が翳《かげ》り、危険な輝きを帯びた。いつ現れるかわからない、あの輝きだ。ファラはこんなふうになった彼が好きだった。氷の壁でいられるよりは、なんだってましだ。

「ほらね、あなた。わたしには死のほかに恐れるものなど何も残っていないのよ」

「それは間違いだ」いつもはなめらかな彼の声が、高地の荒々しい岩肌を思わせるほどにかすれていた。強い酒のせいか、それとも彼の目のなかに渦巻く荒涼たる記憶のせいなのか、彼女にはわからなかった。「死よりも恐ろしいことはいくらでもある」

　その瞬間、ファラは確信した。彼はすべてをさらけだして生きてきたのだ。彼女は頭をのけぞらせ、あらわになった喉が伸びるのを感じながらドリアンの上半身から目をあげて、悪魔のような彼の目のなかの暗い光を見つめた。「あなたは何を恐れているの？」彼女はそう尋ね、ほんの少しだけ彼に近づいた。「なぜ、わたしはあなたのそばで夜を過ごしてはいけないの？」

ドリアンは彼女が近寄ってくるのを見ていたが、止めようとはしなかった。身を引くこともしなかった。「夢だ」彼はつぶやいた。「わたしはよく過去の出来事を夢に見る。それが現実と区別できなくなって、時に――暴れてしまう。きみを傷つけるかもしれないんだ、ファラ。ひどく傷つけて、自分が何をしているか気づいたときには手遅れだ」

だから彼は去ったというの？　わたしを守るために？「一緒にいれば、なんとかできるかもしれないわ。今度、試してみて――」

「今度など必要ないかもしれないぞ」

彼女は眉をひそめた。「どういう意味？」

「きみはもう子どもを授かっているかもしれない」

ファラは片手を腹部にやった。「そうね、でも、だからってもう二度と――ほら、たいていはすぐにはうまくいかないものでしょう」

「この話はいずれまた、それが必要かどうかがわかったときにしよう」

「でも、あなたはしたいと思わないの？」

彼はあの冷酷な笑みを浮かべて彼女のほうにかがみこんだ。「きみは、したいのか？　またあんなふうに辱《はずかし》めてほしいのか？　縛りあげられ、きみの体をわたしの種子の受け皿として、わたしの快楽のためのなぐさみものとして利用してほしいのか？」

もちろん、そうよ。疑う余地もない。しかし彼が投げつけた残酷な言葉に、彼女は当惑せずにいられなかった。「快楽を味わったのはあなただけではないわ」

「きみが楽しんだとは言えまい」

「でもわたしは楽しんだのよ」

「だが、あんなやり方だとは思っていなかっただろう。初めてのときにふさわしいやり方ではない」

ファラは肩をすくめた。「わたしたちが快楽を味わうやり方について、誰かにとやかく言われる筋合いはないわ」

「わたしはきみを傷つけた」彼は歯ぎしりし、唇はきつく引き結ばれた。

「ええ、一瞬ね。でも、初めてのときは誰でも最初は少し不快に感じるものだというわ。同時にあなたは言葉にならないほどの悦びをわたしに与えてくれた。それに、わたしはこう考えたいの——あなたが許してくれるなら、わたしもあなたに同じことができるって」ファラは手袋をした手を握りしめた。彼に手を伸ばさないでいるのはとんでもなく難しいことだった。彼の下腹部は、心とは裏腹に、すっかり張りつめて彼女を求めている。しかし、彼女は手を触れないと約束したのだ。ふたりともが、それをどんなに渇望していても。だからファラは彼の腹部に向かって前かがみになったまま、手は動かさなかった。白いシャツがたくしこまれた黒いウール地のズボンの下のものが突っ張っている。それを見たとたんに彼女の体は反応していた。これからも、毎回そうなるだろう。

昨晩、夫はみだらな口をファラの体に這わせ、彼女の想像が及ばないほどの快楽を与えてくれた。同じことが彼に対してできるだろうか？　あの硬く長いものに口づけたら、どうなるのだろう？　彼はどうするだろう？

ファラは頭を傾けて、張りつめた布地に頬をこすりつけ、その下の熱さを感じた。

「ファラ」彼は警告のうなりを発した。

「なあに？」彼女の胸がふいに期待で締めつけられ、体の奥では欲望の泉が湧きだした。

「紅茶とお菓子をお持ちしました！」マードックの声とともに、車両とデッキをつなぐドアが勢いよく開いて冷たい空気がどっと流れこんできた。「連中によればこれが一等車の食事だそうですが、もしそうなら、自分の帽子を食べたほうがましだ」彼はドアを蹴って閉めた。「フランクを家に残してきたのは正解でした。あいつがいたらびっくり仰天したでしょう」

「ミスター・マードック！」ファラが驚いて急に起きあがったので、胸で夫の上半身を突き飛ばしそうになり、彼はすんでのところであとずさった。もしもドリアン・ブラックウェルがやましそうに見えることがあるとしたら、今以上の顔はないだろう。

マードックは一拍よけいに彼らを見つめた。「これは――お邪魔でしたかな」

ファラは夫の謎めいた顔を探り、先ほどまでの親しさが残ってないかと思ったが、彼はいつもの仮面をかぶっていて、失望のため息が彼女の口からもれた。「いいえ、全然。お茶がいただけるのはうれしいわ」彼女はドリアンのほうに振り向いた。「あなたもいかが？」

ドリアンは華奢なテーブルともっと華奢な椅子を見やって顔をしかめた。そこに三人で座るとなると、かなり接近しなければならない。「ロンドンに着くまでにやっておかなければならない書類仕事がある」彼はお茶の用意をする彼らを尻目に自分の机へと戻った。目に見えないドアを閉めたかのように彼らを無視するさまは見事なほどだった。

ファラは目がひりひり痛むのを感じながら彼の引き際を見守った。わたしに感じた体の反応を、そんなにも完全に締めだすことができるの？　彼はこれからもずっと、わたしを満たされないまま置き去りにするつもりなの？

それでも、マードックとのお茶の時間は夫といるときにいつも強いられる緊張を忘れて楽しめるすてきなひとときとなった。ふたりは楽しいこと――本、芝居、ストランドの劇場街の話をした。ファラは時折、机の上で何か書いているドリアンのほうを盗み見ずにはいられなかった。彼は帳簿の上にかがみこみ、何やら重要そうに見える書類の封を破っている。ふたりの会話が聞こえているとしても、そんなそぶりはまったく見せなかった。

お茶のあとはカードゲームに興じ、ファラとマードックはスコットランド・ヤードでのおもしろおかしいエピソードや、彼女のアパートメントの下にあるカフェでのばかばかしい出来事に笑いあった。有名なロシア人バレリーナをめぐってパリっ子の画家と英国人の詩人が決闘をしたという話を彼女が生き生きと語って聞かせると、マードックは片手をあげて話を止めてくれと懇願し、笑いすぎて目の縁からこぼれた涙をぬぐった。

一瞬の間を置いて真顔になると彼は立ちあがり、グラスにワインを注いで戻った。「みんながずっと知りたがっていたことをお尋ねしてもよろしいですか、われらがレディ？」

ファラはワインを口元へ運んだところで手を止めた。「わたしはまだレディではないわ、マードック。でも、ききたいことはなんでもきいて。わたしはなんでも答えるわ」誰かさんと違ってね。彼女はドリアンの丸めた首筋を見やった。ゆうべはあんなにいろいろなことがあったのに、彼は相変わらず謎に満ちている。彼の素肌が見えたのも顔と喉ぐらいで、それもほとんど見ていないも同然だ。あの上等な服の下には力強くて男らしいものがたしかに存在する。それをまじまじと見つめる機会がいつか訪れるのだろうか？

マードックは自分のグラスを置くとカードを手に取った。「どちらにいらしたんです？」

ファラは一瞬固まった。甘口の赤ワインを口のなかで転がしてからごくりと飲み、思考を夫から引きはがそうとした。「どういう意味？」

「あなたは十七年前に孤児院を出た。それからどこへ？　何をして生きてきたんです？」

ドリアンがこぶしで机をどんと叩き、ふたりを飛びあがらせた。「マードック」彼はうなった。

「おっと、自分だって死ぬほど知りたいくせに、そうじゃないなんてふりはしないでもらいたいね！」ベン・モア城のブラックハートの言葉を手のひと振りで却下し、彼の気に障る態度を取ってもなお生き残っていられるのはマードックくらいだろう。

「彼女が話すのを耐えられない、もしくはおまえが聞くのを耐えられないことかもしれないと考えたことはないのか？」彼女の夫の低い声が嚙みしめた歯のあいだからこぼれた。

「いいのよ」ファラはグラスをテーブルに置いた。「特におもしろい話でもないし、心の痛手となるようなものでもないわ。わたしは話してもかまわないわよ」

「わたしはいっさい関与しない」ドリアンは机から目をあげずに言った。

「だったらわたしに聞かせてくださいよ。伯爵の娘がどうしてスコットランド・ヤードで働くようになったんです？」マードックは尋ねた。

ファラは繊細なクリスタルのグラスのなかでプラム色に輝くワインを見つめた。ドゥーガンが連れ去られてからのあの地獄のような、恐怖に満ちた数週間のことを考えるのは何年ぶりだろう。「シスター・マーガレットから教えられたわ。ドゥーガンはフォート・ウィリアムに連れていかれたって。同じ日に、これも知らされた。彼女はミスター・ウォリントンに、わたしがドゥーガンに――愛情を抱いていて、一緒に逃げようとしていたことを伝え、彼がわたしを連れて帰るためにここへ向かっている、と」

「それで逃げたんですか？」

ファラは作り笑いを浮かべた。「なんとかね。わたしはまだ小さかったから、ミスター・ウォリントンの馬車の後ろの荷物置き場にくくりつけられたトランクの陰に隠れられた。彼らがわたしを探すのをあきらめると、わたしはウォリントンの馬車の後ろでフォート・ウィリアムを目指したわ。今のこの列車ほど快適とはとても言えない旅だった」

マードックはくすくす笑った。「やつはあなたがそんなところにいるとも知らずに。賢いお嬢さんだ」

マードックが差しだしたグラスに自分のグラスを合わせ、彼女は皮肉な笑みを浮かべた。

「フォート・ウィリアムに着くと、ドゥーガンは南グラスゴーの〝ザ・バーグ〟と呼ばれる牢獄《ろうごく》に送られたあとだった。それでわたしはフォート・ウィリアムからグラスゴーに向かう郵便馬車に乗ったの」

「ずっと見つかることなく？」マードックが尋ねた。

「もちろん見つかったわ」ファラは声をあげて笑った。「わたしは隠れるのが下手みたい。でもわたしを捕まえた郵便配達人にこう言ったの。わたしはファラ・マッケンジーといいます、兄とわたしは孤児で、わたしはグラスゴーで兄を探さなきゃならないんです、って。すると、郵便配達人は気の毒に思って食べ物を買ってくれたわ。さらに残りの道中は、毛布にくるまって前の座席に座らせてもらえた」

車両の奥でドリアンが鼻を鳴らした。「それだけですむとは、きみは運がいい」

「今ならそうだとわかるわ」ファラは認めた。「あの頃は何もわかっていなかった」

「きみがひとりで出ていくほどばかだったとは信じられんな」彼は陰気な調子で続け、机の上に一通の手紙を放った。「奇跡だよ、まったく――」

「この会話にはいっさい関与しないんじゃなかったのか」マードックがあてこすりを言い、ファラにウインクしてみせた。

「関与してなどいない。だが、十歳の小さな女の子がグラスゴーの通りをうろついていたと考えると――」

「会話に加わりたいなら、こっちに来ればいい。そうでないなら、黙ってこちらのレディに最後まで話させてあげることだ」

マードックは自分の死亡証明書にサインしてしまった、とファラは思ったが、ドリアンは小声で悪態をついただけで、ペンをインク壺《つぼ》に浸すと仕事を再開した。

「で、どうなったんです？」マードックが先をうながした。

「あら、そうね、ええと、どこまで話したかしら？」

「グラスゴー」

「そうだったわ。グラスゴーでも、フォート・ウィリアムと同じことの繰り返しだった。ザ・バーグは四十人しか収容できない建物なのに、その頃は百人以上も収監されていたのよ。それで、ドゥーガンはすでにニューゲートに送られていた。鉄道で働くためにね。郵便配達人、ロバート・マッケンジーという名前だったけれど、彼が言ったの。自分にはロンドンで野菜の配達をしているいとこがいる。こんな小さな子をひとりで放っておけない。そして彼はわたしにロンドン行きの列車の切符を買ってくれた。最高にすばらしい人よ」ファラは思い返した。「彼が心臓の病気で亡くなるまでの十年間、わたしは毎月、彼に手紙を書いたわ」

「彼のいとこも親切だったんですか?」マードックが尋ねた。

「ええ、そうなのよ。クレイグ・マッケンジーと奥さんのコリーンには子どもがひとりしかいなかった。アガサという、病気がちの女の子だったわ。わたしがマッケンジーというラストネームを名乗ると、わたしが彼らの家にいることを咎めだてする人はいなかった。彼は配達を手伝ってくれる人を必要としていたから、わたしはニューゲート方面の配達を受け持つようにして、給料の一部で手に入れた食料やら何やらをドゥーガンに届けていたわ。七年ほどミスター・マッケンジーのもとで働いたかしら。そんなに経ったなんて思ってもいなかった。ドゥーガンが——死んだ、あの年まで。そのあとは、すべてが変わってしまった。クレイグはコリーンを捨ててスペイン人の踊り子のもとに走り、大陸へ駆け落ちした。もちろん店は倒産。コリーンの妹が、スコットランド・ヤードで雑用係を探しているという話を聞いてきて、それでわたしは十七歳のときにアガサと一緒にメイドとして働きに出たの」

ドリアンの羽根ペンがきしんで止まったが、それでもなお彼は彼女のほうを見なかった。

「わたしがきみを探していまいましいハイランドじゅうを探しているときに、きみはスコットランド・ヤードの便所の床をこすっていたのか？」

「そんなに長いあいだではないわ」ファラは誇り高く宣言した。「カールトンが――」

ドリアンの頭がぱっととはねあがり、彼女をにらみつけた。

「じゃなくてモーリー警部が赴任してくる前、その地位についていたのはヴィクター・トーマス・ジェイムズという人だった。アガサは健康ではなかったから、わたしはよく遅くまで残って彼女の分の仕事をこなしていたの。そのひとつに、すべての部屋の暖炉の火をおこすというのがあってね。ジェイムズ警部はスコットランド・ヤード史上もっとも多くの勲章を授かった人なんだけど、視力が落ち始めたとき、彼はまだ引退する覚悟ができていなかった。ある晩、彼の事務室を片づけて暖炉の用意をしているあいだに、特に読みづらい書類をわたしが読んであげたことがあったのよ。次の晩、彼はわたしに読ませたいものをデスクに積みあげていて、手間賃として半ペニー銅貨をくれたわ。それからの二年でわたしは彼にとって不可欠な人間になっていて、彼は二十歳のわたしを未亡人ということにして事務助手として雇った」ファラは肩をすくめた。「スコットランド・ヤードでの仕事は、つかの間の関係の繰り返しなの。男たちがやってきては去り、異動になり、解雇され、殺されるか、あるいは昇進する。五年ほど経った頃かしら、アガサが結婚して、もとはメイドのわたしがまだあの事務室で働いていることを知る人は誰もいなくなった。わたしはただのミセス・ファラ・マッケンジー、未亡人で文学好きの女。ジェイムズ警部が六年後に退職して、モーリーが代わりに赴任しても、わたしはそのまま働き続けた。そう、数日前までは」

ふたりの男たちはまったく異なる顔つきに、信じられないというそっくり同じ表情を浮かべていた。しばらく誰も何も言わないので、ファラは穴があったら逃げこみたくなった。

「わたしらがこの妖精を見つけるのにあんなに苦労したってのに、ブラックウェル、そのあいだ彼女はずっとわれわれの鼻先にいたわけだ。あんたが絶対にしないと誓ったただひとつのことをさっさとやりさえすれば、話は簡単だったものを」マードックは苦痛と皮肉の入りまじった目つきで雇用主を振り返った。

「それは？」彼女は尋ねた。

「逮捕されることですよ」

「たしかに、そうやってあなたはわたしを見つけたわ」

マードックはくすくす笑った。「ええ、でも、あれは作戦として練りあげたものでね。数のうちには入らない」

ファラはその計画を内部で補助したのは誰だろうと考えた。「マクタヴィッシュ警部補？」

マードックは声をあげて笑い、ぴしゃりと自分の腿を叩いた。「ドゥーガンがいつも言ってましたよ、あなたは賢いお嬢さんだって！」

彼女はドリアンへの拷問が鍵のかかった拘禁室で行われていたことを思いだした。打撲傷の名残や治りかけている唇の切り傷を見ると、彼がどれほどの時間を耐えてきたのかがしのばれた。「モーリーに拷問されたことは気の毒に思うわ」彼女は言った。「何が彼をあそこまでさせたのか、わたしにはわからないけれど」

ドリアンがファラと目を合わせ、その視線を彼女の肌のあちこちに這わせた。彼女はしまいには体じゅうがほてり、うずき始めた。「わたしにはわかる」

ファラは熱くなった顔をさっと伏せて、テーブルからカードを手に取った。「ちょっと知りたいだけなんだけど、モーリーがあなたを告発したニューゲートの三人の看守の死に、あなたは責任があったの？」

彼女の夫は頭をあげたが、ペンは書面を走り続けて止まろうとしなかった。「いいや、わたしは彼らの死に責任があったんじゃない」彼は陰鬱な声で言った。

ファラは小さく安堵のため息をついた。

「わたしが三人とも殺したんだ、この手で」

16

命の危険にさらされていると、ロンドンはたしかに違って見えた。通りを行き交う人々は、影響力を持ったファラの新しい夫を見ると道を空けたが、それでも彼女は暗い小道を過ぎるときには身をすくめ、角を曲がるたびに暗殺者が、あるいはウォリントン自身が、彼女を捕まえようと迫ってくるのではないかとびくびくしていた。

「それをやめろ」ドリアンは部屋の薄暗い隅から声を発した。彼はそこで、マダム・サンドリーヌが妻を針山代わりにして針をあちこち刺していくのを見ていた。

「この三時間近く、わたしは少しも動いていないわ。やめるためにはそもそも何かをしてなければいけないんじゃないかしら」ずっと立ちどおしでファラはいらだっていた。それに、四着も試した末に、こういった高級店の斬新なデザインにはうんざりし始めていた。

「ずっと窓の外を見て、危険が迫っていないか気にしているだろう」彼は非難した。

何よ、わたしがやっていたのはそれだけじゃないの。ウエストエンドの裕福な身なりをした人々に目を配り、暗殺者かもしれない人間を探すというばかばかしいこと。ファラは鎖骨の上がチクチクするのをこらえて歯を食いしばり、そこを引っかきたいという衝動と闘った。暗殺者がどんな格好をしているか、わかりもしないのに。「こんな状況なのよ、わたしを責められる？　もしかしたら、凶悪な敵の標的にされるのはあなたにはよくあることかもしれないけれど、わたしはまだ慣れていないんだから」

「そしてきみは慣れる必要もない」ドリアンはそっけなく言った。「じきに大釘でとめられたウォリントンの頭がロンドン橋の上に掲げられることになるさ」

「それって――文字どおりの意味じゃないわよね？」しかし、それを実際に想像しても彼女はさほど不快には感じなかった。

彼は憤ったふりをして、おどけた表情を見せた。

「ええと、その、あなたのしわざだとみんなにばれるようなことはないわよね？」

彼女の夫は満足しているように見えた。マダム・サンドリーヌがくすくす笑う。「よい奥さまをお選びになりましたね、ムッシュー・ブラックウェル。彼女は、わたしたちの言うところの〝強い女《ファム・フォルテ》〟ですわ」

ファラは心のなかで、立たされているあいだにこの女性に対して抱いていた無礼な考えを申し訳なく思った。「あなたは優しいのね、マダム・サンドリーヌ」

「まあ！　あなたの旦那さまは尻尾をつかまれるようなことはなさいませんよ、ねえ？《ネスパ》」

そのブルネット美人が人目を盗むようにさっとドリアンを見た目つきに驚いて、ファラのほほえみが消えた。しかもドリアンがこの仕立て屋に愛想よくうなずき返したのを見て、彼女は呆然とし、またもや無礼な考えがいくつか渦巻いた。それは彼にとっては全力で好意を示したに等しい行為だ。

ファラは目を細めてマダムを見たが、彼女はドリアンの肩幅を測っていたので気づいていなかった。このふたりはなぜこんなにお互いをわかりあっているの？　この人は彼に手を触れたことがあるのかしら？　彼女に寸法を測らせて、この立派な体に服を着せるのを許してきたの？　そう考えると、奇妙なほどしゃくに障った。ファラは彼と夫婦になったのに、彼の服を仕立てている人間のほうが親密にその体のことを知っているなんて。

承服しかねると言いたげにドリアンを見ると、彼は妙な顔をしてファラを見つめていた。彼は妻の顔に浮かんだ好奇心と疑念の入りまじった表情を正確に読み取っただろうか？　彼自身の目は、不信と満足のあいだを漂っているように見えた。

彼はおおむね満足しているようだった。たいていの男は妻のドレスを仕立てるのに付きあおうなどとは考えないだろう。ましてや書類も本も、暇つぶしになるようなものを何も持たずに。

だが、ドリアン・ブラックウェルは違う。いつものように、彼は観察していた。マダム・サンドリーヌが布をつまみ、針を打ち、計測し、包み、裾を折るのを、静かな関心をもって見ていた。ときどき、見つめることをやめられないのではないかとさえ思えた。まるで視線で妻を飲み干そうというように、彼女をむさぼっているようにも見えて、その強烈さにファラは少したじろいでいた。

わたしの夫。泥棒で、追いはぎで、犯罪者。

冷血な人殺し。

でも、それは最初から知っていたことよ、そうでしょう？　どういうわけか、彼女には夫を大目に見るべき余地があるように思えた。社会のくずを殺しただけだ。彼自身よりもずっと極悪非道な男たちを。怪物、犯罪王、ポン引き。でも、警官たちは？　わたしが知っていたかもしれない、もしかしたら友人だったかもしれない人たち。

ファラはベン・モア城の書斎で最初に交わした会話を思いだした。彼とドゥーガンが少年の頃に受けた、地獄のような拷問の悲惨な描写を。

〝それが、看守たちがわたしにしたことだ〟

強い感情をのみこみ、ファラは彼と目を合わせた。影の向こうで青い炎を揺らめかせている傷ついた目。その奥には彼が決して口にすることはないであろう物事が渦巻いている。彼は触れられることに耐えられない。わずかでも平静や自制を手放すことは考えられない。

目の前にいる強くて冷徹な捕食者たる彼の少年時代を思い描くのは難しいことだ。ましてや犠牲者だったなんて。ドリアン・ブラックウェルのような人は、生まれつき強い男だったというほうが想像もしやすい。何か不思議な力によって、彼はもともと成熟した力強い体を持って、謎に満ちた闇からこの地上に生を受けたのではないか、と。

でも、そうではない。ファラは彼のことを思うと胸が締めつけられた。彼もファラと同じ、あるいは彼女以上に、悲しい過去を抱えている。そしてその成長期のほとんどを、助けてくれる人もなく、傷つき、恐れて過ごしたのだ。

賢い戦略を張りめぐらし、ドリアンはファラを復讐に巻きこんだ。彼女が夫から離れたいと思っても、もうそれはできない。ドリアン・ブラックウェルはむやみに人殺しをする人ではない。ドリアンが告白したとおり、虐待を理由に看守たちを殺したのだとしたら、ドゥーガンや収監されていたほかの少年たちも彼らの犠牲者だったのだろう。そのうち何人が、ドゥーガンと同じく無実の罪でそこに入れられていたのだろう？　だとしたら、ファラにはドリアンの殺人という行為を理解するだけでなく、承認したい気持ちすらあった。それは間違いなく悪いことだ。しかし、彼女はドリアンを非難する気にはなれなかった。

三人の看守の死よりも、マダム・サンドリーヌに向けられた彼の愛想よくゆがんだ唇の傾きのほうがむかつくなんて、どういうこと？　わたしはどんな女になりつつあるの？

「マダム・サンドリーヌの父親のシャルルがわたしの服を仕立ててくれている」彼は説明し、口の端に笑みを浮かべた。「一時期、ニューゲートで一緒に過ごしたことがあった。この一家とはしばらく前からの付き合いだ。サンドリーヌの夫のオーギュストも含めて」彼はその言葉をやたらと強調した。

「わたしたちが仕立て屋を始める前は、うちの家族は密輸入で生計を立てていました」マダム・サンドリーヌは誇らしげに語った。「でも父は警官から暴力を受け、投獄されました。父はいつもわたしに言うんですよ、ブラックハート・ブラザーズがいなければ、牢獄で生き延びることはできなかった、と。そのあとも、ムッシュー・ブラックウェルはウエストエンドのこの大邸宅を買って、わたしたちに貸してくださったんです。おかげでわたしたちは社交界でもっとも影響力を持つ仕立て屋の仲間入りができました。いくらお礼をしようとしても、彼は父の専門技術の独占権と、今のあなたに対するわたしの独占権しか受け取ってくださらないんですよ、マダム・ブラックウェル」

「メルシー」ファラは夫の目を見つめたままつぶやき、先ほどこのフランス人女性に怒りを覚えたことを後悔した。彼のことが、俗物ではなく、博愛主義者に思えてきたのはどういうことだろう？　彼に堕落させられつつあるのかしら？　それともわたしがついに真実を見るようになったの？　ベン・モア城のブラックハートは、実は本当に大きな心の持ち主だった、と。

「このドレスを見れば貴族は誰でも呆然として、嫉妬と欲望の渦が巻き起こってとんでもないことになりますよ」マダム・サンドリーヌはおもしろがっているように言った。

「これがあなたに着せられたほかのドレスみたいに緋色《ひいろ》じゃなくてよかったわ」ファラは夫に向かって言った。彼女が立っている台から、向こうの壁一面を覆う鏡に映った自分の姿をちらりと見ると、ブルーのシルクのドレスは真夜中の空を思わせた。胸とウエストは宝石で飾られたギャザーに包まれ、腰からは暗い滝のように布地が流れている。大胆なカットの胴着は、首に巻きつけられたチョーカーから肩へと月光のようにこぼれ落ちる透き通った銀色の生地があることで、かろうじて上品さを保っていた。ただ、それを袖と呼ぶのは間違っている。何も隠してなどいないのだから。

　マダム・サンドリーヌは肩越しにドリアンを見てからかうような視線を送った。「あなたが一番お好きな色が血の色だとは、なんてお似合いなのかしら」

「彼女に似合う色というわけじゃない」ドリアンはぶつぶつ言った。

　仕立て屋は片方の眉をあげたが、何も言わなかった。「さてと《ヴォワラ》。今日のところはこれでおしまいですわ、マダム・ブラックウェル。朝には仕上がっているでしょう。そのあいだは、やわらかなグレーのドレスがありますからそちらをお召しになって。裾を飾る小さなピンクのつぼみは、あなたの頬の色を引き立たせるでしょう」

「ありがとう、マダム・サンドリーヌ。お手間を取らせてすみません」

「何をおっしゃいますやら！」彼女はスカートの海から立ちあがった。「この店では、ドリアン・ブラックウェルのためなら時間が止まるんですよ。そして今では彼の奥方のためにも」彼女はファラを手伝って慎重にドレスを脱がせ、コルセットと下着だけが残された。

「次はランジェリーを持ってきますわ」

「あら、それはいいのよ」ファァラは抗議した。「ちゃんとしたのをたくさん持って――」

「ああ、持ってきてくれ」ドリアンがさえぎった。「最上級のものだけを」

「言うまでもありませんわ。新婚の夫は、ちゃんとした下着など求めていませんから」マダムはファァラに挑発的な笑みを向けた。「これをつければ愛人たちのベッドは空っぽで冷たいままにしておける、というものがちょうど入ってきましたのよ」彼女はブルーのドレスを抱えてさっと出ていった。

愛人たち？　ファァラはドリアンをちらりと見た。愛人を何人も持つなんて、ありえないわ。そうでしょう？　まさか。わたしとさえ決して一夜を過ごすことはないというのに。でも、この先は？　わたしでは満足させられない種類の行為に彼がのめりこんでしまったら？　触れられても大丈夫な相手を彼が見つけてしまったら？

夫が座っている暗がりから、明るい輝きが彼女に向けられた。正確には笑ってはいないし、喜んでいるわけでもない目つきだが、いつもの冷たく計算高い目とは全然違う。椅子にゆったりともたれてくつろいでいる。あえて〝陽気〟と表現したいほどの雰囲気だ。

「これを楽しんでいるなんて言わないでちょうだいね」彼女は警告した。

彼の気取った目つきは満面の作り笑いに変わった。

「彼女はあなたが愛人のハーレムをお持ちだと思っているようよ」

「きみも前にそんなことを言っていたが、どちらも勘違いだ」

「マダム・サンドリーヌは間違いなくハーレムの一員になりたがっているわ」ファラはつぶやいた。

「きみには嫉妬がよく似合うな」ドリアンの声は彼女のちゃんとした下着を撫でおろすかのようだった。

「うぬぼれないで」わたしは嫉妬なんかしていないわ。もっとも、ベン・モア城のブラックハートのような夫を悦ばせて浮気させないようにしておける女ではないと暗に言われたような気がして、意外にも傷ついたことは認めなければならないけれど。

「わたしに多くの罪を着せるのはかまわないが、自画自賛の趣味はないぞ」ドリアンの声は愉快そうで、ファラは思わず浮かんだほほえみを押し殺さなければならなかった。

「自画自賛だけがあなたの罪だったら、さぞ正直で美徳にあふれる人だったでしょうに」彼女は軽口を叩き、まつげを伏せておもしろがっているのを隠した。

「きみがわたしを見つけたとき、きみは美徳を探してなどいなかった」彼は静かに言った。

ファラが怒ったふりをして投げた丸めたストッキングを、彼は受けとめた。「わたしがあなたを見つけたんじゃないことはよくわかっているくせに！　あなたがわたしを囚われの身にしたんでしょう！」

「そんなふうに思っていたのか？」

「それが事実よ！」彼女は主張した。

「われわれが最初に出会ったとき、囚われていたのはわたしのほうだったように記憶しているが」彼は楽しげに言った。「しかも抗う術もなく、と言わせてもらおうか」

冷笑を浮かべていたファラは、ついつられて笑い声をあげた。「かわいこぶってもだめよ。似合わないわ」

ブルーの目のなかのぎらついた光がきらきらとした輝きになり、口の端がいっそうあがって、もはや作り笑いとは呼べなくなった。だが、ほほえみと言っていいのだろうか？　まあ、ほぼそれに近い……。「これまで誰にも〝かわいこぶってる〟などと非難されたことはなかったんだが」

「嘘でしょ」ああ、神よ、わたしたち——いちゃついてる？

マダム・サンドリーヌがスカートの衣擦れの音とともに現れた。「ほら！　パリの最新流行ですわよ」彼女は台車から淡いラベンダー色の薄いレースのシュミーズを選びだした。その台車にはコルセットからドロワーズ、ストッキングにガーター、ナイトガウンとは名ばかりでほとんど覆うところもないものまで満載されていた。「こちらはこのストッキングと合わせるとぴったりで——」

「全部包んでくれ」ドリアンが命じた。

ファラは自分の呆然とした顔は、マダムのそれと同じくらいばかみたいに見えているだろうと想像した。「でも、下着なんかにそんな、ひと財産費やすなんて……。わたしはそんな必要を感じていないのに」

「だとしても、わたしには下着に費やすちょっとした財産くらいはある」

　マダム・サンドリーヌのしゃがれた笑い声がファラを不愉快にさせた。彼女は手を伸ばして繊細な黒いレースでできた長い透けるガウンを手に取った。

　ファラは夫の顔が引きしまるのを見逃さなかった。

　もしかしたらこれはドリアンに限界を超えさせてしまうかもしれない。彼女をまた〝堕落させる〟よう、彼を誘惑してしまうかもしれない。ファラは自分がこのレースの切れ端だけを身につけて、夫の肉欲に満ちた視線を浴びる姿を想像して頬が熱くなった。その布きれは裸でいる以上に破廉恥に思えた。愛人が着るようなものだ。あるいは娼婦が。

　恐ろしいことをふいに思いだして、ファラはあえいだ。指からガウンが滑り落ちるのもかまわず、彼女は突然燃えるように熱くなった目を両手で覆った。

　娼婦。「ジェマ！」彼女はうめいた。強くつむった目から涙がこぼれ落ち、彼女は自分がいないあいだにあの女性が直面したであろうすべての恐怖を考えた。あの気の毒な娼婦には、釈放後のことで相談に乗ると約束していたのだ。エドモンド・ドラザーズの手から逃れられるよう助けるつもりだった。しかし、薬を嗅がされ、誘拐され、その結果として結婚するなど、あまりにめまぐるしかったため、ファラはジェマのことをすっかり忘れていた。「わたしはなんてことをしてしまったの？」

「なんの話だ？」ドリアンの声が近づいた。警戒し、心配している。「いったいどうした？」

ファラがゆっくりと両手をおろすと、目の前に大きな体がそびえ立っていた。暗い考えが道徳的な良識の端で渦巻いた。彼女の夫は誰あろう、悪名高きベン・モア城のブラックハートなのだ。彼の名を聞けばどれほど無情な犯罪者も震えあがる。ましてや彼の凄みのある顔と力強い体を前にすれば、言うことを聞かない者はいない。

彼女は、無法者の夫が人の道を踏み外して手にした力を彼女のために貸してくれることを願うしかなかった。肺いっぱいに息を吸いこみ、悪魔との契約を結ぶことになるかもしれない言葉を口にする覚悟を決めた。「ドリアン、あなたの助けが必要なの」

沈黙のなか、何か起きそうな予感がドリアンのうなじの毛を逆立てた。彼はロンドンの波止場の悪臭漂う霧のなかを進んでいた。本当はこんなことをしている時間などなかった。それに、こんなところにファラを連れてきたくもなかった。ロンドンのワッピング界隈《かいわい》の治安の悪さはホワイトチャペルほどではないが、ここに大事な人を連れてきて、守りたいと願うのはあまりに無謀だ。少なくとも、テムズ川沿いの暗い埠頭を利用しているのが海賊や密輸入業者しかいない早朝のこんな時間には。

しかし、ファラをかたわらに連れてワッピング・ハイ・ストリートを歩いていく彼には三つの安心材料があった。

まずはクリストファー・アージェント。銅色の髪、広い肩幅、大股で歩いてファラの向こう側を護衛している人物だ。ドリアンお抱えの暗殺者である彼は鷹の目とマングースの反射神経を持っている。暗がりから何が飛びだしてこようとアージェントは見逃さない。

第二に、ファラのすぐ横にはがっしりした体格のマードックがいる。かなりの年齢ではあるが、彼の拳銃さばきは一級品だ。もっとも、ドリアンは銃を最後の手段と考えていた。町中で銃声が響けば警官たちを呼び寄せることになる。そんな必要はない。今夜は。あるいは永遠に。

第三にしてもっとも重要なのは、彼がドリアン・ブラックウェルであり、埠頭の密輸入業者とテムズ川沿いの海賊の半分以上を牛耳っているということだった。ここは彼の世界なのだ。彼がここに属しているからではない。彼がここを支配しているからだ。彼らがでくわしそうな相手は、彼に忠誠を誓った、あるいは金か血の借りがある人物ばかりだった。それでもなお彼の行く手を阻むような者は、当然の報いを受けることになるだろう。

テムズが汚物と汚水の川ならば、ワッピング・ハイ・ストリートは煉瓦と石の川だ。建物はたいていがカビの生えた倉庫と崩れかけた工場で、新しい産業革命に押されて廃れてしまっていた。満月を受けて玉石が青く輝いている。活気あふれるストランド通りの裏手や裕福なメイフェアに比べれば、街灯はほとんどないに等しい。月光は埠頭に向かう道から突きだした裏路地や狭い小道にまでは届かない。

ここは影に生きる男たちのための場所だ。自分のような男たちの。

ドリアンは妻をちらりと見た。上向きに撫でつけた巻き毛が月光に輝き、夜の闇でも隠すことができない銀色の信号のようだ。彼女をここに連れてくるべきではなかった。安全な彼のテラスに残っていろとあくまでも言い張るべきだった。

そもそも彼らがこんなところにいるのは、道を踏み外した娼婦を追ってここにたどりついたからだ。クイーンズ・ヘッド・アレーと彼らが今立っているブリュー・ハウス・レーンまでのあいだで、彼らは十数人に聞き取り調査を行った。ファラは彼らに銅貨や食料、あるいは寝る場所を差しだして友人のジェマ・ウォーロウに関する情報を集めた。

ドリアンには妻のそこまでの決意が理解できなかった。救うべき娼婦は大勢いる。家を与えてやるべき孤児や不良少年はいくらでもいる。食料を与えてやるべき不幸で飢えた者は多すぎるほどだ。誰でも悲惨な目に遭う可能性がある。娼婦は、傷が癒えて雇い主が適当な謝罪の言葉とともに彼女を呼び戻せば、その男のところに駆け戻るだろう。

ドリアンは何年も前からエドモンド・ドラザーズを知っていた。憎んでいた。干潮時の土手に積もった有毒な汚泥のような男だ。誰もそこにあってほしくないのに、それをどうやって排除したらいいのか、誰にもわからない。

くそっ、これはとんでもない時間の無駄だ。

しかしファラの痛切な嘆きと心からこぼれた涙にドリアンはほだされた。彼女には逆らえないのは、しばらく前からわかっていたことだ。たとえ無駄足でも。クリストファー・アージェントは時折信じられないという目でファラを盗み見ており、そのブルーの目が野良猫のように光った。ドリアンはこの男があえて手伝う気になった理由がわかる気がした。

第一に、クリストファー・アージェントは無情で恐れ知らずの雇われ殺し屋だからだ。

第二には、ニューゲートに投獄されていた男たちの大半がドゥーガンの〝フェアリー〟をどこか神話上の生き物のように見なしていたからだ。あまりに美しいその姿は、普通の男がじろじろ見つめることなどかなわない。その彼女と会うということは、空想が現実になったのを目撃することだ。優しさ、慈悲、あるいは美を奪われた孤独な囚人の絶望的な渇望を思いだせば、それら三つすべてが実体化するというのは目もくらむような出来事だ。アージェントのような、生まれながらにして投獄される運命だった男にとって、それを目撃することは長年抱いてきた冷笑的な哲学を考え直すきっかけになるかもしれない。

しかし、好奇心に満ちている一方で計算高い光がアージェントの薄い色の目のなかできらめいたことから判断するに、彼は何か誤解しているのかもしれない。ドリアンは十七年経ってもまだこの男のことをほとんど何も知らなかった。アージェントは間違いなく人殺しで、とことんドリアンに忠実だということ以外は、何も。

ファラはそんな男の存在を気にもとめなかった。友人を救うことに夢中なのだ。酔っ払った埠頭労働者たちが地下の地獄で稼いだ金を安い娼婦に注ぎこんで性行為に勤《いそ》しんでいる物音を無視して、彼女は勇敢にも、あるいは無謀にも、犯罪者たちに奉仕するため通りに立っている女たちに近づいていった。彼女の落ち着きぶりは見事なもので、恐怖も偏見も見せずに女たちと話をし、何人かは名前で呼びさえした。彼女たちは汗と性的奉仕と、ときには病気で悪臭を漂わせた不潔な亡霊ではなく、都会の公園で会えばまともなレディに見えたかもしれない。

問題は、ファラがなんの手がかりもつかめていないということだ。そして袋小路に行き着くたびに、彼女の肩は少しずつさがり、目からは希望の光が消えていった。ドリアンとアージェントを従えているおかげで、彼女は誰とでも自由に話すことができた。あえて彼らを拒否するような者はいない。それでもジェマ・ウォーロウはどこにも見つからなかった。

「ドラザーズが彼女を――殺してしまったんじゃないかと思い始めているわ」ファラは心配そうに言った。「そうだとしたら、全部わたしのせいよ」

「どうしてそれがきみのせいになるんだ?」ドリアンは廃墟《はいきよ》にもたれているふたりの船乗りを見おろした。おそらくは腕っぷしを買われて密輸入品の到着を待っており、本来は国王に輸入税として支払われるべきものをくすねているのだろう。

もっとも、それは彼の積み荷ではない。一週間後にアジアからある会社の船団が到着するまでは、彼の商売に関わる予定は何もない。

ドリアンは男たちが畏怖を込めて自分の名前をささやいているのを聞き、彼らに邪魔されることはないだろうと思った。しかし、だからといって男たちが彼の妻をうっとり見つめていいというわけではない。彼は船乗りたちをにらみつけるのをやめなかった。しまいには、彼らはそろってうつむいてしまった。

「わたしはモーリーとスコットランド・ヤードを出るときにジェマに言ったの。今後のことは明日の朝、相談しましょうって。わたしが来なかったから、彼女はきっと――ちょっと待って」彼女は足を止め、護衛隊も同様に止まった。彼女はドリアンのほうに振り向いた。さっきまで涙で潤んでいた大きな目は、今は非難するように細められていた。「わたしのせいじゃないわ。あなたのせいよ」

アージェントはおもしろがっている顔をぴんと立てた外套《がいとう》の襟で隠したが、マードックは鼻を鳴らして笑っているのを隠そうともしなかった。

ドリアンは目をしばたたいた。「どうしてそうなるのか、わからないんだが」

「あなたがわたしを誘拐しなかったら、わたしは彼女の相談に乗れたのよ」

「そしてきみは仕事に行く途中で殺されていたかもしれないんだぞ」ドリアンは厳しい口調で彼女に思いださせた。「きみの首には賞金がかかっているんだからな」

「ええ、でも今頃ジェマ・ウォーロウが殺されているかもしれないわ。わたしの命が彼女の命よりも重要だっていうの？」ファラは挑みかかった。

「わたしにとっては、そうだ」

三組の目が青白い闇のなかで丸くなり、ドリアンは挑戦なら受けて立つとばかりに目を細めてにらんだ。それでファラが救えるのなら、ジェマ・ウォーロウの死体だって踏み越えてみせる。それを恥とはまったく思わない。彼女の顔つきはショックから非難へと変わっていたが、それゆえにドリアンは口をつぐんでおくことにした。

「あんた、ジェマを探してるんだって？」地下の〈絞首刑執行人のパブ〉へと続く階段から、人けのないブリュー・ハウス・レーンに声が飛んできた。

彼の妻はただちに怒りを忘れ、階段の上に駆け寄って目を凝らした。年老いた黒髪の女がひとりいる。その格好はぼろきれよりはましという程度だ。「そうよ！　ジェマ・ウォーロウ。彼女を見たの？」

売春婦はずる賢くぎらついた目からもじゃもじゃの髪を払いのけた。彼女はファラからドリアンへと目を移し、これぞ絶好の機会と見て取ったようだった。

「いくら出してくれるんだい、ブラッカート？」彼女はきついコックニー訛りで尋ねた。

「あたしらはみんな知ってるよ。あんた、相当儲《もう》けてるんだろ。そしてあんたは知ってる。この埠頭ではただで答えてもらえる質問などないってね」

ドリアンは前に進みでてポケットから一枚の銅貨を取りだすと、隣の角の街灯からもれてくるわずかな光にかざしてみせた。

「それであんたら四人分ってことにしといてやるよ」

ドリアンは欲望が充満しているような女の言葉への嫌悪感をのみこみ、いつからこの女は風呂に入っていないのだろうと考えた。とことん酔っ払っているか、自暴自棄になった連中しか彼女の客にはならないだろう。肌とぼろぼろの歯には彼女の年齢と体を酷使してきた年数が現れていた。「ウォーロウは」彼はうながした。

娼婦は骨張った肩をすくめた。「彼女は顔がひどくつぶされちまって仕事にならないから、表に立ってドラザーズの積み荷を見張っているよ。それが着いたら〈女王の頭〉っていうパブに伝令を走らせて彼を呼んでくることになってる」

ドリアンはファラの恐怖に満ちたあえぎを無視しようとした。「どこだ?」

女はやせ細った指を川のほうへと向けた。ブリュー・ハウス・レーンが死刑執行人の埠頭とぶつかるあたりだ。

「上出来だ」彼は銅貨を女のほうに投げた。

「気をつけな、ブラッカート」娼婦は手を伸ばして受けとめ、しわがれた声で言った。「今夜はあまりに影が濃いから、黒い外套を着てぎらぎらする武器を持った男どもを隠しちまう。みんな、びびって部屋んなかにこもってるんだよ」

「上等だ」ドリアンはぴしゃりと言った。「連中がそのまま引っこんで、わたしの邪魔をしないことを祈ろうじゃないか」

女の甲高い笑い声は咳になって終わった。「あんたとアージェントが通りにいりゃあ、みんな、ワッピングで戦争がおっぱじまったと思うさ」

「本当に戦争を始める気なら、軍隊を引き連れてきただろう」ドリアンは背を向け、ウォーロウが待っている積み荷が届く前に彼女を見つけられることを願った。「念のために言っておくが、死刑執行人の埠頭には近づくなよ」

急ぐファラが追いつけるように、ドリアンは足を緩めた。「死刑執行人の埠頭？」彼女は尋ねた。「恐ろしげな名前ね」

「当初の目的ではもう使用されていない」ドリアンは言った。明らかにささくれ立っている彼女の神経をなだめたかった。「何世紀も前の話だが、王は海賊や密輸入者をその埠頭で絞首刑にして、見せしめのためにその首を放置した。今どきそんなもの流行《はや》らない」

「そして今はその埠頭が密輸入に使われているのね？」

ドリアンは作り笑いを浮かべた。「見せしめは失敗した。犯罪者どもはそれを挑戦と受けとめたんだ。以来、ワッピング、特にこの埠頭は、地下取引の中心地になっている」

桟橋の入り口で足元の石が厚い板に変わった。ドリアンがうなずくと、アージェントは何も言わずに闇に溶けこんで脇道に消えていった。

埠頭は川と平行に走っていて、積み荷の台車や五人ほどの男が肩を並べて通れるだけの幅があった。そこからより小さな桟橋が伸びていて、物憂げに広がるテムズ川の黒いリボンの上でさまざまな船や厚い板が小刻みに浮き沈みしている。死刑執行人の埠頭には今は誰も見えないが、毎晩のように、闇にまぎれてボートに乗った後ろ暗い男たちがそこをロンドンでの拠点に商売をしているのだ。

「あれ、彼女だと思うわ！」ファラは北へ伸びる桟橋で埠頭の半分以上を占めている木箱の山を指差した。カンバス地でゆったりと覆われた乱雑な山の上に腰かけているのは八歳ぐらいの男の子とそれより背の高い女で、寒さをしのごうと身を寄せあっていた。

「いいと言うまで、わたしのそばを離れるな。わかったな？」ドリアンは妻に命じた。

彼女が首を伸ばしてこちらを見あげたとき、そのグレーの目に輝いたものが彼を呆然とさせた。そこに見えたのは感謝と信頼だった。「もちろんよ」ファラは約束した。

ドリアンは一瞬われを忘れた。もしかしたらこれは、それほどひどい時間の無駄ではなかったのかもしれない、結局のところ。

マードックが咳払いをした。「あのがき、もうこっちに気づいて駆けていきやがった」彼は警告した。「望まれざる仲間がやってくるまで、たいして時間はかからないだろう」

ドリアンは目を妻から引きはがした。どうしても気が散ってしまう。ここは鋭敏に、無慈悲でいなければならないのだ。これが初めてではないが、彼は彼女の存在を呪った。しかしファラは、自分がいなければジェマは彼らについてこないだろうと主張し、男性陣は誰もその娼婦を知らず本物かどうか見分けられないので、彼女が来ることになったのだ。それでも、ドリアンはなんとしてもその娼婦を連れていくと約束すればよかったと思わずにはいられなかった。娼婦が望むと望まざるとにかかわらず、ファラのもとに無事に運んでくる、と。

妻はどうやってわたしを説き伏せ、こんな無茶なことをさせたのだろう？　今夜この件に片がついたら、よくよく考えてみる必要がある。

木箱は陰になっている区画にあり、埠頭を照らしているガス灯の明かりも届かなかった。彼らが近づいていくと女は腰かけていたところから飛びおり、逃げる準備をした。

「ジェマ！」ファラが呼びかけた。「ジェマ、待って！」

凍りついた女に向かってファラは片手を差しだしたものの、まだ手の届く距離ではない。

「ミセス・マッケンジー？」ショックを受けて上ずった声が、裂けて腫れあがった唇のあいだからこぼれた。「いったいここで何をしてるの？」

ファラは足取りを速め、友人に手を伸ばした。ドリアンの命令など無視している。女性たちはそれぞれ異なる理由から安堵して抱きあった。垢《あか》じみた娼婦はファラより長身で大柄だったが、ドリアンは彼の妻が友人を自分の胸に引き寄せて母のような仕草で彼女を抱くのを眺めた。彼女は真新しいグレーのドレスのことも、友人の汚れた髪に血がこびりついていることも気にしていないようだった。

先に口を開いたのはジェマだった。「あんたが心配で死にそうだったよ」彼女はファラの肩に向かって叱りつけた。「出ていくって誰にも言わなかったでしょ、ミセス・マッケンジー」

「あ、あ、あなたが心配してくれたの？　わたしを？　まあ、優しい人ね」ファラがジェマの髪を撫でると、クリーム色のシルクの手袋が汚れた。それから、ドリアンにさっと目を向けた。「今はわたし――ミセス・ブラックウェルなのよ」

「それって、ドリアン・ブラックウェルのこと？　あんたがベン・モア城のブラッカートと結婚するんなら、あたしはヨーク公爵夫人になるよ」ジェマは抱擁からさっと逃れて、今やっと彼に気づいたというように、腫れあがって閉じない目でドリアンを見つめた。「あたし、吐きそう」彼女は息もたえだえという様子で言った。

「どうも」ドリアンは彼女に向かって会釈し、内心では怪我のひどさにたじろいでいた。

「まあ、ジェマ！　あの悪魔があなたをこんな目に遭わせたのね！」ファラは傷口から汚れた髪を慎重にどかしてやった。

ドラザーズは懲罰として不運な娼婦の顔を原形もとどめないほど変形させていた。ドリアンのなかに暗い怒りが渦巻き、この手ごわい女性に対する敬意の念がわき起こった。

「いったいどうやって、あんたみたいなレディがくそったれのドリアン・ブラックウェルをつかまえたのさ？　あたしはもうガーターを賭けてたんだよ、あんたがモーリーをものにするほうに」

「面倒を避けたければ、早くここを去ったほうがいい」マードックが警告した。

「あなたも来るのよ」ファラは腕をジェマの腕に絡めた。「ここからあなたを連れだすわ」

ジェマは身をよじってファラの腕から逃げだし、恐怖に満ちた顔でドリアンの傷ついた目を見あげた。「優しいね。でも、やめときな」彼女は静かに拒否した。「ドラザーズに追われたくないでしょ。あいつはすでに、あんたが最初にあたしを連れだしたことに怒っている」

「わたしは子どもじゃないわ」ファラは抗議した。「あなたと同い年じゃないの」

ファラがふたたび前に踏みだすと、ジェマはあとずさり、ファラは足を止めた。ドリアンは傷ついて混乱した妻の顔を見たくなかった。この娼婦が何を考えているか、彼にはその言葉を聞く前からわかっていた。

「いいや、違うよ」娼婦は疲れきったように言った。「あたしは海と同じくらい年寄りさ。このいざこざに疲れたんだ。もうこれ以上、体を売る価値もありゃしない」

「そんなことを言わないで、ジェマ！」ファラは語気を強めた。「それくらいで引きさがったりしないわよ」

娼婦はまた一歩あとずさった。「本当のことだよ。ドラザーズはまだ金になると思ってる娼婦の顔は傷つけない」

ファラは引きさがらなかった。「ジェマ、今すぐ一緒に来て。急がなきゃならないの。わたしたちは、今行かないと」

ジェマは頭を振った。「どこへ行くっていうんだい？」

「わたしの家よ、もちろん。あなたを安全に保護できるし、食べ物もあるわ」

「それから？　どうやって生きていけばいい？　慈悲にすがって生きる気はないし、誰があたしみたいなのを雇ってくれるのさ？　あんたかい？」

ファラは強調するようにうなずいた。「もちろんよ！」ジェマの疑わしげな目つきを見て、彼女はたたみかけた。「たまたまだけど、わたしは父の家を相続することになったの。そこで人手が必要なのよ」

ジェマは両手を投げあげた。しゃべったせいで唇の傷口がまた開いたことにも気づいていないようだった。「仰向けに寝て脚を開くことしか知らない女だよ。まともな家で娼婦に何ができると思ってんの？　ここから出ていきな。全員だよ。血を見ることになる前にね」

ドリアンの前でそんなふうに話せるのは死にたいと思っている者だけだ。そして彼はジェマの生気を失った目のなかにその願いを読み取った。彼女には親切も届かない。

「ジェマ――お願いだから！」混乱と涙でファラの声がくぐもった。「お願い、わたしと一緒に来て。あなたがここに残るなんて、わたしには耐えられない」必死の嘆願がドリアンのはらわたをえぐり、彼は前に進みでたが、娼婦が怯えて一歩さがったので足を止めた。

「快復するまでベン・モア城にいるといい」彼はそれ以上相手を怯えさせないように、低い声で申し出た。「おまえがそこにいるあいだに、ウォルターズに台所まわりの仕事を教えこんでもらう。ロンドンでの仕事が片づいたら、われわれもおまえのもとに行く」

ファラが彼に向けた感謝のまなざしは、ドリアンの胸を奇妙にかき乱した。まるで誰かが蛾の一群をそこに放したかのようだった。

ジェマ・ウォーロウはまるで違った目で彼を見つめた。懐疑的な、あるいはもっと正確に言うなら、まったく信じていない目だ。「なぜ？　なぜ英国一金持ちの泥棒があたしみたいなくずのために首を突っこんでくるの？　あんたの売りは慈悲じゃないはずだろう、ブラックウェル」

ドリアンはにらみつけてくるジェマの目と目を合わせたが、何も言えず、ファラを見おろした。祈るように体の前で両手を握りしめている彼女がその理由だ。彼の唯一の理由。あらゆることに対する理由が彼女だ。

鳥笛が鋭く響き、敵の襲来をドリアンに告げたかと思うと、ばたばたと何組かの重いブーツの足音が厚い板に響くのが聞こえた。アージェントは安全な場所に陣取っているようだ。

「おまえの女がおれの商売道具をほしがってるなら、その代金は払ってもらわなきゃな」

ドリアンとマードックは背後から聞こえたざらつく声のほうに振り返った。

エドモンド・ドラザーズは見せかけだけは立派なドブネズミだった。嫌悪をもよおさせ、ごみの臭いがする。器用さと臨機応変さで肥やしの山の頂上に居座っている男だった。

ドラザーズはひとりではなかった。肩幅の広い船乗りが三人、死刑執行人の埠頭を歩いてくる。全員、武装していた。

「彼女に近づかないで」ファラは守るようにジェマの前に出た。

ドリアンはその妻の前に出た。マードックは命じられるまでもなく、木箱の後ろに女性たちを引っ張りこんでかくまった。彼が構えた拳銃のかちっという音を聞いて、ドリアンは自分が失敗しても四人の男を仕留めるのに六発の弾丸が待っていることを知った。マードックの腕を考えれば、それは充分な確率だ。

ドリアンは木箱と壁のあいだに陣取って、一度に向かってこられるのはせいぜいふたりという隘路《あいろ》を作りあげた。彼が柄にもない失敗をしでかさない限り、側面を突かれることはありえない。彼の右側は深い川だ。

女性たちが保護されて視界から消えると、ドリアンはすばやく計算した。敵の武器は三つ。ボーンズの通り名で知られるひょろ長い男はナイフを持っている。筋肉よりも骨のほうが重そうな、痩せた男だ。長髪のアフリカ系らしき頑強な船乗りは、棍棒を突きだしている。そして、ドラザーズがドブネズミなら、ククリ刀(鎌形の短刀)の鋭い刃に親指を走らせている怪物は熊だ。巨大で動きはぎこちなく、黒い毛に覆われた分厚い皮膚の下に見苦しい筋肉をたくわえている。だが、その大きさから鈍重だろうと油断すれば命取りだ。ジョージ・パースは今生きているなかでもっとも危険な殺し屋のひとりだった。

ドラザーズはベン・モア城のブラックハートが彼の縄張りに足を踏み入れたと聞いて、部下のなかでももっとも危険な男たちを喧嘩に連れだしたのだ。誰かがそこから歩いては帰れなくなるという類の喧嘩に。

正確に言えば、その〝誰か〟は敵の四人のうちの誰かだ。

拳銃を持っている者がいるとすれば、それはドラザーズだろう。しかし、彼が積み荷の到着を待っているところなら、下手に発砲して夜警の注意を引きたくはないはずだ。

ドリアンはそこに生き残りを賭けるしかないかもしれない。「やあ、紳士諸君」彼は皮肉な調子で挨拶した。

「おれのまわりで何を嗅ぎまわってるんだ、ブラックウェル？」ドラザーズが吠《ほ》えた。その訛りは明らかに彼がヨークシャーの小作人の出であることを示していた。彼は木箱の裏に隠れているジェマとファラのほうを指差した。「おまえのものはもう充分にあるだろ？」

「おまえと取引をしてやってもかまわないぞ」ドリアンはげすす野郎にも通じる言葉で話をしようと試みた。

ドラザーズはボーンズとアフリカ系の船乗りに自分の前に出るよう手ぶりで示し、彼らはそれに従った。「おれが追いつめられた詐欺師と娼婦たちを相手に取引をする男だと思うのか？　ここでロンドン地下世界の王を倒せば、おれはもう自分の酒を買う必要もなくなるんだ。ロンドンの波止場は全部おれのものになる」

近くの横道で影が動くのが見えて、ドリアンは数歩さがって悪人どもを引き寄せた。「次の一手は慎重に考えるんだな、ドラザーズ」彼は冷ややかで落ち着き払った声で警告した。この声を聞いて、これまでどれだけの襲撃者があわてて逃げ去ったことか。「これがおまえの死をもって終わるのは目に見えている」

ボーンズとアフリカ系の男は不安げに目を見交わしながら横道を通り過ぎ、木箱の山の前へとやってきた。

「おまえのその不気味な目には何も見えちゃいないさ、ブラックウェル」ドラザーズは彼に告げ、前を行くふたりの後ろから体を割りこませた。クックリ刀を持った熊を番人のように自分の横に従え、木箱の後ろで口をつぐんでいる女性たちをあざける。「おれには見えるよ、礼儀を叩きこんでやらなきゃならない女どものあそこがな」

「これ以上は話をするのも無駄だな」ドリアンは両手を上着の後ろで組み、胸を突きだした。

「うちの娼婦はすっかり醜くなっちまった」ドラザーズはひび割れた唇を舌でなめまわした。

「だが、おれがドリアン・ブラックウェルをこの世界から排除したら、おまえの女もすぐに新しい男を探すだろうよ」

殺し屋のなかには、人を殺す前には炎が体をなめるのを感じる、と言う者がいる。その炎が肌を赤くし、汗をかかせ、筋肉に強さと熱を送りこみ、論理と抑制を焼き尽くすのだ。

ドリアンの場合、それは氷だった。

氷が彼の筋肉を硬くし、血管をひび割れさせ、彼を生かしているものすべてを凍りつかせる。空っぽの空間を満たし、どんな脆《もろ》い部分にも力を与える。痛みを鈍らせる。何度切りつけられても、破片でわずかに傷つけられた程度にしか感じない。その冷たさが彼を鋭利にする。警戒させる。猛烈に怒らせる。

そしてその氷は、彼の動きをいささかも鈍らせはしない。

敵が数で勝る場合、闘いは手早くすませなければならない。ひとりが倒れても、別のやつがそれに代わる。倒した男が立ちあがってまた向かってくるようなら、彼に勝ち目はない。相手を罰したり、こちらが怪我をしたりして無駄にする時間はないのだ。

致命的な打撃を加える。血管を切り裂く。誰も生きては帰さない。

ボーンズのナイフが彼の喉元へと弧を描き、ドリアンはさっとかがんで外套の下に隠してあった鞘から二本の長いナイフを抜いた。それを回転させ、親指で柄頭《つかがしら》を覆って刃を腕にのせる。立ちあがりざま、彼は襲撃者の腋の下を切りつけた。

男はたちまちナイフを取り落とした。筋肉が裂け、ナイフを持つ腕は永久に使いものにならなくなった。喉を切り裂くような悲鳴は、ドリアンの二本目のナイフが喉の奥深くに刺さった瞬間に途切れた。

ドリアンは次の敵に注意を切り替えていた。褐色の肌をした男の手に握られた棍棒に集中していたので、ボーンズの首からナイフを引き抜いたときに飛び散った動脈血のあたたかさも感じなかった。ボーンズはごぼごぼと恐ろしい音をたてて前のめりに倒れ、その体はドリアンの視界の外へ消えていった。

赤褐色の髪がきらめいたのをドリアンがあやうく見逃しかけた瞬間、横道から飛びだしてきたクリストファー・アージェントが毒ヘビのように一撃を放った。ドラザーズのすぐ後ろにいてククリ刀を振りあげる用意をしていたあの熊、ジョージ・パースは、次の瞬間、力を失った両足をずるずると引きずられて暗い横道に消えていった。

アージェントの有名な鉄輪の首絞めを食らうとは予想もしていなかったであろう犠牲者が、ここにまたひとり倒れたわけだ。

ドリアンは褐色の攻撃者に突進し、その隙に男は右腕を振りあげるチャンスを得た。それは速度を増す蒸気機関のような力強い一撃となっただろう——もし、それを振りおろすことをドリアンが許したならば、だ。男の隙だらけの上半身にドリアンは左膝を叩きこみ、男が腰を折って崩れると、首の後ろにナイフを突き立て、一撃で脊髄を断ち切った。

ドリアンが死体から目をあげると、ドラザーズは拳銃を抜いていた。「それ以上動くな」そう警告する海賊の目は恐怖で見開かれていた。「撃ちたくはないんだ。警官どもが飛んでくるからな」

「それなら、おまえの取引の提案は？」ドリアンは振り返ってファラの様子を確認したい衝動を抑えつけた。彼女は彼が人を殺すのを目の当たりにして、どう思っているだろう？

「あの娼婦を引き渡せ。あの女はおれのものだ。そうすれば、このまま身を引く」

「それにはもう遅すぎると思うがな」ドリアンは頭を振った。手首を振って刃から血のしずくを飛ばす。「わたしみたいな男は、こんなふうに攻撃されたのに黙って引きさがったりすると、たちまち足をすくわれてしまうのでね」

「おれにはまだジョージがいる」ドラザーズが脅した。「ワッピングで一番の人殺しだぞ。いくらおまえでも、銃弾を食らう前におれたちふたりを殺すことはできまい」

ドリアンはナイフを握りしめ、次にやるべきことに備えて構えた。「おまえの言うジョージというのは、クックリ刀を持ったあの大きな紳士のことだったと思うが」

ドラザーズはドリアンが過去形を使ったのにまんまと引っかかった。混乱して眉をひそめ、ドリアンが期待したとおりのことをした。振り返り、熊のような船乗りがいるはずの空っぽの空間を見たのだ。

ドラザーズが目をそらした瞬間、ドリアンのナイフが閃《ひらめ》いた。それは男の右肩に深々と突き刺さり、その勢いでドラザーズは両膝をついた。卑劣な男は銃を構えようとしたが、ナイフにすべての動きを封じられていた。彼はもう一方の手に武器を持ち替える前に、ドリアンのブーツで顔を踏みつぶされ、憐れな音をたてて板の上に崩れた。ドリアンは銃を蹴り飛ばして川へ落とすとドラザーズの上に馬乗りになり、もう一本のナイフを喉元に押し当てて、ナイフの刺さっていないほうの肩を膝でぐりぐりと突いた。

ドラザーズの鼻と口から血があふれ、目と耳に流れこんだ。かつて危険だと思われた男は今やヘビのように身をのたくらせ、苦痛の小さなうめきをあげている。

ドリアンは意地悪な衝動に駆られ、手を伸ばしてドラザーズの肩から突きでているナイフをねじった。海賊の喉からほとばしったしわがれた叫びを耳にして、ドリアンは快楽が全身を刺激するのを感じた。苦痛があまりにひどいときには、人は叫びを発するのに充分な空気を吸いこむことさえできないのだ。

ドリアンはそれを、いやというほど知っていた。

「おまえの喉をかき切ってやる」彼はドラザーズに誘惑的にささやいた。「おまえの目から生気が抜けていくのを見ていてやろう。息をしようともがいても、おまえの肺は自分の血でいっぱいになるだけだ」

「やめて！」ファラの必死の懇願が、喉を切り裂こうとした手を止めた。軽い足音が彼のほうに駆けてきた。

「さがっていろ、ファラ。けりをつけさせてくれ」

「武装していない人を殺してはいけないわ」

「実を言うと」彼はナイフをドラザーズの首の無精ひげの生えた皮膚に食いこませ、歯ぎしりしながら言った。「殺しは相手の武装を解いたときにこそ楽にやれるんだ」

「ドリアン……」彼女がささやいた名前の余韻が静かな川音に溶けていった。「お願いよ」

「こいつはきみを脅したんだぞ、ファラ」冷たい怒りがこみあげた。「生かしておけない」

「それは殺人になるわ」彼女の穏やかな声は咎めるのではなく、そのぬくもりで氷をゆっくりと溶かそうとした。「無情に彼を殺したら、この恐ろしい男があなたの魂にまたひとつ黒い染みをつけることになってしまう。彼にそんなことをさせる価値があると思うの？」

ドリアンはエドモンド・ドラザーズの醜くつぶれた顔を見おろした。自分の悪夢にとりついている亡霊に、この男まで加わるのはごめんだ。それに反対を押し切ってまで強行して、ファラが目にしている彼の手についた血を不名誉の染みにしたくはなかった。

ドラザーズの肩からナイフを引き抜くと、またも苦しげなうめきがもれたが、ドリアンはそこで終わりにはせず、男の利き腕の腱《けん》を切り裂いた。エドモンド・ドラザーズは二度と武器を握れないだろう。

「ドリアン！」ファラがあえいだ。

ドラザーズの上着でナイフの血をぬぐってから、ドリアンは立ちあがって妻と向きあった。

「染みなどひとつもついていないさ、愛しい人《マイ・ディア》」彼はそう言いながらナイフを外套の裏にある鞘におさめた。「とはいえ、多少の汚れくらいどうだっていうんだ？」

ファラの髪がこの世のものならぬ月光の輝きを放った。口の両端が震えたが、彼女は喜びを押し隠し、厳しい顔をしてみせた。

「あなたったら、悪い人ね」彼女は皮肉っぽく言った。ほかに言うことが何も思いつかず、ただ信じられないというように頭を振った。

「よくそう言われる」

一発の銃声が暗闇を粉々に打ち砕いた。埠頭の先から川の下の怒鳴り声が聞こえてくる。

水音。またしても響く銃声。

ドリアンはファラを自分の後ろに突き飛ばし、一緒に木箱のほうへあとずさった。そこではマードックが拳銃を構えていた。

死刑執行人の埠頭にこぼれる明るい月の光を反射してボタンが光り、黒い人影の正体がわかったドリアンはいらだちを覚えた。

通りに立つ売春婦が言ったとおりだ。今夜は影が濃い。実際、向こうの影にはロンドン警視庁の警官がひしめいている。

長身の男がひとり、一団から歩みでた。申し分のないグレーのスーツを着て、優越感を漂わせている。「警部補？」カールトン・モーリーの拳銃はまっすぐドリアンの心臓に狙いをつけた。その指は官能的に引き金を愛撫していた。

大柄なブロンドの警官が列から進みでた。「はい、警部」

「彼らを逮捕しろ」

「誰をですか？」そう尋ねた警部補は、ファラに気づいて目を丸くした。その視線がドリアンへと移り、とたんに彼は不安そうな顔になった。

モーリーがぎらついた敵意を向けた相手はドリアンではなく、ファラだった。「全員だ」

17

ファラは膝の上で両手を握りしめ、カールトン・モーリーの威風堂々としたデスクの後ろにかけられている無数の表彰状を見つめた。彼女の横ではジェマが、似たような格好で黙ってしょんぼりと座っていた。

モーリーは椅子におさまる代わりに、怒りに震える両手で握りしめた書類をじっくり読みながら歩きまわっていた。襟元は緩められ、ほどかれたネクタイがだらしなくぶらさがっている。上着を脱いでグレーのベストだけだと、モーリーの細い腰に対する肩の広さが強調された。彼はファラが見たこともないほど疲れきった様子で、彼女は罪悪感に苛まれ、喉が締めつけられていた。

もしかしたら謝罪から始めるべきかもしれない。「カールトン――」

彼は書類の上を飛びまわっている目をあげようともせず、〝黙れ〟というように片手をあげた。

ファラは唇を引き結んだ。こんなふうに彼に発見されたくはなかった。

彼女は真下にある拘禁室に入れられている夫と気の毒なマードックのことを考えた。あれだけ苦労してきたふたりが今また牢獄に閉じこめられるというのは、彼らにとってはあまりに犠牲が大きい。知恵を絞って早く彼らを釈放させなければ。

結局のところ、これは彼女のせいなのだから。

モーリーが散らかったデスクに書類を放りだした。彼女が助けを求めたせいだ。完全にうんざりしたという顔で、すでに乱れている髪を片手でかきあげる。「これは何かの悪い冗談だと言ってくれ」彼はファラに向き直った。「あるいは悪夢だと」

「わたしなら説明できます」ファラはなだめた。

「それがいい、きみの口から説明してもらおう！」彼は声をとどろかせた。ブルーの目に嵐が吹き荒れている。「まずはこの四日間、きみがどこにいたかだ！」

「マル島のベン・モア城にいました」彼女は正直に答えた。「わたしの命を奪うという脅迫があったものだから」

「きみはそこで――くそいまいましいベン・モア城のブラックハートと結婚したって？」

ファラは唇を嚙んだ。「ええ」

モーリーはこぶしを握りしめ、事務室を見まわした。書類や証拠品、彼が収集と修理に情熱を燃やしているアンティークの時計などが雑然と並べられている。

彼は明らかに、何かを殴りたいが、そのあとを片づけなければならないとなると適切な場所が見つからないという顔をしていた。

それがまさにファラが六年間知っていたカールトン・モーリーだ。常に自分の行動の結果を考える。危険性を計算し、あらゆる決断の根拠と効果を秤《はかり》にかける。

両のこぶしをズボンのポケットに突っこみ、彼はデスクにもたれて彼女をにらみつけた。

「彼がきみに強制したのか?」

「いいえ」モーリーには嘘をつきたくない。彼女は真実を話そうと心に決めた。

「彼はきみを傷つけたのか?」

「いいえ」少なくとも、必要以上には。それも故意ではなかった。

「力にものを言わせたのか?」

ファラは唾をのんだ。「いいえ」それは嘘だ。しかし彼女はなんとしても彼らをここから出さなければならない。「無断で姿を消してごめんなさい、カールトン。すでにくびになっているのでなければ、わたしはスコットランド・ヤードの事務員の職を辞します。夫と彼の……従者を釈放してもらって、ジェマをどこか安全な場所に連れていかないと」

「ばかを言うな!」カールトンが爆発した。「きみの夫が密輸入業者をふたり殺害するのをスコットランド・ヤードの半分が目撃したんだぞ。そのうえエドモンド・ドラザーズに何針も縫う怪我を負わせた。やつの砕かれた顎は外科医が手術中だ」彼はまずいものを食べてしまったという顔で〝夫〟という言葉を発音した。「説明のつかないこともある。ジョージ・

パースの死だ。死刑執行人の埠頭でやつの絞殺死体が発見された。きみは関与しているのか？」

「あなたはまさか、わたしがジョージ・パースのような大男の首を絞められるなんて本気で考えてはいないでしょう？」ファラは尋ねた。

ジェマは大声で笑ったが、賢明にも何も言わなかった。

「誰がやつを殺したか知っているのか？」

「正直に言えば……ジョージ・パースの死に責任のある人はわたしの正式な知り合いではないわ」ファラはそうやってはぐらかしながら地獄に自分の墓穴を掘っていることを確信した。

モーリーの目は一本の線にまで細められ、その線は疑念以外の何物も示していなかった。

「そんなことはきいていない」

「それに」ファラは続け、元上司の気を散らして謎めいたクリストファー・アージェントから話題をそらそうとした。「あなたの部下が目撃していたのなら、彼らはミス・ウォーロウとミスター・マードック、それにわたしの証言を裏づけてくれるはずです。夫は自分とミス・ウォーロウとわたしを守ろうとしただけで、埠頭の海賊たちは当然の報いを受けたのだという証言を」

モーリーは顎を前に突きだして歯ぎしりした。

「わたしは遠くにいたので細かいところまでは見えなかった」彼はつぶやいた。「しかし、きみが彼に冷血な殺人を犯すなと説得するところは見逃さなかったぞ」モーリーは腰でデスクを押して離れた。「きみは彼の命を救ったわけだ。なぜなら彼がドラザーズの喉をかき切った瞬間に、絞首台行きになっていただろうからな」

「彼にはわたしの命を救ってもらった借りがあるんです」ファラは慎重に言った。「あんな時間に波止場でみなさんが大勢集まって何をしていたか、おききしてもいいかしら？」

「ドラザーズが今夜、密輸入品の大きな積み荷を待っているという密告があった。連中を一網打尽にできると思い、張りこみをしていたのだ」

「そしてあなたは見事にやってのけたわけですね」ファラは気を遣ってほほえんだ。「ドラザーズと彼の取り巻きの密輸入業者たちは死ぬか、逮捕されるかしている。今夜は大成功でしたわね。そして、よろしかったら、わたしは自分の仲間を集めて家に帰りたいのですが」

彼女はスカートをまとめながら立ちあがった。

「座れ。そこに」モーリーが命じた。

彼女はため息をつきながら座った。

モーリーは彼女をしげしげと見つめていた。ファラは断固としてその視線を受けとめた。恥じるようなことは何もしていない。ただ、親切で誠実なモーリーがこの一連の騒ぎで傷ついていることだけは、心から残念に思っていた。

「いきなり消息を断ったりしてごめんなさい、カールトン。あなただけでなく、ここにいるみなさんにご迷惑とご心配をおかけしてしまいました。あなたにとっては貧乏くじを引いたようなものよね。特にわたしと一緒に過ごしたあとにこんなことになってしまったんですから」彼女はあのキスを、彼のプロポーズを思いだした。もしあのときそれを受け入れていたなら、自分はまだ生きていただろうか？「わたしにはあのとき――今もですが、危険が迫っていたんです。あなたがドリアン・ブラックウェルのことをどう言おうと、彼がわたしの命を救ってくれたことに違いはありません」

モーリーはきまり悪そうにちらちらとジェマ・ウォーロウを見てから言った。「わたしのところに来ることもできたはずだ。わたしだってきみを守ってあげられた」

ファラは悟った。ここは慎重に時間稼ぎをしなければならない。かかわっている全員のために。「その選択肢はわたしにはありませんでした。それに、状況を考えると、本当にあなたがわたしを守れたかどうかはわかりません」

「しかし――ドリアン・ブラックウェルだと？　今、きみはあいつのものになっているというのか？　その結婚は本当に正規のものなのか？」

ファラは彼が結婚初夜もすませたのかときいているのがわかって、うなずきながら顔を赤らめた。何か言葉を口にすることはできなかった。

「なぜなんだ？　あいつは怪物だ。人殺しだ。きみはもっと分別のある人間だと思っていたよ。あいつなんかよりずっと」

犯罪者である夫を守りたいという驚くべき気持ちが彼女の胸のなかでふくらんだ。「あなたは彼を知らないのよ、カールトン」

警部の澄んだ目に不快感が浮かんだ。「なんてことだ。ファラ、自分が何を言っているのかわかっているのか？ 陳腐な決まり文句のように聞こえるぞ」

これには傷ついた。それは彼の本心からの言葉だったからだ。ファラはモーリーから女性として関心を向けられなくなるのはかまわなかったが、彼の敬意を失うことは、彼女がここ何年も経験していなかったほどつらいことだった。

「もしかしたらそうなのかもしれません」彼女はつぶやいた。「でも、あなたは何が問題なのかをわかっていないわ、カールトン。夫を通じて、わたしは遠い昔に奪われたとても貴重なものを取り戻す機会を得たんです」

「その貴重なものとは？」

「わたしの過去よ」

彼は冷笑してデスクの後ろへまわり、襟元のボタンをとめた。「頼むから、もう少しはっきり言ってもらえないかな」彼はにべもなく言った。

「時間が経てば何もかもはっきりします」ファラは穏やかに言った。「でも今はその時間こそが問題なんです。あなたにはここにわたしたちを抑留する法的根拠はないはずよ。ドリアンがあの海賊たちと闘って倒してくれなければ、わたしは死んでいたかもしれない。あるいはもっと悪いことになっていたかも」そう言って、自分の言葉のなかに真実があることを悟り、ファラは背筋に冷たい身震いが走るのを感じた。

モーリーの肩から怒りが消え去り、彼はネクタイを結び直す手を止めた。今の彼は疲れて悲しげにしか見えなかった。「きみは彼を愛しているのか?」

ファラは思わず目をそらした。その目がジェマを見た。彼女も同じようにその答えに興味を持っているようだった。ファラのドリアンに対する感情は次第に複雑で理解しがたいものになりつつあった。しかしモーリーが指摘したように、彼女はこの四日間で見た彼しか知らない。彼女はドリアンに愛情を持ち始めていた。彼を理解し始めていた。いや、そうではない。ふたりはお互いを理解するということからは遠く離れたところにいた。ファラは彼に感謝していた。彼を助け、癒やしてあげたかった。夫という謎を解き明かし、理解したかった。ふたりを待つのがどんな未来になろうとも、そこからよい結果が生まれますようにと彼女は願わずにはいられなかった。ドリアンが妻の体に触れることはほとんどないとしても、彼は間違いなく、ファラの心に印を残していた。でも……それは愛なのだろうか?

「なんとも言えません」それはファラに言えるもっとも誠実な答えだった。「でも、たしかにわかっているのは、あなたのことは好きだし、とても敬意は持っているけれど、わたしはあなたを愛してはいないということ。そして、あなたもわたしを愛していないということ」

彼女が優しく言ったその言葉には、残酷さも憐れみも伴っていなかった。「あなたのプロポーズを受けていたら、いずれふたりとも後悔することになったでしょう」

モーリーはネクタイを結び終えて上着に袖を通した。視線がデスクの上に放りだされた結婚証明書に落ち、それを拾いあげた彼はもう一度書面を吟味した。「もしかしたらきみの言うとおりなのかもしれない。きみはわたしのような立場の男がその後の生活をなげうってもいいと思う以上に多くの謎と影を抱えた女性だ」

ファラは悲しくなって眉をひそめた。自分のことをそんなふうに考えたことはなかった。謎と影を持っているのはドリアン・ブラックウェルだ。だが振り返ってみると、彼女はたしかにかなり大きな秘密という以上のものをいくつか抱えていた。あまりに長いあいだ自分の一部となっていたために、彼女はそれが謎ではなく真実だと思い始めていたのだ。なぜなら、本物の真実は痛みに満ちているだけでなく、危険だったから。

その途中のどこかで、彼女はファラ・タウンゼンドを完全に失い、ミセス・ドゥーガン・マッケンジーになっていた。

モーリーはデスクをまわりこんで書類を彼女の手に押しつけると、証明書の彼女の名前を指ではじいた。「タウンゼンドだと?」彼は信じられないという顔で片眉を吊りあげた。「しかも、まもなく相続してファラ・リー・タウンゼンド伯爵夫人になるだと? これはどういうことだ? 社会規範から外れたきみの夫と共謀してでっちあげた何かの策略か?」

「ひどいことをおっしゃらないで、カールトン」ファラは鋭く非難した。「あなたの高潔さに傷がつくわ」

「そうなったところで、ブラックウェルの不道徳さにはとてもかなわないさ」

「そうかもしれません」ファラは認めた。「何をおっしゃろうとも、わたしはファラ・リー・タウンゼンドとして生まれ、ブラックウェルという名前になって、いずれは自分の爵位と相続権を主張することができるようになるでしょう」

「自分がありえないことを言っているのがわからないのか？　行方不明だったファラ・タウンゼンドは数週間前に見つかったんだぞ。彼女は英国女王にも拝謁済みだ」

すでにお馴染《なじ》みになっている恐怖がファラの腹のなかでぶくぶくと泡を立てた。彼女はそれを封じこめるように片腕で自分の体を抱きしめた。そしてまっすぐモーリーの目を見つめた。これが間違いだったら？　彼らが失敗したら、どうなるのだろう？「ファラ・リー・タウンゼンドだとみんなが思っている女性はぺてん師よ」

「それを証明しろ」

「そんなの簡単だよ」ジェマが肩をすくめて口を挟んだ。「イースト・ロンドンじゅうの娼婦は彼女がルーシー・ボグスだって知ってるさ、新聞の写真を見たからね。あの女が金持ちになったら脅迫してやろうって考えてる女は数人どころじゃない」ジェマは言葉を止めた。ファラとモーリーがそろいもそろって信じられないという顔で彼女を見つめていたのだ。

先に声を発したのはファラだった。「なんて――なんて名前だって言ったの？」

「ルーシー・ボグス。娼婦さ、あたしと同じ。あたしよりちょっと若くてかわいいだけ。通りで拾われて、ストランドの〈マダム・レジーナズ〉っていう高級ぶったところで働くようになったんだ。次にあたしたちの耳に入ったのは、彼女が社交界で話題の伯爵夫人になったってことさ」傷だらけの娼婦は腫れた唇や頬の痛みも感じていない様子でばか笑いした。

「ルーシー・ボグスがお貴族さまなら、あたしゃ聖母マリアにだってなれるね」

「ジェマ！」ファラが彼女に抱きつくのはその晩二度目だった。「あなたは救世主かもしれないわ！」

「わかった、わかったって……」彼女は愛情をまっすぐ向けられるのは居心地が悪いらしく、肩をすくめて抱擁から抜けだした。「現実にはあんたを助けることはできないけどね。あたしたちみたいなくずが束になって何か言ったところで、下級判事である彼女の夫、ミスター・ウォリントンのほうをみんな信じるんだから」

「マダム・レジーナはどう？」ファラは尋ねた。興奮と動揺が一緒くたになって盛りあがっていた。「ルーシー・ボグスを雇っていた彼女の言葉に影響力はないの？」彼女はモーリーを振り返った。彼は腕組みをして、ぼうっとした表情を顔に貼りつかせたまま凍りついていた。

それを振り払うように頭を振り、彼はファラを見ずにジェマに言った。「ミス・ウォーロウ、ちょっとふたりだけにしてくれないか。医者に怪我の状態を診てもらえるようになるまで、ミスター・ボーシャンに言って紅茶と何か食べ物を出してもらいなさい」

「ありがと、警部さん」ジェマは片目で心配そうにファラを見た。ファラがうなずくと、ジェマは椅子から立ちあがって事務室を出て、後ろ手にドアを閉めた。

モーリーは頭を振り、まるで初めて出会ったというような顔で彼女を見た。

「あの女の言うとおりだ。娼婦に、あるいは娼館のマダムに金を払えば、好きなことをやらせたり言わせたりすることが簡単にできるというのは誰でも知っている」

「それはよくわかってます。わたしたちは違う方法で攻めるわ」

「この件に関する王座裁判所《キングズ・ベンチ》の公式決定は明日の朝だ」モーリーはデスクに落ちていた新聞を指差した。

「わかってます」ファラは震える胃を手で押さえた。何もかもがものすごい速さで、怒濤《どとう》の勢いで進んでいるように思える。偽のファラ・リー・タウンゼンドが奇跡の復活を果たし、ファラはウォリントンの魔の手から逃げた。かと思えば誘拐され、ベン・モア城のブラックハートと結婚。そしてロンドンへ帰還。明日、彼女は自分の相続権を主張する。

「しかしなぜ今になって？」モーリーが尋ねた。「伯爵夫人だと？　なぜきみは……いつから……いったい何が起こったんだ？」

「本当に長い話なんです」ファラは片手をあげた。目の奥が刺されているように痛む。

「ドリアン・ブラックウェルと関係している話か？」

「興味深いことに、そうなんです。まわりまわって」彼女はため息をついて立ちあがり、モーリーの沈みこんでいる端整な顔に近寄った。胸が痛んだが、手を伸ばして彼の顎に触れた。「この件がすべて片づいたら、ちゃんと説明するとお約束します」

ショックから立ち直ったモーリーは一瞬目を閉じたが、あとずさって彼女の手を逃れ、デスクの奥の自分の陣地へと撤退した。「現実問題として、わたしは公的にはきみの雇い主以上の何者でもない。わたしが過去に何を言ったにせよ、きみはわたしに説明する義理はない」彼は深く息を吸いこみ、手に取ったファイルを見つめた。だが、目の前の名前すら読めていないのは明らかだった。「きみはどうやって自分の相続権を主張するつもりなんだ？」彼は穏やかに尋ねた。「きっとブラックウェルによこしまな計画があるんだろうな？」

ファラは少しほほえんだ。「わたしはただ、自分が本物のファラ・タウンゼンドであることを証明するだけ。子どもの頃、わたしはファラ・タウンゼンドとして生きていた。両親や家のこと、過去の出来事について、ぺてん師が知るはずもないことをわたしは知っているはずなんです。法廷でそれをみなさんに納得してもらえればいいだけのことです」

「おそらく、それだけではすまないだろう」モーリーは肩をすくめた。「書類だ。出生記録とか、きみが孤児としてどこで子ども時代を過ごしたかという記録が必要になる」

ファラの顔が真っ青になった。「わたしが孤児だったこと、ご存じだったの？」

彼のおどけた表情を見て、彼女はその問いの愚かしさに気づいた。

「ファラ、きみの子ども時代、きみの奇跡の復活は、もう何週間も社交界の新聞で格好のネタになっているよ」

もちろんファラも耳にしたことはあった。しかし彼女は読むべき本があるときにゴシップ紙で時間を無駄にすることはめったになかった。

「わたしがきみの力になれるかもしれない」モーリーは彼女のほうを見ずに言った。「きみも知ってのとおり、記録文書の保管庫はこの建物に付随している。真夜中だったら――」

「夫がすでにその手も考えましたわ」ファラは顔をしかめた。

モーリーの目が細められた。彼の考えはほとんど彼女にも聞こえるほどのひとり言になっていた。「連行したとき、あいつはどういうわけか……」モーリーは鼻梁《びりょう》をつまんでうなった。「気づいてしかるべきだった。あいつのような人間にしては、くそいまいましいほど簡単な逮捕だったじゃないか」

モーリーはファラを見つめ、ふたりは互いにわけ知り顔でほろ苦い笑みを交わした。彼女の夫であるドリアン・ブラックウェルときたら、まったく手に負えないとばかりに。そしてあっけなく、ふたりのあいだの緊張は消え失せて過去は過去になった。こうなっていたかもしれない、こうなることはもうありえないといった感傷的な考えもいつしか消えていた。

「きみの夫とその従者を釈放しよう」モーリーはぐったりとため息をついた。「しかし、だからと言ってわたしがもう彼の一挙手一投足を見張ることはないという意味ではないぞ」

「わかっています」ファラは衝動につき動かされて彼を抱きしめたが、すぐに離れて適度な距離を取った。お互いのためだ。

「きみはいい人だ、ファラ。わたしはいつだってきみを賞賛していた」モーリーは言葉を切り、何かをこらえるように顎の筋肉を動かした。「もしも彼がきみを傷つけるようなことがあったら――くそっ、もしもあいつがきみをどんな意味においても不幸にすることがあったら、わたしのところに来るといい。わたしがあいつを懲らしめてやる」

ファラはありったけの優しさをこめてほほえんだ。「ありがとう、カールトン。そして、あなたは間違っていたわ。ほら、わたしの雇い主でしかないってところ。あなたはこれまでも、今も、とても大切なわたしのお友だちよ」

彼はデスクに皮肉な笑みを投げた。「傷をこれ以上えぐらないでくれ」

「さようなら」彼女はささやき、事務室のドアの使いこまれた取っ手に手を伸ばした。

「ファラ」

彼女は彼の真剣な口調に思わず振り返った。「はい?」

「マダム・レジーナの店を調べろ。きみはたまたまそこの主人をよく知っている」

「そんなことないわ。マダム・レジーナには会ったこともありません」ファラは言った。

「彼女はただの雇われ店長さ」彼の唇が愉快そうに震えた。「店の主人はきみの夫、ドリアン・ブラックウェルだ」

18

ファラはこんなにも自分がちっぽけで無意味な存在だと感じたことはなかった。スコットランド・ヤードで仕事をするなかで数えきれないほど裁判所には行ったことがあるし、毎日職場に通う道すがら、印象的なゴシック様式の白い石造りの建物の横を通っていた。しかし彼女の仕事は裁判上必要な書類の受け渡しぐらいで、彼女の声が高等法院に響くことなど一度もなかったし、王座裁判所《キングズ・ベンチ》の法廷に彼女が出ていくことなどありえなかった。

ここの広い廊下でも、男女を問わず貴族だろうが誰だろうがドリアン・ブラックウェルのために道を空けることに、ファラは驚いていた。廊下には見たことがないほど多くの社交界や法曹界の人間がひしめきあっていたが、それでも彼女と彼女の夫は急ぎ足で歩いていくことができた。

前年まで、王座裁判所は十一世紀からずっとそうだったようにウエストミンスター会堂に法廷を開いていた。今はヴィクトリア女王の命によって女王座裁判所《クィーンズ・ベンチ》となり、ストランド通りへと場所を移している。しかし、何百年もそうだったように、高等法院は君主の公式な言葉が発せられる場所であり、国の行政の中心地であり続けていた。裁判長の執務室は長いこと、法的審理の決定を下す者に与えられる場所と見なされ、帝国でもっとも権威のある場所のひとつだった。

ファラは誰の目もまともに見られなかった。集まっていた人たちはみな彼らのあとについて高等法院の法廷へと向かった。ビザンティン様式の大聖堂を思わせる大きな会堂に近づくにつれてひそひそ声が高まった。その声は必ずしも畏敬の念に満ちているわけではなく、好奇心や憶測が飛び交っていた。

ファラは自分の胸の鼓動がこの場にいる全員に聞こえているだろうと確信した。マダム・サンドリーヌが昨夜遅くに届けてくれたミッドナイトブルーのシルクのドレスを身につけたファラは、繊細な幾何学模様を描く大理石の床をじっと見つめながら進んでいった。

昨晩は、鋼鉄のベルトのようにファラの肺を締めつけている不安を追い払ってくれるようなことはほとんど起こらなかった。彼女の夫とマードックの身柄がスコットランド・ヤードの受付担当の巡査部長から引き渡されると、彼らは貸し馬車を捕まえてメイフェアにあるドリアンの豪華なテラスハウスへ行った。彼の顔についた血はぬぐい取られていたが、シャツの襟には染みが残り、そうでなくても黒い上着はいっそう黒々として見えた。

夫はファラが浴びせかけた無数の問いと感謝、そして謝罪に対して、ごく簡潔で短い返事しかしなかった。

「あなた、大丈夫なの？」彼女は尋ねた。

「まあな」

「彼らに痛めつけられた？」

「いいや」

「あなたが埠頭でわたしたちの命を救ってくれたのよ、わかっているでしょう」

「ああ」

「こんな危険なことにあなたを巻きこんでしまってごめんなさい。でもジェマとわたしは、あなたとあなたの部下がやってくれたことに心から感謝しているわ」

「うむ」ドリアンの声から愛想というものが失せると、マードックが続きを引き受けた。

「なんでもないことですよ、お嬢さん」彼はファラをなだめ、ドリアンを陰気な目でにらみつけた。「朝になったらミス・ウォーロウを迎えに行きましょう」

「モーリー警部を説得したかいあって、あなたたちをこんなに早く釈放してもらえてとにかくよかったわ。あなたたちがひと晩、あるいはもっと長く、牢に入れられるなんて考えるだけでわたしには耐えられなかった」

「わたしらがそれをどんなに感謝しているか、あなたはご存じないでしょうな」マードックは父親のような仕草で彼女の手をぽんぽんと叩いた。

それを見て、ドリアンは前かがみになり、貸し馬車のドアの掛け金を外して御者が馬車を完全に止める前に飛びおりた。彼は夜の闇に消え、翌朝、ファラとマードックを法廷に連れていくため迎えに来るまで姿を見せなかった。

マードックは何度も、拘禁室で短い時間を過ごすくらいはなんでもない、と彼女に請けあっていた。「警官たちは公正で礼儀正しく、ドリアンはそのうちのひとりと会話を交わしていたほどです。わたしには何を話していたのか聞こえませんでしたが」

「だったらなぜ彼はあんなに怒っているの？」ファラは尋ねた。

マードックは肩をすくめ、かすかな憐れみをこめて彼女を見た。「わかりませんよ、お嬢さん。ブラックウェルはときどきああいう感じになるというだけのこと。気を揉《も》むことはありません。とにかく少し眠りなさい、明日は大変な一日になりますから」

いくら立派なベッドが用意されても、眠れるとは思えなかった。ファラは地獄と天国のあいだを落ち着きなくさまよい、暗闇のなかで寝返りを打った。過去の残像が夢に出てくると、胃はひっくり返り、歯を食いしばるしかなかった。病気で脱水症状を起こして頬がこけた父親の青白いろうのような顔がよみがえるかと思えば、七歳の彼女には巨人に見えるウォリントンがかがみこんできて自分たちの婚約を告げた。修道女の服を着て頭巾をかぶったシスター・マーガレットの脅すような顔。マクリーン神父の薄く好色そうな口。ドゥーガンの暗い目と精悍な顔立ち。その顔は少年らしいいたずらっぽさと好奇心でゆがんでいる。

彼女は夢のなかで彼を呼んだ。逃げて、と懇願した。生き延びて。どうか生きていて。わたしをこの恐ろしい世界にひとりぼっちで立ち向かわせないで。でないと、わたしのかたわらには、闇に包まれた傷だらけの男がいるだけになってしまう。

「わたしはここにいる」ドゥーガンは彼女の夢の向こうから歌いかけるように言った。悲しげで険しい顔。しかし彼の声は、彼女の記憶にあるものとはまったく違っていた。暗く虚ろな響きの何かに溶けこんでいた。知らない男の声。不吉で、危険で、なめらかな。

あなたはここにいないじゃないの。ファラは忘却の淵へと沈んでいくのを感じていた。**わたしはこんなに困っているのに。ひとりぼっちで。こんなにも――怖いのに。**

「眠るんだ、フェアリー。きみは安全だ」彼女はかすかに頭を撫でられる感触を覚えた。ドゥーガンが指に彼女の髪を巻きつけて引っ張っている。指が外れると巻き毛が弾んでもとの位置に戻るのを見ては、また巻きつけるということをしているのだ。いつものように。

たしかに彼はここにいる。わたしは安全だ。

それからファラは眠った。目が覚めてみると、ぱりぱりに乾いた涙のあとが髪のなかへと流れこんでいた。

ファラには、高等法院の金箔《きんぱく》張りの扉の前に立てば自分たちの身に何が起こるかという空恐ろしいことについて、よく考えなければならないというのはわかっていた。しかし、ふと気づけば彼女は黒い眼帯の紐に区切られたドリアンの横顔を眺めていた。そして彼の悪夢のなかにドゥーガンが登場することがあるのだろうかと考えていた。

あるいは、わたしが登場することはあるのかしら。

ドリアンが法廷へと続くドアの前に立つと、彼女は彼に〝待って〟と叫びたくなった。だが、努めて冷静であろうとした。彼のように。あれだけの波乱万丈を乗り越えてきたドリアンが常に落ち着き払っていられるのなら、彼女にもそうできるはずだ。ファラは肩を怒らせて背筋をまっすぐ伸ばし、顎をほんの少し、尊大に見えるところにまであげてみた。

ドリアンは紳士らしいふるまいなどというものにはかまわず、ドアを開けて彼女のために押さえてやることもせずに先に立って法廷に入っていった。

ファラにはそれが何よりもありがたかった。

訴訟手続きはすでに始まっており、ファラは自分たちが王にたて突く行為をしていることになっていると知って驚いた。

法廷じゅうに驚きのささやきが広がる。聖堂の信者席のようなベンチにぎゅうぎゅう詰めになっている人たちは、彼らが入っていくなり振り返った。教会での結婚式の参列者のようだ。ただし、誰も彼らの登場を喜んではいない。ファラが見分けることのできた表情のなかでもっとも親切と言えるのはショックの表情だった。あとは不承認、不信、そして激怒している顔まである。彼女が彼のあとについて幅広い通路を歩いていくと、足音は分厚いワインレッドのじゅうたんに吸収された。

「ミスター・ブラックウェル！」小柄な男が怒鳴った。体に不釣り合いなほど大きな頭は、真っ白い長い巻き毛のかつらのせいでいっそう丸く見える。彼は背の高い壇の後ろで同じような格好をした三人の男たちの中央に座っていた。黒いローブの中央につけられた銀色の紋章が威厳を放っている。「この無礼極まりない話はいったいどういうことだね？」

もちろん、サー・アレクサンダー・コバーン裁判長はドリアン・ブラックウェルと知り合いだろう。少なくとも彼を見たことはあるはずだ。裁判長はスポーツ、冒険、人付き合い、それに女遊びで知られている。法律に関しては天才でも、地に堕《お》ちた評判の持ち主であるスコットランド人がいかにしてこの立派な地位にまでのぼりつめたかは議論の的だった。

ファラは呆然として、驚嘆の念とともに夫の広い背中を見つめた。ドリアンはコバーン裁判長閣下の華々しい経歴に何か関係しているの？　そうだったとしても、ちっとも驚きではないけれど。

「閣下」ドリアンは、茶化していると非難されかねない態度でかしこまったお辞儀をした。「ご紹介させてください。こちらが正当な権利を有するファラ・リー・タウンゼンド、ノースウォーク伯爵夫人です」

法廷じゅうが息をのんだ。扉の外でも人が絶えず前へ押し寄せようとしている。すでに注目を集めていた事件だが、人々はこの前例のない出来事を目撃しようと必死だった。

「これは侮辱です！　わたしはこの無礼な犯罪者どもをただちに逮捕することを要求します！」ハロルド・ウォリントンがレモンをしゃぶったばかりのような渋い表情で言った。

整った優しい顔をしているが、代々近親相姦《そうかん》を繰り返してきた貴族階級というよりは農家の生まれに見える。悪名高き快楽主義者で、長年の放蕩のせいで荒れた肌と髪はろくに手入れもされていなかった。背の高さは聖書に登場する巨人のゴリアテを思わせる。彼は市民のしもべという実際の立場とは違い、むしろ王室の一員であるかのような態度で法廷内を見まわした。

小槌の鋭い音が響いたが、それを握っているのは裁判長ではなかった。裁判長の左手に座る男の前にはローランド・フィリップ・クランマー三世という名札が置かれていたが、クランマー判事が最近、謎の失踪を遂げたことは誰もが知っていた。

ファラは小槌を握る男が新しく任命された高等法院の判事、サー・フランシス・ウィドビーだと思いだした。彼は彼女の夫とこっそりと目を見交わし、ウォリントンに告げた。

「座りなさい、ウォリントン。念のために言うが、きみはまだ貴族の一員ではなく、この法廷に勤める一役人に過ぎない。軽率に発言していい立場ではないことをわきまえたまえ！」

ファラはドリアンも同じことをしたばかりだということに気づいていたが、自分自身の忠告に従って賢明にも黙っていた。それに、今この瞬間に話をしろと言われても、何も言葉が出てこなかっただろう。彼女の落ち着きなどはその程度のものだ。

ドリアンは招かれてもいないのに判事席に近づいた。それがまたしても法廷じゅうに息をのませ、判事席の端に構えていたふたりの赤い外套を着た護衛兵が彼を押さえようとすっ飛んできた。

「閣下諸兄、わたしはここに、当方の主張の正当性を支持する公式書類を持っております」彼は外套から引っ張りだした書類の束を振りまわした。「レディ・タウンゼンドの出生証明、彼女がアップルクロス孤児院で過ごした当時の教会の記録、偽造された彼女の死亡記録、それから――」

「それらの記録をきみはどこで手に入れたのかね、ブラックウェル？」裁判長は片手をあげて護衛兵を制し、詰問した。

「わたしどもの結婚許可証の写しもここにあります」ドリアンは裁判長の質問を無視した。「この重要性についてはのちほどじっくりご説明いたします」彼は部屋の反対側で皮肉な笑い声をあげた集団をにらみつけた。

「ありえない！　わたしは彼女の父親が署名した合法的で強制力のある婚姻契約書を持っているんだ！」ウォリントンは立ちあがってわめいた。その横で、かつらをかぶった弁護士が袖をつかんで座るよう懇願していた。

三人目の判事が前に身を乗りだした。「きみはすでに彼女と結婚したと主張しているな、ウォリントン。それで、異議申し立ての根拠は？」

「おっしゃるとおりです、閣下」ウォリントンは彼の隣にいる、いい身なりをしたブロンドの華奢な女性を身ぶりで示した。彼女は大きくて虚ろなブルーの目をしていた。「これがわたしの妻、ファラ・リー・ウォリントン、ノースウォーク伯爵夫人であります。以前はファラ・リー・タウンゼンドという名でした。よくもぬけぬけと彼女の生得権を奪おうなどということができるものだな、この薄汚い嘘つきめ！」ウォリントンは怒りの矛先をファラに向けた。すでに赤かった顔がトマトのように艶を帯びた。

しかしファラは三人目の判事が誰かわかったとたん、その場に立ちすくんだ。ミセス・マッケンジーとしての過去十七年間とはなんの関係もない思い出が襲ってきていた。

「ロ、ロ、ロウワー……」しわだらけの彼の顔の前にある名札を読んだ彼女はささやいた。

「大きな声で、レディ」裁判長が命じた。

ファラは過去からよみがえった顔に向き直った。失われた二十年がしわとなって刻まれてはいたが、突き刺すような目と厳しい顔つきはまったく変わっていない。「あなたはサー・ウィリアム・パトリック・ロウ准男爵。領地はハンプシャーにある」彼女は言った。群衆は緊張して彼女の低い声に耳を澄ませた。誰かが肺をきしらせるようにして出す息遣いの音さえ聞こえるほどの静寂だった。「あなたは――あなたは女王陛下のライフル旅団でわたしの父の下にいて、副官を務めていました。わたしの父、ノースウォーク伯爵ロバート・タウンゼンドの。あなたと父はともにオックスフォード大学でボート競技をやっていて、父はあなたのことを〝漕ぎ手《ロウワー》〟と呼んでいた」

かつらをつけた男は呆然とし、目を細めてファラを見た。「こちらへ」彼は命じた。

ファラは壇に歩み寄った。「あなたの三十歳の誕生パーティーを覚えています」彼女はささやいた。「だって、あなたがご親切にもわたしにスパイス・ケーキを分けてくださったんですもの。その翌日がわたしの五歳の誕生日だったから。あなたの誕生日は九月二十一日でしたわね。わたしの誕生日は九月二十二日です」

「なんてことだ」ロウ判事は声をあげ、彼女の目をのぞきこんだ。「たしかにそうだった！」

「そんな情報は誰にだって得ることができたはずです！」ウォリントンが抗議した。「この――この名高い悪党と同棲《どうせい》する女に、神聖な法廷を笑いものにさせてはいけません！」

「きみの発言はもういい、ウォリントン！」裁判長は警告した。「次に勝手な発言をしたら、きみにはこの法廷から出ていってもらうぞ！」

ウォリントンの顔の赤みが増して紫がかった色になった。かろうじて抑えた怒りで震えながら、彼は座った。

少しどころではない恐怖も感じているはずだわ、とファラは推測した。

コバーン裁判長はファラにはほとんど目もくれずにドリアンに向き直った。「ミスター・ウォリントンは要点を突いている。彼はきみが持ってきたのとほぼ同じ書類を提出しているのだ。彼は故ロバート・タウンゼンド伯爵の家令で、彼の領地の管財人だった。ファラ・タウンゼンドを誕生時より知っており、長年の契約にもとづく婚約者である。いかなる理由で、われわれは彼の妻がタウンゼンドの遺産を受け継ぐべきだという彼の主張を疑わなければならないのかね？」

ファラはルーシー・ボグスをにらみつけた。ルーシーは黙って巻き毛を一本の指に巻きつけている。明らかにこてで巻いた毛だ。

「証人がおります、閣下」ドリアンは法廷の後方をさっと片手で指した。

ついにウォリントンの弁護士が異議を申し立てた。「まったくもって無効であります。わたしは審議の進め方を話しあうべく裁判官室での集会を要求したいと思います」

「ばかなことを！」ウォリントンは椅子を床にきしらせてふたたび勢いよく立ちあがった。「この審議をこれ以上遅らせる理由はありません。ブラックウェルの証人はでっちあげです。わたしはそいつらを論破する機会がいただきたい。ほぼ二十年も経ってようやく、わたしは行方不明だったノースウォークの女子相続人を突きとめたのです。そしてわたしは要求します、わたしのものがわたしのものであると認められることを！」

ウィドビー判事は鷹のような顔をウォリントンに向けた。「きみの妻がその権利を認められるべき、という意味ではないのかね？」彼は質問した。「きみはよく知っているはずだ。英国の世襲貴族に生まれなかった者は、伯爵令嬢と結婚して称号を得るしか道はない。その者は〝閣下〟と呼ばれ、その土地の執事を務めることを認められるが、そのほかの権利や貴族の特権が認められるのはきみの後継者およびきみの子だ」

ファラは息をのみ、目を丸くして肩越しにドリアンを見た。彼は通路の入り口に立って両手を後ろで組み、判事たちの言葉にもなんの動揺も見せていなかった。

彼の暗い目と目が合い、ファラはあえいだ。彼は知っている。最初から知っていたのだ、自分に貴族の特権が認められはしないということを。彼は波乱万丈をくぐり抜けて、この危険で複雑なチェスゲームを闘ってきた。もしかしたら英国高等法院の判事たちをも裏で操っているのかもしれない。彼女が生得権を取り戻すのを助けるために。

そして、それはなんのため？

たしかに彼は〝閣下〟という呼称をつけて呼ばれることになる。だが、そんなことは彼がすでに持っている財産と評判によって得られる敬意の足元にも及ばないのでは？

彼はなぜこんなことをしているの？　彼の目的は何？

「きみの証人の話を聞こう、ブラックウェル。しかしその前に警告させてくれ。きみのこの法廷での立場は不利だ。きみとこちらのレディは望まざる結果を手にする危険が非常に高いぞ」裁判長はふたりそれぞれにわざとらしい警告の視線をくれた。

ウォリントンもファラをにらみつけたが、弁護士に引き戻されて椅子に座った。

「今までもずっとそうでした」ドリアンは腰をかがめてお辞儀をすると、傍聴席を振り返ってさっと腕を払った。「ご紹介させてください、シニョーラ・レジーナ・ヴィチェンテ、ストランド通り沿いでかなり人気の紳士向けクラブを経営する女性です」

背の高い、威厳を備えた女性が暗赤色の美しいドレスを着てすっくと立ち、通路を歩いてきた。カラメル色の肌と異国風の骨格は彼女がイタリア系の血を引いていることを誇らしげに告げており、青白く不健康に見える英国人たちのなかにいると、彼女はブロンズ色をしたローマの女神のように見えた。ドレスの裾はどんな伯爵夫人にも負けないほど長く、その黒い目には知性と陽気さがきらめいていた。

「マダム・レジーナは証言する用意ができております。ファラ・タウンゼンドだと名乗るその女性をルーシー・ボグスとして彼女の店で五カ月ほど雇っていたこと、そのあと彼女の従業員が大金を積まれてウォリントンに鞍替えしたことを」ドリアンはシルクの手袋をした女性の手に握られた一枚の紙を身ぶりで示した。

ウォリントンはテーブルを叩いたが、かろうじて自分を抑えた。

「これは本当かね?」ウィドビー判事はマダム・レジーナとして知られる女性に尋ねた。

「そのとおりです、閣下」彼女は官能的なイタリア訛りで満足げに話し始めた。「わたしが従業員たちに提出を求めている法的な書類をお持ちしましたわ。それと、ミスター・ウォリントンとわたしのあいだで交わされた契約金の受領書も」

ウィドビーは片手を出し、彼女は彼のほうに滑るように寄っていくと書類を手渡した。

ウォリントンの弁護士は立ちあがった。「これは茶番だ。こんな作り話や書類など、悪名高きベン・モア城のブラックハートとこの堕落と罪の館の経営者なら、いくらでもでっちあげられる!」彼はレジーナを身ぶりで指したが、彼女は黒い眉の片方をあげただけだった。

「彼は見事な雄弁家だな、ブラックウェル」コバーン裁判長が言った。

「そのようです」ドリアンはとても真剣な、意味深長な目つきでウィドビーとコバーンを見たが、ロウのことは無視した。「マダム・レジーナには話すべきことがたくさん——実にたくさんあります。それが真実かでっちあげか、いったい誰が決めるんです？」

これはわたしの思いこみ？　ファラは思った。それとも檀の後ろのふたりの男性は本当に少し青ざめたの？　ドリアンは大英帝国のもっとも高等な司法機関に対して、ヴェールにくるんだ脅しをかけたということ？　満場の席で？　ファラは具合が悪くなりそうだった。

しばし沈黙が続くと、ドリアンは傍聴席の別の女性に向かって合図をした。「まだ証言が必要でしたら、こちらはいかがです？」

黒と白の修道服に身を包んだ腰の曲がった老女が足を引きずって彼らのほうに歩いてくると、場内にはまた驚きのどよめきがわき、その声はファラの心情を如実に表していた。「シスター・マーガレット？」ファラはささやいた。

「今は女子修道院長です」その女性は聞き間違えようのないきっぱりした口調で言った。

ファラは彼女をにらみつけた。厳しい言葉や、彼女がドゥーガンに加えた殴打のすべてが思いだされた。今さら彼女を見たくなどない。この気まぐれな尼僧が、なぜファラを守るために口を開くのか、彼女は計りかねていた。

「それは、あなたが署名したファラ・リー・タウンゼンドの死亡証明書ですね。十七年前の日付になっています」ドリアンはそれまでのからかいも生意気な傲慢さもすっかり消えた声で尋ねた。手袋をはめた彼の両手がこぶしを握った。

「ええ」彼女が応じた。

「それなら説明してください、なぜあなたがこの公的文書を偽造したのか」ドリアンは命じ、尼僧の鋭い目つきを彼自身ののこぎりの歯のような目線で見返した。

「彼女は早熟な、不信心な子どもでした」尼僧は〝彼女〟という言い方をした。ファラのことを、まるで目の前にいないかのように話している。「彼女はいつも問題児やごろつきのあとばかりついてまわっていました。なかでも、心のなかに悪魔を抱えた彼に」

「彼はそんな人じゃなかったわ」ファラは抗議した。

「彼は神父をひとり殺したのですよ！」尼僧はしいっと言って彼女を黙らせた。「あなただってそれは否定できませんよ。彼がそれをやったとき、あなたはわたしの腕のなかにいたのですから。悪魔にとりつかれたバンシー（大声で泣いて家に死人が出ることを知らせる女の妖精）みたいに彼の名前を叫んで」

「あなたは知っていたはずよ、神父様が本当は――」

「その話は関係ない」ドリアンは硬く冷たい声でふたりのあいだに割って入った。「今話すべきは、あなたがファラ・リー・タウンゼンドが死んでいないのを知っていたということです」

「彼女は警察が連れ去ったあの悪魔、ドゥーガン・マッケンジーを追って逃げだしたのです」マーガレットは冷笑した。「わたしには面倒を見るべき子どもがほかに五十人もいました。ひとりの失踪した少女のためにアップルクロスの評判を落とす危険を冒すわけにはいかなかった。それに、そう、わたしはサー・ウォリントンの求めに応じて文書を偽造したのです」彼女は関節炎でこぶだらけの指で男を指差した。

法廷にいる全員が息をのみ、全員の頭がいっせいに告発された男のほうを向いた。

「嘘だ！　わたしはファラ・タウンゼンドと結婚した！　ノースウォークの財産はわたしのものだ！」ウォリントンは叫んでまた立ちあがった。「言うんだ、ファラ、きみが何者なのか、みんなに言ってやれ！」狂気に血走った目をして、彼はルーシーの両肩を痣がつくほどの力で揺さぶり、彼女は恐怖のあまり小さく悲鳴をあげた。

判事の小槌が激しく何度も叩きつけられた。「警告したはずだぞ、ウォリントン、きみにはただちに退出を命ずる！」護衛兵に合図をすると、わめいているウォリントンは取り押さえられて部屋から連れだされた。

「わたしのものはわたしのものだ！　わたしには正義がついている！」ウォリントンは凄んだ。「ファラ、おまえの価値を証明しろ！　彼らにおまえが何者か証明しろ！」

ルーシーは立ちあがったが、ブルーの目は恐怖と涙で大きくなり、今にも逃げだしたいという顔になっていた。

裁判長は小槌で彼女を指し、幅の狭い肩の上にのった大きな頭をほとんど滑稽と言える動きでぐるりとまわした。「次に勝手に発言した者は一週間の牢獄入りだ、いいか?」

ルーシーは声もなくうなずき、法廷の注目はまた尼僧へと移った。

「いいかね」裁判長は話しかけた。「きみは、自分がついた嘘のためにカトリック教会における修道僧の立場と名誉ある名前とを剝奪《はくだつ》されるかもしれない。詐欺の罪で出頭を命じられる可能性は言うまでもない。なぜ今、ここにわざわざ出てきたのだね?」

シスター・マーガレットはドリアンをちらりと見てから答えた。「わたしのように長く生きると、神の御前に出て自分の罪の報いを受けるときが近いことを悟るものです。これでわたしの魂を傷つける印がひとつ減ります。わたしはこの世のことなど気にしておりません。わたしはただ神との平和を求めているのです」

「では、宣誓したうえで、われわれの前に立っているこの女性がファラ・リー・タウンゼンドであるということを誓えるのだな?」ロウ判事が尋ね、ファラのほうを示した。

「ええ、彼女は二十年近く経ってもちっとも変わっていません」尼僧は憎しみをこめた目つきでちらりとドリアンを見た。「まだ悪魔《デーモン》の魅惑に抵抗できずにいる」

老女のその言葉に、ファラの体を震えが走った。ドゥーガンは初めて会ったとき自分のことを悪魔と言った。あのすてきな少年がデーモンだったとしたら、ドリアン・ブラックウェルは間違いなくデヴィルだ。

そしてファラは、たしかに、彼の暗い魅力に抵抗できないでいる。

「正直に言うが、ブラックウェル」裁判長は言った。「わたしにはどうすべきかよくわからない。ふたりの女性が、自分こそがノースウォーク伯爵夫人だと主張している。どちらも結婚した相手はそれぞれに利己的なならず者だ。わたしはきみの妻の主張を認めるべきだとほとんど説得されかけているが、確信が持てないのだ。もしも控訴されて大法官どのに、あるいは女王陛下のお耳に入ったら、この判決を押し通せるものかどうか」

ドリアンは片方の肩をさっとにすくめてみせた。「わたしのことを知る者なら誰でも、わたしが詐欺師と結婚などするはずないことを知っています。閣下諸兄、こ、ち、らがファラ・リー・タウンゼンド、今はファラ・リー・ブラックウェルです。わたしはそう確信していいます。さらに証明が必要ならば、なんなりとお申しつけください。わたしがそれを証明してみせましょう」

ロウ判事がかつらの下の頭皮をかこうと手を伸ばしながら立ちあがった。「わたしならこれをおさめることができましょう」彼は宣言した。「許可をいただければ、裁判長閣下」

「よろしい」コバーンは彼に続けるよう身ぶりでうながした。

今ならフランス軍はロンドンを侵略できただろう。そして、侵略されても人々はここに座っていただろう。誰もが黙って、次に起こる展開に釘付けになっていた。

「ふたりとも、こちらに来るように」ロウが命じ、彼の前のじゅうたんを指差した。

手袋のなかでてのひらがじっとりと汗ばみ、ファラは宝石で飾られた襟が押しつけられた喉を必死で動かして唾をのもうとした。自分で感じているよりも威厳にあふれた姿に見えますようにと念じながら数歩進み、ロウ判事の前に、いや、下に立つ。高等法院の判事席はひどく高い位置にあった。

スカートの衣擦れの音でルーシー・ボグスが隣に立ったのがわかったが、ファラはわざわざ彼女のほうを見てその存在を認めるような真似はしなかった。

「ひとつだけ質問に答えなさい。答えられた者を、わたしはこの法廷に、そして女王陛下に推薦して、爵位と土地がその者の手に戻るようにしよう」彼は普通に会話するような調子で話していたが、その声は静まり返った廊下にも響いた。

彼は目を細めてファラを見た。「きみはノースウォーク・アビーでのわたしの三十歳の誕生パーティーのことを言っていたな。きみも出席していたと」

「はい、閣下」ファラはかすれた声で言った。

「その年にわたしがきみに贈った誕生プレゼントを思いだせるかね？　記憶を呼び覚ますヒントをひとつ与えよう。上にバレリーナが描かれた小さな宝石箱に入れたものだ。そう、思いだしたよ、小さなファラ・タウンゼンドはバレリーナが好きだったことを」

ファラの心臓が恐ろしい勢いで脈を打ち、そして止まった。半狂乱になって記憶を探る。しかし何もよみがえってくるものがなく、彼女は目の前の判事の顔を探るように見た。その顔はドリアンと同じくらい冷たくて厳格に見えた。彼女は息をするのも困難になっていた。こんなことがあるわけがない。わたしの未来が、五歳の頃の記憶が取り戻せないせいでこの手から滑り落ちていくなんてことが、あっていいわけがない。振り返ると、ドリアンが彼女を見つめていた。その顔から読み取れたものに、彼女は胸がつぶれそうになった。

ベン・モア城のブラックハートの顔に浮かんでいたのは、自分にはどうにもできない無力感としか言いようのないものだった。

ファラは向き直って三人の判事を見あげた。満場の人々の前で自分の信用をぶち壊すことになる言葉を言わなければならないと思うと、目の奥に涙がこみあげた。恐怖と喪失感がかたまりとなって喉の奥に詰まり、窒息しそうだった。ああ、いっそのこと早く死なせて！

「どうだね？」ロウは鋭くうながした。

「わたし――わたしは――」目の隅から熱い涙がひと粒こぼれ、顔の横に熱い跡を刻んだ。

「閣下、わたしはあの誕生日に、あるいはどの年の誕生日にも、閣下からそのような贈り物をいただいた記憶がありません。閣下からも、あるいは――あるいはほかの誰からも」

ファラは隣にいるルーシーをちらりと見ずにはいられなかった。ブルーの目は今や悪意と勝利にぎらついている。「アクセサリーでしたわ、閣下」ルーシーは気取った声で言い、明らかに探るように相手の顔を見ていた。「子どもの頃の記憶はおぼろげなのです。あれから本当にいろいろなことがありましたから。それにまだ頭の怪我から快復しておりませんし」

彼女はレースの手袋をはめた手をあげて過剰なほど芝居がかった仕草で額を押さえた。「でも、ネックレスじゃありませんでした？　きらきらしていたわ。それともブレスレットだったかしら？」彼女はまつげをぱちぱちさせて肩をすくめた。「何しろ幼い頃の話ですし、怪我のせいでどうも記憶があいまいなのです。ですから、どちらかははっきり思いだせませんけれど」

ファラは顔を引きつらせて息をのむしかなかった。なるほど、その推測はいいところを突いている。説得力があって、おそらくそうだろうと思わせる。たとえ本当はそうでなかったとしても。頭の怪我というのもうまい言い訳だ。

なんてこと。どうしてわたしは思いだせないの？　なぜ完全に忘れてしまったの？　宝石箱？　バレリーナ？　わたしはおてんばだったから、アクセサリーなどはもらってもすぐになくすか壊すかしてしまっていた。そういうのが大好きだったのはフェイ・マリーで――。

「ねえさんだわ」彼女はあえぎ、それからもっと大きな声で言った。「わたしの姉です！」彼女は懇願するように両手を組みあわせた。「閣下、失礼ですが、閣下は誤解しておいでです。その宝石箱はわたしの姉のフェイ・マリーに贈られたものだと思います。彼女はたしかにバレリーナが大好きでした。わたしが夢中だったのは――」

「ペガサスだ」老いた判事の目からふいに冷たさが消え、優しさがあふれだした。「今のは引っかけの質問だった。わたしはきみの誕生日が自分のとそんなに近かったことを忘れていたのだよ。それで、ただただ申し訳なくて、わたしのケーキをきみに分け与えたんだ」好ましい思い出にほほえんだ彼の顔がしわだらけになった。「きみは優しい子だった。あんな裕福な家で育った少女にしては、甘やかされてもいなかった。きみはわたしをただちに許してくれたよ。そしてわたしに、あのスパイス・ケーキが、本当に、きみがこれまで受け取ったなかでも一番うれしいプレゼントだと言ってくれた」

ファラは震え始めた。安堵の大きな震えが襲ってきて脚がわななないた。気づくとドリアンがそこにいて、手袋をした彼の両手がしっかりと肩をつかんで彼女を支えていた。

「ありがとう」彼女はささやいた。部屋がぐらついているように思えて、自分が誰に向かって言っているのかよくわからなかった。「ありがとう」

「きみはお父上の明るい髪の色とお母上のかわいらしいグレーの目を受け継いでいる」判事は続けた。「わたしは半ば確信していたんだ。きみが法廷に入ってきたときから、きみこそが本物のファラ・リー・タウンゼンドだと」

裁判長が自身の驚きを振り払うように咳払いをしてから、小槌を叩いて法廷に響く驚愕のささやきを静まらせた。「女王陛下から承認を賜るまでは何事も最終決定ではない」彼は言った。「しかし、ここでわたしが祝いの言葉を述べても僭越《せんえつ》ということにはならないだろう、レディ・ファラ・リー・ブラックウェル、ノースウォーク伯爵夫人」

「ありがとうございます、判事閣下！」ファラの顔に笑みがはじけた。その笑みがあまりにも大きく広がって、頬が痛いほどだった。彼女はドリアンに向き直り、両腕で彼を抱きしめた。「ありがとう！」

抱きすくめられた彼が身をこわばらせ、ファラははっとしてすぐに離れた。顔を見あげるような大胆なことはできなかった。彼はまだ何かに怒っていたはずだと思いだしたのだ。大勢の人の前で彼に触れたことが状況を好転させる助けになるとはとても思えなかった。

「この女、ルーシー・ボグスを逮捕しろ。勾留して尋問するんだ」ロウは命じた。

裁判長はファラのほうに身を乗りだした。「尋ねてもよろしいかな、レディ・ブラックウェル。いったい今までどこにいたのかね？」

「わたしは――偽名を名乗ってスコットランド・ヤードで働いておりました」彼女は正直に答えた。

「いったいなぜそんなことを？」彼は信じられないといった様子で笑いながら尋ねた。

そこにドリアンが口を挟んだ。「閣下、証人をあとふたり連れてきているのですが。サー・ウォリントンの悪だくみを暴くための証人です。レディ・ブラックウェルが身を隠していたのは、自分の命が彼に狙われていることを知っていたからです。わたしの部下のクリストファー・アージェントとスコットランド・ヤードのマクタヴィッシュ警部補は、ウォリントンがレディ・ブラックウェルを暗殺してくれれば金を払うと言って彼らに近づいてきたことを喜んで証言してくれるでしょう。わたしは彼の逮捕を要求します――彼女の身の安全のためだけでなく、彼自身の身を守るためにも」彼はつけ加えた。

「ウォリントンの逮捕を命ずる！」裁判長は最後に一度、小槌で叩いた。「そしてもうひとつ、きみたちふたりに祝いの言葉を述べてもよろしいかな。結婚おめでとう」

19

ドリアンはロンドンにある自宅の三階の窓から、ハイド・パークの上空に集まっている雲を眺めた。窓を開けて迫り来る嵐の冷たい風を室内に入れようとしたのだが、古い錬鉄の取っ手は上を向いたまま何十年も固まっていて、その状態で溶接されたかのようだった。

ベン・モア城が恋しかった。あたりを隠す霧と荒れ狂う海。落ち着かない精霊のように夜な夜な廊下をうろついた冷たい石造りの要塞。町には人が多すぎる。色と音が、快楽と苦痛が、欲求と望みと流行が多すぎる。秩序などどこにもない。愛情を奪われて苦しむ者が多すぎる。名もなく生きる者が多すぎる。あまりにも多くの者が死ぬ。誰もが死んでいく。

権力を握ったドリアン・ブラックウェルでさえ、いつかは死ぬ。この国の隅々にまで名をとどろかせても、いつの日か運命は彼が引き起こしたあらゆる災いの報いを受けさせる。この帝国は激しく動き続けて、広がり、拡大していくだろう。世界をのみこむほどになるかもしれない。ありえない話ではない。勇敢で進取の気性に富んだいとこたちが海を渡った西にいて、関心のおもむくままに遥《はる》か東にも足を延ばしているのだ。百年かそこらすれば、彼らはみな手をつなぐことになるかもしれない。経済市場は拡大し、通信は向上し、技術は進歩する。そして世界は小さくなり、管理できるようになる。彼のような欲深い者たちの手のなかに囚われたボールとなる。その誰かがこぶしを握ってボールをつぶす日が来るまで。

そうなったとき、彼はどこにいるのだろう？ その避けられない事態のどの部分を彼は指揮しているのか？ どれだけ手にしても、彼は満たされない。海の向こうの世界、永遠という時間のなかでは、彼が手に入れるものは本当にどうでもいい、ちっぽけな一部に過ぎない。まったくいまいましい、むかつく話だ。征服すればするほど、さらなる征服目標が提示される。それはいったいどこで終わるのか？

ドリアンは眼帯を外して疲れた両目をこすり、その手を髪のなかに突っこんで、いらいらと頭皮をかきむしった。片手を伸ばし、つかんだ窓枠に体を預ける。

思いだせる限り昔から、彼はこうして生きてきた。見えるものすべてを思いのままに支配し、操作した。最初はニューゲートで。それからホワイトチャペルで、影響力をイーストエンド全体に拡大させた。それでも充分ではなかった。どれだけ勝利をおさめても安心できなかったし、絶え間なくわきあがる欲求が満たされることはなかった。下院議員を操っても、裁判官を買収しても、貴族を社会的あるいは経済的に叩きつぶしても。大西洋を渡ってウォール街を牛耳ったとしても、彼は満足しないだろう。

あとは何を奪えばいい？ 企業や国を征服するナポレオンのような華々しい活躍もないま

まに、彼はある種の頂点を極めてしまっていた。

そして、つまらないと感じていた。いつもそうだったように。

窓ガラスの向こうからブルーの目が彼を見返した。遠い昔に死んだ、それなのにまだ生き続けている少年の幽霊。名前はもう生きてはいないが、いや、それとも、名前だけは生きているというべきか。

もはや誰にわかるというのか？

この瞬間に、ドリアンは悟った。ありとあらゆる策謀を指揮してきた彼は、たったひとつの、四つの部屋に分かれた小さな臓器の指揮権を失ってしまったのだ。それが存在しているのかどうかさえ、今まで疑っていた。ベン・モア城のブラックハートが心臓《ハート》を持って生まれなかったということではない。二十年近いあいだ、それは彼のものではなかったということだ。

そして彼はそれを捨てなければならない。それを抱く者がそのなかに埋められた秘密を暴いてしまう前に。

首の根元がちりちりうずいて血流が速まり、彼女が近づいていることを知らせたかと思うと、ドレスの衣擦れの音が細長いサンルームにさっと入ってきた。

「ドリアン？」

遠くで雷鳴が彼女に答えた。彼は何も言わなかった。

もちろん、ファラは陰鬱に顔をしかめた男たちに今さらひるむような女性ではない。いまいましいことに、彼女は逃げてほしいときに限って近づいてくる。叱ってほしいのに、なだめてくる。いつでもそんなふうだった。

「ドリアン、あなたがわたしに怒っているのはわかっているわ」彼女は切りだした。「でも、今日はすばらしい勝利だった。だからそれを、お友だちとして祝いたいの」

彼女は彼の後ろまで来て足を止めた。近い。近すぎる。

「わたしが何をしたのか教えてくれない？　どうすれば仲直りできるのかしら？」

まずは、そのいまいましいドレスを着て拷問するのをやめてくれ。ライラックと春の香りをふりまくのをやめてくれ。わたしの頭のなかで声を響かせるのをやめてくれ。自分の抑圧された人間性を解放してあげて、などと、わたしを励まさないでくれ。

「出ていってもいいんだぞ」ドリアンはそっけなく言った。「ハンプシャーの父親の屋敷に行け。きみの生得権を取り戻せ」

「あなたは――一緒に来てくれないの？」彼女は思いきって言った。

「わたしは行かないほうがいい」

ひゅっと鋭く吸いこまれた彼女の息は彼の肺に穴を穿《うが》った。

「昨日牢獄に入れられたのは、あなたにとっては本当に恐ろしいことだったでしょう。よくわかるわ」彼女は戦術を変えた。「わたしがあなたにしたお願いのせいであんな目に遭わせてしまって、申し訳なく思っているの。友人を救ってくれて感謝しているわ。そして、あなたにあんな苦痛を強いたわたしを許してくれるといいのだけれど」

ドリアンは彼女を見なかった。見ることができなかった。今はだめだ。好きなように思わせておけ。あと十分も無視していれば、彼女もあきらめて去るだろう。

「気にしてくれているのなら言うけれど」彼女は無理に明るい口調を保った。「すべては丸くおさまったわ。ジェマの助けがあったからこそ、わたしたちはルーシー・ボグスの素性を暴くことができたのだし、つまり——少なくとも、あれは役に立ったのよ」

ドリアンは窓から突きでている鉄の掛け金を見つめていた。もしもドリアンが充分に冷徹になれたのなら、自分が作りだした氷は彼を石に変えるだろう。魂を震わせ始めている振動と血管を駆けめぐるさざ波も凍りついて固まるだろう。彼はようやくいまいましい平安を手に入れる。彼を苦しめる考えから、彼を熱する感情から、彼を誘惑する衝動から解放される。それらはドリアン自身が作りだした要塞の奥に閉じこめられるだろう。自分は石だ。氷河だ。自分は——。

「ドリアン。お願い！」ファラは彼の腕をつかみ、自分のほうに振り向かせようと引いた。

自分でも気づかないうちにドリアンはさっと向きを変えて彼女の手首をつかみ、ふたりの体のあいだに掲げていた。「わたしに手を触れるなと、何度言ったらわかるんだ？」

ファラは畏怖のような感情を目に浮かべて、自分の華奢な手首をつかんでいる彼の手を見つめていた。ドリアンもそちらに目をやった。

彼は手袋をしていなかった。初めて彼女に直接触れたのが、こんな暴力のためだとは。

くそっ。

「わかっているわ」彼女の目にほんの少し後悔の念が混じった。「ごめんなさい。つい抑えられなくて。あなたに呼ばれるというか、あなたがわたしに触れてほしがってるような気がしてしまって」彼女は指をまっすぐにして、その指を彼のほうに伸ばした。

この前逮捕されて以来ドリアンが格闘していた怒りに改めて火がついた。「きみはモーリーに触れたのか?」彼はうなり、遠くに投げだすようにして彼女の手首を放した。

彼女はその手首をこすりながら眉をひそめた。「なんですって?」

ドリアンは前に歩みでた。怒りが胸と肺を締めつけ、声をいっそうとげとげしくさせていた。「あいつとふたりきりだったんだろう。知っているんだぞ」

「どうしてそんなことがあなたにわかるの?」彼女ははぐらかした。

彼の恐怖は燃えあがり、今や完全な疑念になった。「わたしにはそこらじゅうに情報提供者がいる」しかし、あの事務室のなかにはいない。閉じられたドアの向こうには。可能性を考えるだけで、彼は狂気に駆り立てられた。「あいつはきみに触ったのか? きみはまたあいつにキスを許したのか?」自分とマードックをあんなに早く釈放させるために、彼女はモーリー警部と何をした? どんな約束をしたんだ? どんな要求に応じた?

「そんなことしてないわ！」彼女は目を見開いた。「というか――さようならの挨拶はしたけれど。そして彼の顔に手を触れただけ」

それを思い描くだけでドリアンはどうにかなりそうだった。彼は彼女の潤んだ目のなかに嘘を探した。「あいつに、わたしと結婚して後悔していると言ったのか？　あいつの申し出にイエスと言っておけばよかった、と？　あいつのものになっていたらよかった、と？」ドリアンは自分が怪物になってしまったのを感じた。もはや氷はない。ただ溶けただけではなかった。見たこともない火焔《かえん》地獄が恐るべき速さで氷を破壊したのだ。今や彼は液状の炎に包まれていた。嫉妬で煮え立っていた。いつもの冷たさはどこへ行った？　氷と冷静さの鎧は？　なぜわたしは所有欲と恐怖と怒りと絶望とで荒れ狂うこの炎を制御できないんだ？

彼女はわたしに手を触れてはいけなかったんだ。

「わたし――わたしは……」ファラは彼を見つめていた。まるで彼が見たこともない怪物になってしまったかのように。暗闇と激怒と喪失の怪物。

それと肉欲の。彼はとんでもなく硬く張りつめていた。

ドリアンは自分の後ろに手を伸ばし、カーテンをとめる金色のタッセルがついたシルクの紐を引きちぎった。

ファラは一歩さがった。しかし振り向いて逃げだす前に、ドリアンが彼女を捕まえていた。

「きみは二度と別の男のものにはならない、ファラ」彼はうなり、もがく彼女の左右の手首に太い紐を巻きつけた。

「ドリアン――」

彼はぐいっと彼女を引き寄せ、唇で彼女の抗議をさえぎった。彼女の腕をしっかりつかんで、彼の手の本当の強さを感じさせてやりたかった。彼女をへし折ることだってできる。彼女の骨はとても細く、小鳥のようだ。肌はやわらかくて透き通っている。手首と喉に浮かぶ青い静脈はあまりにも繊細で、わたしの皮膚の下で脈打つ太いそれとは対照的だ。

こんなにもろい人間のどこに、わたしのような怪物を破壊する力があるのか？

「きみはわたしのものだ！」彼は彼女の降伏した口に向かってうなった。「わたしだけの、わたしだけのものだ」

ここで止めることもできたかもしれなかった。彼女が彼にキスを返してこなければ。ファラは自分が怒らせた炎の獣と取っ組みあっているというのに、自分がどんな危険をもてあそんでいるかわかっていない。自分の行動がどんな結果を招くか、わかっていない。ドリアンは溺れかけている男が必死でもがくように闘った。しかし、最後に勝ったのは獣のほうだった。そうなるだろうことは、彼はいつだってわかっていたのだ。

窓下の椅子の上に彼女をかがみこませ、ドリアンは縛った彼女の両手を古い窓の掛け金にくくりつけて彼女を囚われの身にした。

スカートが腰の上までたくしあげられると、彼女は弱々しい声をあげた。そして彼の手で下着が引き裂かれると、また声をあげた。

ドリアンは自らの欲望の証を取りだしながら、彼女の割れ目を探った。指はすぐに彼女の蜜で濡れ、彼の欲望はありえないほど熱く燃えあがった。

彼は獰猛なひと突きでファラの体を貫いた。二度目に突いて、彼女は自分のものだと宣言した。三度目の突きは彼女に焼き印を押した。ファラはわずかに叫んだだけだった。秘めやかな部分は一瞬だけ侵入に抵抗したが、すぐに彼を引き入れた。

わたしのものだ。わたしだけの。ファラの臀部のやわらかな肉をつかみ、広げて、眺めた。ドリアンのものが彼女に突き刺さっている。深く、破壊するように突きあげている。

その光景はあまりに刺激が強すぎて、彼は獰猛な怒りの雄叫《おたけ》びを窓にぶつけながら彼女の体に炎の脈動を注ぎこんだ。服の下を汗が流れ、髪が目に入った。両手は彼女の丸い尻を痣がつくほどの力でつかみ、快楽の波が痛いほどの勢いで彼の全身を駆けめぐった。

ドリアンの雄叫びに応えるように空から雷が落ち、嵐の最初の一滴が窓に当たった。それが彼の炎を鎮めたのはほんの一瞬だった。絶頂が過ぎ去ると、ドリアンは彼女のあたたかくてしっとりした体の奥に自分自身を深く埋めこんだまま、彼女の乱れた髪からピンを次々に引き抜いた。

彼はファラの上にかがみこみ、広い肩で華奢な肩を覆った。「きみが相手だと、わたしはいつだってこうなってしまう。それがいやなんだ。わかるか？　自制が利かなくなる。ただ突きあげて、突きあげて、突きあげて、何もかも関係なくなるぐらい突きあげたい。ふたりとも手足を動かせなくなるくらい、食事をするために頭を持ちあげることさえできなくなるくらいに」ドリアンは彼女のなかで硬く張りつめたままの下腹部をぴくぴくと動かした。

「これは、わたしがいったらしぼむはずのものだ。だがそうなっていない。きみとだとそうならないんだよ、奥さん。わたしの情熱はこんなにも異常な性欲となって表れる」

彼女の髪は背中でもつれ、くしゃくしゃに乱れた銀色のカーテンとなって顔にかかり、窓下の赤い椅子に流れていた。

「それはきみを破壊するだろう」彼は吐き捨てるように言った。片手を彼女の髪のなかに埋めて、また前に突きあげ始めた。「きみを焼き尽くしてしまうだろう」

「ドリアン――お願い！」ファラの声は震え、彼を包みこむ体の奥の筋肉がこわばった。

「すまない」彼はあえいだ。さっきの絶頂の燃えかすに新たな炎が広がっていた。ファラは彼を憎むだろう。彼はすでに自分で自分を憎んでいた。だがファラを求めずにはいられない。それに彼は長すぎるほど待ったのだ。「すまないが、わたしには――止められない」

「違うの」彼女は歯ぎしりした。声が低くざらついていた。「お願い、もっと速くして」

ふたたびドリアンは彼女を突き始めた。片手で細い腰を支え、もう一方の手で髪を根元からつかみ、頭を動けなくして喉をさらけださせた。腰を動かし、彼女のきつい体の奥へと何度も何度も突きあげた。

要求の小さなあえぎがファラの口からもれた。苦痛か快楽でうわずった泣き声があがる。それから、彼女は体を突っ張らせ、泣き声は高く鋭い悲鳴になった。身をよじり、引き、背を弓なりにして、秘めやかな部分はまたしても魂がばらばらになるほどの絶頂感を彼から引きだした。ドリアンは自分の種子がファラのなかに注ぎこまれるのを感じた。男の証は彼女の子宮に触れるほど深く埋めこまれていた。そんなことが可能だとは。これは奇跡だ。彼女は奇跡だ。彼はついに彼女を見つけた。これだけの歳月が過ぎ去ったあとで。

ぼくのものだ。

彼の体と心が、初めてひとつになった。彼女は彼のものだという主張を、彼女は疑うことなどできないはずだ。彼が十七年も前にしていた主張を。

ぼくのフェアリー。

その言葉が窓にこだまする。ふたりの息が止まった。

目に見える震えがファラの背筋を走り、ふたりがつながっているところを過ぎて、ドリアンの背筋をうねりながらのぼり、首の根元までたどりついた。

「ドゥーガン?」彼女はあえいだ。

20

彼は行ってしまった。

ファラは伸ばされた両腕に体重をかけて、衝撃のあまり言うことを聞かない体の感覚を取り戻そうとした。廊下の先でガラスが割れ、木の裂ける音が響く。その音が遠くなっていって、やがてあたりに沈黙がおりた。

これが現実のはずがない。こんなことが起きるはずがない。首筋にささやきかけられたのは本当にあの名前だったの？　まぎれもないあの声のなかに真実が聞こえて、全身に震えが走ったのは夢ではないの？

やわらかなクッションに体をもたせかけて、ファラは必死に息を整えようとした。体の奥は頂点に達した余波でまだうずいている。大理石の床とたくさんの窓のほかは何もないサンルームで、ふたりの体が交わった証拠がべたべたと肌に張りついたまま冷えていく。

あの名前。ファラは彼があの名前をどんなふうに口にするか、忘れたことはなかった。ドリアン・ブラックウェルは彼女をあの名で呼ばないようにとても気をつけていたのだと、ファラは思い至った。

そして、今ならその理由もわかる。

彼のところに行かなくては。今すぐに。

背中と脚をもぞもぞ動かしてまくりあげられたスカートを直すと、彼女は手首を縛る紐を引っ張り始めた。夫についてひとつ言えることがあるとすれば、彼は間違いなく拘束の仕方をよく知っているということだ。

窓の掛け金が外れないかしら？　感覚のない手を必死に動かして、ひたすらもがき、あちらこちらへと引っ張ってみる。背があと数センチ高ければ、上のところから外せるかもしれないのに。脚の短さがいまいましい。もしかしたら、スカートをなんとか膝上までまくりあげられたら椅子の上にのぼることができるかもしれないわ……。

廊下に重い足音が響き、彼女は凍りついた。

「お嬢さん！」マードックの恐怖に満ちた叫びがサンルームにこだました。

「お願い、ほどいて」ファラは彼のほうに振り返ろうともがきながら、手首に食いこむ紐を引っ張った。下着が引きちぎられたことを思いだして屈辱に顔をしかめる。とはいえ、こんな姿を見られた相手がマードックで本当によかった。彼なら、すでに一度、似たような場面を見ている。

「わたしの忠誠心にも限度ってものがある」スコットランド人はうなりながら窓の出っ張り

によじのぼり、彼女の夫による見事な結び目をほどき始めた。「こんなことをするなんて、あいつを殺してやる」

「だめよ、マードック」ファラはなだめ、ついに自由になった両手を彼の背中に押し当てて立ちあがった。「今回のことは許してあげて」

「無理ですよ！」

ファラは床に目を走らせ、引き裂かれた淡いブルーの下着をさっと拾いあげた。「許してあげて」彼女は言いつのった。「代わりに、彼が本当は誰なのか、あなたがずっとわたしに黙っていたことは許してあげるから」

マードックの顔色が変わる。「それは――おっしゃる意味がわかりません、お嬢さん」

「まあ、しらばっくれないで、マードック！」彼女は怒りの息を吐いた。「さあ、彼がどこに行ったか教えなさい」

「まったく、なんてことだ」老人はうめいた。急に具合が悪くなったようだった。

「どっちに行ったの？」彼女は脅すように言い、下着を彼に向かって振りまわした。

マードックは西のほうを指した。「破壊のあとをたどればわかる」彼はぼうっとした顔で言った。「ただし、彼があんな状態のときは、邪魔をしないほうがいい。それだけは忠告しておきますよ」

ファラはにやりと笑い、マードックのはげ頭のてっぺんにキスをした。「わたしを追わないでね」彼女はそう命じてから部屋を飛びだした。

たしかに、破壊の痕跡が夫へと向かう道を示していた。骨董品《こっとうひん》が転がり、絵が壁から落ちている。値がつけられないほど高価なガラスの花瓶や石像が廊下に叩きつけられていた。

ファラは使われていない客間にさっと飛びこむと、ぼろぼろになった下着を使って体じゅうをぬぐい、それをごみ箱に捨てて捜索を再開した。

突き当たりは裏階段になっていて、そこをおりていくと庭に続く扉が風に揺れていた。ファラはもちろんどこに行けば彼が見つかるか、正確にわかっていた。


庭の石壁はアップルクロス孤児院の古い苔むした岩壁よりも高く、きちんと修繕もされていた。その壁にぐったりともたれかかっている影に向かって、彼女は歩いていった。この数日、彼女の目に映る彼はすっくと立っていた。ありえないほど高くそびえ立っていた。けれども、黒髪のこの男は、かつては彼女が誰よりもよく知る黒髪の少年だったのだ。そして何かあると冷たい石壁のところに逃げてくるのは今でも変わっていなかった。

白いシャツと黒いベストが彼の上半身に張りつき、力強い肩と太い腕のふくらみをくっきり見せていた。力ない両手は開かれた両膝の上にだらりと垂れている。髪からぽたぽたと雨のしずくが芝生に落ち、うつむいた顔は隠されている。そんな敗北の姿勢を取っていても、彼は相変わらず男らしく見えた。

ファラの胸に鋭い痛みがぽつりと穴を空け、それが広がっていくのを抑えようと、彼女はごくりと唾をのみこんだ。

わたしたちはまたここにいる。冷たい嵐。石の壁。傷ついた少年。孤独な少女。

「どうして泣いてるの？」ファラは初めて少年に話しかけたときの言葉をささやいた。

すると彼は、見あげようともせずに同じ返事をした。「あっちへ行け」

思わず息をのみ、彼女は彼の隣に駆け寄ってミッドナイトブルーのスカートのなかで両膝をついた。

彼は両手をぱっと引いて体の脇で握った。「本気で言ってるんだ」危険なうなり声が胸の奥からこぼれでた。「あっちへ行ってろ」

ファラは喉の奥にこみあげた痛いほどの喜びをのみこんだ。「手を見せて」

彼は肩にとんでもない重荷を乗せてでもいるようにゆっくりと頭をもたげ、首を伸ばして頭をまわすと、左右の色の違う目で彼女を射た。彼は泣いてなどいなかった。今はまだ。しかし顔と唇がぴくぴく動いていて、まぶたの奥にこみあげる液体を押しとどめようと闘っているのは明らかだった。「警告しているんだぞ、ファラ」

「あなたもそろそろ、わたしのことをもっとわかってくれてもいいのに」彼女はつぶやき、彼のこぶしのほうへゆっくりと指を動かした。

彼女は関節が白く浮きでたこぶしを持ちあげた。ふたりとも、冷たい雨も肌を刺す風も気にしていなかった。男らしい手に比べるとあまりにも小さく見える彼女の手は、両手で握っても彼のこぶしを包みきれていなかった。ファラの心臓は肋骨のなかで震え、希望と畏怖と恐怖で張りつめた血管に血を送りこもうと必死にもがいていた。

ほっそりした長い指が彼の太く傷だらけの指を一本ずつ包んでいって、秘密をさらけだすようなだめすかして開かせた。

彼のてのひらに走る長い傷跡と同じくらいぎざぎざの息が彼女の喉からもれた。彼女は顔がくしゃくしゃになり、頬の上で熱い涙が冷たい雨に混じるのを感じた。ふたりが出会ったあの日にドゥーガンが受けた傷。彼女が少女だった頃、何度となくなぞった傷跡。「ああ、なんてこと」ファラはすすり泣き、唇を彼のてのひらに押し当てた。「ああ、神様、神様」その声は歌うようだった。問いかけ、祈っていた。長い巡礼の旅の果てに見つけた聖杯のように、彼女はその手に口づけし、指でさすった。

最後に彼女はその手を自分の頬に当て、かつて心を許した少年の、そして今またその心を盗み始めていた男の顔を見つめた。

彼の全身に震えが走った。顔はまだこわばっていたが、頑丈な顎がぴくりと動き、こらえきれないというように彼はファラを見た。知らない犬でも見るような、その犬が次に鼻をすりつけてくるのか、攻撃してくるのか計りかねているといった顔だった。

「ドゥーガン、本当にあなたなの？」彼女は懇願した。「これは夢じゃないと言って」

彼は顔をそむけた。目の縁からひと粒の涙がこぼれ、ゆっくりと頬をたどって顎と首に流れ落ちる雨に混じった。

「わたしはドリアン・ブラックウェルだ」彼の声は石のように硬く冷たかった。

ファラは彼のてのひらに向かって頭を振った。「わたしはドゥーガン・マッケンジーとしてあなたを知っていて、あなたと結婚したわ。何年も前に」

喉がごくりと動き、彼は片手を彼女の手から引き抜いた。「きみがドゥーガン・マッケンジーとして知っていた少年は亡くなった。彼はニューゲートの監獄で死んだ」彼の視線がさっと彼女の目に戻った。「何度も、何度も」

ファラは心臓が粉々に砕けそうだった。「ドゥーガンのものは何も残っていないの？」彼女はささやいた。

彼は彼女の肩の向こうを一瞬見つめ、それから手を伸ばした。

彼が濡れた巻き毛をファラの肩から払い、それを指に巻きつけるあいだ、彼女は動かなかった。「きみを覚えている彼の記憶だけだ」

彼女の胸に希望がわき起こり、涙がまたこぼれ落ちて視界をぼやけさせた。激しい苦痛と苦悶に満ちた喜びという両極端の力で体が引き裂かれるように思えた。ドゥーガン・マッケンジーは彼女の腕へと戻ってきていたのだ。生きて。傷ついて。力強くなって。けれども彼女の手に触れられることには耐えられず、彼女に心を許そうともしない。

神様はどうしてこんなに残酷なの?

ファラは手をあげると、濡れた髪をどかして彼の額を撫でた。「あなたはちっとも彼みたいに見えないわ」彼女は畏怖の念をこめてつぶやいた。「ドゥーガンはとても小さかったし、顔はもっと丸くて、やわらかかった。それでも、あなたの暗い瞳のなかには彼が見える。あの愛らしい、いたずら好きで頭のいい少年が。だから、そうよ、彼が死ぬなんてありえない。わたしはずっとそれを知っていたんだと思う。だからあなたのことを放っておけなかったのよ」

「そんなのは不可能だ」彼は言った。

ブルーのスカートの裾を持ちあげてみると、下の白いペチコートはまだ濡れていなかった。彼女はその裾を一本の指に巻きつけると、子どもの頃にやったように、彼の顔から雨のしずくをぬぐってやった。

彼は用心して身をこわばらせたものの、動かなかった。彼女が遠い昔にやったのと同じことを繰り返すあいだ、まばたきも、息もできなかった。

「不可能なんかじゃないわ」彼女は言った。「アップルクロスの聖具保管室であなたが教えてくれたゲール語の呪文よ。あの最後の言葉にあったでしょう」

生まれ変わっても

魂はまためぐり会いその人であることを知る。
そしてふたたび愛しあう。
そして思いだす。

「わたしは思いだしたわ、ドゥーガン。そして、あなたは決して忘れたことなどなかったはずよ」彼女はペチコートをはらりと落とし、彼の険しい顔のしわを指でそっとなぞった。新しい形の彼を記憶するかのように。「わたしの魂はあなたの魂に気づいた——そして生まれ変わったの。あなたのその目の奥に、その手袋の下に、何かがあるってわかっていたのよ。何年ものあいだ失っていたものをわたしにもう一度与えてくれる何かがあると」ファラは彼に抱きつき、両腕を彼の首に巻きつけた。最初のキスは塩辛くて絶望の味がした。涙が混じりあった。どれがどちらの涙か、彼女にはもうわからなかった。唇が触れあい、体がとろける。そして、ついに、奇跡が起きた。

彼の太い両腕が彼女を包んで抱き寄せた。両手がファラの髪に差しこまれ、彼は彼女の唇を奪った。彼は後ろの石壁のように大きくて硬かった。彼女のぬくもりで溶かされる氷の山だった。しかし、その唇は彼女を罰することも、要求することもなかった。今度のキスは闇とためらいに満ちていた。彼自身もつかみきれていない感情が混乱したかたまりとなって彼女の口に注ぎこまれてくるようだった。

ファラはそのすべてを受け入れた。すべての感情をしっかりと受けとめて、あとで彼がそれを整理するのを手伝いたかった。ふたりがどういう大人になったのかを確認したあとで。

危険な男の腕のなかで、彼女は安全だと感じていた。破壊され、建て直された家に帰ってきた気がした。同じ骨格、同じ構造。けれども、核にあるものは新しい。以前知っていたはずだと思えばなおさら、それは馴染みのないもののように思われた。彼女の知らないところで壁や障害物が幾重にも張りめぐらされていた。

でも、そんなことはどうでもいい。この人がどういう大人になったのか、これから学んでいけばいいのよ。直せるところはわたしの愛の力でもとどおりにして、直せないものは受け入れて順応していけばいい。

「あなたを愛しているわ、ドゥーガン」彼女は彼の口に向かってつぶやいた。「ずっと、前からずっと、あなたを愛していた」

彼はファラの髪から手を放して肩をつかみ、いきなり彼女を遠くに押しやった。目の上の深い傷跡で雨を受けながら彼女を見やったその凄《すさ》まじい表情に、ファラは嵐が運んできていた寒気を初めて実感した。彼の呼吸は荒く、唇はキスのせいでほんのり色づいているが、そのほかはまるで生気が感じられない。ファラの心臓は恐怖につかまれた。

「わたしはドリアン・ブラックウェルだ」彼は言葉により重みを持たせようとするかのように彼女の肩を揺すった。「大人になってからずっと、そしてこの悲惨な人生が終わるまで」

「どうしてそんなことになったの？」彼女は優しく尋ね、自分自身を安定させるために両手を彼の胸に置いた。硬い筋肉のなかに奇妙に盛りあがっているものを感じて、彼女は指でなぞった。縫ったあと？　傷？　ふと気づくとその手は胸から引きはがされていた。

「それは血まみれで死に満ちたまた別の話だ」彼は警告した。

「教えて」彼女は言いつのった。両手をスカートのなかで握りしめ、彼が話を終えるまではどんなに触れたくても手を伸ばすまいと自分に誓った。

規則的なリズムで雨が彼らを打ち、石の壁を流れ落ちる。その黒い流れは血の染みを思いださせた。地面は芝生で覆われ、壁が途切れたところは高い生垣で隠されている。つぼみが春の訪れに目覚めかけているが、まだ花を咲かせてはいない。すてきな庭だった。しかしドリアンの話は棺にかける布のように世界を覆うものだった。この美しい一角を輝かせておくことすらできないほど悲惨な話が彼の口から語られた。

「わたしは判決が下される前に父に手紙を書いた。レイヴンクロフト侯爵へイミッシュ・マッケンジー領主に懇願したんだ。自分のために助けを乞うだけでなく、きみの居場所を突きとめるのに父の力を借りたかった。きみを無事に守りたかった」一瞬ファラを見た彼の目は、さっと生垣へ飛び、冬の息吹が残る枯れた茂みを見つめたまま動かなくなった。

「父からの返事はなかったが、状況が絶望的になるにつれ、わたしはもっと頻繁に手紙を書いた。その結果、父はわたしのために弁護士をひとり雇うのに必要なはした金の代わりに、彼の友人であり同僚でもあるローランド・クランマー判事にとんでもない大金を払ってわたしを始末するよう頼んだ。そしてクランマーは、ニューゲートでも最低の悪徳看守三人にわたしを死ぬまで叩きのめせと言って金を渡した」

ファラは息をのんだ。心臓が飛びださないよう、震える手で胸を押さえた。「彼らは——代わりにドリアンを殺したの？」

「彼はたまたま、わたしと同じ房に入っていたウォルターズとともに外部との暗号通信の仕事を請け負っていた。それでその晩、彼とわたしは房を入れ替わっていたんだ。のろまな看守どもはふたりの違いに気づかないとわかっていたから」

「ウォルターズって、つまり——フランク？」

彼はほんの一瞬まぶたを閉じた。「ウォルターズはかつては聡明《そうめい》で獰猛な男で、その天才的な技にまつわる愉快な話には事欠かなかった。これまでに逮捕されたなかでも最高の腕を持つ偽造職人のひとりだ。あの晩、やつらは彼も殺そうとしたが、彼は生き延びてきみの知っているあの優しいうすのろになった。やつらがウォルターズを生かしておいたのは、何があったか彼は覚えておらず、そこから不利な証言が出ることはないとわかったからだろう」

頬が濡れているのは雨のせいなのか、それとも自分の涙のせいなのか、ファラにはよくわからなかった。「ああ、なんてこと」彼女は鼻をすすった。「あなたのお父様がすべての発端だったというの？」

ぞっとするような満足げな笑みが彼女の夫の口をゆがめた。「彼はその代償を払い、わたしの怒りを買った最初の人間になった。彼の資金はわたしが世に出ていくのに役立ったよ。それから言うまでもなく、今では新しいレイヴンクロフト侯爵がいる。正統な跡継ぎのリアム・マッケンジー領主がな」

ファラは老マッケンジーに何が起きたのか知りたくもなかったし、自分の息子を殺させるために金を払うような男に情けをかける気にもなれなかった。

「リアム・マッケンジーというのは……あなたのお兄さんなの？」彼女はささやいた。

「腹違いの兄弟だ」彼はつっけんどんに言った。「わたしは無数にいるマッケンジーの婚外子のひとりに過ぎない。誰もマッケンジー領主にはかかわらないようにしている」

「なぜ？」ファラは尋ねた。

彼は目をそらした。その話は終わりだという合図だ。

彼女は先に進むことにした。「クランマーは行方不明なのよね？」

「死んだ。その死体が見つかることは決してない」

ファラは驚かなかった。「あなたはどうやってブラックウェルになりすましたの？」

彼の唇の端があがり、不快そうにゆがんだ冷笑が浮かんだ。「鉄道作業も監獄も、その不潔さは表現する言葉もないほどだ。伝染病は暴力よりも多くの人間を殺した」彼は明らかにもよおした吐き気を無理やりのみこんだ。「わたしたちは本当に兄弟のようだった。ブラックハート・ブラザーズだ。労働のときは太陽と寒さから身を守るために、顔にも体にもすすと泥を塗りたくっていた。おかげで、ふたりが並んで立っていなければ、話しかけている相手がどちらなのかは誰にもわからないくらいだった。わたしはハイランド訛りを消し、彼の癖や訛りを早々に身につけた。彼と同じくらい体が大きくなってしまえば見分けはつかなかった」

「あなたが本当は何者か知っているのは？」彼女は尋ねた。

「マードック、アージェント、タロウ、それから――まあ、ウォルターズはたいてい頭が混乱しているが、われわれ五人がニューゲートを支配した。「あの房で死んだのがわたしだと思われていること」彼は傷を負った手をこぶしに握りしめた。「あの房で死んだのがわたしだと思われていることを、われわれはみな知っていた。そして、復讐を誓った。以来、われわれは復讐し続けているというわけだ」

ファラは彼の話をのみこめそうになかった。悪臭を放つ肉のように、地面に吐きだしたい気分だった。「あなたは彼の名前を決して言おうとしないのね」彼女はつぶやいた。「ドリアン・ブラックウェルという、死んだ少年の名を」

「きみは理解していないようだ。誰だったにせよ、少年だったわたしは彼の体とともにあの合同墓地に埋葬されている。きみが結婚したのはドゥーガン・マッケンジーではない」

「いいえ、そうよ」ファラは静かにささやいた。

彼は立ちあがり、気の進まない処刑人のように彼女の上にそびえ立った。「わたしがドリアン・ブラックウェルだ。これからもずっと。彼はわたしのなかに生きている」

ファラは膝立ちになった。立ちあがるつもりだったが、彼が一歩さがったのでそれ以上は動かなかった。「だったら――わたしはあなたをドリアン・ブラックウェルとして愛するわ」

彼女は言った。「だってわたしはあなたと結婚したんですもの」

彼の顔がこわばり、静かで痛みに満ちた絶望が彼女の胸を刺した。「愛などと口にするな、ファラ。それはわたしが与えることができないものなのだから」

彼女は呆然として尻もちをついた。彼の言葉に押し倒されたかのようだった。「なんですって？」もちろん、ドリアンは前にもそう言った。けれど――今は事情が違うのに。

「わたしはきみに保護を与えることができる。きみに代わって復讐することができる。きみの遺産はすでに取り戻した。だが、きみにわたしの心を差しだすことはできない。なぜなら、持っていないものを与えることはできないからだ」

ファラは誇りを忘れ、強い人間であることを忘れ、彼のために血を流して彼の前にひれ伏し、哀願する形で両手を握りしめていた。できることならば彼になんでも与えたかった。彼女の心を。魂を。命を。彼は死の国からよみがえった、魂でつながっている恋人だ。今また彼を失えば、彼女は死んでしまう。彼がこれまで何をしてきたか、何が彼をそれに駆り立てたかは、もうどうでもよかった。その罪を自分のものとして、罰を受けてもかまわない。彼の記憶の重荷を自分の細い肩に背負うのも厭《いと》わなかった。「だったら、わたしの心をあなたが持っていて」彼女は言った。

「わたしに心を捧げるなんて、きみは愚か者だ」彼はあざけった。見たこともないような恐ろしい顔つきになっていた。

「それなら愚か者でいいわ」彼女は言い張った。「今までもそうだったんですもの」

「わたしは愚か者などごめんだ！」彼は怒りに声を荒らげた。「きみはドゥーガンに心を捧げた。それが何を意味するかも知らないうちに。わたしに捧げたのではない」

　彼女は彼のこぶしをつかまえ、傷ついた関節にキスをした。「でももうドリアンに盗まれてしまったわ。彼は盗みを働く追いはぎだもの」

「だったら取り返せ！」彼は彼女の手からこぶしを引き抜き、バランスを崩して倒れこんだ。ファラは泥の上に両手をついた。「わたしの手のなかにあれば、それは破壊されてしまう。毒されてしまう。わたしはそれを汚し、きみはわたしを憎むようになるだろう。それをわたしに与えたきみ自身のことも」彼は言い返す隙を与えず彼女に指を突きつけた。「わたしの人生はどこもかしこも残酷で血にまみれている——きみにかかわる部分以外のすべてが。わたしは自分の数えきれないほどの罪状に、きみを壊した罪を加えたくない」

「ふたりでなら、それを変えられるわ」彼女は叫んだ。「一緒になら」

彼はかがみこみ、冷徹な顔を彼女の目の前に突きだした。その顔から彼女の肌に水滴がしたたり落ちる。「きみは本当に何も見えていない。わたしは変わりたくなどないんだ。ベン・モア城のブラックハートでいることに満足している。この帝国を動かすばかどもを自分のあやつり人形にすることを楽しんでいる。他人の恐怖がわたしの栄養になる。敵を殺して警察を出し抜くのがわたしの娯楽だ。救う価値のある英雄などではないんだよ、ファラ。わたしはかつてきみを愛した少年ではない。ならず者だ――」

「それでいいわ!」ファラは汚れた両手をあげた。「わかりました。すべて受け入れるわ、何もかも。今のあなたのままで。ドリアン・ブラックウェル、ベン・モア城のブラックハートとして。あなたがどういう人なのか、わたしは見てきたわ。気にかけていないふりをしながら、あなたがまわりの人たちをどんなに大切にしているか、わたしにはわかってる。わたしはあなたの妻なのよ。十七年間、あなたの妻だった。あなたを愛しているわ」

彼が口を開いたとき、彼女は苦痛に満ちた感情のかけらがちらりと見えた気がした。彼はそれを氷と石の仮面の奥でひねりつぶす前に、自分の骨から引きはがそうともがいているのではないか?「きみの考えはお見通しだぞ、ファラ。前にもわたしにそう言ったというのだろう? わたしを愛し、わたしを受け入れる、と。思いやりと親切をあますところなく発揮して、わたしをよりよい人間にしようと」

彼は鋭い。無情なまでに正しい。ファラはたじろがないよう必死でこらえた。

「この下に、よりよい人間などいないんだ」彼は自分の傷ついた目を指した。「実のところ、きみといると、わたしはどんどん悪人になる。きみのそばにいると自制が利かなくなってしまうんだ、ファラ。きみに触れることを考えただけで狂気にとりつかれてしまう。わたし以外の男がきみに触れると思うと……」彼は彼女の手首をつかみ、目の前に掲げた。「わたしが何をしたか見るがいい。わたしが——上の部屋できみに無理やり何をしたか」

「あなたが無理やりしたわけではないわ」ファラはささやいた。「わたしが——あなたを求めたの」

「わたしは無理にでもきみを奪っただろう」

「そんなことがあなたにできたはずがない」彼女は言い返した。「ドリアン、わたしは決してあなたを拒まない。わたしはあなたのもの。あなただけのもの。あなたがいつも言っていたとおりよ」

彼は彼女の目の前でみるみる見知らぬ他人に変貌した。怒りっぽく所有欲の強いドゥーガン・マッケンジーはあとかたもなくなり、冷たくよそよそしい、支配者然としたドリアン・ブラックウェルさえも姿を消した。彼の目から失せたのは光と生気だけではなかった。影と謎もいつしか消えていた。まるで、彼が崖から飛びおりるのを見ているようだった。ファラはこんなにも自分が無力だと感じたことはなかった。ベッドに両手を縛りつけられているときでさえも。愛する少年と引き離されたときでさえも、これほど無力ではなかった。

「あなたの約束はどうなるの？」彼女は彼に思いださせようと必死だった。「あなたは約束したわ、わたしに子どもを授けてくれると」

「これからもこんなふうに、きみの期待は裏切られることになると思ってくれ」

「でも、あなたは言ったわ、約束は必ず守るって」

「そう言ったのは間違いだった」

ファラはパニックに襲われた。彼はただ殻にこもったのではない。死のうとしている。今ここで、彼女の目の前で。最後に残った人間的な絆を断ち切って。こんなにも長いこと彼女を探し続けてきた彼自身の心も捨てて。

「なぜなの？」彼女は懇願するような声しか出せない自分を呪った。

「さっき言ったとおりさ」彼は背筋を伸ばした。「愚か者はごめんだ」

彼はまるで水たまりをよけるかのように彼女を踏み越えると、大股で家に向かっていった。

ファラは、びしょ濡れの服が張りついて矢のようにまっすぐ伸びている彼の背中を見つめた。

彼女はぐっしょり濡れて重いスカートと格闘してなんとか立ちあがった。心がずきずき痛み、敷石を踏みながら歩いていく彼の足音に共鳴した。心を彼のブーツの下に差しだしたようなものだ。彼が一歩踏むごとに、心臓が鼓動を打つ。

いいえ、わたしはそうたやすく踏み消される炎ではないわ。「だったらなぜ、わたしと結婚したの？」彼女は後ろから声をかけ、濡れた巻き毛を目から払いのけた。「今さらわたしを捨てるくらいなら、なぜわざわざわたしをつかまえて、わたしの人生をあなたの人生に縛りつけたりしたの？　いったいその要点はどこにあるの？」

「要点は、わたしがひどいやつ《バスタード》だということだ」彼は振り返って答えた。「畜生でも、婚外子でも、とにかくその言葉が持つあらゆる意味において」

21

「どうして彼女と一緒に行かないんだ？」マードックは百万回目にもなろうかという問いを口にした。「こんなところに閉じこもって死ぬまでひとりで仕事をしているより、ずっと目の保養にもなるだろうに」

ドリアンは朝から棚卸しをしていた本の木箱を開ける手を止めて顔をあげ、汗まみれの額をぬぐった。すでに何百回となく図書室の梯子《はしご》をのぼりおりしているが、すべての本がおさまるべきところにおさまるまで、あと百回はのぼることになるだろう。そのあとはワイン貯蔵室の整理をするのもいいかもしれない。過去のつらい記憶にもかかわらず、彼の手はハンマーや斧《おの》を握りたくてうずうずすることもしばしばだった。フランスまでトンネルを掘ることだってできるかもしれない。ひとりきりで。

「ブラックウェル――」

「これをやるか、酒を飲むかだ」ドリアンはさえぎった。「どちらか選べ」

「死ぬほど飲むほうが間違いなく楽しいだろうさ」彼の執事はつぶやいた。

どさっと音をたてて金箔張りの厚い本をひと山テーブルに置くと、ほこりが舞った。「彼女の横についていてやらなきゃいけないようなことがあるのか？」彼は怒りもあらわに尋ねた。

「あんたの妻だろうが」マードックが挑みかかるように言った。

ドリアンは手を止めた。胸を刺す苦痛のあまりの激しさに、彼は目の前にある本の背表紙から目をあげることもできなかった。「用心しろよ、老いぼれ」

「別れの言葉も言わないつもりなのか？」

「彼女はハンプシャーに行くだけだ、マードック。インドに行くわけじゃない。列車で一時間かそこらの距離だ」ドリアンはろくに見えないまま本を仕分けた。生きているなかでもっとも古い友人がわけ知り顔で彼を見ている視線を避けるために、ただ本を山から山へと動かしているだけだったが。「このほうがいいんだ」彼はとうとうつぶやいた。

「あんたはばかだ」マードックは宣言した。

「おまえは職を失ってもかまわないのか――」

「彼女はあんたのフェアリーだろ、ドゥーガン。その彼女をどうして追いだすなんてことができるんだ？」

「わたしをその名で呼ぶな」一週間前のあの日、あの庭で、ドリアンの胸には夜空をのみこめそうなほど深い裂け目がぽっかりと口を開けた。彼はそれがいつ肋骨を引き裂いて広がり、地球をのみこむのだろうと思いながら、胸のあたりをさすった。「わたしが彼女にしたことをおまえは見てきただろう」ページをめくると思いがけず指が切れた。「最初から彼女をわたしのもとにずっと置いておくつもりなどなかった。彼女はわたしを父親にしたがっているが、それが最悪な考えだというのはふたりともわかっている。わたしは――完全ではない」

「彼女はあんたを愛してる」マードックは言った。

「ドゥーガンの思い出を愛しているんだ。彼女はドリアンのことをまだろくに知らない。そしてわたしはすでに修復不能なほどの傷を与えてしまった」

「だが、もしあんたが――」

「もしわたしが彼女を傷つけたらどうする？」怒りがこみあげ、ドリアンはマードックの言葉をさえぎった。「もし、寝ているあいだに彼女を傷つけたら？　もっと悪いことだって起こりうる。わたしが怒りでわれを忘れたら、正気を失ったら、どうなる？」

「過去はどうあれ、彼女があんたを幸せにするとしたら、どうなんだ？」マードックは言い返した。「彼女があんたに平安をもたらすとしたら？　希望を与えてくれるとしたら？」

ドリアンはこれまでちびちび飲んでいたハイランド・スコッチのボトルをつかんでぐっとあおり、私道を見晴らす窓のほうへ振り向いた。死ぬまで飲み続けたほうがいいかもしれない。少なくとも、そうすれば腹のなかの炎は今のこの痺れるような絶望よりはましなものになるだろう。それに、レイヴンクロフト領主は自分のところのスコッチで彼が死んだと聞けば喜ぶのではないか？

「わたしのような男に希望などないさ」彼は窓に映る自分に向かって言った。みじめな男が不快そうに彼を見返し、同意したように見えた。「平安など得られるはずがない」

マードックは一瞬ためらってから尋ねた。「わたしらはベン・モア城に戻るのか？」

四頭の馬に引かれた黒い馬車が円形の私道に乗り入れて格子戸の下で止まった。ドリアンはわびしさに心が沈むのを感じながらその様子を眺めた。「わたしはいずれそうするつもりだが、おまえはレディ・ブラックウェルのお供をしてノースウォーク・アビーへ行け」

「そんな！」マードックは反対した。「荷造りなんてしていないのに」

「おまえの荷物は今朝わたしが命じて用意させてある」ドリアンは彼に告げた。「彼女にひとりで旅をさせたくないし、アージェントは――用事がある」

「わかったよ」マードックはおとなしく従った。「だが、彼女はひとりでいることに慣れるべきだな。あんたは彼女に呪いをかけて、孤独そのものの人生を与えたんだから。彼女はベン・モア城のブラックハートの望まれざる妻になった。それがどんなに寂しいことか、あんたはわかってるのか？」

ドリアンはまた酒をあおった。本のことなど忘れ、頭はスコッチとみじめさの海で泳いでいた。「旅の無事を祈るぞ、マードック」彼は取りあわずに言った。

「地獄で腐っちまえ、ブラックウェル」マードックは部屋を出てドアをばたんと閉めた。

もう腐ってるさ。ドリアンは皮肉な息を吐いて、また酒をあおった。そんなに長いあいだ自分が外を見やったまま立っていたとは思わなかったが、ふと気づくとファラが正面の日よけの下から歩みでてくるところだった。

彼女ほど優美で洗練された伯爵夫人はいないだろう。金色の裾飾りがついた緑色の旅行用ドレスに同じ色の帽子を合わせて、複雑にピンでとめられた髪を隠している。その帽子から流れ落ちるように飾られた美しい黒い羽根が金と黒の耳飾りを引き立てていた。

ドリアンは彼女の姿を味わい、記憶に刻みこんだ。ウエストのくびれ。外套のひだ飾り。首の繊細なカーブと、肩に数本垂れている長い巻き毛。

こっちを振り返って見るな。彼は自分から窓を離れることができず、心のなかで懇願した。**きみの目が脳裏に刻まれたら、その目がわたしの夢につきまとうことになる。**

彼女がハンプシャーに行って父親の城を自分のものにすることは、わたしの願いだったはずだ。これ以上、同じ屋根の下に彼女がいることには耐えられない。彼女が眠っているのを眺めながら、彼女を奪いたい、彼女を抱きしめたい、彼女があんなにもたやすく見つけた忘我の境地に自分もたどりつきたいという誘惑に抗うのはもう限界だ。

死者と死にかけの人間の血が彼女の夢を汚すようなことになってはならない。

そして、彼女の夢をきれいなままで守るのはわたしの務めだ。

振り返ってくれるな。

もし振り返ったら、彼女を行かせられなくなる。どこかの海賊が囚人に対してするように彼女を塔に閉じこめ、そして——いや、それから何をするかは自分でも考えたくない。あらゆる種類の倒錯した行いをしてしまうだろう。あの初めての夜からずっと考えないようにしてきた、よこしまな方法で彼女を利用してしまうだろう。

ドリアンはふたたび酒をあおった。

マードックがファラの手を取って馬車に乗るのを手伝っている。彼女の動きが一瞬止まり、その顎が引かれて彼が立っている図書室の窓のほうへと傾いた。

ドリアンは片手を窓ガラスに当てた。自分がアップルクロスにいた頃の少年に戻ったような気がした。**こっちを見ないでくれ。**

彼女は振り返らなかった。振り返って見るべきものなど、何もなかった。

ファラはエイボン川の土手に立って、貴重な静けさをしばし味わった。ノースウォーク・アビーにやってきて何かと好意を示してくれる人たちがわずらわしいわけではない。実際、彼らの相手をするのはいい気晴らしになった。

家の手入れに追われ、思い出をよみがえらせていると、傷心に浸っている暇はなかった。ツリガネソウの甘い香りを含んだ冷たい空気を吸いこみ、ファラはノースウォーク・アビーの切妻屋根を振り返ってほれぼれと眺めた。今のところ、屋根の一面を修理しただけで用はすんでしまったが。頭を働かせれば時間はいくらでもつぶせるが、それが心の問題となると、頭はなんの役にも立たない。

ファラは自分を忙しくさせておくために考えつく限りのことをやった。ノースウォーク・アビーを改装し、マードックとともに移ってきて、自分の財産を取り返し、思っていたよりも莫大な資産を把握することに取り組んだ。あちこちのお茶会やディナーに招かれて、ハンプシャーの社交界にも馴染む努力をした。ノースウォーク伯爵夫人がもっとも新しくて興味深い話題だった理由は、ファラの身の上や結婚相手がかなり変わっていたからだ。

家に戻ろうと決めて、ファラはブーツの爪先で石を蹴った。結婚したという実感はまるでない。ロンドンのブラックウェル邸を出てからのこの二カ月間、ひたすら忙しくて疲れ果てる毎日が続いていた。忙しいというのはあれやこれやなすべきことがあったからで、疲れ果てたのは眠れずに過ごす寂しい夜のせいだった。

彼女が人手を増やすためにベン・モア城からウォルターズとタロウを呼び寄せてもなお、ノースウォーク・アビーは巨大で空っぽに思えた。厨房ではウォルターズとともにジェマが働いている。実はファラは、そうすればドリアンが怒って追いかけてきて、自分の部下たちを呼び戻すのではないかと思っていた。しかし、彼はそうしなかった。マードックによれば、彼は今もロンドンで世捨て人のように暮らしていて、人々は自分の家に囚われているかのような彼のことを恐れているという。

そうではなくて、彼は自分の心に囚われているのだ。

「わたしらはいつロンドンに戻ればいいんでしょうね？」最初のひと月が過ぎたとき、マードックは彼女にそう尋ねたものだった。

「そんなときは永遠に来ないかもしれないわ」ファラは自分の声の辛辣な響きに腹が立った。決して癒えることのない傷がずきずきとうずいている気がした。

「奥さま……」マードックは言いかけたが、結局言うべきことが思いつかなかったようだ。

「わたしは本気よ。彼のところには戻らない。今ではノースウォークがわたしの家。彼は自分の城にこもってくよくよ考えながら一生を棒に振ればいいわ」彼女はその話になると自分がこんなにも怒り、失望し、いらだつことが信じられなかった。自分はいつだって落ち着いていて理屈の通じる女だと思っていた。好奇心と独立心を持ち、かっとしたり怒鳴り散らしたりすることなどない、と。「わたしたちは人生で二度目のチャンスを与えられたのよ――幸せになるチャンスを。彼がどうしようと、わたしはそれをつかんでみせるわ」

ファラはマードックにそんなことを言ったのを後悔したが、どういうわけか彼はその言葉に刺激されたようだった。そして、その二度目のチャンスをタロウと実らせた。

タロウはこのところよく笑顔を見せるようになり、口ごもらなくなった。彼とマードックはふたりの関係を秘密にしていたが、ファラは彼らがお互いを守ったり励ましたりしているのを見逃さなかった。通り過ぎるときにさっと相手の肩に手が触れるとか、タロウが自分の部屋で寝た形跡がないといったことに、ふたりの親密さは表れていた。

ファラ自身は幸せではないということを認めるのにもうひと月かかった。幸せにはほど遠い状態だ。静かな時間には絶望的な孤独がつきまとい、その感覚は大勢の人に囲まれているときでも消えなくなりつつあった。

ファラは庭をそぞろ歩いて厨房のドアに向かった。ウォルターズがパンを焼く匂いがしている。春の果物やクリームを入れたパンを用意しているのかもしれない。それとも、彼がイタリアの料理本で読んだというチェリーの砂糖漬け入りケーキを作る気になったのだろうか。ちょうど、スペイン産のダークチョコレートが届いたところだから、それを使って何か作ろうとしているのかもしれない。

期待でぐうぐう鳴るおなかを押さえて、彼女は入り口のドアをぱっと開けた。その瞬間、目にした光景に口も利けず棒立ちになった。

ぬっと立ったフランク・ウォルターズがジェマを後ろから抱きしめ、顎を彼女の首筋のカーブにのせて、彼女が何かに粉砂糖を振りかけているのを見つめている。

ファラは戸口からふたりを眺めた。彼女がいることにはまだ気づかれていない。木製の調理台に所狭しと材料が広げられているのを見ると、料理しているのはジェマだろう。フランクは厨房を清潔に保つことに関しては強迫観念と言ってもいいほどこだわっていた。

たらい、流し台、コンロ、オーブン、カトラリーと、ノースウォーク・アビーの台所用品はすべて彼が注文してそろえたものだが、いずれも奇妙なくらいベン・モア城で使っていたものとそっくりだった。

ジェマはこの二カ月でもそれほど変わってはいなかったが、ここの生活には適応していた。新しいドレスを着て、肌と髪に艶が戻っている。しかし頑固なまでに自分らしさを押し通していて、卑猥《ひわい》な言葉を武器のように振りかざしていた。

それでも、フランクといるときの彼女の顔にはこれまでファラが想像もしなかったような、壊れやすい危なっかしさを思わせる表情がちらちらと浮かぶことがある。

「きみは乱暴に泡立てすぎるよ」彼は優しく指導し、泡立て器をかきまわす彼女の手を大きな手で包んだ。「ゆっくりとだ。こんなふうに」

「言っただろ、あたしはこういうのは上手じゃないって」ジェマは無愛想に抗議した。「鶏をローストするぐらいならできるけど、ケーキを焼くなんて、熱が出ちまうよ」

フランクは頭を傾けて彼女の顎にキスをした。「きみは上手だよ」彼は自信たっぷりに言いきった。「きみはいろんなことが上手にできる」

「冗談はやめて」ジェマはたしなめた。しかし彼女はふたりのつながれた手を見てほほえみ、彼の腕のなかに体を預けた。

ファラはじりじりとあとずさり、彼らに絶対に気づかれないと確信できるところまで来ると、なるべく静かにドアを閉めた。

ジェマとフランクが？　ファラは眉をひそめ、考えこみながら正面玄関に向かった。自分の問題を脇に追いやることに必死で、彼らが接近していることには気づかなかった。あるいは、ここノースウォークで愛情と希望が育ちつつあることを見るまいと彼女が避けていたのかもしれない。みんなが人生で二度目のチャンスをつかもうとしている。そして愛を。マードックとタロウが、そして今ではジェマとフランクも。

ファラは彼らのことを思って幸せな気持ちになった。優しさと限りない忍耐をもってジェマの相手ができる男性がいるとしたら、それはフランクをおいてほかにいない。娼婦をやめられたジェマは、彼がゆっくりとしか話せなくても、単純なことしかできなくても気にしないだろう。心優しき巨人のフランク・ウォルターズは彼女に自由と保護を与え、何を決断するにしても彼女の意見を尊重するだろう。ジェマはついに自分でやりたいように人生を操縦することができ、フランクのような男だけが与えてくれる純粋な愛を得るのだ。

このロマンスのおかげでファラはいっそう救いようのない孤独を感じた。そんなことはないと強がるわけにはいかない。かといって、これ以上世をすねたくもなかった。大好きな人たちの幸せを恨みたくなかった。自分はそんな人間ではない。

それでも、やっぱり……。

あんなに親密に体をくっつけあっているのを目撃してしまうと、肌がうずくほどの渇望がわき起こるのを止められなかった。マードックとタロウがお互いに触れる手に満ちた愛情も、刃のように彼女の胸を切り裂き、心臓に切りつけてくるようだった。

ファラは何よりも愛することが自分の才能なのだと知っていた。ときに、多くの人の気遣いに心が満たされ、あふれそうなほどの愛情を注いでもらうと、彼女はその愛で世界全体を包みたいと願った。愛されていないすべての子どもを抱きしめたかった。傷ついたすべての魂を救いたかった。愛する男性を抱きしめ、彼に同じだけの愛を返してほしかった。

けれども、彼はそれをしない。それができないのだ。

涙が目の奥を刺し、いらだちだけが募った。

もうたくさんだ。正面の大理石の階段を急ぎ足でのぼり、通り過ぎざまタロウに尋ねる。

「マードックが今どこにいるか知ってる？」

「書斎です、奥さま」

彼に礼を言ったときにはすでに階段を半分あがっていた。彼女は黒い手すりをつかみ、さらに足を速めた。

彼女が入っていくと、マードックはオーク材の大きなデスクから顔をあげた。彼女の悩んでいる顔を見て、老人は心配そうに眉をひそめた。

「大丈夫ですか、奥さま？」

「大丈夫よ、ありがとう」彼女はとっさに自分がなぜ彼を探していたのかわからなくなって、嘘をついた。

「何か探しものでも?」彼は用心しながら尋ね、書斎の端から端へとせわしなく歩きまわる彼女のあとを追いかけた。

「いいえ。ええ。実はそうなの」ファラは歩みを止め、それからまた、不運にも彼女の足の下になってしまった床がひび割れそうな勢いで歩きだした。「わたし――わたし、よくわからないの」わたしったら、めそめそしすぎよ。見捨てられたなんて思ったりして、感傷的になりすぎている。辛抱強くこちらを見つめている友人の目をのぞきこむと、すべてがばかばかしいことに思えた。けれども同時に、絶望的な気もした。

彼女の心を見抜いているようなその目のなかに読み取れたのは、憐れみだった。

「座ったらいかがです?」彼はブロンズ色の長椅子を指し、メイドを呼ぶベルの紐を引っ張った。「紅茶を持ってこさせましょう」

ファラは座りたくなんかないと思っていたが、ふいにどっと疲れを感じて立っていられなくなった。マードックがメイドに紅茶を頼むあいだ、彼女は両手を見つめていた。それからマードックは隣に座り、彼女が考えをまとめて勇気を奮い起こすのを黙って待った。話せるようになったら自分で話しだすだろうとわかっていたのだ。

「夫が恋しいわ」彼女は膝に向かって言った。

「向こうのほうがもっとあなたのことを恋しがっていますよ」

「彼に来てほしいと思っている自分がいる一方で、彼が来るはずがないと知っている自分もいるの」彼女はマードックに向き直り、腹立ちまぎれに涙を払った。「彼の言ったとおりだったわ。わたしって、本当に愚か者だと思う」

「そんなことを言うもんじゃありませんよ」マードックは彼女の手を取った。「彼が愚か者なんです。愛と恐怖は人の心に芽生えるもっとも強力な感情です。わたしはブラックウェルが恐れるのを見たことがない。だから彼はあんなに危険な男なんです。どれほど多くのものを手に入れても、彼は失うものなど何もないというように生きてきた。死をも恐れないというように」

ファラは立ちあがった。落ち着かなくて座っていられなかった。熱くほとばしる憤怒《ふんぬ》が槍《やり》のように彼女を突き刺し、心臓まで貫かれそうだ。「彼は死を恐れない、けれども生を恐れているというの？　そんなの、ばかげているわ！」

「彼は危険な男なんですよ、奥さま。彼は自分があなたを傷つけることを恐れている。希望を持つことを自分に許して、あなたをふたたび失うことを恐れている。最初に失ったときに、彼はもう生きていられないというほどの思いを味わったんですから」

ファラは両腕で自分の体を抱きしめてデスクにもたれた。「彼の身に起こった最悪なことはみんな、わたしを愛したせいで起きたこと。だからなのかしら――」

「そうじゃない」マードックは彼女を制するように片手を突きだしたが、彼女に近づきはしなかった。「彼が闘わなければならなかった状況や敵は実にさまざまだった。あなたがかかわっていようといまいと、たいして変わりはなかったかもしれません。婚外子や孤児の運命なんてそんなものです」

「それでは意味が通らないわ」彼女は嘆いた。「自分には関係のないものだと言いながら、どうしてそれを失うことをそんなに恐れるの？　誰にだって幸せをつかむ資格があるわ。ベン・モア城のブラックハートにだって。彼は特に資格がある」

「あなたもですよ、奥さま」

「わたしもね」ファラは電流のように体を走り抜けた啓示に背筋を伸ばした。「わたし、彼にすごく腹を立てているの。彼は生得権を取り戻させたことでわたしにすごく恩を売ったと思ってる。もちろん、わたしがそれに感謝していないということではないのよ。でも、彼はわたしが望んだたったひとつのものをわたしから奪ったわ」彼女はマードックの顔がどんどん心配そうになるのをよそに、激しく手を振りまわした。

「それはいったいなんなんです？」彼はためらいがちに尋ねた。

「家族よ、マードック」ファラはデスクの後ろへとずかずか歩いていって、紋章入りの便箋とペンを取りだした。夫に最後に会ってから、生理が二度来た。そのたびに彼女は三十回目の誕生日が近づいていることを思いださせられ、子どもを産むのに猶予があとどれだけあるのかと焦りを覚えた。「彼がそんなに恐れているのなら、そんなにわたしを愛することを拒むのなら、それは彼の勝手よ。でも、ドリアン・ブラックウェルがわたしに与えると約束したものを反故《ほご》にしてすむと思っているのなら、思い知らせてやるわ」

「何をするつもりですか、奥さま?」マードックはゆっくり立ちあがった。

「手紙を書くのよ」

彼は疑問符を目に浮かべて便箋を見た。

「わたしは自分の人生を生きるわ、マードック」彼女は宣言した。「わたしは家族を作るつもりよ。彼がかかわろうと、かかわるまいと」

マードックは絞首台へ引きたてられる覚悟をした男のような顔で座った。「ドリアン・ブラックウェルに最後通牒《つうちょう》を突きつけて、それを後悔しない人間はいませんよ」彼は警告した。

「これは最後通牒ではないわ、マードック。最後のチャンスよ。そして彼はそれをつかむのを恐れているかもしれないけれど、わたしは違うわ」

「彼が壊れてしまうかもしれない。どうか、彼を叩きのめさないでやってください」

ファラは目をあげた。どうしようもない夫への忠誠心には感謝しつつも、マードックをにらみつけずにはいられなかった。「わたしは十年以上も男だらけの職場で働いてきたのよ」彼女は告げた。「男というものがどうやったら壊れてばらばらになって、どうやったらもとどおりになるかはちゃんとわかってる。あなたはそんなことは無理だと思っているでしょうけど、わたしは彼を立て直してみせるわ、マードック。奪われた未来はふたりで取り戻せるはずなのよ」彼女は椅子に座り、デスクに向かった。

マードックはきれいに刈りこんだ顎ひげを一度撫でてから、ペンに手を伸ばした。ゆっくりと時間をかけてキャップを外すと、彼女にペンを手渡しながら言った。「ずっと考えているんですがね、わたしが恐れてきたのは別のブラックウェルだったようです」

「あんた、ひどい顔してるぞ」クリストファー・アージェントはロンドンのドリアンの書斎で葉巻をふかし、相手をじっくり観察しながら言った。

ドリアンは自分がどんな様子か、よくわかっていた。今朝ガラスに映った姿を見て自分でもたじろいだほどだ。この二カ月で体重が減り、肌は鋭くがっしりした骨にさらにぴったり張りついて、傷跡や年齢から来るしわをいっそう目立たせている。たしかに、地獄の底から彼を引きずりこもうと現れた暗黒世界の化け物に見えなくもない。食べ物はほとんど喉を通らないし、眠れる時間もどんどん短くなっている。彼は働き、酒を飲み、夜は災難を求めてロンドンの通りをうろついた。

ときには彼が災難を見つけた。向こうから彼のほうに寄ってくることもあった。

それでも彼は生きている。渇望している。

彼女がいないという拷問は、彼の体に傷をつけた拷問よりもなおつらかった。彼はそこにいない彼女につきまとわれていた。とりつかれていたと言ってもいい。肌が燃え、胸は痛んだ。彼女がほしかった。求めていた。渇望していた。

「最後にひげを剃ったのはいつだ？」アージェントが尋ね、自分のひげを優雅に撫でた。赤褐色の髪よりも少し赤みの強いひげは鋭い顎に沿ってきちんと刈りこまれ、ますます痩せこけて残忍な顔つきはとても紳士には見えない。

ドリアンは問いには答えなかった。今日はワイン貯蔵室で仕事をしたあとで風呂に入った。彼に考えられるのはそれだけだった。「やつはどうなった？」彼は詰問した。

ハロルド・ウォリントンは保釈金を払い、謀殺を企てた容疑での尋問を先延ばしにしていた。彼はそのまま行方をくらましている。

腐敗した司法制度は諸刃《もろは》の剣《つるぎ》だ。ドリアンという名の悪党からの賄賂、あるいは脅迫を唯々諾々として受けるような判事は、間違いなく簡単に寝返るだろう。

ウォリントンを釈放した判事はベン・モア城のブラックハートにたて突いたことを後悔するがいい。ドリアンは暗い目をして考えた。その件はあとで処理することにしよう。

「それを言いに来たんだ」葉巻を吸うと、アージェントの荒れた声はさらにざらついて凄みを増す。「今朝、警官どもがテムズ川から死体をひとつ釣りあげた。マクタヴィッシュによれば、それがウォリントンだそうだ」

ドリアンの頭がぱっとあがった。「本当か？　おまえはその死体を見たのか？」

アージェントはうなずいた。「あの悪党が消えたときに着ていた紋章つきの上着だった。

あんたが言ってたとおりさ。あのでぶ、水に浸《つ》かってさらにぶくぶくふくれあがって、抱えあげるのに警官五人がかりだったよ」

この数カ月ドリアンの肩に居座っていた重みが消え、うずくような頭痛が襲ってきた。

アージェントは独特の冷たく鋭い目で彼を見ていた。相手を人間ではなく、解剖する対象として見ている目だ。

「どうして彼女のところに行かないんだ？」アージェントが尋ねた。「もうウォリントンのことは問題じゃなくなっただろ？」

「わたしは――行けない」ドリアンは顔をゆがめた。彼の体はあまりにきつく張りつめてしまっている。一度彼女に差しだされた甘美な悦びを味わってしまった以上、その歓喜がもたらす忘我の境地を知ってしまった以上、彼女が安心して彼と同じ部屋にいられるはずもない。今でさえ、彼の体は反応しているというのに。

アージェントは頭を振って椅子から立ちあがり、灰皿で葉巻を揉みつぶした。「ドゥーガン・マッケンジーが彼のフェアリーをあきらめるのを、この目で見ることになるとは思いもしなかったな」彼は気遣わしそうな視線をちらりとドリアンに向けた。

「次にその名でわたしを呼んだ人間は舌を引っこ抜かれるぞ」ドリアンはうなった。「彼女をあきらめてなどいない。わたしたちは結婚したんだ。彼女は今もわたしのものだ」

疑念もあらわに額にしわを寄せたものの、アージェントは賢明にも黙っていた。

「お手紙です、ブラックウェル様」従僕が銀のトレイにのせて薄い封筒を持ってきた。それを受け取ったドリアンは、ノースウォークの紋章を目にして胃が引きつるのを感じた。

なぜ彼女はわたしの紋章で封をしなかったんだ？　彼は封蠟《ふうろう》を破って手紙を取りだしながら不思議に思った。

「じゃあ、おれはそろそろ行くとしよう」アージェントは呼び鈴を引っ張り、下男に外套を持ってくるよう命じた。手紙を読み進めるドリアンのこめかみに怒りの青筋が立った。

ドリアンへ

わたしたちの状況をよく考えた末に、あなたを約束から解放してあげようと決心しました。家族を作りたいというわたしの気持ちはまだ残っています。ですから、わたしは自分の目的が達成されるまで、要件を満たす別の候補を受け入れるつもりです。

この手紙を読んでいるあなたが元気で、平安を見つけられるよう、心から祈ります。

草々

レディ・ファラ・リー・ブラックウェル、ノースウォーク伯爵夫人

ドリアンは手紙を握りつぶし、立ちあがってそれを暖炉に投げこんだ。経験したことがないほどの怒りが全身を駆け抜け、体が実際にがくがく震えたほどだった。ならず者の冷静な

論理と残酷な計算の下には、怒りと欲望にあふれた激情の獣が眠っている。人には自分のものを守るために全力で闘わなければならないときがあり、そんなときには岩でも武器でも使ってなんとしても敵を倒さなければならない。この獣はそんな野蛮な時間を過ごすうちに育ってきたのだ。今、彼の体内でその獣が猛《たけ》り狂っていた。

わたしの妻に触れる男がいたら、両手両足をもぎ取ってやる。

ぼくのもの。その言葉がよみがえると同時に、彼の血が轟々《ごうごう》と音をたてて流れ始めた。その言葉を思いながら、彼は息を吐いた。持っていないと思っていた心臓《ハート》が、遠い昔にスコットランドの荒野で彼女に出会った瞬間から刻まれていたスタッカートのリズムで鼓動を打つ。

ぼくだけのもの。

アージェントの言葉は虫の羽音ほどにも聞こえていなかった。ドリアンはその横をさっと通り過ぎ、外套に手を伸ばしながら馬を用意しろと怒鳴った。

ファラが彼の条件をのむはずがないことはわかっていてしかるべきだった。彼女が黙って引きさがるわけがないのだ。しかしドリアンは、彼女が子どもほしさに別の男をベッドに引き入れるような真似はするはずがないと思っていた。

家族を作りたいって？　それなら領地が子どもだらけになるくらい、彼女の腹に種を植えつけてやる。歩けなくなるまで彼女を奪ってやる。わたしは高潔な道を行こうとしたのだ。わたしの人生にまとわりつく危険から彼女を守ろうと、最善を尽くした。

もうやめだ。彼女は危険なゲームに勝った。ベン・モア城のブラックハートの愛がほしいって？　与えてやろうじゃないか。そして、それに伴うすべての危険と暗闇も。

22

ファラはマダム・サンドリーヌが帰っていったあとも長いこと衣装部屋の丸い台の上に立ち、姿見に映る自分の姿を見つめていた。

遅い春が訪れたハンプシャーの谷に夜がしなやかに忍び寄り、エメラルドの広野を一面黒い影に変えた。西の水平線に紺碧《こんぺき》の光がひと筋だけ残っている。ファラはバルコニーに続くドアを開け放ち、やわらかなそよ風に髪をなぶらせた。

彼女が今着ているラベンダー色のレースのナイトガウンは、瞳のなかに自分でも見たことのないすみれ色の色味を引きだしていた。巻き毛が大きくうねって両腕に巻きつき、ろうそくの光を受けてほとんど透けているような輝きを放った。ナイトガウンとしては、これはかなり扇情的だ。襟元のラインは詰まっているが、透き通った布地は体にぴったりと張りつき、かすかな風に寒さを感じてとがった乳首が強調されている。

彼女はメイドもほとんどつけずにひとりで寝起きしていたが、新しくあつらえた数着のドレスとともにマダム・サンドリーヌがノースウォークまで持ってきてくれた下着を試してみずにはいられなかった。見せる相手もいないが、肌に触れる生地のなまめかしい感触は気に入った。裾は足首すれすれの長さだ。男の手が裾を握り、その下の脚をあらわにしていくさまを思わず想像した。

ああ、いけないわ。でも、最近はしょっちゅうそんなことを考えてしまう。快楽を一度味わってしまうと、それなしで生きていくのは難しくなるのかしら。もちろん、彼女が経験したような強烈で最高の体験が誰とでもできるとは限らないことは、ファラもよくわかっていた。それに、夫以外の誰かが自分のベッドに入ってくるのを許すというのは、考えられないくらい難しいことになるだろうとも気づいていた。

彼がほしかった。子どもよりも、爵位よりも、ドゥーガンを取り戻したかった。それだけでなく、あの洗練された捕食者で犯罪者のドリアン・ブラックウェルもほしかった。彼の冷ややかな傲慢さ、鋭い知性、それに彼女を追いかけるあの目が恋しかった。

わたしを見つめているあの目が。

このナイトガウンを着ている姿を彼に見てほしい。ろうそくの前に立ち、彼の前で布地を肌にぴったりと這わせ、彼を誘惑したい。彼の理性はどの時点ではじけ飛ぶのかしら。いつジャガーのように飛びかかってくるかしら。

その空想は彼女の腿を引きしめ、脚のあいだに潤ったぬくもりをわき起こさせた。このナイトガウンを着ていると、本当に妖精のように見える。それも夫に見てほしかった。彼女が今もまだ彼のフェアリーになれるところを見せたかった。かつてそうしたように、愛するということを彼に教えることができる妖精だとわかってほしかった。

かちっという音で思考がとぎれ、彼女はさっと振り返った。ろうそくの向こうの闇のなかに影が走りこんだのが見えた。誰？　「ドリアンなの？」彼女は呼びかけた。

「おまえはまだ自分があのろくでなしの夫に見捨てられたことを受け入れられないのか？」

彼女の悪夢につきまとう声が影から歩みでた。「不憫《ふびん》だな」

ファラはとっさに反応し、従僕を呼ぶベルの引き紐に向かって走った。しかし、銃の撃鉄を起こすかちりという音に足が止まった。

「一歩でも動けば、あの鏡をおまえの血で染めることになるぞ」

「ウォリントン」彼女は息をのんだ。彼が保釈されたことは知っていた。その後、行方をくらましたとも聞いていた。だがマードックの話では、彼は死体で発見されたはずだ。

「どうやってここに入ったの？」彼女はドアのほうを向いて立っていたし、バルコニーは二階の高さにある。石壁は平らでよじのぼる手がかりさえない。

彼の目は真っ赤な顔のなかでふたつの大きな怒りの炎となっていた。「わたしはおまえが生きているよりも長くこの家で暮らしていたんだぞ、この甘やかされたあばずれめ」彼は威嚇するように一歩前に踏みだした。「ここはわたしの家なんだ」

「ここはわたしの父の家だったのよ」彼女は言い返した。

ウォリントンは嘲笑った。「だが、わたしはここの秘密をすべて知っている」

ファラはさっとベッドを見やると、体を隠すように両腕を胸の前で交差させた。手足に力が入らない。首も凍りついたように動かなかった。筋肉が恐怖にがんじがらめにされているようだ。「何を——何が望みなの？」

「わたしはわたしのものがほしいんだ！」ウォリントンは激高してファラににじり寄り、冷たい銃口を彼女のこめかみに押しつけた。

つまり、わたしを。パニックが腹の底を突き刺し、彼女はその痛みに体をふたつ折りにしそうになった。

「わたしの夫が戻る前に逃げたほうがいいわよ」嘘のつき方がいくらかでもうまくなっているといいけれど、と思いながら彼女は虚勢を張った。「彼は危険な人よ。あなたが今すぐここを出ていけば、わたしは彼にあなたのあとを追わせないわ」

まもなく五十歳になろうというウォリントンは若い頃よりも少しだけふっくらしていたが、がっしりした体格は変わっていなかった。ファラは彼が戦争で彼女の父とともに戦ったことを思いだした。彼が父の命を救ったのだ。だからロバート・タウンゼンドは彼をそばに置いていたのだろうか？　感謝の気持ちから？

彼は薄明かりの下に進みでていたので、数カ月前よりも肌が荒れているのが見て取れた。首の片側の皮膚はただれ、息はくさい。腐敗と死の臭いがする。

彼が顔をさげて近づいてくると、彼女はたじろいだ。「おまえが結婚したあの醜いろくでなしは、おまえの顔を見るのも耐えられないんだよ。おまえを愛してなどいない。助けになど来るものか。おまえが消えても誰も気づきやしないさ。手遅れになるまでな」

彼の言葉に含まれた真実が、頭に突きつけられた銃よりも彼女を怯えさせた。彼女は夜になると床に就いていた。たとえメイドのマーガレットが主人の様子を見に来たとしても、彼女はファラがベッドに入る前に用足しにでも行ったのだと思うだろう。

ウォリントンが恐ろしい望みを遂げるまで、誰もファラを探しはしない。

「わたしはあなたが望むものを与えることはできないわ」

「そんなことはわかっている」ウォリントンは歯をむきだして笑った。目をぐるりとまわして笑う顔は正気の人間のそれとは思えなかった。「意外だったか?」鉤爪《かぎづめ》のような指が彼女の腕をつかみ、大きな衣装だんすが置かれた東の壁のほうに引っ張った。「わたしは望むものを手に入れる前に死ぬだろう。だが、少なくともしかるべき復讐はやり遂げる」

ファラはもがいた。どこだろうと彼と一緒に行けば自分の命はない。

小さなノックの音がドアに響いた。「奥さま?」マードックの声だ。

「やつを追い払え」ウォリントンがささやき、彼女の首が曲がるほど強く銃を突きつけた。

「わたし——わたしはもう床に就いたのよ、マードック」ファラの声は自分でも驚くほど落ち着いていた。「朝にしてちょうだい」

「これはお知らせしたほうがいいんじゃないかと」マードックは言い張った。「ロンドンにいるアージェントから電報が届いたんです。あなたの夫のことで」

「マードック、お願い、わたしは邪魔されたくないの。入ってこないで！」彼女は叫び、せっぱ詰まった声の感じを奇妙に思って彼が助けに来てくれることを願った。

一秒後、マードックが体当たりしたドアは音をたてて開いた。

ウォリントンが発砲し、マードックは倒れた。

ファラは悲鳴をあげた。ウォリントンの手から逃れようとしたが、彼の手は鷹の爪のように彼女の腕をつかんで放さない。マードックの脇腹から血が噴きだし、グレーのベストに染みが広がった。彼はぜえぜえと息を切らして、空気を求めてあえいでいる。被弾の衝撃が彼の胸から空気を締めだしていた。

「マードック！」彼女は叫んだ。「マードック、わたしの声が聞こえる？」

拳銃が彼女の巻き毛に食いこみ、頭の後ろを押した。「おまえは一緒に来るんだ。さもないと次の弾はやつの目にぶちこむぞ」

ファラの混乱は薄れ、冷ややかな落ち着きが血管じゅうに広がった。マードックはタロウを置いて死んではいけない。ふたりはやっとお互いを見つけたところなのだから。銃声を聞いた家の者がここに向かっているとすると、あのドアから現れる次の人間がウォリントンの新たな犠牲者になってしまう。

「行くわ」彼女は言った。「だから彼を殺さないで」

ウォリントンは彼女を衣装だんすのほうへと押しやり、銃を突きつけたまま片手で掛け金をあげると、新しいドレスの奥へと彼女を突き飛ばした。彼女はかろうじてバランスを保ち、からくり扉の裏へと転がりでた。

壁紙が貼られてヴェルヴェットのカーテンが引かれた壁の裏側は石の廊下で、数本のたいまつがぽつぽつとあたりを照らしていた。二百年ほど時をさかのぼったようにも見えた。

「ここは何？」ファラの震える声がじめじめした廊下にこだました。時折ドアを開け閉めする音が響く。おそらく従僕たちがいくつもの違う部屋を開けて彼女を探しているのだろう。

ウォリントンは彼女の肩を乱暴に突いた。「歩け」彼は命じた。

じめじめした石の冷たさと悪臭がナイトガウンの薄い布地を通して染みこんでくるようだった。ファラは体を抱きしめて足を前に踏みだした。室内履きの下の地面はでこぼこしていて歩くたびに音をたてたが、彼女はその音の正体を知りたいとも思わなかった。

「ノースウォーク・アビーは十六世紀にカトリック教徒の伯爵によって建てられたんだ」ウォリントンは気さくに会話でもするような調子で言った。「彼は死刑を宣告されたカトリックの神父たちをここにかくまい、ブライトンのほうから国外に脱出させたそうだよ」

「歴史の授業をするためにわたしを連れてきたわけじゃないでしょう」彼女はつっけんどんに言った。「どこにわたしを連れていこうというの？」

ウォリントンの銃が彼女の肩を突いた。「称号を戴《いただ》いた君主みたいな言い方をしやがって。その爵位がどこから来たものかも知らないくせに。おまえが城と小作人を持てるようになるまでには罪もない血がどれほど流されたかも知らないくせに」

「わたしのせいじゃないわ」ファラは言い返した。「わたしがほしいのは、父がわたしに相続させようとしたものだけよ。いったいどういう根拠で、わたしよりもあなたのほうがその爵位にふさわしいと思うわけ？」

ふいに目の前に急斜面が現れた。暗い深淵《しんえん》へとおりていく木の階段がしつらえてある。ファラが肩越しにちらりとウォリントンを見ると、彼は銃を構えたまま、壁からたいまつをひとつ取った。「おりろ」彼は銃で階段を示した。

ファラは暗闇を見つめた。行きたくない。二度と出てこられなかったらどうするの？

「行け。さもないとおまえのきれいな巻き毛にぶっ放すぞ」

突きだされたたいまつの熱さが肌に感じられた。彼女はナイトガウンの裾を膝までまくりあげ、ごつごつした木の手すりをしっかり握ると最初の一歩を踏みだした。

たいまつの光が追いかけてくる。ファラは彼の荒い息を聞きながら下へおりていった。

まず襲ってきたのは臭いだった。死、腐敗、排泄物。彼女は吐き気をこらえようと片手で口を押さえた。たいまつの光は何ともわからない動物の骨の山を照らした。それから汚い毛布がかかったベッドが見えた。最後に、彼がトイレに使っていたに違いない古いバケツも。

胃がひっくり返りそうだ。ファラは頬を刺す痛みと口にあふれた唾を必死にのみこんだ。「ここで暮らしていたの？」彼女はおそるおそる尋ねた。「今までずっと？」

「言っただろう、ノースウォークはわたしの家だと」彼は彼女から目を離すことなく、たいまつを古い燭台に置いた。「おまえの父親のロバートが約束したんだ」彼はその名を吐き捨てるように言った。「おまえをわたしにくれるとな。そうすれば、わたしにも財産が渡る」

「なぜ父はそんなことを？」ファラはずっと胸につかえていた疑問を口にした。事情がのみこめる歳になってからずっと、気になっていたのだ。「父が黙ってあなたに従うしかないような、どんなことをあなたはしたの？」

ウォリントンは地面に向かって唾を吐いた。薄暗い明かりの下では幽霊のように白く見える顔のなかで、ふたつの目に黒々と憎しみが渦巻いている。「おまえはそういうふうに考えるんだな、この役立たずのあばずれめ」彼が進みでてきたので、彼女はあとずさった。心臓がものすごい勢いで鼓動を刻んでいる。「おまえが生まれたとき、わたしは十八で、もう一年もおまえの父親にこき使われていた。女王の軍隊で将校になるのに必要なのは能力ではなく金だと知っているか？　おまえの父親はキツネやクジャクしか撃ったことのない特権階級の伯爵だった。わたしは十五のときから歳をごまかして歩兵隊に入隊していて、おまえの父親の靴を磨き、外套にブラシをかけ、あの男が自分の力で獲得したわけでもない勲章を上着につけてやらなければならなかった。そして、そのあいだもずっと、兄のように彼を慕っているふりをした。わたしがいなければやっていけないと思いこませた」

ファラはショックを隠せなかった。「つまり——父がわたしたちを婚約させたのは——」

「わたしが彼に、わたしならおまえみたいな甘やかされたくずを愛し、守り、慈しむことができると信じこませたからだ」彼は彼女の前にまわりこみ、拳銃を顎の下のやわらかな部分に押し当てていた。ファラはごくりと唾をのむたびにその硬さを感じ、身の毛もよだつような恐ろしい考えに襲われた。

「ちっとも知らなかったわ」彼女はささやいた。彼の息と、片隅に置いてあるバケツのどちらがくさいかということから気をそらそうと必死だった。「お願い」彼女は目で訴えた。「こんなふうに終わらせる必要はないでしょう。わたしの持参金として約束されていたお金はあなたにあげる。ヨーロッパ大陸でもアメリカでも、どこにでも行ってあなたの土地を手に入れて、一から始めてちょうだい。誰にも奪われることのないものをつかむのよ」

「それにはもう遅いんだ!」彼女の顔に向かって叫んだその声は、石壁を震わせて土の地面に吸収された。「わたしにはもう手遅れだ」彼は抑揚のない口調で言った。拳銃の先が彼女の首筋をなぞり、鎖骨を過ぎて胸の谷間で止まった。「おまえにもな」

「遅すぎることは決してないわ」彼女は言った。「生きている限り、生きることを、幸せになることを選べるのよ。たとえそのために一からやり直すことになっても」彼女は本当にそう信じていたが、ウォリントンの目から正気の光が失せるのとともに、自分の生きる望みが消えていくのが見えた気がした。

「わたしは結婚したあのくそ女に病気をうつされた。医者が言うには余命一カ月だそうだ。だが、その病気は命を奪う前にわたしの頭を腐らせるだろう」

ファラが息をするたびに、今や人肌にあたたまった拳銃に胸が押しつけられた。その感覚が彼女を怯えさせ、体を麻痺させたが、頭は生き残る道を探して駆けまわっていた。

彼にはもう失うものがない。ただ復讐のためだけに生きている。

「おまえを辱めてやるつもりだった」彼は死神を思わせる不気味な声で優しく告げた。「おまえを汚し、内側から腐らせてやろうと思った。しかし、もはやそれも無理なようだ。梅毒のせいでわたしのものはもう使いものにならない」

そのちょっとした慈悲に感謝しながらも、ファラは喉元まで胆汁がこみあげるのを感じ、不快さのあまり唇からうめき声をもらした。

拳銃が彼女の肋骨を離れたかと思うと、ウォリントンは彼女の口元を手の甲で打った。あまりの痛みに彼女は呆然として、麻痺した感覚が戻るまで目をしばたたいているしかなかった。視界がはっきりすると、拳銃は彼女の額から数センチ先にあった。彼の伸ばした腕の先にある銃口か、彼の顔か、どちらかにしか焦点が合わせられない。同時に両方を見ることはできなかった。

「わたしのような男の下で股を開く以上に自分は上等な人間だとでも思っているのか」彼は

あざけった。「伯爵夫人となるべくして生まれたかもしれないが、おまえはすでに最下層のごみにまみれている。その完璧な体をあいつの手に汚され、おまえがブラックウェルになったことでノースウォークの爵位とタウンゼンドの名は辱められたんだ。あいつが寝ていた場所に体を横たえると考えただけでも胸がむかむかする」

ファラは口の端から流れたひと筋の血をぬぐった。痛みを感じなくなるほど冷たい怒りがわき起こり、この薄明かりでも目の前がはっきり見えた。「わたしの夫を悪く言わないで」彼女の口から出たのは自分が発したとは思えないほどきつい声だった。「あなたには彼の名前を口にする価値もないわ。彼は法律よりも正しく、どんな神様よりも強い。あなたがどうがんばっても太刀打ちできないほど男らしい人なんだから」

ウォリントンの唇がねじ曲がり、腐った口のなかでかろうじて残っている歯があらわになった。「おまえのそんな言葉をあいつに聞かせてやれないのは残念だな。ドリアン・ブラックウェルはこれからずっと、かわいい妻はどうなったのだろうと思いながら過ごすことになる。あいつがおまえの死体を見つけることは決してないからな。わたしとおまえは一緒に腐るんだ。永遠に、同じ墓に埋められて」彼の指が引き金にかかり、力がこめられるにつれて指の腹が白くなった。「さらばだ、レディ・ノースウォーク」

23

サラブレッドの背に乗って駆けていくドリアンの目に、夜空に輝くノースウォーク・アビーが見えた。どの窓にも明かりがともり、なかで何やら激しく人が動きまわっている様子に気づいてうなじの毛が逆立った。

何かがおかしい。

敷石にひづめの音を響かせながら前庭に乗り入れ、ドリアンは馬から飛びおりて手綱を厩舎係の少年に投げた。庭で男たちが手に地図を持って右往左往している。

「何があった？」彼は詰問した。

男たちを指揮していたのは妻の様子を見張らせるために送りこんでおいた部下のピーター・ケンウィックだった。彼はドリアンが近づいてくるのを見て目を丸くした。「ブラックウェル閣下！」彼は叫び、地図を握りしめた。「マードックが撃たれました」

「生きているのか？」

「ええ、医者を呼びにやりました。今はタロウがそばについています。あなたにも伝令を送ったところです」

ドリアンは乗馬用の手袋を脱ぎ捨て、玄関の階段を二段飛ばしで駆けあがった。「妻はどこだ？　誰がこんなことを？　マードックがなんとかしてくれたのだろうが」

彼を追って階段を駆けてきた男たちの沈黙に、ドリアンは警戒心を募らせた。「マードックはレディ・ブラックウェルの寝室で見つかりました」男たちのひとりが勇気を奮い起こして答えた。「奥さまは行方不明です」

ドリアンは冷たい恐怖の矢に射抜かれ、階段のてっぺんで振り向いて男たちをにらみつけた。「どういう意味だ、行方不明とは？」

誰も彼と目を合わせなかった。

「命が惜しければ答えろ」

このなかで誰よりもドリアンとの付き合いが長いケンウィックが前に出た。「われわれの知る限り、奥さまも、銃も見つかっておりません。家じゅうくまなく探しております、閣下。庭の捜索も始めていたところです。奥さまがそんなに遠くまで行ったはずはありません」

不安のうずきが氷のような恐怖のかたまりに変わった。「銃声がしてからどれぐらい経った？」

「せいぜい数分です」ケンウィックが答えた。

外套をひるがえし、ドリアンは屋敷に走りこんでマードックの名を叫んだ。寝室は二階に違いない。彼はすごい勢いで階段を駆けあがり、吠《ほ》えた。「マードック！　ファラ！」

タロウが右手の廊下の角から現れた。「ブラックウェル！　こっちだ！」

マードックは叩き壊されて蝶番《ちょうつがい》でかろうじてつながっているドアの外の壁にもたれて座っていた。メイドが彼の脇腹に当てている布は血まみれだ。

「マードック」ドリアンは負傷した男の横に片膝をついた。「誰がこんなことを？」

「弾はかすっただけだ」マードックは手を振って彼を追い払った。「行ってくれ。彼女が捕まった」彼の執事は食いしばって白くなった唇から言葉を吐きだした。「ウォリントンだ」

あのやろう、くたばっていなかったのか。

「くそっ！」ドリアンはさっと立ちあがった。彼のなかで氷が炎へと変わり、息も思考も焼き尽くされた。「やつは彼女をどこへ連れていった？　どっちだ？」

マードックは頭を振った。「彼らは決してこの部屋を出ていない。わたしはドアのところにいた」彼は顔をしかめて悪態をつき、メイドが脇腹を押さえる手に力をこめた。

ドリアンはろうそくで照らされた部屋に飛びこんだ。すでにウォルターズとジェマがバルコニーやベッドの下を探していた。「ここにはいない」ジェマはうめいた。「そこらじゅう見たのよ。バルコニーから飛びおりて生きていられるわけもないし。ここは高すぎるもの」

体じゅうの筋肉に力がみなぎった。「マードック」ドリアンは歯ぎしりして言った。「おまえが意識を失っていた可能性はあるか？　おまえの横を彼らが通っていった可能性は？」

「ない」マードックはかすれた声で言った。「気絶させてくれたほうが慈悲深いってもんだ」

パニックに襲われたが、ドリアンの怒りの炎は消えはしなかった。「ウォリントンは死人だ」彼はファラの寝室の戸口に集まっていた男たちに告げた。「やつをぬけぬけとなかに入らせたまぬけもじきにそうなる。誰のせいなんだ?」

「ありえません、ブラックウェル閣下」ケンウィックが驚いて言った。「全員、命令どおりの位置で見張っていました。遅刻した者も注意を怠った者もおりません。あなたの命令をしくじるなどということをわれわれがするはずがありません」

「妻は敵の手中にある」そう考えると血が燃えたぎり、人間が一度ではなく何度でも死ねたらいいのにと思わずにはいられなかった。ウォリントンのやつめ、ファラに手を触れた数と同じだけの回数、殺してやる。体がくたばる前に魂がすり切れるような方法で。

そして今度こそ、ずっと死んでいてもらおう。

「きっと彼女を見つけます」ケンウィックが約束した。

「彼女を死なせたら責任を取るのはおまえだぞ」ドリアンは言った。

彼の顔はマードックよりも青ざめた。「ブラックウェ――」

銃声が城にこだまし、全員をその場に凍りつかせた。それから、もう一発。

「ファラ」ドリアンは息をのんだ。音は城のなかから聞こえた。壁のなかから。彼は東の壁へと歩いて両手を当ててみた。それから耳を押しつけた。この裏だ。ファラは死んではいない。あの銃弾は彼女に向けられたものではない。彼女は生きている！　なぜなら彼がまだ生きているのだから。もしもファラの心臓が鼓動を打つのをやめるときが来たら、自分の魂も彼女のあとを追うだろう。

　ドリアンは檻に閉じこめられた獣になった気分で衣装だんすに突進し、その奥の壁を破壊した。こんないまいましい城はぶち壊して、煉瓦の山にしてやってもいい。まずは彼女の寝室からだ。


「さらばだ、レディ・ノースウォーク」

　ファラは考える前に反応し、引き金が引かれるのと同時にウォリントンの手首を叩いていた。

　彼女の耳のすぐそばで銃が発射された。一瞬何も聞こえなくなったが、蹴ることはできる。そこで、彼女はウォリントンの股間を思いっきり蹴りあげた。

　もう一発の弾は石壁に当たった。ファラは拳銃に突進し、ウォリントンの手からやすやすとそれを奪った。彼は地面にもんどり打って、体をふたつ折りにした。

　銃を一瞬取り落としかけたが、彼女は正しい方向に狙いをつけ、ゆっくりとウォリントンから遠ざかった。「動かないで」彼女は怒鳴った。音はまだくぐもっていて、手足は経験したことがないほど激しく震えている。左耳はがんがん耳鳴りがして、ほとばしる水流のような別の音が聞こえてきた。それでも、彼女は生きていた。

わたしは生きている。

ウォリントンの口からこの腐りきった穴にも負けないほど汚らしい言葉がこぼれでた。

ファラは彼に銃口を向けたままでどうやって階段をのぼろうかと考えた。まずは走って逃げて、助けを呼ぶべきかしら？　それとも彼に銃口を向けて先にのぼらせる？　あるいは、こんなろくでなしはただ殺して始末したほうがいい？

それも魅力的な考えに思えたが、彼女の胃が抗議した。

そのとき、木と煉瓦が一気に崩れたような大きな爆発音がして彼女は飛びあがった。その隙に、まるで嚙みつこうとするかのように歯をむきだしたウォリントンが突進してきた。

ファラは隅に飛びすさり、悲鳴をあげながら引き金を引いた。

ウォリントンがよろめき、どさりと倒れた。胸骨のすぐ下に穴が空いている。彼女は自分のほうに駆けてくる足音を聞くというより振動で察知した。

耳鳴りが薄れてきて、男の声で名前が呼ばれたのを聞いた気がしたが、彼女はただ前を見つめて震えていた。倒れた男に弾倉が空になるまで弾を撃ちこむべきじゃないかしら。彼がまた起きあがってこないように。

ウォリントンの目がぱちぱちとまたたき、血まみれの口が何か言葉を吐こうとしたが、彼女には何も聞き取れなかった。世界が回転し始める。荒れ狂う海に翻弄される船のように、彼彼女は放りだされた。

階段の上から飛びだした黒い人影が長い外套を悪魔の翼のようにはためかせ、彼女とウォリントンのあいだに着地した。

ドリアン。

彼は悪魔に見えた。髪は黒曜石のように黒く、傷を負った目はいくつも入りまじる暗い感情でぎらぎらと光っている。ファラは呆然とするあまり、その感情の渦のどれひとつとして見分けることができなかった。

「銃を渡せ」彼はうなった。「こいつの命はわたしのものだ」

彼の言葉にファラははっとして正気を取り戻した。「だめよ」彼女はドリアンをにらみつけた。「彼はわたしを攻撃してきたんだから」

「ファラ、きみは人殺しじゃない」なだめるドリアンの瞳に優しさがきらめいた。「さあ、こっちに銃をくれ」

「わたし、それに関しては自分の立場を考え直すことにしたの」彼女はぴくぴく動いているウォリントンの脚を見た。喉からはごぼごぼと音をたてて息をしている音が聞こえ、彼女はまたもやめまいに襲われた。

ドリアンは魔法のようなすばやい動きで銃を奪い、彼女を自分の後ろに突き飛ばすと、仕留めなければならない狂犬でも撃つようにウォリントンの眉間を撃った。

ファラは耳から放した手を夫の背中に押し当てた。恐怖と混乱と怒りが吹き飛ぶほど彼がここにいてくれてうれしく思っていることを、夫には悟られたくなかった。「そこまでする必要はなかったのに」彼女は非難した。「わたしの撃った弾が致命傷になったはずよ」

ドリアンは彼女に向き直り、ほとんど服を着ていないも同然の体を隅々まで見てから、銃をベルトに挟みこんだ。「あいつはゆっくり苦痛を味わって死ぬべきだった」彼は言った。「だが、それでもあいつの命はわたしの魂の染みだ。きみのじゃない」

ふたりは一瞬、お互いを見つめた。

「ドリアン」彼女は彼の名前をささやいた。その声を合図にして、彼の体の奥で生々しく猛り狂う感情の奔流が解き放たれたようだった。

ファラはたちまち冷たい石壁と、燃えるような体でそびえ立つ長身の男のあいだで囚われの身となった。彼は原始的なうめきをあげ、猛烈な勢いで所有権を主張するように彼女の唇を奪った。手袋をはめた両手はまるで怪我がないかどうか調べてでもいるように彼女の体じゅうをまさぐった。それから、きつく抱きしめた。あまりの強さに、彼女は息もできなかった。

「フェアリー」彼女の唇に向かってつぶやかれた言葉に、ファラは子どもの頃に馴染んだ訛りが聞こえた気がした。彼は彼女の口をつかまえ、自分のものにした。舌が口の奥深くまで突き入れられた。

ファラは早くこの場から離れたかった。悪臭と死と恐怖から逃げだしたかった。しかし、夫の肋骨が大きく広がって苦痛に満ちた激しい息をしているのを体で感じ、彼の骨の髄が震えているのも伝わってきたので、おとなしく彼の腕のなかに立ち尽くし、焦げるほど熱いキスを受けとめた。

彼はほとんど取り乱しているような激しさでファラを呼んだ。「フェ、ア、リ、ー」ファラはドリアンに応え、なだめようとしたが、彼女が息を吸うたびに彼はその唇を求めた。やがて彼の呼吸も落ち着いてきて、広い胸が深くとぎれとぎれのあえぎを吐きだすようになった。

かなり大きめの咳払いが壁に響いて、ようやくファラはここにいるのが自分たちだけではないことに気づいた。「ブラックウェル閣下……」夫に声をかけたのはケンウィックという雑用係だ。「これはどうしましょう?」彼はウォリントンの体をブーツの先で蹴った。

ドリアンは頭をあげ、目を曇らせていた熱狂を振り払った。もう一度ファラをしげしげと見て、彼はようやく彼女が薄いナイトガウンしか着ていないことに気づいたようだった。「始末しろ、ケンウィック」彼はむっつりと言い、外套を脱いでファラの肩にかけた。たちまち肌にぬくもりが染みこみ、寒さのせいではなく深い安堵に襲われて震えながら、彼女は眉をつりあげた。「ケンウィック? あなたはわたしの雑用係を知っているの?」

彼はまったく悪びれる様子もなく、ファラは目を細めて夫をにらんだ。

「わたしの使用人のうち何人が、あなたが雇った人なの？」

ドリアンは答えなかった。その代わりに、片腕を彼女の膝の裏にまわして軽々と妻を抱きあげた。

「わたしはひとりで歩けるわ」ファラは彼の腕のなかで身をよじった。

「じっとしていろ」ドリアンは命じて階段をのぼった。

ファラは言われたとおりにした。これだけの騒ぎをくぐり抜けて生き延びたと思ったら、階段から転げ落ちて死んだのでは目も当てられない。今はまだ死ぬわけにはいかないのだ。

彼女には夫に言うべき言葉の選択肢がいくつかあった。

24

「マードック！」ファラは壊されてぼろぼろになった衣装だんすから抜けでたとたん、叫んだ。おろしてもらおうともがいたが、ドリアンはまだ彼女をしっかり抱いていた。

恐ろしい戦争のあとの死傷者のように、床にはまばゆいドレスの山が散らばっていた。部屋は頭のいかれた盗賊が宝探しでもしたかと思うほどの惨状を呈している。

「彼は手当てを受けている」ドリアンは言った。

「死んでしまうかもしれない」彼女は腕のなかでじたばたした。「彼のところに行かなきゃ！」

彼女の夫は妻の抵抗をやすやすと封じた。こっぱみじんになった材木のかけらをばりばりと音をたてて踏みしめながら廊下へ彼女を運ぶと、そこにはフランクとタロウに支えられてマードックが立っていた。その脇でジェマが当てている布にもう血がにじんでいないのを見て、ファラは心からほっとした。

「わたしのことなら心配いりませんよ、奥さま」マードックは安心させた。「腹にたっぷり肉がついてますんでね。弾がちょっとかすめただけです」

驚くほど強烈な安堵に襲われたが、彼女はいっそう激しくもがいた。彼はまだ不安になるほど顔が青く、額には汗が光っている。「マードック！　お医者さまに診てもらわなきゃ」

「なあに！」彼は廊下の突き当たりの自分の部屋のほうに頭を向けた。「ウイスキーを少し飲んで数針縫えば大丈夫ですよ。わたしは銃弾そのものというより、撃たれた衝撃で倒れただけです。お恥ずかしい限りですが。この手のことをするには少々歳を取りすぎました」

ファラは夫の胸を押した。「もういいでしょう、ドリアン。わたしをおろして！」

「だめだ」彼はありえないほどきつく彼女を抱きしめ、マードックをにらみつけた。「おまえは医者に診てもらえ。それで決まりだ」

「医者を今、呼びにやってます」彼らに告げたタロウはマードックと同じくらい具合が悪そうで、ファラがこれまで見たこともないほど険しい顔つきをしていた。

「医者には、マードックを診たあとでレディ・ブラックウェルも診察するよう言っておけ」

ドリアンは鋭く命じた。「それから洗面器と石鹸を用意しろ」

「いいえ、いいの。気にしないで。わたしは怪我なんてしていないもの」ファラは主張した。

「おろしてくれれば、あなたにもそれがわかるわ」

ドリアンは所有欲と当惑の入りまじる顔で彼女を見おろした。「それは――できない」

マードックの大笑いがその場にいる全員を驚かせた。「あなたの夫の面倒を見てやってください、レディ・ブラックウェル。今夜、わたしらの誰よりも肝を冷やしたのは彼らしい」

ドリアンは執事をにらみつけたが、何も言い返さなかった。賢明にも黙っていた人々は突然、負傷した執事を彼の部屋に運びこむために忙しく動き始めた。

マードックの言ったとおりだ。ファラの震えはおさまっていたが、夫の筋肉はまだぴくぴく引きつっていて、震えが止められないことに自分でもショックを受けているようだった。彼女をしっかり抱いたまま廊下の真ん中に突っ立っている彼は、集中砲火を浴びて持ちこたえられなくなりつつあるように見えた。

「主寝室だ」ドリアンはきっぱり言った。

「わたしが使っていたのが主寝室よ」ファラはめちゃくちゃになった部屋のほうを身ぶりで示した。「なかに連れていって」彼女は奥の伯爵夫人用の寝室を指した。火をおこさないと寒いだろうが、それはなんとか我慢するしかない。

窓から差しこむまばゆいほどの春の月が、ベッドの白い上掛けに銀と青の光を投げている。

突然の静寂にふたりは戸惑い、一瞬ぎこちない間が過ぎた。

暗闇を突き破ったのはドリアンの重いため息だった。それは夜を彩る無数の感情に満ちていて、ファラは目を見るまでもなく彼の思いがわかった。

「もう、おろしてくれてもいいでしょう」彼女はそっと言った。「ここは安全よ」

彼は呼吸ふたつ分の間を置いてやっと返事をした。「どうやら――きみを放すことができないようだ」

暗がりのなかで手を伸ばし、彼女は数日分のひげでざらつく彼の硬い顎にてのひらを当てた。「放さなくてもいいのよ」

彼はしぶしぶ彼女の膝を支える腕をさげ、足が床に着くようにしたが、肩を抱く手は離さなかった。「あのやろう、きみを殴るとは」声の凶暴さとは裏腹に、彼の親指はこの上ない優しさをこめて彼女のかすかに腫れた唇を撫でた。

ファラは彼に気づかれないことを願っていた。彼女が軽率だったのだ。

「なんでもないわ」彼女はなだめ、片手を彼の手袋に押しつけた。

「あの畜生をよみがえらせて、改めて虐殺してやりたい」彼はうなった。「じっくりとな」

ファラは外套を肩にかけたまま彼のほうへ一歩近づいた。彼は身を引かなかった。

「ウォリントンはきみに触れたのか、ファラ？」ドリアンは苦痛に満ちた声でうめいた。

「やつは――どこかほかのところを傷つけたか？」

「そんな時間はなかったわ」

「銃声が聞こえたときには、もうてっきり――」

彼女は彼の硬い唇に指をそっと当てて言葉を止めた。「今日の恐ろしい出来事をいつまでも引きずるのはやめましょう」彼女は指を離した。「なぜここにいるの、ドリアン？」

すでに高ぶっているドリアンの体はファラを求めて硬くなり、彼の両手は彼女を罰するように肩をつかんでいた。「しらばっくれるな。あの手紙だ」彼は歯をむきだした。「きみはもう愛人を作ったのか？　きみがもし、そいつの命のほうが大事だと言うなら――」

彼女の指がまたしても彼の唇を押さえた。胸のなかで希望がふくらみ始めていた。「あなたに心をずたずたにされたばかりだというのに、そんなにすぐに別の誰かをベッドに誘うなんてありえないわ」彼女は言った。

「だが、きみはそうする」彼の唇が彼女の指の下で動いた。「本気でそう思っていたの。でも、最初にあなたを失ってから別の人のことを考えるのにさえ、十七年もかかったのよ」彼女は夫の硬い胸に頭を押しつけ、彼の背の高さと体格の大きさに驚嘆していた。「あの手紙を書いたときのわたしは傷ついていて孤独だった。あなたにはねつけられたことに腹を立てていた。これまでになく子どもがほしいと思ったわ。だって、わたしの愛を受け入れてくれる相手が必要だったから。ドリアンは彼女の肩をつかんで遠くへ離し、わたしを求めてくれる人が」

ドリアンは彼女の肩をつかんで遠くへ離し、小さく揺さぶった。「どうしたらわたしがきみを求めていないなどと思えるんだ？」

ファラはあえいだ。「あなたはわたしを遠くへ追い払ったわ。二カ月も会いに来なかった」

彼は腰をかがめ、顔を彼女の顔に近づけた。月光を浴びた白い傷跡とブルーの目は、彼女が知りたかったことのすべてを語っていた。

「きみの愛がほしい」ドリアンは彼女にすがるように両腕をつかみ、激しい口調で宣言した。「自分のものを手に入れるために、わたしはここに来たんだ」

ファラの心は輝き、体は喜びに震えた。「自分のものを手に入れるのは、わたしが先よ」

彼女は爪先立ちして彼の唇を奪い、両腕を首に巻きつけて彼を拘束した。

彼女に抱きしめられたドリアンは一瞬息もできずに立ち尽くしたが、それから降伏の深いうめき声をあげて身をゆだね、自分の硬い体に彼女を抱き寄せた。

そう、これでいいの。ついに、この瞬間が訪れたのだ。彼に巻きつけた腕の感覚、絡みあう舌の味わい、彼の体にしっかりと押しつけられた体に加わる圧力は、想像していたよりも甘い勝利感をファラにもたらした。彼のキスは欲望だけでなく、信頼の味がした。

信頼。ドリアン・ブラックウェルには馴染みのない概念だろう。

ドゥーガン・マッケンジーのような少年には。

小さなノックの音で邪魔が入り、ドリアンは向き直ると、きれいな水を張った洗面器と布と石鹸とろうそくを持ってきたメイドになかに入るよう合図した。「暖炉の火をおこしましょうか?」彼女は尋ねた。

「いや」ドリアンはそっけなく言った。「もう行っていい」

「ありがとう、モリー」ファラはおずおずとお辞儀をして走り去るメイドに声をかけた。

ファラは洗面器のほうに歩いていった。あの悪臭漂う隠し部屋の記憶とハロルド・ウォリントンのくさい息を体から洗い流したくてたまらなかった。

ドリアンは黙ってあとについてきて、胸が彼女の背中をかすめるくらい近くに立った。

「わたしにやらせてくれ」彼はかすれた声で言った。

ファラはやわらかくて吸水性のある布に手を伸ばし、それを水に浸した。「あなたにやってもらわなくても大丈夫よ」

あたたかな手が後ろから伸びて彼女の手を包んだ。彼の手袋は消えていて、傷だらけの男の手が彼女の肌の上にのっていた。「いや、わたしがやる」彼が耳元でささやいた。

彼に指を開かれると布が水に落ち、ファラの体に新たな震えが走った。恐怖とも寒さとも関係のない、芽吹き始めた安堵のせいだ。強い希望が生まれかけていた。ファラは肩から外套を外した彼の優しい動きの意味をわかっていた。何度かそっと引っ張られる感触があり、ナイトガウンも床に落とされた。

彼女の目に熱い涙がこみあげて視界がぼやけた。涙はたちまち頬にこぼれた。彼がわたしのために来てくれた。すべてを失ったと思ったまさにそのときに。

ドリアンはあの強くて傷だらけの両手で彼女の肩をそっとつかみ、彼女を自分のほうに向き直らせた。ファラが初めて見る彼の優しさは、たった一本のろうそくの薄明かりを受けて不釣り合いなほどまばゆく輝いた。彼の肌が自分の肌に重なる感じは初めてのような、同時によく知っているような気がした。ドリアン・ブラックウェルがわたしに触れている。彼自身の意志で。その目のなかに恐怖はなかった。嫌悪に唇をゆがめることも。

ごつごつした関節が彼女の頬を撫でた。「どうして泣いている?」彼が優しくなだめるように言ったのは、彼女が昔、最初に彼にかけた言葉だった。あたたかくて誠実なドリアンの目を通して、彼女にはドゥーガンがこちらを見つめているのが見えた。「何かなくしたのか?」

涙がさらに勢いよくこぼれ落ち、彼女を撫でている彼の指を濡らした。「ええ」ファラはすすり泣いた。「もう一度見つけだすことができたと思った瞬間に、わたしが本当に知っていた唯一の家族をなくしてしまったの。あなたは死んだと知らされるほうがまだましだった。あなたに遠くに追いやられるなんて、あんなつらい思いはなかった」

「わたしは愚かだった」ドリアンの手が彼女の顎を包み、親指は腫れている痣をそっと撫でた。「わたしといないほうがきみは安全だと思ったんだ。自分は崇高なことをしたと思っていた。あやうくきみを失うところだった――ああ、ファラ、あんなに恐ろしかったことはない」彼は歯を食いしばり、目は苦痛に満ちた感情でぎらりと光った。「きみなしでも生きていけると思っていた。だが、きみなしの人生などありえない。それはただ生きているというだけだ。そしてそれは、死後に待っている地獄よりももっと恐ろしい地獄だった」

ファラは息をのみ、小さくしゃくりあげた。「そうね」彼女は鼻をすすった。「もしあなたが今後も、崇高なことをしようなんて考えているのなら――どうかやめてちょうだい。あなたが崇高なことをするなんて、全然似合わないわ」

その言葉につられて悪魔が笑っているような音が響き、ファラはそれがドリアンのくすくす笑いだと気づいた。彼のてのひらにそっと押されてベッドの足元に置かれたクッションの上に座り、彼女は初めて自分が裸だったことに気づいた。

「本気で言ってるのよ」ファラはそう言って、彼が彼女の好きなラベンダーの香りがする石鹸を布にこすりつけ、洗面器のなかで水を絞るのを見守った。体がかなり無防備にさらけだされているように感じて、彼女は両腕を胸の前に巻きつけて脚を組んだ。「あなたが遠く離れたところにいたら、どうやってわたしを安全に守れるというの？」

彼女はドリアンが布でそっと彼女の唇と顎をこすり、頬の涙をぬぐって、布のきれいな部分で石鹸を拭き取るのをおとなしく我慢した。彼女が裸でいることに彼が気づいているのは熱っぽさをたたえた目を見ればわかったけれど、根源的な本能さえも負けるほど、ドリアンは心配でたまらないようだった。

「きみはもう絶対にわたしから逃れられない」その言葉は、もっと軽薄な男が言えばからかっているように聞こえただろうが、ドリアンの口から出ると恐ろしい警告に聞こえた。「きみは後悔するようになるかもしれない。わたしの悪魔がふたりの生活につきまとうことになるのだからな」

ファラは手を伸ばしてドリアンの手首をつかまえ、彼が自分の言葉を理解してくれているかどうか確認しようと目をのぞきこんだ。「悪魔が何匹出てこようと気にしないわ。わたしはその王様と暮らすんですもの」彼女はほほえんだ。「それに、そのうちきっと、わたしたちふたりでなら悪魔を追い払えると思うの」

ドリアンは黙って考えこみながら彼女を洗い続けた。彼の目が、彼の手が、彼女の初めて知る部分を発見していった。いつもは気にもならないような部分が、彼に触れられるとたちまち覚醒させられて官能が芽生えた。彼は彼女が思わずあえぐような場所を見つけていった。腕の下側の皮膚の薄いところ。ウエストのくぼみ。膝の裏。土踏まずのアーチと足の指のあいだ。

ドリアンの行為は実際に汚れを取るためというよりも、儀式のように思えた。彼女の肌から恐怖を洗い落とし、邪悪な男の痕跡を、脳裏に絡みつく死と腐敗の臭いをぬぐい去る。そうしているあいだにも、彼の指は薄い布越しに彼女の体を発掘していた。

ドリアンの鼻孔がふくらんだり、首や顎がこわばったりするのを見ていると、ファラには彼が優しくあらねばと懸命に自分を抑えているのがわかった。誘惑しないうちに任務を完了しようと、彼は慎重になっている。まつげの下でちらちらと不安げな視線がまたたいた。

ファラが視線で誘うと、彼はまばたきを止めた。

彼女の欲求と感情が盛りあがったそのとき、二度目のノックの音がして、今度はジェマが部屋に飛びこんできた。

ドリアンは吐き捨てるように悪態をつくと、戸口からファラの姿を隠す角度に立ち、恐ろしい言葉を投げつけて彼女の友人を虐待してやるとばかりに口を開いた。

「あんたのズボン、ぱんぱんに張ってるじゃない。ちょっと落ち着きなっての」ジェマは大きくうねっている巻き毛を払いのけて素朴なコットンの部屋着を掲げた。「こちらのレディのために持ってきたのよ。あのドアの向こうで医者が待ってるから。医者を呼んでこいって言ったのはあんたでしょ」

「ありがとう、ジェマ」ファラは立ちあがり、部屋着をもらおうと手を伸ばした。

ジェマはにやりと笑い、ドリアンに部屋着を渡した。「診察はあんたがもうすませたみたいだけどね」彼女は意味ありげにウインクした。

「医者をなかに」ドリアンは簡潔に言った。

かなり高齢の田舎医者、サー・パーシヴァル・ハンコックは舌打ちをしたり息巻いたりしながらファラの受けた乱暴の跡や小さな痣を調べ、すぐに何も問題ないとの診断を下した。神経をなだめてよく眠れるようにと医者は睡眠導入剤のシロップを置いていったが、彼がよろよろと部屋を出てドリアンにマードックの容態を説明しているあいだにファラはそれを捨ててしまった。アヘンの入った薬に頼ることの危険性はいやというほど知っている。

ドリアンは興奮した顔ですぐに戻り、ドアを蹴って閉めると、ろうそくを吹き消した。

ファラは彼の騒々しいふるまいを見ながら額にしわを寄せた。「どうかしたの？」彼女は尋ねた。「マードックのこと?」

「彼は大丈夫だ」ドリアンは大股二歩でファラのもとに着くと、自分のほうに彼女を引き寄せ、改めて唇を重ねた。乱暴に引っ張られたせいで部屋着がはらりと床に落ち、彼女はひんやりした夜気を肌に感じた。

ドリアンは重ねた唇を離さず、彼女を抱きあげてベッドへ運んだ。そっと寝かせると、彼女の前に立ちはだかった。先ほどそうしていたように、視線が彼女の体の上をさまよい、彼の指はいつもと同じくこぶしに握られた。「きみに触れたい」

月が彼の顔に銀色の光と影を投げ、無慈悲な冷酷さの下に潜むもろさが照らしだされた。彼は今一度あの飢えた少年に、渇望と恐怖に挟まれて身動きできない少年になっていた。

ゆっくりと、彼を驚かせないようにファラは起きあがった。「だったら、触って」

左右の色の違う目がかすかに揺れる彼女の胸を見た。舌が唇をなめたが、彼はそれでも動かなかった。「それは――やめておいたほうがいい」

ファラは混乱して首を傾げた。「さっき、もう触れたじゃないの」

彼はたじろいだ。「自分を抑えられなかった。まともな頭じゃなかったんだ。心配でおかしくなっていた」彼は踵《きびす》を返し、窓の向こうで輝いている明るい月を眺めた。

彼女の夫と月には共通点がある。夜を支配し、影を作りだす。そうしながら闇を照らす。

「ちゃんとした風呂を用意させるべきかもしれない」彼はファラを見ずにそう言った。

ファラにはわけがわからなかった。今？　わたしが裸で、体を彼に差しだしているこのときに？　「お風呂なら今日の午後に入ったわ。それにたった今、あなたに体を拭いてもらった。これ以上きれいになることなんてありえないわ」

「いや、あるさ」彼は苦痛に満ちた視線で彼女を見た。「わたしが触れたところは汚れてしまっているんだぞ、ファラ」

「あなたには前にも触れられたわ」彼女は扇情的に言って彼に思いださせた。

「きみはわかっていない」ドリアンは食いしばった歯のあいだから言った。ファラは彼がまた逃げだすのではないかと怖くなった。

「あなたの言うとおりよ」彼女は静かに言った。「あなたはずっとそう言い続けてる。そしてわたしは本当のところ、なぜあなたがわたしに触れるのをいやがるのかがわからない」

「違う」彼は反論しようと彼女のほうに進んだが、足を止めた。「そうじゃないんだ」

「それなら教えて」彼女は嘆願した。「わたしには教えてくれてもいいんじゃない？」

彼は絞首台に向かう覚悟をした囚人のように心を決めた。これを言えば取り返しのつかないことになるとわかっていて、悲愴《ひそう》な決意を固めたかのようだった。「一時期、ニューゲートの牢獄ではわたしが最年少の囚人だった。もっとも体が小さく、もっとも——弱かった。そのせいで味わった地獄は、言葉にすることなどできない」

ファラは息を詰め、すすり泣きをこらえた。ドリアンのために苦痛を感じることで同情を示したりしたら、彼は侮辱されたと思うだろう。

「悪夢などという言葉では生ぬるい。あらゆるものを含んだ残忍な仕打ちだった。性的にも、肉体的にも……精神的にも」彼は恥辱をいつもの氷の壁で覆い隠し、目をあげて彼女の目を見た。「そのせいでわたしがどれほど変わってしまったか、わからないのか、ファラ？ 肉体的にだけじゃない。本質的な部分でだ」

ファラは自分が裸なのに気づいても、腕で体を隠そうとはしなかった。その動作が彼に間違ったメッセージを伝えるのが怖かった。「ベン・モア城であなたと話したことを覚えているわ」彼女は慎重に言った。「あのとき、あなたはほとんどすべてを語ってくれた。あなたは忘れているでしょうけど、わたしはスコットランド・ヤードで十年も働いていたのよ。牢獄で何が起きるか、囚人たちがどんなつぶしあいをするかは知っている。それを思うと胸が張り裂けそうになるわ、ドリアン。でも、そのせいでわたしのあなたに対する見方までも闇に染められたりはしない。あなたは若かった。小さくて、無力だった」彼女はベッドの端に近づいた。「今のあなたは、もうそうじゃない」

「きみはたいした天使だな」彼は唇をゆがめて冷笑した。「それに、やっぱりきみは何もわかっていない。わたしはいつまでも無力なままではいなかった。わたしは復讐したんだ」

「ええ」ファラはうなずいた。「看守のことは聞いたわ。ほかの囚人たちのことも」

「あの看守どもも、あの判事も、速やかに死ねたのは幸運だった」ドリアンはまばたきもせずに彼女の目を見つめた。自分の言葉の恐ろしさに彼女が気づいていることを確認しながら話していた。「わたしは自分に対して行われた罪のすべてに報復してやったんだ、ファラ。わたしは誰よりも残忍だった。相手を傷つけるどころじゃすまなかった。わたしは相手を叩きのめした。ただ死なせるのではなく、痛めつけて殺害した。ただ懲らしめるのではなく、屈辱を与えてやった。そしてわれわれに忠実な者だけが残った。どうだ、わかったか？」彼は尋ねた。「わたしの指がきみの聖なる体に触れたら、血と肉が熱いタールのように燃えあがって跡が残る。それを取り除くことはできない。わたしはきみにそんなことはしたくないんだ、ファラ」彼は髪を指でかきあげた。感情が彼女の目の前で今にも爆発しそうだった。

「わたしはもう――」

「ちょっと待って」ファラは片手をあげて制した。「黙って、わたしの話を聞きなさい、ドリアン・ブラックウェル」

彼は目を丸くした。危険な警告を口にしかけたが、ぴたりとつぐんだ。

ファラは彼を抱きしめたかった。今まで生きてきたなかで何よりも強く、そうしたいと願った。けれど、この瞬間を台無しにしないように、彼を怖気づかせないように、こぶしを握りしめた。彼女は彼の視線を受けとめ、ありったけの誠意を言葉にこめた。「あなたは生きいた」彼女はきっぱり言った。「それができない人たちもいるなかで、あなたは生き抜き抜いた。生き続けるには、ほかにどうしようもなかった。迫害をやめさせるために、あなたは黒心臓《ブラックハート》を持つ男になった。わたしは暴力を肯定はしないけれど、過去のことであなたを責めたりもしない。だって、そもそもあなたがそこに入れられたのはわたしのせいなのだから」

「よせ」彼はうなった。「そんなことを言うな！」

「本当のことよ」彼女は頭を振った。「見て」両手を体の横に突きだし、彼女は月に向かって体をさらけだした。「あなたはわたしの体に触れた。でも、染みなんかついていないわ」

彼の目には苦痛に彩られた渇望があふれていて、それが彼女に希望と所有欲をわき起こさせ、肌をほてらせた。

「わたしは汚れている」彼はつぶやいた。「きれいなまま残っているものなどひとつもない。この体も、手も、魂も。そんなものを、なぜきみは自分のそばに置いておこうとする？」

「あなたは自分が手を触れたものを闇に変えてしまうと思っている。でも、その闇はあなたの心のなかにしかないのよ」彼女は優しく言った。「わたしたちふたりでなら、その間違いを正せるかもしれないわ」

「それは無理だ」彼は頭を振った。

「こっちに来て」彼女は懇願した。

ドリアンは動かなかった。

「わたしが人生で学んだことがあるとすれば、それは、完全な暗闇など存在しないということとよ。ほんのわずかでも光があれば、闇は打ち払うことができる」彼女はそう説明した。

彼女をふと見た彼の顔がやわらいだ。そして足が前へと滑りでた。「かわいいフェアリー」痛みに満ちた息を吐く。「きみには暗闇が想像できないんだ。きみはわたしの知る唯一の光だ」

彼の優しい声と憐れみに満ちた顔つきはちぐはぐだったが、ファラはそれでも希望を見いだした。「どうか信じて。わたしの光があなたの闇よりも強いことを。あなたがわたしに触れられないのなら、代わりにわたしがあなたに触れるわ。あなたの体に触れたわたしの指は、あなたの目だけに見えている血も汚れもきれいに消し去る。あとには、わたしがあなたにあげたいと思っていた光だけが残るの」

彼は言葉で許可を与えることはしなかった。しかし、ゆっくりとベッドの端まで戻ってくると、胸いっぱいに息を吸いこんで止めた。目のなかには不安が盛りあがっている。

ファラも同じように息を止め、指先で彼の上着の襟に触れた。優しい気遣いに満ちた動きでボタンのかけられていない襟を押し広げると、肩から脱がせて上着を床に落とす。彼は黒いシャツに黒っぽいベストを着ているだけで、クラヴァットはつけず、襟のボタンもとめていなかった。

「今回はわたしを拘束しないで」彼女は彼の喉元に口づけた。唇の下で腱《けん》がぴくぴく動いている。「わたしはあなたのすべてに触れたいの、ドリアン。そうさせてくれる?」

ドリアンは黙ったままで、なんの約束もしなかったが、巧みにベストを脱がせていく彼女を止めようともしなかった。片方の目が青い炎のように燃え、もう一方の目は熔岩のように輝いた。鼻孔がふくらみ、こぶしは体の脇で握られたまま動かない。

黒い闇の奥にいるこの人の姿が見たい。その欲求がファラを突き動かした。彼はあまりにも多くの秘密を抱えている。彼女がさらけだしたのと同じだけ、彼は隠してきた。

今こそベン・モア城のブラックハートの正体を暴くときよ。

両手を彼のシャツのボタンに伸ばすと、すばやい動きで手首をつかまれた。「だめだ」彼はあえいだ。「こんなことをするわけにはいかない。きみは見たくないだろう……」

「親愛なるあなた」ファラは両膝をついてベッドの端ににじり寄った。手首をつかまれたまま、その両手をドリアンの顔に向けて伸ばすと、彼は抵抗しなかった。「あなたがどんなに間違っているか、あなたにはわかりっこないわ」

彼は頭を振った。「わたしの皮膚は、きみのとは違う。きみは——見ないほうがいい」

ファラは思いだした。あの日、庭で、彼のシャツの下に感じた奇妙な手触りを。

彼女は目を閉じて、彼の身に起こった悲劇への憐憫《れんびん》の情をも締めだした。「あなたの手はわたしと同じよ、ドゥーガン・マッケンジー」彼女はささやいた。「わたしはあなたの手が大好きだった。傷つき、荒れていても。十七年間、その手で触れてもらえないのが寂しかった」彼女はつかまれている手首をよじり、彼の手を開かせると少年時代の傷に唇を押し当てた。「わたしを信じて」彼女は遠い昔に自分が手当てをした傷に向かってささやいた。

ファラはふたたび彼のシャツに手を伸ばした。彼は無表情でそれを許し、彼女のキスを手のなかに閉じこめるように握りしめたこぶしを体の脇に戻した。ひとつボタンを外すたびにファラの鼓動が速まっていく。しかし彼女はズボンにたくしこまれたシャツの外に出ている最後のボタンを外すまで、彼の胸をはだけさせることはしなかった。

彼女は慎重にシャツを彼の肩からはがし、たくましい腕に沿って滑らせた。

胸にはぎょっとさせられるようなひどい傷はそれほど多くなかったが、彼女は傷のひとつひとつに痛みを感じた。彼女に息をのませたのは、彼の体の左右不均等な美しさだった。ドリアンの体は古代の戦争神のようだ。どんなギリシャ彫刻も敵わない、どんな芸術家でも描けない、複雑な模様を描く上半身になめらかで捕食者らしい男らしさがみなぎっている。

「あなたは美しいわ」彼女は驚嘆の声をあげた。

まるで彼女に頬でも打たれたように、彼はさっと横を向いた。「残酷なことを言うな」彼は石のように硬い声で言った。

彼に向かって伸ばされた彼女の両手が震えた。恐れからではない。熱烈な期待がこみあげたせいだ。彼の胸の硬い隆起の上に、彼の心臓の真上に、ぴたりと手を置いたときに初めて、彼女は夫に本当に触れているのだと実感した。

手の下で筋肉がぴくんと跳ねた。ファラは乳首の平坦《へいたん》な部分の下側からあばらの広い部分にかけて盛りあがる傷跡をなぞった。もう片方の手で、反対側の肩に広がるでこぼこした網状の傷跡をたどる。遠い昔にひどい火傷を負ったようだ。「あなたはいろんなことを耐えてきたのね。気の毒に思うわ」月明かりの下では彼の傷のすべてを詳しく見ることはかなわなかったが、彼女はそれでよかったと思った。心が痛む一方で、体の奥から欲望の熱いしずくがわきあがり、秘めやかな部分の筋肉がリズミカルにうずいてはこわばり始めていた。

「わたしの手は絶対にあなたに痛い思いをさせないわ」彼女は誓い、彼の胸にゆっくりと両手を滑らせて、その思いがけないほどの広さを味わった。

ドリアンはもう見ていられないというように目を閉じた。呼吸は短く、重くなり、心臓は彼女の手の下で競走馬のひづめのように激しく躍動した。彼が両手をあげて彼女の手を覆った。彼女の手を自分の肌から引きはがそうとするかに思えたが、そうはしなかった。

ファラは彼が主導権を握ったのだと気づいた。彼女の手を自分の手で包むことで、彼は自分から彼女の実験に参加しているのだ。自分がどんな影響を受けるか、反応を見ながら彼女の手を導いて彼に触れさせることも、彼女に自由に探検させることもできる。

ドリアンがためらっているのに気づいて、彼女は彼のあばらの広い畝《うね》を撫でおろし、腹部の引きしまった筋肉によって作りだされるでこぼこした起伏を探検していった。傷やしわも次々に発見したが、それにはかまわず、傷跡の下の硬く男性らしい体に集中していた。

ズボンは腰の低い位置に引っかかっている。ファラはその上に指をさまよわせた。

彼の手がだらりと落ちて、呼吸が速まった。彼女の手は張りつめたものを見つけると、その感触を味わった。燃えているように熱く、解放を求めて欲望をたぎらせている。

彼の体がびくっと動き、息が音をたてて喉の奥に絡まった。彼女は布地に覆われたその形を探っていった。ふたたび彼の喉元に口づけ、唇はなめらかな胸の谷間をおりていった。

「わたしの両手はあなたに快楽しか与えない」彼女は約束し、好奇心に満ちた指で彼のズボンを脱がせにかかった。

先ほど両手が探検して焼き印をつけていった魅惑の跡を彼女の口がたどると、ドリアンは彼女の名前をうめいた。彼女の唇がズボンの上にたどりついた瞬間、彼はふいに一歩さがった。突然のその動きは、ほとんど飛びすさったように見えた。「いったい何をしようというんだ?」彼はかすれる声で言った。

「あなたを味わいたいの」ファラは打ち明け、頬が熱くなるのを感じた。「あの最初の夜に、あなたがわたしを味わったように」

彼は目を見開き、腕の筋肉がぴくぴくと痙攣した。「だ、だめだ」彼は口ごもった。「そんなことは……いけない」

ファラは一本の指をウエストに引っかけ、彼を自分のほうに引き戻した。「いいの」彼女は傲然と言い返した。「拒絶は受けつけません」最後の抵抗を却下し、彼女はズボンを彼の細い腰から滑らせて、シャツもろとも床に落とした。

ロープのような筋肉が彼の臀部からうねり、彼女に向かって突きだされているものへと続いていた。月明かりでは彼の欲望の証はよく見えず、彼女は指でそっと触れてみた。「ファラ」苦痛のあえぎに乗せて彼の唇からこぼれでた声はほとんど聞き取れないほどだった。「だめだ。もしも――われを忘れてしまったらどうするんだ――きみの口のなかで」

それは考えるだけでもみだらでどきどきさせられ、欲望の波に激しく揺さぶられたファラはうずく脚のあいだに手を触れてしまわないようにこぶしをきつく握った。「あなたは悪名高きベン・モア城のブラックハートよ」自分の口から出ているとも思えないほど、欲望でかすれた声だった。「どこでも好きなところでわれを忘れていいの」

太い先端を彼女が唇で包んだときに彼の口をついてでた悪態は、クイーンズ・イングリッシュばかりとは限らなかった。少なくとも、ファラにはすべてが英語だとは思えなかった。そして、そのどれも遠い昔に聞いたことがあると彼女は確信していた。

彼はしょっぱくて罪の味がした。

ドリアンの尻がびくりと跳ね、彼女の口の奥まで彼のものをのみこませた。それでもまだ彼の半分しか頬張っていなかった。

「ファラ」彼はうなった。「ああ、くそっ」

冒瀆の言葉を聞きながらだと、その行為はさらに甘美なものとなった。

そこからどうすればいいのかわからなくなってファラは一度体を引いたが、ドリアンの背中に起きたさざ波が背筋をおりてきて彼の下腹部をさらに口の奥へと押しつけてきたので、彼女はうれしくなった。ファラは舌で探検した。下側の興味深い隆起。しずくをしたたらせている先端の割れ目。てっぺんの皮膚の弾力性と、そそり立つものの揺るぎない硬さ。

ドリアンの両手が彼女の巻き毛の上に置かれ、それから、髪のなかに差し入れられた。力強い指が官能的なリズムで彼女の頭皮を揉み始める。ドリアン・ブラックウェルはどんなに落ち着きを失わせるようなことをされても、いつまでも受け身のままではいないのだ。

ファラがリズミカルに舌を使って愛撫を始めると、彼は冒瀆の言葉をつむぐことすらせず、荒々しくうなった。彼女の口のなかで彼の欲望の証がびくりと動き、収縮し、ふくれあがり、脈動した。彼自身も、彼女も、すっかり潤ってなめらかになっていた。

ファラの髪をつかむ手に力がこもり、彼は彼女の口を引き離した。「やめるんだ」ドリアンは歯ぎしりした。「このままだといってしまう」

「いっていいのよ」彼女は励ました。自分の力に酔っていた。彼に快楽を与えられると思うと、気も狂わんばかりに感情が刺激された。「わたしにやらせて」

彼はかがみこんで彼女を抱きあげ、自分の体から離した。ファラはきゅっと引きしまった彼の筋肉を愛《め》でた。

「仰向けになれ」彼は命じた。「今すぐだ」

腫れた唇を開いて息をしながら体を上へとずらし、彼女は畏怖をこめて夫を見つめた。

傷つきやすい少年の面影は消えていた。その代わりに、支配者の顔をした男が筋肉と欲望のかたまりとなって塔のようにそびえ立っていた。

彼女は身震いした。肌に当たるひんやりしたシルクのシーツの感触のせいもあったが、彼女を自分のものにしようとしている男の威厳に圧倒されたというのが主な理由だった。

ドリアンは彼女の脚の上にのしかかり、肩をぐるりとまわして頭を低めると、彼女の腿のあいだの潤んだ割れ目に熱い息を吹きかけた。それから陰部のやわらかな毛を頰で撫でる。ファラはせつない声をあげ、膝がひとりでに開いた。

ドリアンが行為を続けたことに彼女は驚いていた。彼の無精ひげが彼女の腹部を、それから胸の谷間を、そして最後に首筋のとても感じやすい肌をかすめた。大きな手が彼女の腿をつかんで持ちあげ、彼の腰にしっかりと絡ませた。

「きみのすべてをむさぼってやる」彼はファラの耳に向かってうなり、彼女の血を燃えあがらせた。彼女のなかにまだ理性的な思考が残っていたとしても、これでもう焼き尽くされてしまっただろう。「だが、まずは……」

張りつめた彼のものが彼女の脚のあいだにあてがわれ、ファラはただ彼を求めてせつない声をあげた。ドリアンは低くうめくと彼女の奥へと自分自身を滑りこませた。

熱い息が彼女の頰を撫でた。しかし、ふたりは体がつながっている部分でしか触れあっていなかった。

彼は永遠とも思えるくらい長いこと彼女の上に体を浮かせていた。上半身を彼女から離したまま、何かと闘っているように見える。彼がすぐに動いてくれなければ、彼女は頭がどうにかなりそうだった。

「ドリアン?」ファラはささやき、励ますように秘めやかな部分に力をこめた。

「わたしに触れてくれ、フェアリー」彼は締めつけられた喉から絞りだすようにその言葉を口にした。「きみはわたしに――触れてもいい」

ファラは二カ月ぶりに初めて息を吐いた気がした。彼の言葉は彼女をとろけさせた。こんなことが可能だとは思ってもいなかったやり方で彼に触れた。これはほかのどの女性にも許されない特権だ。誰もが自由に手にできるものではない。

彼女は両手で彼の顎を包み、優しくキスをした。それから手を下へ滑らせて背中を包み、彼の体重を自分の上にのせるように引きおろした。

ドリアンは体が触れあう感触に身をこわばらせた。肌と肌がこすれあい、くっついて、電気が走るような一瞬がふたりを落ち着かない気分にさせた。

「このまま離れないで」彼女は彼を勇気づけた。「あなたの肌がわたしの肌の上で動くのを感じさせて」

「ああ」彼はしゅっと音をたて、ついに腰を動かし始めた。

ドリアンが体を引こうとするとファラの筋肉が彼をきつくつかまえ、戻っていくと彼女の体の奥は彼を歓迎し、その感触にふたりはあえいだ。

ファラは彼の背中の筋肉をつかみ、なめらかな肌の手触りを邪魔している傷跡をはっきりと感じた。

彼女はさらに激しくキスをした。愛のすべてを彼に注ぎこんだ。

ドリアンは彼女の唇をむさぼり、深く突きあげた。身長差のせいで、体がつながったままでいようとすると口と口を重ねているのは難しかった。

ファラは顔を彼の首筋に埋めた。彼の高まりが彼女の体の隅々までもとろけさせていて、終わりを迎えるのがもったいなく思えた。ドリアンは彼女の奥まで貫き、背を丸めてゆっくりと、心をこめて突きあげた。

彼女は純粋な欲求と底知れない欲望と、堂々とは口にできない肉欲のかたまりになった。彼女の骨は彼の体の重みを喜んで受けとめた。彼女の体の奥は飢えたように彼のすべてを受け入れ、伸びて、愛する男の高ぶりをのみこんだ。

「きみはとてもあたたかい」彼はうめいた。「死ぬほどやわらかい」それから彼女の髪に向かって何かささやいたが、ファラには聞き取れなかった。誓いの言葉。それとも息もたえだえの呪いの言葉だろうか。彼は彼女のジャガーになっていた。彼の動きはあまりにもしなやかで優美だった。彼の体はあまりにも完璧で力強かった。

彼女は腰を持ちあげた。うめき声が哀願の響きを帯びる。彼の背中に走る筋を探るように両手がさまよい、彼の臀部をつかんだ。ふたりは体をこわばらせ、とうとう解き放たれた。

絶頂の波があまりにもすばやく、あまりにも高いところへとファラをさらっていったので、彼女は彼の腰を突っ張らせた激しい震えにも気づかなかった。彼は五回だけファラの体の奥へ突きあげると、ぶるぶると身を震わせ、枕に向かって彼女の名前をうめいた。

フェアリー。ぼくのフェアリー。

25

ドリアンは思いだせる限り初めて、裸で横たわり、運動と快楽でほてった肌を冷ます空気を味わっていた。銀色の巻き毛で鼻がむずむずして、顔をしかめる。しかし、その巻き毛を払うために自分の胸の上にしなだれかかっている女性を動かす気にはなれなかった。

いつから黙ってこうしていたのだろうか。窓の一方の端にあったはずの月は反対の端まで動いている。呼吸が落ち着いてきて、ひんやりした空気に少し鳥肌が立ち始め、彼は彼女の体に上掛けをかけてあげたほうがいいだろうと思った。しかし、そうなると動かなければならない。一瞬でも彼女の肌から離れると思うと耐えられなかった。それに、彼女はうとうと眠っているはずだ。彼女を起こすぐらいなら、自分は凍死してもいい。

ファラのいない二カ月間をどうやって乗りきったのだろう？　どうやって十、七、年、も、の、地獄を生き延びたのだろう？　今となっては、彼女がそばにいなくては体を形成する繊維のひとつひとつが機能しないような気さえしているのに。

彼は彼女に触れられることにひと晩耐えられただけでなく、楽、し、ん、でもいた。彼女の言ったとおりだ。ファラは壊されたりしない。あまりに純粋なその光は、彼の闇にも負けたりしない。彼は自分への嫌悪を感じることが少なくなっていた。魂の裂け目を彼女に縫ってもらったような気がした。

ドリアンは目を閉じ、愚かだった自分を叱りつけた。彼がずっと恐れていたのは彼女ではない。自分自身だ。彼女と親密になることで、監獄時代に経験した暴力の恐怖が表に出てくるのが怖かった。

彼はわかっていてしかるべきだった。これは彼のフェアリーなのだ。彼の魂は忘れていない。彼は人殺しで暴力的な男かもしれないが、彼女を髪の毛一本でも傷つけるくらいなら自分の喉をかき切るだろう。

ファラが彼を裸にしたときに目の奥にたたえていた欲望を、ドリアンは思いだした。あれは正直な賞賛だ。彼女に対して抱いた欲望は、彼を壊れやすくて弱い少年ではなく、力にあふれた男だと思わせた。宇宙の星も、そのかなたにある未知の力も何もかも征服できるくらい、自分は男らしい人間だと思えた。

「きっとマダム・サンドリーヌはあなたにとても腹を立ててるわよ」ファラはものうげにあくびをしながら言った。

ドリアンは彼女の巻き毛に鼻をすりつけ、ラベンダーの香りを深く吸いこんで、肺の隅々にまでその香りを取りこめたらいいのにと思った。「きみは眠っているとばかり思っていたよ」彼はつぶやき、ファラが最初に口にしたのがそんな言葉だったことを愉快に思った。おそらく、すべてが強烈な勢いで過ぎ去ったあと、軽い空気を作りだすことで彼の気を楽にさせようとしているのだろう。

彼にとって、彼女ほど大切な人はいない。

「話題を変えようとしないで」彼女はからかうように彼をつついた。「ひと晩でわたしの下着をすっかりだめにした責任はあなたに取ってもらいますからね」

ドリアンの両手は彼女の背中のなめらかな肌を撫で、彼自身の背中に鳥肌を立たせた。彼女の感触に飽きることなどないように思えた。いつまで経っても、妖精のようにやわらかな肌に驚嘆してしまうだろう。それは奇跡をこの手で撫でているような、天使を抱いているような感じだった。このみじめな地上の世界には属していない女性を。「きみにはしばらくのあいだ服など必要ない」彼は妻に告げた。「可能な限り長く、きみを裸にしておくつもりだからな」

彼女は夫の抱擁から逃れると、片手で額を押さえて芝居がかった仕草で背中からベッドに倒れこんだ。「あなたは高級娼婦のハーレムを持つことをもう一度考えてみたほうがいいわよ」彼女はため息をついた。「わたしは悪名高きベン・モア城のブラックハートのベッドを生きて出られる気がしないわ」

ドリアンは横向きに転がって彼女の青白い肌に覆いかぶさり、片手は完璧な形をした胸の下側をなぞった。「きみも面接の手伝いをしてくれるか？」彼はからかうように尋ねた。

彼女は彼をにらんで手を払いのけた。「もちろんお断りよ！」彼女は半ば本気で言った。「あなたに手を出す女がいたら目を引っかいてやるわ」

ドリアンの手はまた彼女の胸に戻り、その指はもう一方の胸へと移った。「きみがそんなに無慈悲だとは知らなかったよ、レディ・ブラックハート」彼はそう言ってからかうと乳首をつまみ、それからそこに息を吹きかけて、乳首がすぼまるのを見て喜んだ。

「あら、そうなのよ」自慢げな口ぶりは声にならないあえぎでとぎれた。「わたしは男をひとり撃ったんだから、知ってるでしょう。さらに、ひとり刺したこともある。必要とあらば、わたしはかなり危険な女になれるの」

ドリアンはまじめな顔になった。大きな手を彼女のほっそりした腕に走らせると、彼女のあまりのもろさに胸をつかれた。これでは簡単に壊れてしまうだろう。「女性でいるというのは、そんなに恐ろしいことなのか？」

ファラの顔からほほえみが消えた。それでも、銀色の目のなかにはまだ愉快そうなきらめきが残っていた。「なんて質問をするの。いったいどういう意味？」

「きみはとても――やわらかい。今にも壊れそうだ」彼は驚嘆して言った。「餌食にされるのを待っているだけの、かよわさのかたまりだ。われわれ男はオオカミも同然――いや、ハゲタカだ。いまいましい捕食者さ」彼は悪態をついた。「きみたちレディはどうしたら家を出ていく勇気を奮い起こせるんだ？　とてもじゃないが、わたしにはそんなことは許せない」彼は彼女を待ち受けている危険を考え始めただけで、てのひらがじっとりと汗ばんだ。

彼女は長い傷跡をなぞった。彼が何年も前に波止場で海賊から受けた傷だ。「ねえ、あなたは自分が経験してきた人生が世の中のすべてだと思っているんじゃない？　わたしは危険な犯罪者やボヘミアンに囲まれて生きてきたわ。二十年近くも、餌食にされることなく」瞳が熱っぽく潤み、彼女のシルバーの目はもっと暗い緑がかったグレーに見えた。「そして残念なことに、わたしはあなたの餌食になることをけっこう楽しんでいるみたいなの」

彼がアップルクロスの図書室で最初に感じた、あのそわそわさせられるような所有者の本能が胸のなかでめらめらと燃えた。「わたしだけのものだ」彼は夜に向かって宣言した。

「わたしはずっとあなただけのものだったわ」ファラが応じた。

彼女を見おろした。心臓が喉元までせりあがってくる。「愛している、ファラ」

彼女はすばやく目をしばたたいた。その目が霧にかすんだ。「わたしもあなたを愛しているわ、ドリアン」

ドリアンは妻の顎を手で包み、彼女に自分の顔を見つめさせた。「きみはまったくわかっていない。わたしはずっときみを愛していた。きみをあの墓地で見た瞬間から、全身全霊をかけてきみを愛した。その思いのあまりの強さがわたしを怯えさせた。きみが想像できないほどに」

彼が驚いたことに、彼女は顔をうつむかせ、困惑した表情で眉間にしわを寄せた。「あなた、それに自分で気づいていなかったの？」

「ずっと知っていた」彼は一本の巻き毛を指に巻きつけた。こうしたいと何年も夢見ていた。これから死ぬまでずっと、こうして過ごすつもりだった。

彼女のしわが深まった。「だったら——なぜ、以前あなたはそれを否定したの？　わたしが心を差しだしたときに、どうしてあなたはそれを叩き落とすようなことをしたの？」

彼はきまりが悪くて彼女と目を合わせられなかった。「わたしの世界では、愛するものがあると、それは敵に利用される弱点になってしまう」

「わたしはそんなこと気にしないわ」ファラは両手で彼の片手を包んだ。「ほかには？」

「前にも言ったとおりだ」彼は自分の心のこじれ具合の深さを表現する言葉を見つけようとした。「わたしは壊れていた——今も壊れている。寝ているときにきみに害を及ぼすことを恐れているだけでなく、愛することを自分自身に許したら、希望を持つことを許したら、自分の愛の激しさがきみを食い尽くすんじゃないか、きみを破壊するんじゃないかと思うと怖いんだ。よくわからないが。きみを息苦しくさせたり、不快な思いをさせたりするんじゃないかと」

ファラは興奮をなだめるように彼に触れた。彼は自分がもう身をすくめて逃げなくなったことをうれしく思い、彼女の愛撫のあたたかさに体をゆだねた。

「愛はそんなことしないわ」彼女はささやき、顔をあげて彼の心臓の上に口づけた。「もちろん、愛はすべてを焼き尽くすこともある。でも愛は――本物の愛は――相手を壊したり息苦しくさせたりしない。弱さの対極にあるものなの。愛は人を強くする。愛は人を自由にする。あなたという存在のひとつひとつの繊維にくっついて、もしも壊れているところがあればそこを強くしてくれる。食べ物や水と同じくらい、体と魂にとって必要なものよ。それがわたしを不快にさせるわけがない。あなたの愛という大切な贈り物をもらったら、わたしは謙虚な気持ちになって、畏怖の念に打たれることはあっても、それだけよ」声がかすれ、ずっとこらえていた涙が目からこぼれた。「それが、わたしがずっと、この世で一番求めていたものよ。あなたを見た瞬間から。アップルクロスの墓地で怒って傷ついていたあなたを。わたしはあなたを守りたかった、こんなふうに抱きしめて、あなたに愛を教えたかった」

ドリアンの喉は燃えるようだった。彼女の言葉。彼女の目。彼女の涙。彼はそれを見ているのが耐えられなかった。心臓が大きく広がって、胸が爆発するのではないかと思うほどだった。顎をこわばらせ、彼は視界をぼやけさせる涙を押し返そうとまばたきをした。

パニックに襲われ、彼はさっと上半身を起こした。いつでも逃げだせるように。

「ドリアン、だめよ！」ファラは長くなめらかな脚を彼に巻きつけた。あまりにもきつく巻きつけて体ごと押しつけてきたので、彼が彼女を振りほどこうとしたら怪我をさせてしまうだろうと思うほどだった。「もう逃げないで」

「ファラ」彼はうめいた。感情の集中砲火のなかで見失っていた警告が喉を締めつけた。

「あなたはわたしのものよ、ドリアン・ブラックウェル」彼女は天使のような顔にはおよそ似つかわしくない獰猛な勢いで言った。「わたしだけのもの」

彼はファラにキスをした。彼女の舌は塩辛かった。彼女が手足を絡ませて彼のものを体の奥へとのみこむと、彼は頬に冷たく濡れるものを感じた。

彼はつかみ、彼女はしがみついた。ふたりは両手をさまよわせ、探検した。快楽が花を咲かせ、血が歌いだすまで、長くはかからなかった。ふたりが同時に迎えた絶頂はあまりにも甘やかにいつまでも続き、ふたりのあいだに残っていたどんな障壁をも引きはがした。魂と声が溶けあって、至福の悦びを刻む古代の歌になった。

ドリアンは彼女の体を巻きつかせたまま、自分たちを巧みに上掛けの下に入れた。ようやく落ち着くと、彼は彼女のまぶたに口づけた。「きみを愛している」それから彼女の頬骨に。「愛している」肩のやわらかな曲線に。「愛している」

彼女は頭をもたげ、輝くようなほほえみを浮かべてきれいに並んだ歯を見せた。「その言葉に慣れてきたのね。うれしいわ」彼女は彼の顎にキスをした。「少なくとも毎日一度は言ってくれなきゃだめよ。これからの人生ずっと」

彼はすでにそのつもりだったが、驚いたふりをして眉をあげた。おどけられるぐらいにまで彼女が快復したのがうれしかった。「毎日だって？」

「わたしがあなたに腹を立てているときはもっと多く、何度でも」彼女は警告した。

「どうしてきみがわたしに腹を立てることがあるんだ?」

彼女は横目で彼をにらんだ。「言っておくけど、そういうときはきっと来るわ」

彼の笑い声は自分の耳にも馴染みがない響きだった。「フェアリー?」彼はつぶやいた。

彼女の小さな体にあたためられて、けだるい眠さに襲われていた。明らかに、彼をちゃんと見つめ返すほど
「なあに?」彼女も重たいまぶたと格闘していた。目を大きく開けられないようだ。

「きみを愛してる」

大きなあくびをして、ファラは彼の胸をとんとんと叩いた。「さっきも言ったわ」

「さっきはドリアンとして言ったんだ。ドゥーガンとしても毎日一度は言わなければ」

彼女の顎が震えた。しかし、今度は頬を流れる涙に悲しみはかけらもなく、あるのは喜びだけだった。彼はその涙にキスをした。そして彼女が眠れるよう仰向けに寝かせた。

「ときどき、わたしが眠っているのを見ているでしょう?」彼女は尋ねた。

ドリアンは答えなかった。

「今夜もそうしてくれない? わたしを抱きしめたまま」

「そんなことはすべきでは……」

彼女は片手をドリアンの胸に当て、彼の背中をベッドに押しつけた。「このままここにい

て」

「きみを傷つけたりしたら――」

「あなたはそんなことはしない」彼女はそう言い張って、頬を彼の胸につけた。脚はまだ彼に絡めたままだ。彼女は子どもの頃のように、その体勢でたちまち眠りについた。

ドリアンは眠らずに彼女を見ていた。恐怖が真の悟りへと変わっていった。彼女は決して彼の弱点にはならない。神に見捨てられた生涯でずっと、自分の強さの源となっていたのはファラだった。こうしてふたたび結ばれた今、彼はなんだって征服できる。過去さえも。

そして未来も。

ドリアンは魂のなかに広がる空間の正体がようやくわかったと思いながら目を閉じた。それは平安と、希望だ。

眠りに落ちる前に、彼は彼女の耳に向かって誓いの言葉をささやいた。命が終わるその日まで、彼は毎晩この誓いを繰り返すだろう。

そなたをわたしの心にする、
月が昇るそのときに。
愛し敬っていく、
この命がある限り。

生まれ変わっても、
魂はまためぐり会いその人であることを知る。
そしてふたたび愛しあう。
そして思いだす。

エピローグ

「頼むから、ブラックウェル、歩きまわるのをやめて酒でも飲め！」マードックは言い放ち、しいっと声をあげたタロウをぴしゃりとぶった。「あんたが行ったり来たりしているせいで部屋がぐるぐるまわってるみたいだ。やめてくれなきゃ、こっちが船酔いしちまう」

「あの、おれ、思うんだけど、部屋がまわるのは、ウイスキーのせいだよ」タロウはマードックからボトルを取りあげてフランク・ウォルターズに渡し、ウォルターズはそれをクリストファー・アージェントに渡した。

「レディ・ブラックウェルの命令なんだぞ。彼女があんたに部屋に入ってきていいと言うまで、多少酔っ払ってるぐらいで待っていればいいんだって。わたしは約束を守ろうとしてるだけだ」マードックがわめいた。

ベン・モア城の回廊を歩きまわっていたドリアンは足を止め、酔っ払った執事に顔をしかめた。ファラの出産を待つのにこの広々とした空間を選んだのは、壁のタペストリーが向こうで響いている彼女の苦痛の声をくぐもらせてくれるからだった。「この城のやつらは、いつから違うブラックウェルの命令ばかり聞くようになったんだ?」彼はうなった。妻とえらそうに家を仕切る女たちの一団から産室を追いだされたことに、まだ腹を立てていた。〝邪魔なんですよ〟彼はそう言われたのだった。〝あなたがそんな怖い顔をしてみんなに命令してみても、どうにもなりません〟女たちはそう言った。

わたしのどこが怖い顔をしているっていうんだ。

アージェントは慣れた手つきでクリスタルのグラスに次々と酒を注ぎ、そのひとつをドリアンに手渡した。「レイヴンクロフト領主のハイランド・スコッチでも最高の年代物だぜ」彼はグラスのなかの酒と同じくらい成熟した魅力あふれる声で言った。「まさにこういう状況で飲むために送ってきてくれたんだ。そんな怖い顔してないで、この酒を飲めよ」

「わたしのどこが——」

「もうおなかいっぱいよ!」凛《りん》とした声が広い回廊に響き、元ニューゲートの囚人たちはたちまちさっと目をそらしてタペストリーや自分のブーツを熱心に調べ始めた。

ドリアンは酒をあおってグラスを置くと、腕のなかに飛びこんできた黒い巻き毛とべとべとした手を受けとめた。

「父さん、ばあやがスコーンとピーチ・ジャムを出してくれたの!」ドリアンの四歳になる娘、フェイがジャムでべとつく手で彼の傷ついた目の上をぴしゃぴしゃ叩いた。

「それは見ればわかるよ」ドリアンは笑い、彼女をすくいあげて胸に抱いた。

「父さんには見えてないわ！」彼女は悲しげに言って彼に思いださせた。「あたしが父さんの妖精の目を覆っているんだもの」

ドリアンは笑みを浮かべて娘をいっそう近くに抱き寄せた。そのぬくもりが、彼の胸の奥をつねっている恐怖をいくらかやわらげてくれた。「そのとおり。だが、ちゃんと感じているよ、きみがジャムで父さんの顔を汚しているのをね」娘の頰にキスをすると、フランク・ウォルターズのピーチ・ジャムの味がした。彼女ももう大きくなって、そろそろこのゲームから卒業しただろうと思っていたのだが。彼女が幼い頃、ドリアンの傷ついたほうの目を怖がったときに思いついたのがそのゲームだった。彼は娘に、彼女と彼女の母親は妖精だと話したのだ。ふたりは妖精だから、人間に姿を見られないようにすることができるが、父さんは魔法の目を持っていて、いつでもふたりのことが見える、と。彼女はませたことを言うときにはいつも彼から隠れるために彼の目を覆うのだった。

「誰と話しているんだい、ブラックウェル？」アージェントがわざとらしい口調で尋ねた。

「おれには誰も見えないぞ」

ベン・モア城とノースウォーク・アビーの者はみな、このおてんばな少女が見えていないふりをすることにすっかり慣れていた。アージェントまでもがゲームに加わっていることがドリアンには驚きだったが、ロンドン一腕利きの殺し屋は知りあって何年も経つというのにまだまだ彼を驚かせる引き出しを持っているようで、その最たるものが妻の選択だった。

「今日は隠れていてはいけないよ、リトル・フェイ、きみのお母さんが赤ちゃんを産んでいるんだから」ドリアンはなだめすかして妖精ごっこをやめさせようとした。

「あら、そう、わかったわ」彼女はため息をついた。文字どおり手を彼の目から引きはがすと、かわいらしいグレーの瞳がきらめいた。「もう見えなくなったりしない」

その場にいる全員がドリアンの腕のなかにいきなり出現した妖精の少女にびっくりしてみせて、口々にフェイ・マリーに挨拶し、彼女を大いに喜ばせた。

「父さん、妹にキティって名前をつけてもいい？」

「妹にどこかの猫から取った名前をつけたいのかい？」彼は尋ね、乳母が差しだした布を受け取った。

「ばかなことを言わないで」フェイは父親に両手をぬぐってもらいながら笑った。「わたしは世界中の猫から取った名前をつけたいの」彼女は両腕を広げてすべての愛すべき生き物を示し、勢いあまってドリアンの腕から飛びだしそうになった。

「もちろん、おおせのとおりに」彼は皮肉につぶやいた。

彼女はますます明るくほほえんだ。「母さんもそう言ったわ」

ジェマが階段の上に現れた。「あんたの奥さんが呼んでるよ」彼女は告げた。

「彼女は大丈夫か？」彼が娘をあまりに強く抱きしめたので、フェイは身をよじった。

ジェマはにかっと笑顔になったが、ただ廊下に向かって手を振ってみせた。「自分の目で確かめなさいな」

心臓が早鐘を打ち、ドリアンは階段を二段飛ばしで駆けあがった。耳元でフェイがきゃあきゃあと歓喜の叫びをあげている。

階段の上に着くと、寝室のほうから助産師が彼を手招きした。歩くだけで骨がぽきっと折れるのではと心配になるほど痩せこけた中年女性だ。

ファラは枕の山にもたれて横たわっていた。目をしょぼしょぼさせているが、顔はほほえんでいる。安堵の炎がドリアンを襲い、彼は一瞬、その激しさに気を失うかと思った。

彼のフェアリーは汗を拭いてもらって清潔なシーツに包まれていた。出産前はきちんと編まれていた髪が、今は湿ってあちこちから飛びだし、後光のように頭を囲んでいる。彼女は天使に見えた。ふわふわした白い雲のなかに今にも消えていきそうだ。

「入ってきて、あなた」彼女は小さな包みを胸にしっかりと抱いていた。

「こっちに来て、あなたの息子に会ってあげて」

「息子？」自分がばかみたいな顔をしているのはわかっていたが、彼はどういうわけか男の子の父親になるということをまったく考えたことがなかった。妹ができると信じこんでいたフェイ・マリーにつられて、両親もそう思っていたのだ。ドリアンが見おろすと、彼と同じくらい驚いている娘と目が合った。

息子。

彼は自分の膝にも届かない女の子という生き物に手も足も出ない自分にようやく慣れてきたところだった。〝小さなフェイ〟は母親から天使のような巻き毛とやわらかなグレーの瞳を受け継いでいるが、漆黒の髪と奔放な気性はまさしくブラックウェルの血筋だ。彼女は彼にとってすべてだった。好奇心といたずらっぽさと無条件の愛が混じりあっている。彼は出会った瞬間から彼女に心を奪われていた。彼女の人生における自分の役割、自分の居場所は理解していた。彼女を愛すること。命をかけて彼女を守ること。彼女に聖域と教育とを与えること。

だが、息子だって？　自分のような人間が、少年に大人の男になることをどうやって教えればいいというのか？　混乱に陥り、彼は目をくらませるまばゆい光と格闘しなければならなかった。

フェイ・マリーが体をのたくらせ、ドリアンの脚を伝って滑るようにおろしてもらうと、ベッドサイドに突進した。

ファラはやわらかな上掛けを持ちあげ、眠っている赤ん坊のくしゃくしゃの顔と、ありえないほど小さなこぶしを見せた。

ドリアンは足の動かし方もわからずにいた。

「かわいいでしょう？」ファラはささやいた。

「そうでもない」フェイが甲高い声で大げさに言った。「すごく赤いわ。それにしわだらけ」

ファラは疲れたように小さく笑った。「何日かすれば、もっとかわいくなるわよ」

「だといいけど」フェイはドリアンのもとに戻って彼の手を引いた。「見てよ、父さん」

彼は導かれるままにファラの横へ行き、まばたきの仕方を、呼吸の仕方を思いだそうとしながら、慎重に体を上掛けに近づけた。彼と彼のフェアリーが分かちあった快楽からこんなにもすばらしい結果が生まれると思うと、今でも驚愕せずにはいられなかった。

命。彼はファラのなかに命を注ぎこみ、彼女は奇跡のように、彼らが愛を注ぐべき存在を生みだしたのだ。彼らに愛を与えてくれる存在を。

彼は震える手を息子のほうへ伸ばし、ファラが持ちあげた手を包んだ。なんとまあ、小さいことか。ドリアンの片手で全身が包めそうなほどだ。

ファラが彼に向けたほほえみには、征服者の誇りと聖人の愛情が詰まっていた。「この子の名前はドゥーガンよ」

疾走していた心臓が動きを止め、彼は妻を見つめた。体のなかを勢いよく駆け抜けた感情をどこに着地させればいいのかわからなかった。「なんだって?」

「ドゥーガン・マッケンジー・ブラックウェル」彼女は優しく、けれども断固として告げた。「子ども時代をやり直すチャンスが与えられるべきだった、ある少年にちなんだ名前よ。もしかしたら、この子とここにいるわたしたちのリトル・フェイを通して、ドゥーガンとフェアリーは失われた子ども時代の幸せと魔法のすべてを経験できるかもしれないわ」

　ファラといるとしばしばそうなるように、疑念と恐怖が消え失せ、代わりに彼は彼女の手からあふれる愛を感じた。「わたしは何も失ってなどいない」ドリアンは言い、妻のほうに手を伸ばして巻き毛を指にくるくると巻きつけた。「わたしはわたしのフェアリーを見つけたんだ。その魔法さえあれば、ほかにはもう何もいらないさ」

訳者あとがき

〝きみはぼくのものだ。ぼくだけの〟

十一歳のドゥーガン・マッケンジーは、スコットランド高地地方《ハイランド》の孤児院で出会った八歳の少女ファラ・リーと、礼拝堂でふたりきりの結婚式を挙げます。ケルト語の誓いの言葉、草で作った指輪、幼い誓いのキス。ドゥーガンは自分だけの妖精《フェアリー》に、肌身離さず身につけていてほしいと言ってタータンの布きれを手渡します。それは、スコットランドの貴族、マッケンジー家領主の婚外子として生まれた自らの出自を示す唯一の品でした。ふたりはいたわりあいながらつらい孤児院生活を乗りきっていきますが、二年後のある晩、ファラにいたずらをしようとした神父をドゥーガンがナイフで刺してしまいます。

時は流れて十七年後。二十七歳のファラは未亡人のミセス・マッケンジーと名乗り、スコットランド・ヤードで事務官として働いていました。ある朝出勤すると警察周辺が大騒ぎになっています。〝ベン・モア城の黒心臓《ブラックハート》〟の異名をとる名高い悪党ドリアン・ブラックウェルが、逮捕されたからでした。尋問に立ち会ったファラは、左右の目の色が違い、顔に醜い傷跡がある特異な風貌でありながら、肉食獣のように野性的な魅力を発散するドリアンになぜか引きつけられていきます。ドリアンのほうも〝ミセス・マッケンジー〟という名前に奇妙な執着を示したようでした。数日後、ファラは観劇に出かけた帰りに上司に求婚されます。返事を保留して自宅に帰ると、そこには証拠不十分で釈放されたドリアンの姿が。ファラが次に目覚めると、そこはスコットランドのマル島にあるドリアンの居城、ベン・モア城の一室でした。

誘拐されて囚われの身になったかと思いきや、大事な客人のように手厚くもてなされ、ファラは困惑します。逃走を試みるも失敗。しかし持ち前の好奇心と勇気、情の深さで、ひと癖もふた癖もある男ばかりの使用人たちと次第に心を通わせていきます。ドリアンとドゥーガンが強い絆で結ばれていることや、残虐な悪党と言われているドリアンの心の傷や弱みが明らかになるにつれ、ファラはドゥーガンへの愛を貫きながらも、どうしようもなくドリアンに惹かれていきます。そして、ファラの重大な秘密を握っているというドリアンから、思ってもみなかった提案を持ちかけられて……。

危険な悪の魅力を漂わせる〝影〟のドリアンと、一途《いちず》で愛情深い〝光〟のファラ。ふたりの愛と救済の物語であり、脇役たちの個性も光る本書『ダークな騎士に魅せられて』（原題“*The Highwayman*”）は、〈*Victorian Rebels*（ヴィクトリア朝時代の反逆者）〉シリーズの第一作として、二〇一五年九月に発表されました。本国ではシリーズ第二作の*"The Hunter"*が二〇一六年二月に刊行予定で、こちらは本作にも登場していた殺し屋のクリストファー・アージェントが主人公となる物語だそうです。さらに七月には第三作*"The Highlander"*も上梓《じょうし》される運びとのこと。独特の魅力をたたえたこのシリーズを、引き続き日本の読者のみなさまにお届けできることを願っています。

本書が初邦訳となる著者のケリガン・バーンは、弱冠十三歳にして「大きくなったらロマンス小説家になる」と宣言していたそうです。家族にはまじめに取りあってもらえなかったようですが、警察関係からベリーダンスのインストラクター（！）までさまざまな職を経験したのち、本当に念願の作家になりました。これまでに、ハイランド・ヒストリカルのシリーズものを計九作品発表しているほか、コンテンポラリーのロマンティックサスペンスシリーズ第一作*"A Righteous Kill"*を二〇一四年に上梓。ＦＢＩ捜査官を主人公に、大好きだというシェイクスピアをモチーフにしたこの作品も好評を博し、すでに第六作まで構想を練ってあるそうです。

ハンサムな夫と三人の娘に囲まれてロッキー山脈のふもとに暮らしつつ、ゆくゆくは太平洋岸に移り住むことを夢見ているという著者の、今後の活躍が楽しみです。

二〇一五年十二月

ザ・ミステリ・コレクション

ダークな騎士《きし》に魅《み》せられて

著者　ケリガン・バーン
訳者　長瀬夏実《ながせなつみ》

発行所　株式会社 二見書房
東京都千代田区三崎町2-18-11
電話 03(3515)2311［営業］
03(3515)2313［編集］
振替 00170-4-2639

印刷　株式会社 堀内印刷所
製本　株式会社 村上製本所

落丁・乱丁本はお取り替えいたします。
定価は、カバーに表示してあります。

ISBN978-4-576-16005-4
http://www.futami.co.jp/

この恋がおわるまでは
ジョアンナ・リンジー
小林さゆり〔訳〕

勘当されたセバスチャンは、偽名で故国に帰り、マーガレットと偽装結婚することになる。いつかは終わる関係と知りながら求め合うが、やがて本当の愛がめばえ……

真珠の涙がかわくとき
トレイシー・アン・ウォレン
久野郁子〔訳〕

元夫の企てで悪女と噂されて社交界を追われ、友も財産も失ったタリア。若き貴族レオに求愛され、戸惑いながらも心を開くが…?ヒストリカル新シリーズ第一弾!

禁じられた愛のいざない
ダーシー・ワイルド
石原まどか〔訳〕

厳格だった父が亡くなり、キャロラインは結婚に縛られず恋を楽しもうと決心する。プレイボーイと名高いモンカーム卿としがらみのない関係を満喫するが、やがて…!?

はじめての愛を知るとき
ジェニファー・アシュリー
村山美雪〔訳〕
〔マッケンジー兄弟 シリーズ〕

〝変わり者〟と渾名される公爵家の四男イアンが殺人事件の容疑者に。イアンは執拗な警部の追跡をかわしつつ、歌劇場で出会ったベスとともに事件の真相を探っていく…

一夜だけの永遠
ジェニファー・アシュリー
村山美雪〔訳〕
〔マッケンジー兄弟 シリーズ〕

ひと目で恋に落ち、周囲の反対を押しきって結婚したマックとイザベラ。互いを愛しすぎるがゆえに別居中のふたりは、ある事件のせいで一夜をともに過ごす羽目に…

月夜にささやきを
シャーナ・ガレン
水川玲〔訳〕

誰もが振り向く美貌の令嬢ジェーンに公爵の息子ドミニクとの婚約話が持ち上がった。出逢った瞬間なぜか惹かれあう二人だったが、彼女にはもうひとつの裏の顔が?